将计就计

傅道亮 / 著

新华出版社

图书在版编目（CIP）数据

将计就计/傅道亮著

北京：新华出版社，2018.4

ISBN 978－7－5166－3999－3

Ⅰ.①将… Ⅱ.①傅… Ⅲ.①长篇小说—中国—当代 Ⅳ.①I247.5

中国版本图书馆 CIP 数据核字（2018）第 072300 号

将计就计

作 者：傅道亮

责任编辑：贾允河 封面设计：李尘工作室
责任印制：廖成华

出版发行：新华出版社

地 址：北京石景山区京原路 8 号 邮 编：100040

网 址：http：//www.xinhuapub.com

经 销：新华书店 新华出版社天猫、京东旗舰店及各大网店

购书热线：010－63077122 中国新闻书店购书热线：010－63072012

印 刷：北京文林印务有限公司

成品尺寸：170mm×240mm

印 张：18.25 字 数：297 千字

版 次：2018 年 5 月第一版 印 次：2018 年 5 月第一次印刷

书 号：ISBN 978-7-5166-3999-3

定 价：45.00 元

目　录

第一章　死里逃生

1

　　7 月的雅加达已是热浪滚滚，而印尼亿万巨富张重年病逝的消息，就像一枚突然引爆的原子弹，把这股热浪推向了极致，整个千岛之国的上空弥漫着悲痛、沉闷与焦躁，一种空前的窒息压迫着这里的每一个人。继而这个消息便和热浪一起被海上的季风席卷而去，飞向了世界的各个角落。

　　亚太股市暴跌！欧洲股市暴跌！美洲股市暴跌！

　　此时，张重年的三儿子张洪生正被滞留在南非的约翰内斯堡国际机场。本来已是憔悴不堪的他，听闻父亲已经去世的噩耗，布满血丝的眼里，先是涌满悲痛的泪水，断而却又喷出火来，咬牙切齿地说道："张洪涛，你等着！"

　　一周以前，久卧病榻的父亲把他从巴西召回雅加达，让他火速赶往南非处理金矿矿难事宜。望着病床上骨瘦如柴的父亲，洪生的心里像有千万只蚂蚁在啮咬一般，拒绝的话在嗓子眼转了好几个圈儿，最终还是咽了回去，只是轻轻地点了点头。

　　本来南非的金矿是由洪生一手创建的。当年他只身前往，凭借着一身视死如归的胆气和一腔热血，殚精竭虑，出生入死，打拼了一年，成就了张氏一份最赚钱也是最具潜力的产业。可就在金矿的赢利滚滚而来的时候，早已虎视眈眈的二哥洪涛却出手来抢了。洪涛先是死缠烂打地哀求父亲，被拒绝后又是寻死觅活地威胁。已是重病缠身的张重年，实在是没有精力也没有能力来应付这个从来都是不学无术的不肖之子了，就只好把洪生和洪涛叫来，让他们两兄弟当着自己的面协商。

　　张氏的资产数百亿，产业涉及矿产、石油、化工、房地产、烟草、医药、酿酒等各个领域，是由张重年几经沉浮打拼而来。几十年来，他掌控着这艘巨型商业航母破浪前行，经历过战乱，经历过破产，经历过排挤打压甚至清洗，可他从没有皱过眉头，从没有退缩和逃避，都是一路过关斩将闯了过来，而且愈挫愈勇。可现在面对自己的儿子，他却显得那么苍老无助和无能为力。面对父亲那躲闪的带些恳求的目光，洪生还能说什么？还有什么可协商的？那就交出来吧。

张洪涛如愿以偿，欢天喜地去了南非，可没承想没出一个月就出了塌方事故，有二十多个当地的矿工被困在了地下生死未卜。事故出了，张洪涛却一溜烟跑回了雅加达，猫在家里再也不出门。张重年没办法，只好把刚到巴西开发铁矿的三儿子洪生急召回来，让他火速前往南非。

2

张重年得的是重度帕金森综合征，再好的药再好的医疗设备也是无力回天。尤其是近半年来，他的身体状况每况愈下，真不知哪一天就会撒手西去，这一点张重年自己心里非常清楚。对于生死，张重年倒是看得很淡。自己活到了这把年纪，从当年一个烟厂的杂工干到现在的亿万巨富，大风大浪中练就的就是一身肝胆，自己的这些产业，哪一份不是出生入死打拼来的？要是怕这怕那怕死的话，恐怕自己一辈子走不出那个烟厂。死当然简单，可身后的事呢？那可不简单！

张重年有三个儿子。长子张洪波打小聪慧过人，最是可造之材，可惜他沉迷于艺术与女人，做起事来总是眼高手低，每次交给他的事情无一不被他搞成乱糟糟的一团，令他失望至极。次子张洪涛自小顽劣，早早就对张氏的产业表现出极大的兴趣，可此子反复无常，没什么责任与担当，还屡屡生出一些不择手段的阴谋诡计，这成了他的一块心病。唯有三儿子张洪生，心思缜密，沉稳干练，在胆识与心计上比当年的自己有过之而无不及。巴基斯坦的化工、中国大陆的房地产、南非的金矿、巴西的铁矿，他拿下的项目一个比一个大，一个比一个凶险。可这也恰恰让他看到了自己这个儿子的魄力与狠辣，又或多或少生出了些担心来。

洪波和洪涛是张重年的大夫人所生，大夫人与自己白手起家，一路打拼，吃了多少苦担了多少惊受了多少怕，张重年心里最清楚。大夫人不到四十岁就撒手人寰，就是活活累死的，临死都没有闭眼，还是张重年用手给她合上的。张重年明白夫人死不瞑目的原因，是担心她的两个儿子。就在给她合上眼的那一刻，张重年已在心里暗暗发誓，自己会让夫人的在天之灵安息的。

洪生是张重年的第二个夫人所生。这孩子自小有些木讷和孤僻，平时不言不语，脾气还很倔强，所以并不怎么讨父亲的喜欢。张重年对前面两个儿子的迁就与偏袒，对小儿子的严苛与疏远，其实张氏的上下人等都看得明白，也都明白大老板的心思。可明眼的人心里都清楚，这恰恰会害了前者。但这谁又敢跟张重年去说呢！

该发生的终究要发生。三个孩子在差别对待的父爱下成长了起来，就成了现在的样子。此时身在庐山之中的张重年才回过味来，可惜木已成舟，悔之晚矣。

自从张重年患病以来，他不得不为身后的事考虑了，到底该把手中的权杖交给谁，他始终在犹豫着。一年前，在三子洪生入主中国大陆房地产的时候，张重年就有意将手中的权杖交给洪生。可自打他表露出了这个意向，那一段时间张氏就总是波澜不断，意外频出。他明白是那两个儿子在作怪，也就一拖再拖，悬而未决。张重年深谙中华的历史文化，明白当年曹子建为什么作七步诗，也明白大唐初建的玄武门之变。此事，要慎之又慎啊！

当洪涛吵着闹着要南非金矿的时候，张重年就一直在观察洪波和洪生的反应。洪波一如既往地漠不关心。洪生看到了父亲恳求的目光，毫不犹豫地让了。南非的金矿发生了矿难，洪涛溜了，洪波躲了，他又让洪生前去处理。洪生依然毫不犹豫地去了。

当洪生点头答应去南非的时候，张重年就在心里拿定了主意。他意味深长地看了面前的洪生一眼，哪承想这一眼，竟是他们父子的永诀！

3

张洪生赶到南非的兰德金矿以后，并没有急着露面，而是暗中找到当年他留在这儿的一个亲信，先把情况摸清。这是洪生一贯的行事作风，胆大和魄力并不代表着冲动和莽撞，无论做什么事，他都会先做到知己知彼心中有数，才会谋定而后动。

南非的兰德是全世界最大的黄金产地，已有 100 多年的历史，黄金的年产量占到世界总产量的一半以上。这里的地下虽然全是黄金，可开采条件却是相当落后和简陋，管理和安全措施也是相当的不规范，时有矿难事故发生，这一点洪生早就心中有数。所以这次张氏金矿发生塌方事故以后，洪生并不像洪涛那么惊慌失措，也不像父亲张重年那样忧心忡忡，心急如焚。

此次塌方事故的原因很简单也很明显，就是张洪涛来到以后不顾生产实际和开采条件，一味地贪多贪快，违犯操作规程所致，这和洪生预料得差不多。棘手的就是岩层塌方事故发生以后，作为老板的张洪涛不是及时组织施救，妥善安慰和安置家属，而是溜之大吉，影响极其恶劣，在当地已经引起了极大的公愤。好在当地政府和矿业委员会已经出面，正在不遗余力地实施营救。

面对这种局面，张洪生明白，如果他现在出面的话，非得被群情激愤的家属给撕了不可，最好的对策只有等，等营救结果出来再说。虽说是等，可张洪生并没有闲着。他找到了当初在这儿所有的熟人，让他们挨个儿找到被埋矿工的家属，先做做沟通和铺垫工作，先把他们冲天的怨气化解一下，让他们知道张氏会负责到底的。另一方面，他也暗中找到了当地政府和矿业委员会的负责人，深表歉意的同时也暗示了张氏绝不会让他们白忙……

一天以后，塌方的坑道打通了，不幸中的万幸，被埋在矿下的 21 名矿工无一遇难，只有 3 个人受了伤，但并无性命之忧！一天云彩满散，洪生立马向父亲汇报。可电话响了好长时间却没人接，一种不祥的预感蛇一样地爬上心头。不一会儿电话打了回来，是老管家兴叔。他口气很急，让洪生赶紧回去。洪生问到底发生了什么事，那边却挂断了电话。

肯定是父亲出事了！而且还有人在动自己的手脚。张洪生从兴叔一反常态的反应中，敏锐地感觉到了事态的严峻和潜在的危机。自己必须赶回去，十万火急！

4

可南非这边哪是那么容易脱身的。金矿事故虽然没有死人，但善后和赔偿的事仍然十分难缠，若是处理不好，以后张氏在这里根本就无法立足了。能来这里淘金的人哪个都不简单，都不是善茬，所以关于赔偿标准的谈判已经进行了两轮，可仍然不能达成共识。尽管张洪生后院里已经燃起了熊熊大火，可坐在谈判桌前的他，依旧是那么从容，那么沉稳，寸步不让，让谈判对手们看不到一丝希望。

谈判又僵持了半天，最后还是在矿业协会的出面调停下，双方才各退一步，签订了协议。金矿全面恢复生产以后，张洪生把这里的一切安排停当，这才心急火燎地赶往离这儿最近的约翰内斯堡机场。来到机场，一向机警的洪生便发现情况有些不对，他总觉得后面像是有人盯梢，甚至感觉到有一把黑洞洞的枪口在指着他。可他一回头，却又没发现什么，但他相信这绝不是错觉，对于自己多年来出生入死练就的这种直觉，他深信不疑，这种直觉曾多少次令他死里逃生！

瞅了个机会，洪生便一下拐进了洗手间，等他重新从洗手间出来的时候，赫然已经变成了另外一个人。全身上下的行头全换了不说，还有一副大大的墨镜遮住了半边脸，原来棱角分明的下巴上也多了一把乱蓬蓬的大胡子，站在镜子前面，甭说别人，就连他自己都认不出自己了。出了洗手间，洪生有意无意扫视了一下四周，就在他的目光落在正前方宽大的电视屏幕上的时候，他惊呆了，里面正在播放父亲张重年去世的消息！

晚了，终究还是晚了！洪生想起临别时父亲那意味深长的眼神，想起父亲那欲言又止的表情，当时他就觉得那一刻心里特别难受，可怎么也没有往这一方面去想。也可能那个时候父亲就已预感到了什么，可能那个时候父亲要对自己有所交代。悲痛，后悔，继而是愤怒！洪生使劲揪着自己的头发，强忍着满眼的泪水，咬牙切齿地说道："张洪涛，你等着。"

父亲的病最怕焦虑，最怕刺激，要不是张洪涛硬要抢自己手里的金矿，重病的父亲何至于如此为难而令病情雪上加霜？要不是南非金矿事故的刺激，父亲绝不会这么快就撒手人寰！要不是张洪涛，自己怎么会连父亲临终的最后一面都没有见上！忽然，洪生又联想到自己当下的处境，为了张氏的权杖，为了这亿万财产，会不会是自己这个二哥要对自己痛下杀手了！

想到这儿，张洪生不再有丝毫的犹豫，转身出了机场，向开普敦港赶去。他现在只有走水路赶回雅加达。

5

张重年的葬礼简朴而又隆重，简朴是遵照老人的遗愿，隆重是为了表达人们沉沉的哀思与深深的怀念。张重年的一生跌宕起伏，波澜壮阔，创造了一个又一个的奇迹，书写了一个又一个的传奇，最终铸就了全球瞩目、所有华人都为之骄傲的辉煌成就。这样一位巨人的溘然长逝，怎能让人不痛心，怎能让人不惋惜！

整个葬礼现场庄严肃穆，异常凝重。各界政要来了，各位商业巨擘也来了，他们吊唁完逝者又一一向家人表示慰问。可前来吊唁的人都觉得奇怪，为什么老人的三儿子张洪生没有在场？这种场面，这种气氛，况且豪门深似海的道理大家还是都明白的，所以没有谁开口去问。

举行完了葬礼已是傍晚，灯光昏暗的厅堂上只剩下大公子张洪波、二公子张洪涛和老管家兴叔。沉寂了好长一会儿，洪波盯着二弟洪涛看了一眼，转头对依然还沉浸在悲痛之中的兴叔说："兴叔，麻烦您老跑一趟，去把老夫人请来。"老夫人就是张洪生的母亲。洪波和洪涛虽然不是老夫人亲生，但老夫人为人善良温和，多少年对这两个儿子一直视若己出，从没有生分过，甚至比对洪生还要好上几分。

老夫人已吃斋念佛多年，而且身体一直不好，从不过问集团内的任何事情。此次老伴的辞世对她老人家打击太大，强打精神撑到葬礼完毕就被架着回房休息了，不到万不得已谁也不想去打扰她老人家。可国不可一日无君，军中不可一日无帅，今后整个张氏到底由谁来执掌？父亲生前有没有对老夫人做过交代？此时的洪波和洪涛真是一刻都等不得了。

兴叔去了以后，洪涛抽出一支加长的古巴雪茄点上，深深地吸了一口又长长地吐了出来，问一直闷坐在一旁的大哥："这事，你怎么看？"仿佛还沉浸在悲痛之中没有回过神来的洪波一愣，然后叹了一口气，幽幽地说："老二，这事你连想都不要想了。"

一听这话，洪涛"啪"地一下把刚吸了几口的雪茄烟扔在了地上，用脚狠狠地踩着说道："凭什么，凭什么呢，你就那么甘心？"洪波又叹了一口气道："这有什么不甘心的？再说，你不甘心又能怎样？"

是啊，不甘心又能怎样？自从父亲生病以后，张氏的大部分业务都是洪生在一手操持，而且蒸蒸日上，不出什么意外的话，由他来接手张氏既是顺理成章又是众望所归。这一点他们兄弟二人心里很清楚，急步走回的兴叔也非常清楚。

兴叔跟随张重年已有四十年，张氏的上上下下里里外外没有他不清楚的，也没有他看不明白的。老爷去世以后，如何隔绝了与三少爷洪生的所有联系，怎么又急急忙忙操办了葬礼，这一切都是为了什么，他心里再明白不过了。可他更明白自己的位置，管家就是管家，下人就是下人，不该管的千万不能管，更何况他根本就管不了。

6

见只是兴叔一个人回来，洪涛就问："老夫人呢？"兴叔答道："老夫人说她累了，就不过来了，不管什么事情，由你们二人商量着办就是了。"

"我们两个商量着办？"洪涛差点给气乐了，"我们能商量着办就好了。"这时，在一旁的洪波开了口，说道："兴叔，您老也不是外人，您应该知道我们两个让您去请老夫人的意思。"

兴叔轻轻干咳了一声，郑重地说道："老夫人也说了，关于老爷身后的事，老爷没有对她做什么特殊的交代，一切的安排老爷都写在了遗嘱里。"

"遗嘱？"洪波和洪涛都大吃一惊，果真有一份遗嘱！老爷子离世之前的几天，他们二人一直守护在左右，本想他老人家一定会留下什么话，可到底却是什么都没说，他们本以为结果会在老夫人那儿，没承想凭空又杀出一份遗嘱来！

"遗嘱在哪儿？"二人齐声问道。

"老夫人说在律师团的保险柜里。"

"遗嘱的内容呢？"洪波迫不及待地问。兴叔摇了摇头。洪波又问："那什么时间公布这份遗嘱？"这次兴叔没有摇头，说道："这由你们来定。"

张洪波不再作声，脑子却在飞快地旋转。遗嘱的内容不会有什么悬念，就是用脚后跟想也能想明白，这一切都是为洪生准备的！为什么老爷子临终对身后的事只字未提，还不是因为他的宝贝三儿子不在场？为什么老夫人对此事如此沉得住气还这么漠不关心，还不是心里早就有了底？原来父亲对自己和洪涛一直以来的偏爱都是假的、骗人的；还有老夫人，对他们的好那也是装给外人看的，到了最终的关键时刻，她怎么可能不向着自己的亲儿子？想到这儿，洪波在心中暗道：既然你们不仁，那就别怪我不义了。

一旁的洪涛看见大哥脸上的阴晴变幻，就对兴叔说道："兴叔，您老人家这几天也累坏了，早些回去休息吧。"兴叔点着头，试探着问："那遗嘱公布的时间……"洪涛看了一眼大哥洪波，说道："此事宜早不宜迟，一刻也耽误不得，那就明天一早吧。"洪波也附和道："是啊，此事关系重大，恐怕夜长梦多，还是越快越好。"

兴叔本还想说什么，可嘴巴张了几下，还是把话咽了回去，深深叹了口气，转身走了。

见兴叔走了，洪波盯着洪涛看了一眼，轻声问道："南非的事，是你安排的？"洪涛一愣，连忙故作镇静地一笑，说道："你是说金矿的塌方吗，那我能安排得了？"洪波仍在盯着他继续问："那你是安排不了，可后面的事你却安排得了。"

洪涛不再作声，沉了一会儿说道："那还不是为了我们哥俩。"洪波重重地点了点头，说道："有把握吗？"洪涛说："到现在还没有回信，我估计够呛。"洪波听了眼里闪出了一道寒光，狠狠地咬着下嘴唇，从牙缝里挤出两个字："未必！"

出了厅堂的兴叔来到花草繁茂的院落深处，仰天望着夜空中一轮清冷的弯月，叹道："老爷，您走远了吗？您能瞑目吗？"突然，他只觉眼前一花，一个黑影出现在眼前！

7

这个黑影正是张洪生。

张洪生经过一番乔装改扮离开约翰内斯堡机场，赶到开普敦港口等了一个下午，才登上了一艘开往雅加达的货轮。这一路上倒是比较安全，到了雅加达他才知道，父亲的葬礼已经举行完了，这就更加印证了他对当前境况的猜测。看来，这真是要在张氏上演一场"玄武门之变"了。

直到夜深人静洪生才潜回家里，他已在花草丛中猫了一段时间，看到了洪波、洪涛还有兴叔在厅堂里的一举一动。等兴叔从里面出来仰天长叹的时候，他就明白了兴叔的心思与态度，这才现身。被吓了一大跳的兴叔定下神来，一看是三少爷洪生，惊得他差点喊出声来，慌忙用手捂住了张大的嘴巴。

兴叔拽着洪生来到花丛深处的一处花房，轻轻开了门，看看四周没什么动静，他二人这才蹑手蹑脚地走了进去。来到里面坐下来，兴叔就迫不及待地问洪生为什么现在才赶回来。洪生也没有细讲，只是问家里的情况。兴叔就把家里发生的事一五一十对洪生讲了，讲完又急急地补充说："明天就要公布遗嘱了，你打算怎么办？"

"明天？这么急！"洪生的脸上露出了一丝冷笑，接着就对兴叔说，"这事您老就不用管了，千万不要把您再牵扯进来。"说完他就急急往外走。兴叔一把拽住他，去门外四处查看了一下，才招手让他出来。洪生离开花房，就又消失在花草从中。此时的洪生心乱如麻，感觉到从未有过的孤独与无助，不由想起自己最得力的助手战一杰。要是有他在身边该多好啊！

洪生本想再去母亲那里看一看，但踌躇再三还是没有去，就急匆匆借着夜色的掩护离开了。可他万万也没想到，就在他悄然离去的那一刻，却被隐藏在黑暗之中的一双眼睛发现了！

第二天的天气非常闷热，让人从里到外都憋得难受。一大早，张氏大厦的一楼前厅就已非常热闹。昨天深夜，张氏的各位董事接到董事会秘书的电话通知，要在今天一早召开紧急董事会议，由律师团当众宣布已故董事长张重年的遗嘱！因为刚刚参加完老董事长的葬礼，全体董事都还没有离开雅加达，所以一大早人们就全聚集到了这里。

对于葬礼上三公子洪生的缺席，大家心里都揣着种种猜测，现在又这么急着要宣布遗嘱，就更不得不令人生疑。关于遗嘱的内容，董事们嘴上虽然不说，但都已心照不宣，以老董事长的睿智与眼光，张氏的接班人十有八九就是这个迟迟没有露面的张洪生。这也是大家所希望的，张氏只有在他的手里，才能继续扬帆远航，再创辉煌，可真要是落在其他二位公子手里，那就前途未卜吉凶难料啦。

可这位三公子他到底在哪儿呢？

就在此时，门厅的大门一开，只见精神抖擞的张洪生健步如飞地走了进来！所有在场的人都不由眼前一亮，先是一阵短暂的沉寂，接着就爆发出一阵雷鸣般的掌声！就在这掌声之中，突然，传来了一声清脆的枪响。同时，一个身影箭一般地扑向了张洪生，现场一片大乱……

等吓蒙了的人们反应过来才看清，扑上前去的那个人为张洪生挡住了子弹。此人正是刚刚从中国大陆赶到雅加达的战一杰！

8

雅加达阿波罗医院通往手术室的通道上，躺在担架车上的战一杰已进入昏迷状态，但他仍然紧紧抓着张洪生的一只手。张洪生跟着担架车在跑，他明白，战一杰这是有事放不下要跟自己说。他就把另一只手使劲握在战一杰的手上，让他放心，一切都会好的！

手术持续了五个多小时。等手术室的门一开，张洪生就扑上去拉住了大夫。大夫说手术非常成功，已经没有生命危险，子弹距心脏只有两厘米，不幸中的万幸啊！

等看着战一杰从手术室推出来转进了重症监护室，张洪生这才长出一口气，一直悬着的心终于放了下来。他把医院这边的一切安排停当，就马不停蹄赶回张氏大厦，那里还有一大摊子事等着他去处理。枪手已经逃走，洪波和洪涛到现在也一直没有露面，虽然洪生百分之百可以断定这次枪击事件与他二人脱不了干系，但在凶手没有擒获之前，他仍旧拿他二人没有办法。现在唯一的办法，就是立即公布遗嘱。

张氏集团宽大的会议室里，当着所有董事的面，律师团把张重年的遗嘱拿了出来。尽管张氏的大公子张洪波和二公子张洪涛不在场，但鉴于老董事长去世以来发生的这一系列事件，律师团经过商议，还是决定以最快的时间公布这份遗嘱。

张重年的遗嘱宣读完毕，现场一片寂静，哪怕有一根针掉到地上，也会像炸雷一样惊人心魄。这份遗嘱既在意料之中，却又是大大的出乎意料。张重年在遗嘱中安排：由三子张洪生接任张氏集团的董事长；张氏在南非的金矿和巴西的铁矿交由长子张洪波，可以不受张氏集团总部的管制；张氏在俄罗斯的石油和中东的化工交由次子张洪涛，可以不受张氏集团总部的管制！这份遗嘱让所有在场的人都目瞪口呆，难道张氏就这么瓜分了？难道这就是老董事长作为父亲的良苦用心？

金矿、铁矿、石油、化工，这四大产业在张氏集团虽然占的份额不是很大，但利润和回报却是最高的。把这四块肥肉分给了洪波和洪涛，而且可以不受张氏总部的管制，那张洪生接过的这口锅里还剩下什么呢？他这个张氏集团的董事长该如何来当呢？

散会以后，只剩下张洪生独自一人坐在那里，眉头紧锁。对于父亲的遗嘱，洪生做过各种各样的猜测，但万也没想到会是这样，估计自己的两个哥哥也没想到，要不然，他们不会这么迫不及待地对自己痛下杀手。父亲啊，你这好父亲是当了，可接下来的张氏怎么办？难道您就亲手让张氏就这么四分五裂了？难道您就忍心让自己倾尽一生的心血这么付之东流了？

不可能，绝不可能！洪生相信这绝不是父亲立这份遗嘱的真实意图，以他老人家的责任担当和深谋远虑，即使再病再糊涂也不会出此下策。那父亲这份遗嘱的后面又藏着一个什么样的谜题呢？冥冥之中洪生仿佛看见父亲那深邃的目光在盯着自己，那目光中有信任，有鼓励，有期望，而洪生看到最多的，却是考验！

9

整整一宿，洪生就一直坐在那里，当黎明的第一抹曙光照进窗口，就把他的心也照亮了，洪生终于找到那份遗嘱的谜底。张重年倘若把整个张氏都交到张洪生手上，那洪波和洪涛怎么办？洪生的果断与狠辣，张重年是了解的，以洪生的性格，再加上洪波与洪涛的任意胡为和不加节制，最终洪生肯定会把他两个哥哥逐出张氏，那他张重年还有何脸面去见结发夫人的在天之灵？而把张氏最好的产业项目挑出来交到洪波和洪涛手上，就成了他二人手上的免死金牌。张重年料定，洪生绝不会让张氏分裂，也绝不会眼睁睁看着那几个项目在两个哥哥手上败掉。

"这是何等良苦的用心啊！"张洪生在心中慨叹，"可英明一世的父亲啊，您哪里知道，您一心力保的那两个儿子，早就磨刀霍霍地先下手为强了。"想到这儿，洪生心念一转，马上又释然了。也许，父亲早料到他的两个哥哥无论如何都是斗不过自己的！那现在自己该怎么办呢？一阵清脆的手机铃声打断了洪生的冥思苦想。电话是医院打来的，说战一杰醒了。

张洪生赶到医院重症监护室的时候，战一杰已经又昏睡了过去。望着面色苍白浑身插满管子的战一杰，洪生鼻子根儿一酸，泪水就涌满了眼眶。一年以前，自己这个最得力的助手怀揣着自己密授的三个锦囊去了中国大陆，此次回到雅加达肯定是大功告成来报喜的，可哪承想喜还没报呢，却先替自己挡了枪子儿，差点把命丢了。

一年前张洪生把战一杰派回芸川，悄然拉开了进军中国房地产的大幕，现在看来，那确实是一步妙棋。也许正是当年这暗度陈仓的一步棋，才能解开父亲留给自己的这个珍珑棋局！

此时，正在昏睡之中的战一杰觉得自己正在奔跑，先是跑在自己儿时的田野上，田野上鲜花盛开，芬芳四溢，跑着跑着自己身边就汇集了一大群人，有胡玉庆，有胡小英，有肖春梅，有钱冬青，后面还有成百上千的人，全是芸川啤酒厂的工人。忽然，前面的鲜花消失了，绿草也消失了，一股股被污染了的臭水从四面八方涌来，不一会儿就汇聚成了一片沼泽，胡玉庆陷进去了，肖春梅陷进去了，马上所有的人都陷进去了，只有他自己还站在那里。他被眼前的景象吓坏了，忙不迭地伸出手去救人，去救每一个人，可他一个也没救起来，只能眼睁睁地看着他们在拼命挣扎，在一点点地陷下去，陷下去。正在这万分危急的时刻，只见张洪生驾着一艘船向这里划了过来，战一杰就使劲地招手，拼命地喊。船过来了，洪生也过来了，看着眼前的一切，看着声嘶力竭的战一杰，洪生什么也没说，却从腰间掏出了一把枪对准了他。随着"啪"的一声枪响，战一杰浑身一颤，睁开了眼睛。

10

从梦中惊醒的战一杰，第一眼看到的恰恰是在梦中向他开枪的张洪生，不由大叫一声，差点又晕过去。洪生不明白战一杰第一眼见到他为什么会如此反应，就使劲抓住他的手急急地问："一杰，你怎么了？是我，我是张洪生。"

真真切切听到了洪生的声音，真正感受到了洪生手上的热度，战一杰这才慢慢回过神来，想说话却怎么也张不开嘴，只好勉强冲他笑了笑，算是打了招呼。这时大夫走了过来，对洪生说现在病人不能激动，也不能讲话，等三天后转出重症监护室才能正常探望。洪生当然明白今天他之所以能来见战一杰，是因为他的特殊身份医院才勉强破例允许的，所以他也不再做过多的停留，只是在战一杰的手上又轻轻地拍了拍，就起身离开了。

离开医院的那一刻，洪生已经想明白了自己的下一步棋该怎么走。回到张氏大厦，兴叔已在办公室里等他。兴叔告诉他，张洪波和张洪涛已经露面，正在老夫人那里。洪生就问："他们想干什么？"兴叔摇了摇头，只是说："老夫人让你过去。"

洪生赶回家径直来到母亲的房间，一进门就看见张洪波和张洪涛正跪在地上，而母亲正闭目端坐在蒲团之上，一脸的平静慈祥。见洪生来了，母亲就让跪在地上的洪波和洪涛起来，招手让他们三人都坐下，这才开口说道："父亲的遗嘱你们都明白了吗？"

沉默了好一会儿，洪生沉声说："明白了。"又过了一会儿，洪波和洪涛也懦懦地说道："明白了。"老夫人又对洪生说道："你的两个哥哥说不会脱离张氏。"洪生听了一愣，还没等他开口，又听老夫人一字一句地说道："以往的事就让它一笔勾销吧。"洪生听了这句话，就抬头去看母亲。只见母亲正盯着自己，慈祥的目光中满是恳求与期待。再看一旁的洪波和洪涛，也正眼巴巴地齐盯着自己。沉吟了半晌，洪生才重重点了点头……

经历了一番暴风骤雨的张氏集团终于又翻开了崭新的一页。在新任董事长张洪生主持的第一届董事会上，张洪波和张洪涛信誓旦旦表了决心，表示坚决支持、拥护新一任董事长，保证一定会尽心竭力把自己分管的业务做好，不负老董事长的信任与重托。在场的董事们虽都不明就里，但对这个结果还是感到满意和庆幸，不管怎样张氏总算是平安渡过了这一劫。会议最后，张洪生本想把集团下一步准备大举进军中国大陆房地产的设想提出来，可考虑到现在战一杰还躺在医院的病床上，自己对他工作的进展情况还不是十分清楚，还是忍住了没说。

张氏的一切又恢复了正常，这艘巨型商业航母在新一任舵手的掌控和指引下，又重新扬帆起航……

11

一个月以后，已经能够行动自如的战一杰来到了张洪生宽敞明亮的办公室。张洪生把他让到沙发上坐下，亲自去给他泡茶。茶水泡好了，他俩就坐在沙发上促膝而谈。

战一杰汇报得相当详细，把他当初如何揣着老板的三个锦囊回到了芸川，如何依计而行，先是创新开发了冬令啤酒，一举占领市场；继而推出苦瓜啤酒，重新启用"梦泉"品牌；后又成功举办了啤酒节，迅速把企业做大做强。同时，借机与芸川市委书记付茂山拉上了关系，利用与付茂山的关系又开始运作把中方股份卖掉，把企业彻底变成了独资企业，芸川啤酒公司正在迅猛地发展……战一杰讲得言简意赅，洪生听得也是频频点头，不时赞许地拍一拍战一杰的肩膀。

接着战一杰讲到了麦芽仓库的那一场大火，为了保护公司财产，为了尽可能多地抢出一粒粮食，工人们毅然决然不用消防车上的水灭火，而是全体员工义无反顾、无一退缩全都冒着生命危险冲进火海，最终 1500 吨麦芽保住了 1300 多吨，创造了全世界同行业类似事故中的奇迹！可是为此工会主席胡玉庆牺牲了，肖春梅全身烧伤……战一杰讲得很激动，不知不觉中已是泪流满面。

洪生听了也很震撼。可老实说，他心里更多的却是不理解，为什么要舍去最宝贵的生命去救那些没有生命的财产呢？要是当时他在场的话，他是坚决不会允许这么做的。可偏偏他的员工们就这样做了，不是为了自己，而是为了他们张氏！

战一杰汇报完了，喝了口茶水，才慢慢恢复了平静。只见他把手伸进怀里，从里面掏出了三个锦囊。洪生认得，这正是当初自己交给他的那三个锦囊！战一杰把其中一个锦囊交还到洪生手上，说道："前两个锦囊我都依计而行，圆满完成，可这第三个锦囊，我交还给您，我不能这么做。"

第三个锦囊就是让战一杰把芸川啤酒公司解散，用那 500 亩地来开发房地产，这正是今天洪生要跟战一杰谈的，也是他接手张氏后要烧的第一把火。可现在……，看着手上的这个锦囊，洪生愣在那里。该怎么跟战一杰说呢？

战一杰看出了洪生的为难，也看出了他的犹豫，就毅然决然地说道："我恳求您，不要解散这个企业。"洪生眉头紧锁，没有吱声。战一杰又说："为了那 1500 名员工，我恳求您。"

洪生站了起来，来回踱着步，一步比一步沉重。战一杰盯着老板的脚步，每一步就像踏在了他的心口上，最后他把心一横，一字一句地说："好吧，就算是为了我，为了救了您一条命的我。"

洪生站住了，两道锐利的目光紧紧盯着战一杰。战一杰的目光迎了上去，没有丝毫的退缩。过了好长时间，洪生慢慢地说道："好吧，我给你一年的时间，一年以后，你再依计而行。"说完，把手中那个锦囊又交回到了战一杰的手上。

第二章 重返芸川

1

直到徐徐降落的飞机在机场的跑道上停稳，战一杰仿佛还没有从似睡非睡的状态中清醒过来，迷迷糊糊出了机场的服务大厅，双脚踏在了家乡的土地上。一阵凉爽的秋风扑面，他这才算真正清醒了过来，像是大梦初醒一般。

他深深吸了一口气，用拳头在胸前的伤口处使劲摁了摁，感觉还是有一点隐隐的疼痛。这时，一辆出租车开了过来。司机落下车窗问："要不要车？"战一杰点了点头。此次战一杰回来，没有通知厂里，也没有通知杨小建来接他。不知为什么，战一杰现在还不想见他们，就像当年上学时考试没考好不想回家见家长那种感觉。

出租车驶出机场并没有上高速，战一杰知道走下面比走高速要省不少钱，所以也就没吱声。司机很兴奋，看来是很久没有拉到这么像样的大活儿了，就格外殷勤地搭讪："老板，您这是回家？"

战一杰对他的称呼并没有计较，点了点头："是回家。"

"这是从哪儿回来的？"

"印尼。"战一杰回答得有点心不在焉。

"印尼？"司机一吐舌头，看来他对印尼的印象不怎么好，又见战一杰一副心事重重的样子，就不再开口，专心开车。

战一杰虽然这两个多月没在芸川，但对公司的情况还是了如指掌。就像原来他所希望的那样，现在公司的运转已经步入了一个相对良性的发展轨道，制度的约束和工人的自觉在企业管理中发挥的作用越来越大，基本摆脱了人为管理的模式。原来胡玉庆那一摊子工作由钱冬青管着，老钱原来就干过生产副厂长，从能力到经验都比老胡差不到哪里去，所以厂里这一摊儿依旧是有条不紊地高速运转着，这一点，战一杰没什么好担心的。倒是市场销售那一头，肖春梅虽然在电话里总是说一切顺利，但战一杰的心还是悬着。一是担心没有自己在后面撑着肖春梅掌控不了，二是担心肖春梅的身体。她毕竟现在已身怀有孕，况且还不知身上的烧伤好利索了没有。

这两个月正是啤酒行业的旺季，是一年当中最忙的时候。原来在市场上所做的那些基础工作与宣传造势，威力和效果在这个时候才真正显现了出来，啤酒销量呈现出井喷的态势，把生产和仓储部门逼得天天提不上裤子。每次通电话的时候，钱冬青总要诉一番苦甚至发一通牢骚，但战一杰还是听得出他发自心底里的激动与兴奋。中间他也与胡小英通过几次电话。因为老胡的去世，小英的情绪一直相当低落，所以工作方面战一杰问得很少，主要是说些宽慰的话。小英的话语里掩饰不住对他与日俱增的思念，同时对他的迟迟不归也很是不解，每次通话都要问他什么时候回来，他只好含含糊糊地应付着，只说快了。

第三个锦囊里要解散企业开发房地产的事，战一杰对谁都没有讲，他离开芸川的时候，只说到总部开会。至于为什么迟迟未归，他就说因为老董事长张重年的去世，集团有很多事要调整和安排，对于自己如何中枪、如何死里逃生，又如何用一条命为芸川啤酒公司换来了一年的缓期执行，他只字未提。

2

现在已是中秋时节，公路两旁地里的玉米已经收割完毕，这时的田野又恢复了一望无际的辽阔，接下来人们又该忙着耕地种麦了。战一杰记得小时候这时正该是放秋假的时候，那时在农村上学，一年有四个假期，除了和城里孩子一样的寒假暑假，他们还有麦假和秋假。这两个假期时间都不长，有时是一个星期，有时是两个星期，好让孩子帮大人忙一忙地里的农活。而更主要的原因，是因为那时农村的小学老师大都是民办教师，他们家里也有地，也需要忙麦忙秋。

不上学的时光，那是快乐无比。其实孩子们也给家里帮不上多大的忙，也就是往地里提点水送点饭什么的。记得那时的早饭真香，大人们掰了一大早的玉米或是耧了一大早的地，孩子们把热馒头和冒了油的咸鸡蛋送到田间地头，大家扑拉扑拉手上的土就开始吃，风卷残云一般，吃得那叫香，是什么山珍海味都比不了的。

那时的孩子们还有一份乐此不疲的工作，那就是拦粮食。所谓拦，就是去找、去搜寻落到地里或地下的粮食。比如说地瓜、花生，就有落在地底下的，想拦就要用镢去刨；而玉米、豆子一类，就要去地里或秸里翻找。反正，你只要去做，就会有收获。而更主要的收获，是那份无拘无束，那份自由自在。而让战一杰更难忘的，就是耕完了地以后。那时候地耕得很深，地底下的土被翻了上来，整个田野里弥漫的，都是一股新鲜的泥土的芬芳。光着脚丫踩在上面，松松的，软软的，整个血脉都与大地贯通相连，整个身心都像被洗涤过一般，留不下一丝的嘈杂与忧烦……

汽车仍在疾驰，穿过一处村镇的时候，战一杰飘飞的思绪才收了回来，不由摇着头在心底里慨叹了一声。那儿时的田野，那曾经的纯真与欢乐，何时再相见，看来也只有在梦中了！

出了村镇，司机就问："我们是去芸川城区？"

战一杰想了想说："不去城里，去龙泉镇。"这两个多月来，父亲只给他打过一次电话，问他什么时候回来，当父亲得知张重年去世的消息后，就没再打电话催过他。再过两天就是中秋节了，战一杰想，不管有什么天大的事，还是在家踏踏实实陪父母过个团圆节再说。老实说，战一杰躺在病床上这一个多月的时间，想得最多的还是自己的父母，越想就越是后怕。这次自己真要是交待了，人家张氏还是张氏，他张洪生照样还当他的董事长，就是芸川啤酒厂的工人们，不管厂子在还是不在，人们不还照样过活？可自己的二老双亲呢，可让他们怎么活？

来到村南头七孔石桥前的时候，战一杰就让司机停了车，付了车费看着出租车调头走了，他这才拉起行李箱上了石桥。隔了老远，战一杰就看见桥上站着一个人，依稀间觉得这个身影似曾相识，但一时却又想不起来到底是谁。

3

桥上的人也看见了战一杰，遥望着辨认了一会儿，就迎着他走了过来。

走到了跟前，那人突然跑了上来，一把抢过战一杰手上的拉杆箱大声笑道："你可回来了，走，快回家去。"那语气那神态就像是自己家里人一样。

这一下可把战一杰弄蒙了。这是谁呀，高高大大的身材，一身笔挺的西装，鲜红的领带，胖胖的脸上满是笑意，只是那眼神有点怪怪的，亲切中又带些闪烁不定的戒备与提防。那人看战一杰愣在那里，就有些生气，使劲在他肩膀上一拍说："咋啦，你这考上大学就连老同学都不认的了？我是黄士文呀。"

战一杰这才如梦初醒，连声说："对不起，对不起！士文，这多年没见了，只觉着眼熟，却真是没敢认。"

战一杰知道自己这个老同学早已是今非昔比，自己原来就开着两家化工厂，好像去年又收购了好几个化工厂，不说身家上亿吧，几千万那是不在话下。可他今天怎么会独自出现在这儿呢？

战一杰觉着不好意思，本想从黄士文手里抢过拉杆箱，可他这老同学是死活不让，还埋怨了起来："一杰，你可变得越来越见外了，小时候咱俩哪分过你我呀，干啥不都是一块干？你忘了，那年一块到村口的大湾里洗澡，我一个猛子扎下去，一下就把头扎进了滋泥里，还是你硬生生把我拔出来的。要不，那回我就死球了。"

这事攻儿战一杰倒是早忘记了，经他这么一提，想想好像还真有那么回事，就笑道："那你可欠我一条命啊。"没承想此话一出，本来还是满脸灿烂的黄士文却一下由晴转阴，转过脸来直勾勾地盯住战一杰问："你想让我还你一条命？"语气阴森森的，甚是恐怖。老同学这一惊一乍的表现，把战一杰弄得是晕头转向，哭笑不得，傻愣愣地站在那儿一时不知说什么才好。

这时他们已走到了石桥的中央。黄士文并没有理会战一杰的吃惊与尴尬，指着桥下面已经被工业污水污染得狼藉不堪的河床说："你看，我们小时候能在里面洗澡的河湾，现在都变成什么样了？要能找出罪魁祸首，我非宰了他不可。一杰，你说这是谁干的呢？"

战一杰这回彻底给弄蒙了，心道：这罪魁祸首不就是你吗？你还在这里贼喊捉贼！可心念一转，看黄士文这情形，该不是神经不正常了吧！就试探着问："士文，你真不知道这污染是怎么回事？"

黄士文听了一愣，瞅着战一杰道："我为什么要知道？我又没考上大学。你应该知道呀，你是大学生。"这一次，战一杰确认了自己的猜测。

4

战一杰和黄士文一块出现在家里的时候，战一杰的父母都吃惊地张大了嘴巴，好一会儿没合上。倒是黄士文一点也不见外，冲着一杰娘说道："婶子，你愣着干啥，快去弄点酒菜呀，好不容易一杰放秋假回来，我们哥俩可得好好喝一壶。"

还是一杰的父亲率先回过神来，连忙一拽老伴说："日头都偏西了，快去准备晚饭吧。"说着，就把战一杰和黄士文让进了北屋。进到屋里，黄士文直接就到里屋的床上四处翻找了起来，嘴里还念叨："一杰的小人书总爱往炕席底下藏，这回我给你来个突然袭击，看你怎么办？"一杰的父亲连忙跑了上去，拉住黄士文说："士文哪，一杰的小人书我们都给他卖了，你找不到了，再也找不回来了。"说着，老人的声音竟有些哽咽。

看着父亲拉着黄士文去外间屋的沙发上坐下，战一杰连忙跑进了厨房。一进厨房，娘一把就拽住了儿子的胳膊，上下抚摸着颤声说："小杰呀，你咋瘦了这么多呀，脸色也这么难看，是不是在那个该死的什么尼生病了？"

战一杰为了不让娘知道枪伤的事，连忙使劲拍着胸脯故作轻松地玩笑道："越瘦越结实嘛，现在就时髦这个，叫什么穿上衣裳显瘦，脱下衣裳有肉。"

娘悬着的心这才放下。又道："你这一去咋这么长时间哪，可把娘给想煞了。你是不知道啊，你刚走的那几天，我这心总是揪揪着，天天做噩梦，一会儿梦着你上了战场，一会儿又梦见你被人家绑了票……"说着说着，娘就用袖子抹开了眼泪。

战一杰连忙安慰："您这是电视剧看多了，您看我这不是好好的在你眼前嘛。您说人家老董事长去世了新董事长上任，又是办丧事啊，又是工作交接呀。那是个上百亿的大集团，好多事儿呢，我能甩手就回来？"

娘说："俺才不管他老董事长还是小董事长，他死不死跟咱有啥关系？你爸说了，这些资本家心都黑着呢！这次回来，俺是说啥也不让你再走了，大不了辞了这份工作。"

正说着，外面传来了黄士文的喊声："一杰呀，你躲进厨房干啥，你又不会做菜。快出来，我还有好多话要跟你说呢。"战一杰连忙应着，又小声问娘："他这是咋了？"娘也小声说："这孩子脑子出毛病了，医院的诊断叫精神分裂症，说起话来天上一句地下一句的，没人能听得懂。你快出去吧，别再把他急出个好歹来。现在村里没人敢招惹他，最好别留他在咱家里喝酒。"

战一杰连忙来到外面，看父亲早已把茶水泡好，就端起茶壶给黄士文倒茶，暗中向父亲使了个眼色。父亲会意，就起身向厨房走去，故意高声说道："一杰他娘，家里没菜就去超市买些吧。"却听黄士文说道："菜不菜的都不打紧，有酒就行，今天我可得跟一杰好好拉一拉。"

5

菜一会儿就端了上来，黄士文就问："酒呢？"战一杰道："我不喝酒，咱就吃饭得了。"黄士文就笑："一杰，你这上了大学就越发穷酸了，什么不喝酒，你装给谁看呢？"说着就冲里屋里吆喝，"叔，拿瓶酒出来。"

酒还是拿了出来，战一杰给黄士文倒上一杯。还没等他开口，黄士文就抢过酒瓶又倒上一杯，端到了战一杰面前说："你忘了，小时候咱俩还偷你爸的酒喝呢，你小子的酒量我知道，但我还真不服你。"

给黄士文这么一闹，战一杰心里老大不痛快。他知道老父亲很不喜欢自己这个老同学，对他往地下偷排化工污水的事早就深恶痛绝，恨得牙都痒痒。现在之所以还这么客气地对待他，无非是可怜他得了病，还拿他当个孩子看。可这个老同学疯归疯傻归傻，又不是我们让你得的病，你闹我们干什么呢？想到这儿，战一杰就举起了酒杯说道："来，士文，咱老同学这么多年不见了，干了这一杯。"

杯一碰两个人就都干了。一杰娘早在里屋的门缝里瞅着，一看这阵势，忙不迭地跑了出来，一把夺过黄士文手上的酒杯，急吼吼地说道："士文哪，可不是婶子疼这点猫尿，你这病可不能喝酒。"

黄士文被一杰娘这一吼，吓得张大嘴巴愣在那里，眨巴眨巴眼说道："婶子，我的病早好了，那瓶农药我没喝多少，又灌了两大盆的肥皂水，早就没事了。"

一杰娘被他这一说，又看他可怜巴巴的样子，心立时就软了下来，把杯子放到茶几上说："可怜的孩子，你那死去的父母要见到你现在这个样，那心里得难受成什么样啊。"说着又抹开了眼泪。这时一杰的父亲连忙走上来，让老伴回了里屋，他自己也拿了个杯子倒上酒，说："来，咱爷儿仨一块喝。"

这下黄士文又高兴了起来，举起杯来敬老爷子说："叔，一杰能考上大学，还不是因为您是老师。我要是有您这样一个爹，保准比一杰考得还好。"黄士文吃了口菜，又说道，"我学得最好的一门课就是《社会发展简史》，有一次还考了个满分呢！一杰，你服不服？"

战一杰也夹了口菜，说道："现在早就没有这门课喽。"

"为啥？"黄士文非常疑惑，像是很难接受的样子。

"那你得问教育部去，肯定是不适应当前学生们的教育要求呗。"战一杰说得轻描淡写。

黄士文不理战一杰，把头转向一杰的父亲："叔，你说为啥？难道我们还学错了？"

一杰的父亲想了想说："社会在发展，每个历史阶段都有各自的特点，每一个思想和理论呢，也都有着自己的历史局限。你们上学那时候需要学，那就学了；而现在可能就不需要学了，那就不学，这没有什么对与错之分的。"

老爷子这话说完，不光黄士文直点头，就连战一杰也不由在心里点赞。

6

听了老父亲的一番言语，战一杰就在心里捉摸：自家老爷子这可不是一般的水平，无论什么事，都是用发展的眼光来考量，用辩证的思维来分析。就拿上次源山水源地被污染的事来说吧，要不是他老人家锲而不舍地追查与关注，要不是他及时发现及时上报，那后果简直不堪设想。整个源山 380 万人都得感谢他，自己真为有这样一个父亲而骄傲！守着这么一个大智慧，自己那些头疼事儿何不向他求个签呢？

又喝了一会儿，外面的天已经黑透了，可黄士文却是越喝越高兴，越拉越起劲。一会儿说小时候他们玩的游戏，什么扇纸牌打王八啊，什么弹琉璃球弹杏核啊，什么滚铁环扛拐子捉迷藏啊；一会又说露天电影啊，小人书啊，许文强啊，霍元甲啊，射雕英雄传啊，反正乱七八糟包罗万象，他是想到哪儿就说到哪儿，思绪就像在跳舞。但说来说去，战一杰还是听明白了，老同学的思路一直在他们十六七岁以前打转悠，细一想也就是他那次喝农药以前的记忆。虽然让他说得有点脑仁疼，但细细回味起小时候那无忧无虑、天真快乐的美好时光，心里竟也是暖融融痒酥酥的。

一会儿，一杰娘看来是实在忍无可忍了，跑出来直接说："士文哪，天都黑到底了，你家里还有老婆孩子呢，快回家吧，别让他们又满村里找你。"

这回黄士文倒是听话，端起杯中酒一饮而尽，把酒杯往茶几上一蹾，说道："对了，我是出来给我儿子买月饼的，咋还跑到你家来了呢。"

一杰娘连忙跑回里屋拿出两包月饼，递到黄士文手里说："月饼在这儿呢，孩子早该等急了，快回家吧。"黄士文把月饼接在手里，对战一杰说："一杰，你大学毕业后能分到哪儿呀？"

黄士文这一问，倒真像是把战一杰带回了十几年前一样，就随着他说道："也就是去县城的啤酒厂吧，学得就是酿酒。"

黄士文的情绪突然失落了起来，略带酸楚地说道："你这也算是端上了铁饭碗，到时候吃商品粮、分房子住、有退休金，是工人老大哥，成为领导阶级中的一员了。"战一杰被他这话说得心里很不是滋味，就叹了口气，一边往外面送他一边说："什么领导阶级不领导阶级，过不了几年这一切都会被砸烂的。"

一杰的父亲很不放心，也跟着送了出来，非让战一杰把黄士文送回家。但黄士文是死活不让，拎着两包月饼兴高采烈地走了。走了老远回头一看，见战一杰父子还站在大门前目送他，就冲他们挥挥手高声说："快回吧，明天我再来。"

7

回到屋里，父亲就把黄士文的事一五一十向战一杰讲了。原来源山地下水源被污染事件，由于战一杰父亲的及时发现，源山市政府和芸川市政府高度重视，在第一时间果断及时地采取了一系列的补救措施，当地居民无一发现中毒现象，也没有造成直接经济损失，算是有惊无险地渡过了难关。但这个事件的影响却是相当恶劣，惊动了省里和国家环保总局，要求彻查事故原因，严令追究相关人员责任。

事故原因并不复杂，就是芸川化工城的十几个小化工企业私自打井往地底下偷排工业污水所致，而在这十几个化工企业中，黄士文自己就占了六个，真是罪不可赦！就在执法人员要对黄士文实施抓捕的时候，他却闻风而逃，跑到村口的七孔石桥上跳了下去。等人们把他救起送往医院一检查，胳膊腿的倒是没事，脑子却不行了，诊断为外伤性精神分裂，就成了现在这个样子。

这一片的人哪个不是对他恨之入骨？真恨不得把他千刀万剐喽，都是本乡本土庄里乡亲的，你说他咋就为了一己私利竟干开了这断子绝孙的绝户事呢。起初大家都怀疑他这是装的，是在装疯卖傻，逃避法律的制裁。可后来时间长了，也就看出他是真的不正常了，善良的乡亲们也就再也恨不起来了，甚至开始可怜他，还时不时地帮助他。

其实战一杰的父亲是最恨这个外号叫"黄世仁"的黄士文了。他明白，对于地下水源的污染，可不单单是这么采取突击处理而一蹴而就的事，它的危害可能是潜在的，是深远的，在多少年之后才能显现出来。可这一切却已是无法挽回了，这才是他最揪心也是最担心的。但是，当老人看到这个害群之马落到如此境地，看到他的家人包括孩子在村里那怯生生、灰溜溜的样子，还是在心里原谅了他。

战一杰听了父亲的讲述，心里也说不出是个什么滋味，也不知道对自己这个老同学是该恨呢，还是该同情？见父亲越说心情越沉重，知道他在担心什么，就安慰道："以后的事您就甭操心了，不是还有政府吗？对了，付茂山和陶玉宛他们都怎么样了？"

父亲叹了口气道："都被双规了，听说检察院已经立案了。哎！可惜了玉宛那孩子，她是被那个付茂山给害了。还有付茂山那个姓朱的舅子也被抓了。"

"那我姐夫呢？"战一杰知道姐夫陈胜利与那个朱总是拴在一条绳上的蚂蚱。

"你姐夫倒没事，他那化工厂当时手续都很正规，也没偷排过污水，只是他和那个姓朱的一块搞的那个房地产，都停工了。"说完父亲又补充道，"他当时就不应该把厂子卖给那个黄士文。"

听到姐夫没事，战一杰总算松了一口气。可想起陶玉宛机关算尽最终竟落了这么个结果，心里还是忍不住有些痛。

8

收拾了杯盘碗筷，父亲去换了一遍茶叶，一家人这才算安安稳稳坐了下来。娘又去拿了月饼出来，是那种酥皮的老式月饼，里面的馅主要是青、红丝和冰糖，咬上去外酥里嫩。冰糖的甘甜，青丝的萝卜香，红丝的鲜橙味，完美的搭配，丝丝入扣地融合，让战一杰有一种心花怒放、恍如隔世的感觉。娘见他狼吞虎咽，吃得那么急，就连忙给他倒水，说道："慢点，慢点吃，以后只要你不走了，天天能吃上。"

父亲在一旁笑着说："天天能吃上？想得美，这是景德东老字号的月饼，人家就中秋节才打月饼，平常是不做的。"娘听了这话就有些不快，说道："你咋知道人家平时就不做的，你只要给钱，人家就给你做。你也就跟我这儿抬杠行，刚才黄家那小子在这儿，咋没见你这么能？"

父亲被抢白得不吱声了。战一杰连忙咽下口中的月饼来打圆场："我娘的意思吧，就是说只要我不走了，想吃啥就吃啥。你放心，我这回是真不走了。"

父亲这才正色问道："你们老董事长张重年去世了，挺突然的，是什么病？"

"是帕金森综合征，我这次去雅加达也是赶巧碰上了。"

娘叹着气说："你说有那么多钱有啥用哦，死了也带不走，还不是个祸害，说不定还得让孩子们抢破头成了仇人。甭说他这多少亿了，咱村里就有好几家，不就为了爹娘留下的几千块钱，早都打成仇家了。"

听了娘的话，战一杰心中暗叹道：看来这亿万富豪与乡村里的普通老百姓也没什么区别，娘说的是一点都没错。父亲又问："那现在谁是董事长？"

"是张家的老三洪生，也就是我的老板。"

"传小不传大？能这么顺利？"父亲的问题往往都是一针见血。

战一杰可不敢轻易接口，生怕一不留神再把自己替人挡枪死里逃生的事给说漏喽，喝了口茶水，顿了顿才说道："应该是达成了某种协议或是默契吧，反正交接过渡倒是挺顺利的，只是费了点时间。"战一杰在给自己迟迟未归作着开脱与铺垫。

父亲点了点头，果然没在时间上再作计较，端起茶水喝着，又问道：

"那新的董事长上任，在战略和方向上有什么变化或是新的思路没有？"

本来战一杰还想把话题往这方面引一引，好借机向老爷子问问计，探一探他的口风，看看他有没有什么锦囊妙计。没承想老父亲早就想到了这一步，看来老话说得一点也没错：姜还是老的辣呀！

娘见他们爷俩拉开了正事，就起身要走。刚站起身又坐了回来，盯着儿子问道："你和小英的事到底咋样了，他父亲刚没了，你这一走又是两三个月，给人家打电话没？小英这孩子真是不错，上个月还来家里看过我们老两个呢。"

自打知道肖春梅怀的孩子是自己的，虽然肖春梅一再表明了她自己只是想要个孩子的意图，可战一杰的心里还是过不了这个坎儿，一直七上八下地拿不定主意。自己到底能跟胡小英走到哪一步，他也不知道，就只好硬着头皮应付道："您就把心放进肚子里吧，没事的，快去睡吧。"

9

娘得到了满意的答复，就像吃了定心丸一样乐颠颠地走了。战一杰这才郑重其事地对父亲说道："张洪生接手张氏以后，准备把集团的战略重心放在中国大陆，进军中国的房地产。"

"很有眼光，很有野心哪！你们这个新老板，别看年轻，只怕在胆略与格局上，要高过他的父亲。"父亲的赞赏与钦佩溢于言表，"从中国的GDP增速和国家大力推进城镇化进程的大政方针来看，未来十年，房地产无疑将是回报率最高的产业。现在北、上、广、深这几个所谓的一线城市，房价基本每一天都在涨，国家出台的那些饮鸩止渴的所谓调控政策不会降温，只会火上浇油。现在网上不就出了帖子嘛，说调控成了空调，越调越涨。"

"那啤酒行业呢，依您看啤酒行业会怎样呢？"

"其实这段时间我还真是一直在关注你们这个啤酒行业。依我看呢，啤酒行业还是很有发展前途的，这一点不容置疑。它不像白酒行业那么诸侯割据各自为政，也不像黄酒行业那么故步自封画地为牢，它走的是一个全新的、开放的、国际化发展之路，现在呢，正处于一个大整合时期。你们张氏是个国际化大财团，在这个行业同样也是大有可为啊。"

"可要是房地产和啤酒两者只能选其一呢？"战一杰的问题越来越靠近

实质。

父亲想了想，笑着说道："要我选，我就选啤酒。但要你们老板选，他肯定选房地产。"

"为什么呢？"

"因为我只是个纸上谈兵的老头子，而你们老板那是货真价实的资本家。你不要忘了，逐利那是所有资本家天然的本性。"父亲说着就警惕了起来，"难道你们老板真要选其一吗？"

战一杰还不想把一切和盘托出，全都告诉父亲，他心里也明白，父亲毕竟只是个早已退了休的人民教师，就像他自己说的那样，只是个爱关心天下大事的书生，真要是把实情告诉了他，不但于事无补，还会给老人徒增担心与烦恼。就笑着说道："不是的，儿子是看您很有指点江山的兴致，让您也过把嘴瘾。"

父亲开心地笑了："难得你小子有这份孝心，我还真是好多年没这么痛快过了。但是说真格的，你们老板做啤酒也好，做房地产也罢，你可千万要摆正自己的位置。给我记住两条，对不起国家的事不干，对不起人民的事不干，你明白吗？"

"哪有那么严重。"战一杰强装出一副轻松的模样，心里却是一点也轻松不起来。细细想来，此次重返芸川，比起一年前自己怀揣着洪生的三个锦囊回来，没了对老板那份死心塌地的忠诚，也没了当年的那份神秘好奇与跃跃欲试，多的却是一份破釜沉舟背水一战的决心和勇气！

10

转过天来就是八月十五。一大早黄士文就来了，又换了一身笔挺的西服，手里还提着一个黑色的大塑料袋，里面鼓鼓囊囊也不知装的什么。一杰把他往屋里让，黄士文却摆着手说："咱不进去了，屋里不宽敞，玩不开。"说着就来到天井中央，把手里的塑料袋倒过来，"哗啦"一声就把里面的东西全倒了出来。

战一杰走上去一看，呵，纸牌、杏核、琉璃球、陀螺，还有冰糕棒子和沙包，全是他们小时候玩的玩意儿，这些都是20世纪七八十年代的孩子们玩的游戏。那个时候没电视、没游戏机，也没有互联网和手机，就是这些小玩意和小游戏陪伴着他们的整个童年，带给了他们数不清的欢声笑语，给他们留下了永远也抹不去的温馨回忆。

这些东西早已销声匿迹多年见不着了，现在还能找出来，并且还找得这么全乎，也真是难为黄士文了。战一杰二话没说，挽了挽袖子就和黄士文玩了起来。战一杰的父母闻声从屋里跑了出来，见两个三十几岁的大人满院子跑着玩他们儿时的游戏，竟恍若回到了孩子们的小时候，回到了那缺吃少穿却其乐融融的旧时光。看了一会儿，一杰的父亲就叹了口气。见一杰娘也是满脸的怅然若失，就拽了拽她，两人一起回屋了。

玩了都快一个上午了，战一杰已累得精疲力竭，可再看黄士文，依然是兴致勃勃，没一点结束的意思。战一杰心想，看来自己的身体还是没有彻底恢复，要不然怎么会玩点游戏都会觉得累。正在战一杰琢磨着怎么劝说黄士文收手的时候，却听到大门口一阵响动。只见姐夫陈胜利和姐姐战一芳一前一后走了进来，前面的陈胜利手里提满了大包小包，后面战一芳已骄傲地挺起了大肚子。

刚进门的两个人被院子里的情景惊呆了。一是惊诧战一杰怎么就神不知鬼不觉地回来了，二是奇怪他怎么又跟黄士文搅到了一起，还乐此不疲地把自家院子搞得狼藉遍地。战一杰连忙拍打着手上的土迎了上去，一边接陈胜利手上的东西，一边去瞅姐姐的肚子，笑着问："怎么，怀上了？"

陈胜利还没开口，后面的战一芳却抢上前来对着正傻站在那里的黄士文说："你来我们家干什么，你咋还有脸来？快滚。"

这倒把战一杰吓了一跳，不明白这是怎么个情况。却只见黄士文就像老鼠见了猫一样，连忙慌手慌脚地收拾东西，不一会儿就把东西又都装进了他那个大黑塑料袋，然后跟战一杰连个招呼都没打就落荒而逃了。

战一杰知道自小他跟黄士文在一块玩的时候，黄士文就很怕他这个姐姐，没承想这都几十年过去了，还是那个样儿。见战一杰吃惊的样子，陈胜利一边扶着一芳往屋里走，一边向战一杰解释道："当年竞争村主任的时候，他老婆就天天跟你姐吵，后来他那几个化工厂被查封关停，镇上又非让我这村主任出面处理，给他善后擦屁股。你姐是气不过他那有胆做没胆扛的样儿，见了面就恨不得咬他一口，吓得这个黄士文见了我们就跑。"

一杰就指着姐姐一芳的肚子笑道："你都这情况了，咋还跟个神经病人一般见识，咱可别为这再动了胎气，不值得。"

11

来到屋里，陈胜利和战一杰扶着一芳在沙发上坐下。一芳对他两个态度还算满意，却还是有点余怒未消地说："他这样装疯卖傻也就骗你和咱爸咱妈行。你去打听打听，村里有几个人相信他是真疯的。"

这时娘端着洗好了的水果从厨房出来，接口说道："一芳啊，咱不管人家信不信，咱也不管他黄家那小子是不是装病，你现在最主要的任务就是保胎，明白吗？"陈胜利也在一旁附和："是啊，还是娘说得对！好人不跟狗置气，你说是吧，一杰？"

战一杰一边应着一边去泡茶水，倒了一杯递到姐夫手上问："这里的化工厂都关了？"

陈胜利坐下来说道："是啊，这次地下水源污染的事闹得挺大，化工城所有的厂子都停了，到底关不关还不好说，有的说化工城要整体搬迁，有的说要不用这块水源地了，反正这一阵子说什么的都有。"

正说着，父亲从外面走了进来。听到陈胜利这么说，就接口道："说来这次污染事件的发生倒也不见得是一件坏事，塞翁失马焉知非福啊。"战一杰见父亲坐下，就连忙也递上茶水，等着老爷子发表高见。

父亲喝了口茶水说道："要不是发生这件事，我们这里的污染还会继续发展下去，而且下一步会愈演愈烈。不光是水的污染，还包括食物、土壤和空气等等。亏了这次事件及时敲响了警钟，引起了政府的高度重视，老百姓也有所醒悟，算是因祸得福吧。"

"是啊！这次政府可不是一般的重视，惩治和治理的决心和力度也是空前的。付茂山和陶玉宛被逮了以后，上面和下面都扯出了一大串，据说有十好几个呢，在我们整个川南省也实属罕见。"陈胜利的语气有点暗自庆幸，又说道："此次郑市长成了芸川的书记，上面派来的新市长就是省环保厅的一个处长，看来是要动真格的了。"

战一杰当然明白陈胜利庆幸的原因。本来他与付茂山的那个小舅子朱总走得很近，可陈胜利毕竟当过兵受过正规教育和训练多年，起码的原则和底线他还是守得很牢，所以这件事并没有把他牵扯进去。就问道："你那房地产的项目怎么办？"

"那地产项目又没什么问题，也就是牵扯到了付茂山才临时停下了，等付茂山的案子有了结果，自然就会开工。而现在市里下一步发展的战略重心就落在了房地产上，所以这倒没什么可担心的。再说现在村里这么多事，弄得整天焦头烂额也走不开，就先搁一段时间再说吧，反正地价和房价天天都在涨，咱是真不急。"说到这里，陈胜利才想起问战一杰的情况。一芳在一旁也早就沉不住气了，问战一杰到底是怎么回事，一去就是三个月。

战一杰本想从陈胜利那儿再多打听些市里的变化情况，尤其是房地产这一方面的事情，可架不住姐姐一芳在那儿催命似的一句接一句地问，就只好小心翼翼地应付。一芳当然听出弟弟的敷衍，就有些气恼地大声问："那小英呢，你和人家小英到底怎么样了？"

战一杰还没开口，却听见院子里传来了回答："姐，我这不是来了嘛。"话音未落，却见胡小英赫然出现在了屋门口。

12

胡小英的突然到来让战一杰的家人喜出望外，尤其是一杰娘和一芳，上来一人拉住胡小英一只手就舍不得松开了。战一杰和胡小英见到对方，同时都是一愣，继而小英的眼里就涌满了泪花，可她还是强忍着没让泪水流出来。小英瘦了，显得非常憔悴，战一杰只觉着心就像被针扎了一样，颤颤地疼。

一杰娘伸出手摸了摸小英的脸颊，心疼地说小英瘦了，说着就抹开了眼泪。一芳当然知道小英父亲胡玉庆去世的事，也知道小英娘的病，一句话还没说，就也跟着在一旁抹开了眼泪。战一杰一看，连忙故作轻松地对娘和姐姐说："你们这是干啥嘛，人家小英是来咱家过中秋节的，又不是来看你们流眼泪的。"

陈胜利也扯了战一芳一把说："快去准备中午饭吧，你看都啥时候了。"

这时一杰娘才回过神来，忙不迭地说："我这就做饭，一芳你可千万别动，就在这儿陪小英拉呱。"说完就起身去厨房。小英已经来过好多次，并不生疏和见外，不顾一芳的阻拦也去了厨房。

吃饭时的气氛好了很多，因为这是多少年来战一杰第一次在家过中秋节，又添了一家人都满意得不得了的胡小英，大家都很开心，饭就吃得其乐融融。

刚吃完饭，陈胜利的手机就响了，他接完电话，说村上有急事得马上去，就问一芳走不走。一芳就也站起身说要到婆家去。娘就说："快去吧，这八月十五团圆节，你婆婆早盼着你们呢，快走吧。"

送走了一芳和陈胜利，两位老人知道小两口也已是两三个月没见面了，就连碗筷也不让他们收拾，催他们去东屋说说话歇一歇。一进东屋的屋门，小英就再也控制不住，一头扑进了战一杰的怀里。

战一杰此次回来并没有事先告诉胡小英，也没有想到今天小英能到他们家来，因为心里装着肖春梅怀孕的事就一直七上八下地忐忑着，此时此刻就更加心乱如麻。小英一下就觉出战一杰的反常，抬起脸关切地问："怎么了，是在印尼出什么事了？才两个月你怎么也瘦了这么多？"

战一杰就拉着小英在沙发上坐下来，把张重年去世张洪生接任董事长的事大概讲了讲，当然也刻意隐瞒了自己受伤的事。小英对他的话深信不疑，只是问新老板的上任对他们厂有没有影响。说到影响，战一杰沉吟了一下，他在考虑该不该把张洪生那三个锦囊妙计的事告诉胡小英，但脑海里一下就闪现出胡玉庆临终前执手嘱托的那一幕，他便决定先不把这一切告诉小英，就故作轻松地说道："张洪生本来就直接管我们公司，和我的关系也非同一般，他的上位对我们还是有利的。"他怕小英继续追问，就反客为主地问道："公司的情况怎么样？"

13

一谈到工作，胡小英就正襟危坐起来，一本正经地把芸川啤酒公司这两个多月来的情况向战一杰简明扼要地作了汇报。小英的汇报和战一杰掌握的情况差不多，他听着听着就有点走神，心里在琢磨自己的下一步棋到底该如何走？

小英汇报完了，见战一杰的眉头紧皱，一副心事重重的样子，还以为是自己出现了什么纰漏，就住了口，有些紧张地望着他。战一杰沉思了一会儿又问："现在国内啤酒行业的大形势有什么变化没有？"

小英道："我正想跟你说这事呢。前几天省啤酒协会召开了一个技术交流会，主要是讨论啤酒无甲醛酿造的事。会议结束的时候，协会秘书长李工专门对当前国内的啤酒发展形势作了一个专题报告，主题是'中小型啤酒企业如何面对当前几近疯狂的兼并大潮'。她说现在国内啤酒行业正处在一个重新洗牌的关键时期，除了青啤、中润、燕京三大巨头的兼并赛跑以外，作为世界第一品牌的美国博爱啤酒也已在中国抢滩登陆，而且它的兼并节奏简直是呈鲸吞之势，短短三个月的时间就一举吃下了十三个啤酒厂，拿下了全国 9% 的市场份额，直逼行业老大青岛啤酒。"

"一举拿下了全国 9% 的市场份额？"战一杰有点不大相信自己的耳朵。他是做市场销售的，当然知道这个数字代表着什么。就又问："这个数据准确吗？"

胡小英是干技术的，对市场份额心里没什么概念，想了想才确定地说："是这个数，李工的报告我那里还有一份，回厂里我就拿给你看。"

战一杰的眉头皱得更紧了，隔了好大一会儿才又问道："李工这个报告的落脚点是什么？"

"李工最后的意思就是提醒大家，作为中小型的啤酒企业，以后生存的空间会越来越小，生存下去的难度也会越来越大，所以告诫我们，千万不要轻易错过巨头们递过来的橄榄枝。"

"妙啊！"战一杰突然一拍大腿站了起来，倒把一旁的小英吓了一跳。战一杰也不顾小英的反应，又急问道："最近博爱啤酒在我们川南省有没有并购？"

"那倒没有。现在博爱并购的啤酒厂大都在长江以南，可中润却在我们周边拿下了几个厂。"

"中润？原来赵志国赵总就是中润的，他现在怎么样了？"

"不知道。前几天王佳萍倒是回来过，已经出家当尼姑了，但问她什么她也不讲。"

"真当尼姑了，看来赵志国那是真当和尚了，他们应该在五台山。"战一杰记得当初赵志国临走的时候是这样讲的。

胡小英被战一杰这天马行空地一连串追问，弄得一会儿云里一会儿雾里，不知道他到底想干什么，就满头雾水地愣在那里看着他。

14

战一杰的脑子在飞快地旋转着，小英讲的这些情况太及时、太重要了，对于一直以来让他绞尽脑汁都难求其解的问题，他觉得现在自己终于可以摸着那么一点门道了，就像在黎明前黑暗中摸索前行的路人终于看到了一抹曙光，所以战一杰兴奋得有点忘乎所以，一下就把愣在一旁的胡小英揽进怀里。小英虽说有点措手不及，但并没有拒绝，只是脸色绯红地"嘤"了一声，期待地轻轻闭上眼睛。

这两个多月的时间对胡小英来说简直就是度日如年。一场大火夺走了父亲的生命，母亲那本来就病弱的身体哪受得了这份沉重的打击，出完殡当天就病倒了。到医院一检查，说是本来已经遏制住的癌细胞又有扩散的迹象，要随时做好最坏的打算。而此时，她唯一的精神支柱战一杰又要到雅加达去，她不知道战一杰为什么一定要去，她是多么希望这时战一杰能陪在自己身边啊！但小英知道，战一杰此去肯定有非常非常重要的事，她从父亲胡玉庆临终时的眼神和嘱托中，就看出了端倪。但既然战一杰不讲，那就自有他的道理，小英是不会问的，更不会为了自己而去挽留他！

哪承想战一杰这一走，却似遥遥无期一般。本想过个三五天也就回来了，可一会儿传回来消息，说是老董事长张重年去世了，要再等几天。过了好几天，又传回了消息，说是要选新的董事长，还得再等几天。可好几个几天又过去了，战一杰那边却连音信都没了，一种不祥的预感在小英的心头盘桓，而且越来越不祥！小英不敢给战一杰打电话，只是装作有意无意地样子，从别人那里打听打听战一杰的消息。

胡小英自己都不知道这段日子是怎么熬过来的，好在现在正值旺季，厂里有忙不完的工作，她不敢给自己片刻得闲，生怕一闲下来，心里、脑子里的战一杰又会跑出来。这期间小英来过战一杰老家两次，其一是看望看望他的父母，其二还是想从家里打听打听消息。虽然不论是从厂里还是从家里，都没有得到战一杰的任何消息，但小英在心里认定，战一杰是不会回来了……

而此时此刻，她的战一杰就真真切切地在她面前，而且把她拥在了怀中！小英醉了，她多想时光就定格在这一刻，有这一刻，她的那些痛苦与折磨又是多么微不足道啊！

　　望着怀中梨花带雨不胜娇羞的胡小英，战一杰的心里同样也是翻江倒海般不能自持，想想自己雅加达的死里逃生，想想自己孤身一人躺在大洋彼岸的病床上，心里最牵挂的不就是她吗？

　　战一杰的唇轻轻地吻了下去，胡小英的唇也轻轻地迎了上来。可就在两人的双唇吻到一起的时候，战一杰的脑海里倏地一下就闪出了肖春梅大着肚子的身影，不由得浑身打了一个激灵。小英猛地睁开了眼睛，疑惑地望着眼前的心上人。

　　战一杰的心在搏斗、在挣扎、在抉择，最后他还是下定了决心，原原本本把他和肖春梅的一切都讲了出来，还有肖春梅肚子里的孩子。胡小英在那里静静地听着，只任眼中的泪水不顾一切地流淌，怎么止都止不住……

第三章　将计就计

1

战一杰回到芸川啤酒公司的时候，谁也没有惊动，可他在办公室坐了还不到五分钟，就传来了敲门声。

敲门的是钱冬青，这倒也不出战一杰所料，就连忙起身相迎。当两个人的手握在一起的时候，钱冬青就有点吃惊："战总，你怎么瘦了这么多？难道真出什么事了？"

其实，对于战一杰的迟迟未归，厂里早已疑窦丛生。有的说，战一杰已被新老板留在身边高升了，不回来了；有的说，新老板已经把他们芸川啤酒公司卖了，准备退出中国大陆；还有的说，战一杰已经跳槽离开张氏，到非洲去开金矿了……反正说什么的都有。起初钱冬青对这些只言片语的传言不以为然，甚至有些不屑一顾，觉得谣言终归是谣言，你对它置之不理，它终会不攻自破。可细细一想，又怕三人成虎越传越玄乎，必然导致人心浮动而影响大局。

这下老钱坐不住了，他找来几个心腹到工人中间暗暗摸了摸情况，等汇报上来了，他心中才稍稍安稳了些。原来厂里并没有什么异常的暗流涌动，只是员工们对战一杰的依赖和期望值太高了，才对他的突然离开又久拖不归心生猜忌，倒有那么点物极必反的意思，这让钱冬青有点哭笑不得，心中暗叹道：难道芸川啤酒公司真就离不开战一杰了？

其实对战一杰前一段时间的一系列反常举动，钱冬青在心里也有着那么一丝疑虑。当初胡玉庆在世的时候，曾似有意无意地跟他提起过战一杰的反常，但当时战一杰已明确了跟胡小英的关系，他还劝老胡不要杞人忧天，可现在想来难道里面真有什么隐情？

这期间，钱冬青一直兼管着老胡那一大摊子工作，也算是代理着工会主席的职责，所以在与战一杰通电话的时候，他就曾隐晦地提到个别员工的传言与担心。战一杰的答复虽然听起来有点有气无力，但口吻却是斩钉截铁：我不会离开芸川啤酒公司，更不会丢下这1500名员工！

此时此刻实实在在握住了战一杰的手，一直惴惴不安的钱冬青才稳住了心神。当他看到战一杰消瘦的脸颊和布满血丝的双眼，那一丝疑虑又从心中伸出了藤蔓，这才脱口问了出来。

战一杰盯着老钱看了一会儿，反问道："能出什么事？"这倒把钱冬青给问住了。战一杰也不再追问，拉着他坐在沙发上，肃然说道："不管发生什么事，我还是那句话：我不会离开芸川啤酒公司，更不会丢下这1500名员工。"战一杰说完顿了顿，又一脸严肃地补充道："这是胡玉庆主席临终对我的嘱托，也是我对胡主席的承诺！"

2

钱冬青把这两个多月以来厂里的情况向战一杰作了详细汇报。看战一杰满意地点着头，就又把厂里针对他的谣言和猜疑以及他暗中调查的结果，也一股脑讲了出来。战一杰听了也有点哭笑不得："你说的这个物极必反就是爱极生恨的意思喽，那我可有点受宠若惊了。"

钱冬青琢磨了琢磨，也笑道："员工们当然没什么恶意，只是心思很单纯而已，这一点在当下已是非常难得啦。"

"我明白，我不会辜负员工们的一片苦心的。"战一杰当然明白老钱话里的意思，但却不想再过多作一些无关痛痒的承诺，就一下岔开了话题："老钱，你对当前我们国内啤酒行业的并购风潮怎么看？"

老钱沉吟了一会儿说道："关于这个事，胡小英前段时间曾去省城参加过一个会，会议的内容她跟你讲过没有？"

战一杰点了一下头，但并没有表态，钱冬青明白他这是要听听自己的想法。就直言不讳地说道："关于这个问题，我做过深入的思考。我认为，对于像我们这一类的中小型啤酒企业来说，这无疑是一次千载难逢的机会，但这也将是最后一辆末班车。谁要是搭上了这趟车，就算是背靠上了大树，满血复活。要是搭不上这趟车呢，最终将是死路一条。"

战一杰一直很欣赏钱冬青的坦诚，可没承想他这次会说得这么露骨与透彻，想必后面会更加一针见血，就期待地看着他。战一杰的态度就像给钱冬青打了一针强心剂，只听他继续说道："我们芸川啤酒公司呢，想搭上这趟末班车并不容易，可以说是难关重重。一是因为我们现在不是单独的一个厂子，而是张氏集团在中国六家啤酒公司中的一员。据我所知，迄今为止在中国的啤酒界，还没有一口吞下这么大一个集团公司的先例。而另一个原因呢，就是以张氏的实力和一贯的作风，是绝不会轻易出手这来之不易的这六颗火种的，他们早晚会在中国大陆大显身手的。"

钱冬青的一番话说得战一杰的脊梁直冒凉气，忍不住打断他的话头问道："你说的张氏在中国大显身手，是指哪些方面？"

老钱被战一杰这猛地一问，倒显得有点措手不及，略显尴尬地说道："这只是我的猜测，我觉得有可能是光伏产业，也有可能是房地产业，还有可能是 IT 行业。"

战一杰听了，暗暗松了一口气，继续问："你觉得张氏会不会做大啤酒产业，我们也去兼并别人？"

"不会的。啤酒并不是张氏的主业，再说时机也已经错过了。要是早在六年前就下手，或许我们就是现在的中润或燕京。"

"那你说我们该怎么办？"

钱冬青盯着战一杰问："战总，你说的'我们'是指张氏集团呢，还是芸川啤酒公司？"

战一杰微微一笑："老钱，你觉得呢？"

钱冬青沉吟了一下，刚要开口，却传来了敲门声。

3

进来的是肖春梅。肖春梅明显比两个多月以前胖了，肚子倒不是多么明显，可她走路的姿势已完全像一个孕妇了。

肖春梅的到来倒令钱冬青如释重负一般，连忙站起身说："肖总你来了，要不你们先谈？"战一杰明白钱冬青心中对自己还是有所顾虑，但现在自己又不好把底牌亮给他看，他终究不是当年的老胡。

钱冬青一走，肖春梅的泪水就再也忍不住了，决堤一般涌了出来。战一杰走上去扶着她，一起在沙发上坐下来，想开口却又不知从何说起，就只是静静地坐着。肖春梅抹了把满脸的泪水，又伸出手在战一杰的脸上抚摸着说道："姐还真以为你回不来了呢。"

战一杰被这话说得心头一颤，故作轻松地玩笑道："不是回不来了，你是怕我不回来了吧。"

肖春梅盯着战一杰道："你真以为你在雅加达的事没人知道？"

"我怎么听不明白你的意思？"战一杰继续装糊涂。

肖春梅伸出手指在战一杰的心口戳了一下，沉着脸说："你这儿也不明白？"

这一下正戳在战一杰还在隐隐作痛的伤口上，他这下彻底相信肖春梅是知道他中枪的事了，就怯怯地低声说道："你，你都知道了。"

肖春梅一下抱住了战一杰，用拳头捶打着他的后背哭道："你怎么这么傻，你怎么这么傻呀!"说着，就伏在他的怀里呜呜地哭出了声。

战一杰一任肖春梅哭着，过了好一会才扳过她的脸，给她擦去泪水，问道："你是怎么知道的？"

"上海啤酒公司的方总前几天去雅加达总部开会，是他打电话告诉我的。"肖春梅抽泣着说。

"他还说什么了？"

"他只说你替老板挡了枪，老板想重用你，你却非得回芸川，别的倒没说什么。"肖春梅已经慢慢恢复了平静。

"咱们公司还有谁知道？"

"我前天才接到方总的电话，谁也没告诉。"肖春梅见战一杰一副神神秘秘遮遮掩掩的神态，就追问，"怎么，救了人还成见不得人了？为了这个张洪生，你觉得值吗？"

"值，还是值得的。"战一杰既是回答又是自言自语。

战一杰起身给肖春梅接了杯水，看着她的肚子问道："怎么样，还好吧。"

一听这话，肖春梅泪迹未干的脸上马上漾起了幸福的涟漪，娇声说道："很好，前几天才去医院做过检查，你回来了就好了，再这么没白没黑地忙下去，恐怕我们娘俩就吃不消了。"

战一杰知道这段时间自己不在，市场销售那么大的一摊儿全靠肖春梅一人在顶着，真是够难为她的。就又关切地问道："身上的烧伤好了没有？"

肖春梅脸上的阴云一闪而过，轻松中带些宽慰地说道："好了，全好了，一点疤痕都没留下。"

可那一闪而过的阴云，并没有逃过战一杰的眼睛。

4

肖春梅也把两个多月来的市场销售情况向战一杰作了详细地汇报。当她讲到现在各个啤酒厂家的苦瓜啤酒也已经一哄而上的时候，战一杰插言问道："那市场反应如何？"

"虽然都叫苦瓜啤酒，但质量水平却是良莠不齐。大厂生产的质量和我们差不多，可有些小厂生产的，可能连苦瓜汁都没加，简直就是浑水摸鱼，跟风捣乱。"肖春梅的口气既是义愤填膺，又显得无可奈何。

"那预计今年我们能完成多少？"

"截止到 9 月底大概完成 12 万吨，预计年底超过 15 万吨不成问题。"

"那你下一步有何打算？"

肖春梅听战一杰这么问，有些生气地说道："我说领导老弟，真拿你这老姐当牛马使唤呀！我都这情况了，还让我给你打算下一步？我可跟你讲明白，现在对我来说孩子就是天，就是一切。再说，难道你心里没数？"

战一杰被数落得脸上一阵发烧，连忙赔罪道："是我错了，全是我的错还不行？我会对你负责的。"

"负责？"肖春梅气恼地声音都有些变了，"我是要让你负责吗？难道你以为我是为了让你负责才怀的这孩子？"

"不是，我不是这个意思。"战一杰见肖春梅真急了，连忙辩解。可到底该辩解什么呢？就连他自己也还没有想明白。

肖春梅也觉得自己有些过火了，就平了平心气，缓缓说道："一杰，我说过，我只想要个自己的孩子，我和你已经错过了，那就做一对姐弟吧，好吗？"

"可是……"战一杰的语气很真诚，"这样对你不公平。"

肖春梅笑了，笑得有些酸楚，惨然说道："这就是命！有了这个孩子，就是上天对我最大的恩赐，姐这辈子知足了。"

"可，可将来让我如何面对孩子呢？"

"将来自有将来的办法，我会处理好的，你就放心过你自己想要的生活，我就永远做你的姐姐。"肖春梅说着说着，泪水不知不觉又爬满了面颊。

战一杰情不自禁地揽过楚楚可怜的肖春梅，本想说几句安慰的话，可又觉得这个时候无论说什么都是多余的。肖春梅就这么静静地伏在战一杰的怀中，过了好一会儿才喃喃地说道："小英是个好姑娘，你可千万不能亏待了人家。"

战一杰没有接她的话，兀自说道："我已经把我们之间的事告诉小英了。"

"什么？"肖春梅腾地一下坐直了身子，惊得嘴巴张了老大。

战一杰伸出手，慢慢地把她张大的嘴巴给合上，一字一句地说："我把孩子的事也告诉她了。"

"你傻呀！"肖春梅用手指使劲戳着战一杰的前额，"这可怎么办？这可让我怎么面对人家小英妹妹！"

过了好一会儿，肖春梅这才长长叹了一口气，凝望着战一杰说道："一杰，你果然是一个真正的男人！"

这时，战一杰放在办公桌上的手机突然响了起来。

5

战一杰起身拿起手机一看，是杨小建。就问肖春梅："杨小建最近忙什么呢，他应该是第一个来的呀。"

肖春梅终于平复了下来，笑道："你这个老弟马上要当新郎官了。"

战一杰一听，马上摁下了接听键。还没等他开口，里面一下就传出杨小建那急不可耐的声音："我的亲哥呀，你手机是掉茅坑里了咋的？"

战一杰还没接口呢，一旁的肖春梅早已忍不住"扑哧"一声笑了出来。战一杰就对着手机说道："是你掉茅坑里了吧，我都回来这么半天了，你也不来报到？"

杨小建也笑了，说道："你回来咋也不早说一声，我好去机场接你。亲哥呀，可想死你弟啦，你要再不回来，我就得去雅加达找洪生老板要人了。"

"你在哪儿呢，不会在入洞房吧？"战一杰也调侃道。

"大白天的入啥洞房呀，就是入着洞房也得马上停下。你等着，我马上回公司向你报到。"杨小建不等战一杰答话就挂了手机。

战一杰放下手机问肖春梅："小建这段时间的工作怎么样？"

"他们财务和出纳这几个月就光忙着开票和收钱，有晏春在那里撑着，杨小建也就是个聋子耳朵。"肖春梅起身自己接了杯水，又问道："这次集团换了新董事长，不会有什么变化吧？"

战一杰本打算把自己面对的困局一五一十跟肖春梅讲了，可见她现在是这么个状况，话到嘴边就又咽了回去，面色沉静地说道："洪生刚刚接手，稳定大局是当务之急，短期内是不会有什么变化的。"

肖春梅将信将疑地盯着战一杰道："我听方总的口气，怎么好像老板要在大陆有什么重大举措呢？"

战一杰咂了一下嘴说道："我说让你操心一下将来吧，你就生气。现在不让你管了，你又放心不下。"战一杰又做了一个捧肚子的姿势笑道："现在，你只要管好自己的肚子就行了，天塌不下来。真要是塌下来了，不还有我嘛。"

肖春梅听战一杰这么讲，心里也就明白这里面肯定是有事儿。但既然战一杰不愿讲，肯定有他的道理，再说自己现在确实也是有心无力，给他帮不上什么忙，也就释然一笑，不再追问。

肖春梅捉摸着杨小建也快回来了，就站起身要走。战一杰也没有挽留，扶着她来到门口，边给她拉门边问："这段时间我不在，马中一和叶子龙没给你出难题吧？"

"没有，好着呢。"肖春梅话还没说完，办公室的门就被推开了。只见杨小建气喘吁吁地站在门口，接着她的话茬儿说道："谁敢给我亲姐出难题，看我不扒了他的皮。"

肖春梅连忙挣开战一杰扶她的手，笑道："你就在你姐面前耍嘴皮子行，就他给我出难题了，我看你怎么扒了他的皮。"边说边指一指身旁的战一杰。

杨小建假装为难地挠着头皮说道："我扒他的皮倒没问题，就怕你舍不得。"

肖春梅"呸"了一声，没有再和杨小建斗嘴就笑着走了。

6

战一杰和杨小建回到屋里，战一杰假装生气地说道："你怎么就不知道敲敲门呢，真是屡教不改。"

杨小建自己去接了杯水，"咕咚咕咚"一口气喝了个干净，抹了一把嘴说："又让我看见不该看的了。"说着，他凑上前来压低了声音说："春梅姐肚子里的孩子不会是哥哥你的吧？"

"胡说什么呢。"战一杰沉下了脸呵道。

"不是就不是呗，急什么眼呀。"杨小建这才坐了下来，收起了调侃说道，"这次怎么去了这么长时间呀，听说我们老板当了董事长，到底是个什么情况，快说说。"

对于杨小建这种曾经一起出生入死过的兄弟，战一杰倒没想瞒他，就把张重年如何去世，张氏三兄弟如何内讧，自己又如何替洪生挡了一枪的事原原本本都讲了。杨小建听得直拍大腿，一个劲儿地说："早知这样，你怎么不带上我呀。"

当然关于锦囊妙计前前后后的事，战一杰并没有讲。他知道小建没有这方面的心思，更帮不上什么忙。果然，听战一杰讲完，杨小建就眼巴巴地看着他问："这就完了，这一枪你就白挨了？他张洪生不会没点表示吧。"

"表示什么？我又不是图他的表示才这么做的。"

"你不图归你不图，可他不能这么黑不提白不提呀。"杨小建依然愤愤不平。

"老板自然心中有数。我呢，自己心中也有数，这你就不用管了。还是说说你吧，怎么，我听说马上就当新郎官了？"

"哎，是要当新郎官喽。"杨小建并没有战一杰想象中的那么高兴与陶醉，"我说你们这地儿娶个媳妇规矩咋这么多呀！又是查日子，又是送日子，还讲究什么'十全十美一动不动'，这不是要人命嘛。"

"查日子送日子，这我知道，可你这'十全十美一动不动'又是怎么个意思，又是个什么鬼？"战一杰突然兴趣大增起来。

"十全十美就是十万块钱，一动就是汽车，不动就是房子。"杨小建简直有点气急败坏了。

战一杰恍然大悟地点了点头，赞许地说道："真是不错，有创意，有力度。可话也说回来，是你娶人家闺女，不放点血怎么行？"

"不是放血，我是得卖血呀。"杨小建哭丧着脸说。

战一杰收起了笑容，正色说道："小建，这婚你是真想结吗？"

"真想。等小张肚子大了就来不及了。"杨小建话虽然说得有点无奈，但口气却是从未有过的认真。

"那好，你缺多少钱，哥给你。"战一杰说得一板一眼，"你记住，能用钱解决的事儿就不算是事儿。"

杨小建知道战一杰是真心真意的，就说道："房子是贷款买的，现在装修得也差不多了，房子的事还多亏了人家陆涛呢。另外一些加起来大概还差20万吧。"

"回头我把20万打给你，就算我这当哥的贺喜。"

"当贺喜就太多了，就算我借的。"杨小建还是有点不好意思。

"你再这么客气，我可就不给了。"战一杰板起了脸。见杨小建不再吱声，就又问道："你和陆涛还一直保持着联系？"

"当然。我们小张不是他公司的吗，那哥们儿还行。"

战一杰沉吟了半晌，若有所思地说道："抽空还得再会会这位陆总。"

7

第二天召开中层干部会以前，战一杰把肖春梅、杨小建和钱冬青叫到了自己的办公室。战一杰开门见山地说道："原来我们公司的领导班子有五个人，现在赵志国辞职走了，胡主席去世了。我的意思是，由钱冬青经理接手原来胡主席的工作，肖总和杨司库的分管工作不变，其他的都由我直接管，新的领导班子就由我们四个人组成。"战一杰说完就瞅着在座的三位，"大家有什么意见都讲一讲。"

过了一会儿，钱冬青见肖春梅和杨小建都没有开口的意思，就说道："工会主席这个职位是要职工代表大会选举的。"

"那就马上着手准备召开职工代表大会选举工会主席。老钱，你应该有把握吧。"战一杰的话说得既直接又干脆。

钱冬青点了点头，但还是诚恳地说道："应该不会有什么问题，但我只怕是能力不够，胜任不了。"

杨小建一拍大腿说道："我说老钱，都什么时候了还说这话，若是你干不了还有谁能干得了。说实话，你是比老胡还差了点火候，但现在也就只有你了。"

杨小建的话连战一杰听着都有些刺耳，好在大家都了解他的脾性，也没有谁挑他的理。肖春梅说道："钱经理就不要谦虚了，现在也只有你能挑起这副担子，我们就尽可能的多替战总分担一点吧。"

钱冬青郑重地点了点头。战一杰说道："老钱哪，工会主席这个职位的重要性不用我讲你也明白。现在我们公司已是外方旗下的独资企业，将来如何发展，到底走向何方，谁也无法预料。我希望在一些原则性的问题上，你一定要坚持原则，守住底线，一切以维护我们职工的切身利益为重。"

战一杰说完又补充道："我们胡主席就是这么做的。"

战一杰的一席话让钱冬青心里翻江倒海起来，他又一次确信，此次战一杰的归来绝不会那么简单。就皱起眉头说道："那就很有可能触及甚至损害投资者的利益。"说完就目不转睛地盯着战一杰。

战一杰说这番话的目的就是要先给钱冬青放个风，老钱果然心领神会。战一杰就笑道："工会就是工会，你考虑那么多干什么。"

老钱一听，说话的底气明显大增："有您战总这句话，我就放心了。"

一旁的杨小建早听得有点不耐烦了，问肖春梅："肖总，你听懂他们在说什么了吗？"

肖春梅只是微笑并没有作答。这下杨小建更来气了，说道："甭在这里装神弄鬼的，都以为自己多么高明似的，会议室里还一大帮人在等着开会呢。"

战一杰就笑着站起身说道："那咱就先开会，有什么事再随时沟通。"

8

公司会议室里的气氛相当凝重，等战一杰他们四人鱼贯而入的时候，立时响起了雷鸣般的掌声。这一刻，战一杰心头涌起一股热辣辣的暖流，眼睛不知不觉中竟有些湿润了。他向在座的各位挥了挥手，等掌声停歇后才在居中的位置坐了下来。

自从三个月前厂里的一场大火之后，整个芸川啤酒公司就成了一叶卷入激流漩涡中的小舟。先是胡玉庆的牺牲和肖春梅的烧伤，后是赵志国的不辞而别，再接着就是战一杰的一去不归，整个领导班子这意外是一桩接着一桩，真像是连环爆炸一样，都快把芸川啤酒人的心给炸碎了。这要搁到别的单位，说不定早就乱套了，但芸川啤酒公司没有！还是当年老胡说过的那句话：员工都是好员工。芸川啤酒公司从老国营企业带过来的那种底蕴，在这个关键时候显现了出来。话又说回来，现在正值旺季，雪片一样的订单在那儿催着，你总不能让人家拉啤酒的客户眼巴巴在那儿等着吧。

当然，议论是有的，但没有纷纷，只是私下的、窃窃的；谣言也是有的，但没有四起，更不会疯传。还是毛主席他老人家说得对：群众的眼睛是雪亮的！芸川公司这一年来的变化大家都有目共睹。市场起来了，生产上去了，职工们的腰包鼓起来了，当年的工人老大哥又能挺直了腰杆子做人了，一切终于算是有了盼头！这个时候，芸川啤酒公司怎么能没有战一杰呢？

芸川啤酒公司的 1500 名员工都在眼巴巴地盼着战一杰回来，这是一种血脉相连的信任与期盼！此时此刻的战一杰，从在座的中层干部的眼中读懂了这份情感，更感受到了这份温暖……

短暂的沉默以后，战一杰就宣布开会。他先把此次雅加达之行的情况作了一下说明，宣布了老董事长张重年去世的消息，之后便提议大家集体默哀三分钟，以示对老人的哀悼与怀念。其实在座的各位大都对老董事长张重年没什么概念和印象，只知道他是自己公司的老板，是亿万巨富，是著名的爱国侨领。但有一点大家心里都清楚，若没有这位老人，也许他们芸川啤酒公司早就不存在了！所以这三分钟的默哀，会议室里一片庄严肃穆。

默哀完毕，战一杰就又宣布了新董事长张洪生上任的消息。对于张洪生大家就更不熟悉了，但大家也都知道，他们的老总战一杰当年就是这个张洪生的特别助理。既然他当了新的董事长，那战一杰的地位自然而然会更上一层楼，那么他们芸川啤酒公司肯定也孬不到哪里去。这是最顺理成章更是理所应当的事，所以大家的脸上马上就转忧为喜。

关于集团其他的事情，战一杰不再多说一句，马上就宣布了公司新一届领导班子的组成，接下来就是密不透风地布置工作。

9

工会方面，马上召开职工代表大会，成立新的工会委员会，完善工会章程，选举新一任工会主席；人力资源和行政部门，马上拿出定岗、定编、定员的改革方案，推行岗位工资、绩效工资、提成工资相结合的薪酬制度，同时拿出创新奖、革新奖、节约奖、合理化建议奖等一系列奖励制度；另外，对于中层干部实行综合测评和末位淘汰制度，一月一评，一季度一调整。以上工作由钱冬青负责。

市场销售方面，马上拿出承包方案，以啤酒销量完成率和市场开拓率为基础，以终端拜访率、客户满意率、市场宣传投放率、消费者投诉率、质量事故处理率和售后服务满意率为考核，制订一揽子提成工资方案，要求各项任务与指标的考核要细化到每一个业务处，细化到每一个业务员身上，让他们自己就能算出能开多少钱。此项由肖春梅具体负责。

生产仓储方面，结合公司新的薪酬制度和奖励制度，实行任务承包和指标奖罚。在保质保量完成生产任务的前提下，重点在节能降耗方面实行目标责任管理，把各项消耗指标分解细化到车间、工序、班组乃至个人，让员工分享到企业发展的红利，让员工切实得到实惠。此项工作由徐国庆负责。

质量技术和财务出纳方面，在干好本职工作的基础上，抓住产品创新和合理避税的工作主线，进一步探索和拓宽高收益、高回报的企业发展新途径，更深层次开拓具有预见性和前瞻性的创造性新思维，随时为公司的战略决策提供具体翔实的数据依据和可行性参考意见。此项工作由杨小建具体负责。

如此细致的工作安排，如此之大的工作量，一下把在座的中层干部全弄蒙了。大家连眼都不敢眨一下，只顾在本子上飞快地记录着，生怕漏下了哪一项。泰山压顶般的工作压力令人窒息，可大家心底却都暗暗松了一口气：他们的战总这完全是一副撸起袖子加油干的架势，是谁说他不回来了？是谁说他要走了？完全是造谣生事，完全是蛊惑人心！

工作安排完了，战一杰看了看领导班子的其他三位成员，见他们都摇头表示没什么要讲的，就问在座的众人有没有什么困难。大家抬起头望着战一杰，都齐刷刷地摇了摇头。战一杰就合上面前的笔记本说道："那好，大家就分头行动吧，散会。"

散会以后，战一杰把马汉臣和叶子龙喊到了自己的办公室。二人一进门就急着和战一杰握手。马汉臣说："战总，您可回来了，您不在的这段时间，我们心里就像被掏空了一样，一点底都没有。"叶子龙也说道："战总，您可是让我们望眼欲穿哪。"

战一杰笑着把他们让到沙发上坐下，一边给他们接水一边问："这段时间工作怎么样？"

叶子龙连忙起身抢过战一杰手中的杯子说道："淡季做市场，旺季送酒忙，这话一点也不错。前面市场基础做扎实了，这几个月光顾着开票和送酒了，倒不怎么忙了，是不是老马？"

马汉臣接过叶子龙递过来的水杯附和道："是啊，小叶说得没错，今年旺季最轻松，却是卖酒最多的一个旺季，而且多了好几倍。"

10

战一杰又跟他们聊了一会儿市场，才切入正题问道："对于市场销售下一步的承包，你们怎么看，有什么打算？"

马汉臣看了一眼身旁的叶子龙，两人眼神碰了一下，都心领神会地点了点头，他这才开口说道："我和小叶一定全力以赴支持肖总的工作，没有二话。"

"真的？"战一杰盯住马汉臣，"现在肖总的身体是这种状况，由她来牵头承包，你们真的没意见？"

"真的没意见，我可以发誓。"马汉臣急得满脸通红。

叶子龙知道老马是个茶壶里煮饺子的主儿，就接过话头说道："我们真的没意见。这话要是放在三个月以前说，可能有些言不由衷，可现在我们是实实在在的甘心情愿。人家肖总一个女同志，怀有身孕，又不是咱们芸川人，可面对大火，人家想都没想就奋不顾身地冲了上去；身上的烧伤还没好利索，又挺着大肚子没白没黑地领着我们干。您说，跟着这样的领导，我们还有什么可说的，还有什么可计较的。要是再有二心，我们还是人吗？"

看着激动得满脸通红的叶子龙，又看了看在那里直搓手的马汉臣，战一杰也被他们的一片至诚所感染，慨然叹道："我们芸川啤酒公司对不起人家肖总啊！话又说回来，有胡主席、肖总这样的领导干部，是我们芸川啤酒人的荣幸啊！"

正说着，肖春梅敲门走了进来。看他们三人全是一副情绪激动的模样，就有点不高兴地责怪战一杰道："我说战总，这段时间可是亏着这两位经理了，要不是他们跑前跑后地忙活，我一个人可撑不起市场销售这一大摊子，你不表扬也就算了，怎么还批上了。"

战一杰两手一摊，笑道："我批他们什么了。这不正要表扬呢，你却进来了。"

"噢，这还怨上我了。我看你这表情，怎么越看越不像是表扬呢。"肖春梅半信半疑地说。

"是表扬，是表扬呢。"马汉臣和叶子龙连忙做证。

战一杰示意让肖春梅坐下，说道："正好你们三位都在，就说一说销售承包的事吧。"

肖春梅笑道："我来找你就是这事儿。关于销售的承包，我们三人也不止一次商量过，大体的构想与框架都有了，我们主要是问一问明年承包所参照的基数怎么定？"

战一杰也笑了，说道："看来你们早就胸有成竹了，我觉得就依照今年的销售量和市场投入作为基数，你们觉得怎么样？"

他们三个人一碰眼神，肖春梅说道："我们没意见。到时候看我们挣得银子多了，公司可不要反悔哟。"

"不会。公司是要与你们签订承包合同的，再说，你们挣得越多，公司收益就越大，我就怕你们挣得不够多呢。"

战一杰说完，大家就都笑了。马汉臣和叶子龙又喝了口水就起身告辞。看着他们二人离开关好了门，肖春梅就起身凑近了战一杰，低声说道："我已经跟小英解释过了。"

战一杰一脸茫然道："解释什么？"

"还能解释什么，就是我和你之间的事呗。"肖春梅悠悠地说道，"我不想因为我的原因，而影响了你们之间的关系。"

11

战一杰拿出了整整三天的时间，把公司的每个部门、每个科室、每个车间，甚至每个工序都跑了一遍，见所有的工作都按部就班地步入了正常的运行轨道，就带上胡小英向省城赶去。

此去省城的目的，主要是拜访省啤酒工业协会的李工，顺便再去看看省科院蔬果研究所的朱总。战一杰如此迫切地想见这两个人，就是想认真仔细地了解一下当前啤酒行业如火如荼的兼并事宜，想给芸川啤酒公司找一条真正的出路。胡小英并不知晓战一杰此行的真正目的，只是按照战一杰的要求负责从中联系。她也不多问，一路上只是静静地欣赏车窗外的景色。

一路上战一杰的心里却是波澜起伏，有几次嘴都张开了，可一看小英那一脸的冷若冰霜，就又把到了嘴边的话咽了回去。快到中午的时候进了省城，路过川南大学时，战一杰把车停了下来。小英左右看了看问："你干吗？"

战一杰一边拔车钥匙一边说："该吃中午饭了。"

胡小英下了车，跟着战一杰进了学校大门口旁边的一家小吃摊。里面不是很干净，但还是两人记忆中的模样，所以也就不再计较，要了两份鸡蛋包和胡辣汤，就坐在小桌旁吃了起来。吃完了，战一杰问："怎么样？"胡小英用餐纸擦着嘴道："嗯，还是原来的味道。"

他们出了小吃摊，不约而同对望了一眼，就溜溜达达进了学校大门。学校的大门没变样，里面却变化很大。战一杰指着道路两旁的一排排新楼说："我当年在这儿的时候，这些楼都还没有，这两边是小操场。"

"我在的时候这些楼已经在建了，没想到现在会起来这么多。"胡小英也沉浸在回忆中。

正值午休，校园里没多少人，他们两个就自然而然边走边聊起来，回忆着、倾诉着当年的青葱时光，这里有他们的懵懂和青涩，有他们的无忧无虑和年少轻狂，还有他们曾经的天真和梦想。

他们来到一座颇显破旧的教学楼前，战一杰道："我当年就是在这里面上课。"

"我也是。走，上去看看。"

来到阶梯教室，隔着门上的玻璃往里看，一切竟还是原来的样子，战一杰仿佛看到当年的自己就坐在里面，正在聚精会神地听课，耳畔也仿佛听到了老师那抑扬顿挫的讲课声。

出了教学楼，站在操场上，远望着后面的男生宿舍楼和女生宿舍楼，两人都不作声，当年的喜怒哀乐，当年的聚散离合，像过电影般一幕幕漫上心头……

操场的对面就是川南大学的后门，出了后门就是一座山，山不高，光秃秃的也没什么树木，却是学生们的乐园。只要是下午下了课，你看吧，满山上都是三三两两的学生。山依旧还是那么光秃秃地裸露着，零星的野草有些泛黄，在风中瑟瑟着。

两个人一边爬山一边东拉西扯，回忆着当时在山上发生过的一些趣闻，一会儿就到了山顶。放眼望去，整个川南大学尽收眼底。一阵凉风迎面吹来，一扫满怀的悱恻与惆怅。胡小英用手圈成喇叭状向着风中、向着远方高喊："我回来了——"

又喊了几声，焕然一新的胡小英侧过身定定地看着战一杰，一字一句地说道："让我们重新开始吧。"

战一杰一怔，然后郑重地点了点头。

12

赶到省啤酒工业协会的时候已是下午三点，协会的秘书长李工早已在自己的小办公室里等他们。这里是原来省一轻工业厅的老办公楼，一轻厅撤销改成轻工总会以后，整个建筑似乎也没有了当年的威严，到处给人一种物是人非的感觉。

李工的头发已经花白，腰也有些弯了，样子很像战一杰的老母亲。战一杰上学的时候，李工作为一轻厅的领导曾到他们学校作过报告，那时候战一杰就觉得李工与自己的老母亲在某些地方有些相似，没想到这十几年不见，却是越发相像了，心中便涌满了依赖和亲切，觉得在她面前自己就像个小孩子一样。

李工与胡小英很熟，见了面就拉着她的手问东问西，问她的个人问题解决了没有。胡小英瞅了战一杰一眼，脸一红却没有回答。李工自然就明白了，就又拉过战一杰的手说："小英经常提起你，省科院的朱总和小钟慧也提过你，看来我们也算是熟人了。"

战一杰握住李工的手笑着说："您到川大作报告的时候我就认识您了，只是您不认识我。"

"那是我太官僚了？不过现在好了，我成了你们的服务员了，你这老总可别记仇哟。"李工笑着打趣道。

三个人都坐了下来，小英去接水，李工就收起笑容问道："我听小英说，你找我有非常重要的事情，我可把丑话说到前面，大的事情我可办不了。"

战一杰也收起了笑容，等小英接完水坐下来，也没有背她，就把一年前自己如何怀揣老板的三个锦囊妙计回到芸川，又如何一步一步依计而行，最后老板却要把企业解散来开发房地产的事，一五一十全讲了出来。战一杰也不知道自己今天是怎么了，就是想说，想把这一年多来的奋争、纠结、委屈与煎熬一股脑全倒出来、全发泄出来，要不然，战一杰觉得说不定哪一天自己就会被憋疯的。

战一杰的这一番话，不光李工听得有点惊心动魄，就连胡小英也听傻了。她哪想得到，这一年来表面上看似风平浪静，暗地里竟是这么风云诡谲，战一杰的心里竟藏着这么多的秘密！

接着战一杰又把自己三个月以前为何去的雅加达，又如何从新任董事长那里争取了一年时间的事也讲了出来，只是隐瞒了自己为张洪生挡子弹的事。

李工听完，沉默了足有5分钟的时间，才面色凝重地问道："你的最终目的是要保住这个企业呢，还是要保住那块地？"

战一杰道："保住这1500名职工的饭碗，这就是我的最终目的。"

李工赞许地点了点头，瞅着旁边的胡小英笑道："小英呀，你没有看错人。"又转过脸看着战一杰，语重心长地说道："小战哪，你能有如此心思与胸怀，能时时刻刻想着那1500名职工，真是十分难得，太难能可贵了，连我这老太婆都为能有你这样的学生而感到骄傲！"

13

"这一年的时间不轻松啊。"李工拧紧了眉头思虑着，"以当前的形势来看，你们张氏在大陆做大啤酒产业的可能性不大。"

战一杰点了点头，说道："我也这么认为。那就只有让别人来收购我们。"

"要想整体收购你们张氏六个啤酒厂难度很大，单独收购你们芸川，倒是有这个可能。"李工想了想，又顺着自己的思路往下讲，"那么摆在面前的就有两个问题。一是你们张氏卖不卖。卖了厂，地就没了，还怎么开发地产？二是人家别人买不买。你们厂有没有被收购的价值和理由？"

战一杰忽地一下站起身，伸出两只手使劲握住了李工的手，急切地说道："这就是我今天来找您的大事，来求您给指点迷津。"

李工用另一只手在战一杰的肩上拍了拍，抚慰地说道："不用急，孩子。车到山前必有路，这事不管办成办不成，我相信芸川的 1500 名员工都会感谢你的。"

"我一定要办成，不然对不起胡主席的在天之灵。"战一杰坚定地说道。

李工虽然不知道他口中的胡主席是谁，却是明白了他的决心。就说道："在第一个问题上呢，我帮不上忙也出不了什么主意；但在第二个问题上，我倒可以牵线搭桥，甚至帮你们做工作。我与青啤、中润、燕京，包括美国博爱集团的高层都有过接触，对他们的收购和兼并政策还是有所了解的。"

"那依您看，我们厂有没有被这些啤酒巨头收购的价值呢？"

李工无可奈何地笑了笑说："从你们的产能、设备、工艺技术条件，尤其是人员的组成情况来看，应该是没有什么价值。"见战一杰有些泄气，李工连忙接着说道："不过在地理位置和产品创新能力上，你们对某个集团还是有吸引力的。"

本来有些气馁的战一杰又被这话点燃了希望："您是指博爱集团？"

"是的，美国的博爱集团对产品创新能力极为重视，并且他们在长江以北还没有厂子，这对你们来说，应该是个机会。"

"把握……不，可能性有多大？"战一杰有点激动。

"这我说不好。不过省科院的朱总与他们很熟，你可以去找他参谋参谋。"

正说着，战一杰手机响了，一看正是朱总的电话，就笑道："真是说曹操曹操就到。"说着连忙接了电话。朱总一听战一杰在李工的办公室，就笑道："你们一块来凯撒大酒店吧，还是原来那个房间，一定要把李工叫上。"

挂了电话，李工就说道："一会见了朱总，你就把联络博爱的事砸给他，要把话说死喽。"

14

出了一轻厅的大楼，他们这才发现天已擦黑，外面已是灯火通明了。战一杰开上车，李工又不放心地问战一杰："你和小朱到底关系怎么样？"

战一杰想了想说："说熟吧，我们只见过一面，喝过一次酒；说不熟吧，又觉得是老朋友。"

李工一听就笑了，说道："他也是这么说你，看来你们两个倒是英雄惜英雄啊。不过他可是个外粗内细的生意人，不像你这么单纯。"

"您说他单纯？"这话让胡小英惊讶地张大了嘴巴，用手指着正在开车的战一杰，一时竟不知说什么才好。战一杰也不知道为什么李工对自己会是这么个印象，心中捉摸，可能在李工面前自己表现得过于孩子气了。

李工被小英反问得有些莫名其妙，不解地转头看着胡小英。胡小英这才回过神来，觉出了自己的失口，连忙岔开话题，说出了整个下午她都在困扰和担心的问题："我们芸川现在面对的主要问题，关键在于张氏的态度，至于人家博爱的态度，那都是后话。"

李工不住地点头，说道："小战哪，小英说的不错。万一博爱这头我们费上九牛二虎之力有眉目了，可你们老板为了这块地就是不卖，那可怎么办？"

战一杰一边开车一边挠着头说："我也正发愁呢，但这事谁也帮不上忙，只有我去找老板做工作，反正有一年的时间呢，我是想先把生米煮得差不多了，到时候不由他不把这熟饭给吃下去。"战一杰之所以这样想，是因为在他的心底还存着一丝希望。自己毕竟救过张洪生一命，难道这一条命还抵不上一块地？

"这倒是有点先斩后奏的意思，是一步险棋哪。"李工有点无可奈何地叹道。

"难道就没有更好的办法了？能不能让博爱光要我们的工人，把地给张氏留下呢？"胡小英实在不想让战一杰再去冒险。

"这倒是个两全其美的好办法。可人家博爱为什么要接收我们的工人呢？

没有了厂子人家又怎么接收呢?"李工伸出手爱怜地抚着小英的头发,"你们两个孩子也不用太为难了,本来就是一个死局,非要你们来做活它,你们只要尽心就好了,至于结局如何,倒不必太在意。"

15

朱总和钟慧早已等在凯撒大酒店的楼下,见他们的车来了,朱总就安排他的司机去泊车,他便上来一把握住战一杰的手大笑道:"战老弟,一日不见如隔三秋,算起来咱这得隔了一千多年了吧。"

战一杰也笑道:"往事越千年哪,咱这不马上就萧瑟秋风今又是了。"

李工也笑着在一旁接口道:"你们这是'换了人间'哪。"

说罢,他们三人就齐声大笑起来。跟在后面相互嬉闹的胡小英和钟慧被他们笑得有点莫名其妙,钟慧噘着嘴嘟囔道:"装什么装,都装得跟个文化人似的。"说完兀自"扑哧"一下笑出了声,又马上一捂嘴说道:"你还别说,他们还真都是文化人。"

来到包间大家一入座,朱总就招呼服务员上菜、开酒。朱总和战一杰倒的是茅台,三位女士倒的是拉菲。李工一看这酒,就笑道:"战总的待遇就是不一般哪,今天我算是跟着沾光了。"

"李工您这是挤对我呢!主要是您老平时不喝酒,您要是喝的话,我天天供应您这酒。"朱总也知道李工这是玩笑话,说着就端起杯说道:"欢迎我们伟大的李工,欢迎战老弟和聪明漂亮的小师妹。来,干杯!"

战一杰知道朱总的酒风和酒量,二话没说端起杯就干了。朱总当然也干了,三位女士都只是抿了一口,他也没说什么,只是把干了的杯底向大家亮一下说道:"今天我要与战老弟一醉方休,你们三位巾帼英雄谁要参战就报个名。"

钟慧立马举起了手说道:"我给我们小英报名。"胡小英愣了一下才回过神来,伸手就去胳肢她:"你想报名你就报吧,干吗拿我当枪使。"

趁着倒酒的工夫,李工也说道:"朱总啊,酒就是喝个痛快喝个尽兴,干吗非要喝醉呢,人家小战找你还有正事呢。"

"在我这里喝酒就是正事。再说了,酒喝不痛快还怎么说事?"朱总说着,又端起酒杯跟战一杰一碰,一仰脖就干了。放下杯子又看着李工说:

"李工，我跟您可是几十年的老关系了，可听您今天说话这态度，怎么觉得您与小战是一伙的。"

李工端起酒杯又不紧不慢抿了一口，看了朱总一眼，说道："我在英国的儿子你见过没有？"

朱总想了想说道："见是见过，不过那还是他上大学的时候。"说着他瞅了瞅战一杰，突然恍然大悟道："嗳，你还别说，他们俩还真有点像。"

战一杰一听不由心中暗叹：天底下难道真有这么巧合的事？自己觉得李工像自己的老母亲，而自己又真的很像李工的儿子，难怪与她老人家一见面就有一种天然的亲近呢。

16

酒喝得差不多了，战一杰就把自己此行的目的以及下午跟李工沟通的一些情况全讲了出来，李工在一旁也穿插着把自己的一些想法与建议讲了。朱总听得很认真很仔细，就连一向爱热闹的钟慧也安静了下来，一脸关切地在那儿听着。

听完了战一杰和李工的讲述，朱总面色凝重地端起酒杯，对战一杰说道："战老弟，难得你能有这份苦心哪。就冲你的人品，老哥敬你一杯！"说完就一饮而尽。坐在下面眼圈有点发红的钟慧也举起了杯，颤着声说道："师兄，我也敬你一杯！"说完也一饮而尽。

放下杯，朱总说道："李工分析得很到位，但你们对美国佬、对博爱集团了解的还不是那么透彻。"见李工和战一杰的目光很迫切，朱总就继续说道："美国的博爱集团对产品创新能力非常重视这不假，你们厂的地理位置对他有吸引力也不错，但要想做被他收购或是兼并这篇大文章，这些都不是最主要的。"

"那最主要的是什么呢？"朱总讲的这些倒让战一杰有些意外。

"他收购和兼并并不看别的，只看重市场，他要的是你们的市场份额，是你们对市场的掌控能力。至于其他因素，比如设备呀、生产呀、人员呀，那倒都是次要的。"见战一杰还是有些不解，就继续说："就拿你们源山市来说吧。你把源山的市场做的跟铁桶一般，他要想攻下来得花多少钱？更主要得耽误多少时间？可他要是将你一口吞下呢？那才是最省钱、最省时、最经济、最实惠的办法。博爱集团之所以能用短短三个月的时间在中国迅速地崛起与膨胀，靠的就是这个。"

"那他对工厂，我是说对工厂的地有没有什么要求呢？"战一杰若有所思地问。

"我明白你的意思。你不就是想把厂子卖给人家，再把那块地留下嘛。"朱总思忖着，想了一会又说："那倒也不是没有可能，大不了让他在你们芸川再建一个新厂，反正也花不了多少钱。"

"对呀，这样一来问题不就解决了。反正博爱集团又不做房地产，他要这种黄金地块也没用。"小英有些欣喜若狂。

"可博爱会听我们的吗？"钟慧在一旁担心地说。

"关键还是看你们的市场做得如何。估计单凭一个源山市场还不足以引起他的重视，也不值得他再建一个新厂。"

朱总也是疑虑重重。

"那整个川南省呢，值不值？"战一杰咬了咬牙说道。

"那应该是值了。我们川南是啤酒大省，啤酒销量占全国的11%以上。"李工说道。

"拿下一个源山市场容易，可要想拿下整个川南谈何容易呀！何况你只有一年的时间。"朱总叹道。

17

你一言我一语讨论到这儿，战一杰心里已基本有了底，就端起酒杯说道："好了，感谢今天大家的群策群力，我是茅塞顿开呀！我替我们芸川啤酒的1500名员工谢谢你们。"说罢就起身跟大家一一碰杯。

杯一碰酒都干了，朱总就笑道："你们老板不是装神弄鬼给你弄个锦囊妙计嘛，你这回就给他来个将计就计。"

李工却说道："小战哪，说归说想归想，这事要真的运作起来可不容易呀，要牵扯到印尼的张氏，美国的博爱，还有你们芸川市、源山市乃至川南省和国家商务部。要是有需要我们帮忙的，尽管开口就是。"

一听这话，钟慧连忙起身说道："报告，我家那瘦猴是省政府的秘书，到时候只要用得着，妹夫只管开口。"

大家听明白了，这"瘦猴"自然指的是她自己的老公。可这哪里又出来个妹夫呢？等大家见到胡小英的脸一下红到了耳根儿，才明白这个妹夫是战一杰。

　　战一杰一听，连忙端着酒杯说："好，我敬你一杯，到时候少不了要麻烦姐夫。"说着就干了。

　　钟慧刚坐下，李工又开了口："我家那老头子原来在商务部工作，虽说现在退下来了，可原来的关系都还在，到时候也能出上一把力。"

　　战一杰又连忙起身给李工敬酒。战一杰敬完酒刚坐下，朱总却坐不住了，看了钟慧一眼又去看李工，说道："我算看出来了，你们这一老一小是在将我的军哪。好吧，我在这里也表个态，老弟这边只要市场做得差不多了，博爱集团那边就交给我了。"

　　此话一出，战一杰更是忙不迭地敬酒。朱总让战一杰把酒也倒满，把酒杯一碰，说道："现在博爱啤酒正在攻打川南市场，这回咱们就给他来个'以打促和'！你在前面的市场上跟他打，我就在后面跟他谈。你打得越狠，把他打得越疼，我就越好谈。"

　　说完这话，"哗"地一下就响起了掌声。这时胡小英端着酒杯站了起来，眼中噙着泪说道："各位前辈，还有我的钟慧姐姐，我在这儿代表我的父亲，代表我们芸川啤酒公司的员工们，谢谢你们了。"说完就干了杯中的酒。

　　小英这突然落泪，让大家有点不知所措。钟慧知道小英父亲牺牲的事，就低声给愣在那里的李工和朱总解释了几句，他俩这才恍然大悟，连忙端起酒杯干了。战一杰也一仰脖干了杯中酒，叹道："这也是胡主席临终前的重托。"

　　酒又倒上，钟慧连忙打破沉闷笑道："哎呀，光顾着忧国忧民了，还没来得及问，我这妹妹、妹夫的喜酒到底什么时候喝呀？"说完就看着战一杰。

　　战一杰就笑道："你别看我呀，我又做不了主。"

　　大家一听，就一齐笑着看向胡小英。这次小英倒没有一点的扭捏和脸红，沉稳地说道："那就等我们唱完这出'将计就计'吧。"

第四章　未雨绸缪

1

国庆节前夕的啤酒市场依然火爆异常，这与比往年偏高的气温有关，也与苦瓜啤酒的大行其道有关。战一杰把芸川啤酒公司苦瓜啤酒上市以来的所有数据仔细看了一遍以后，就把肖春梅找来，说出了自己想在全省市场推开苦瓜啤酒的想法。

这个想法让肖春梅有点摸不着头脑，就不解地问："现在各个啤酒厂都出苦瓜啤酒，全省的市场上都满了，我们还怎么个推法？再说，现在要布局全省，是不是有点冒进呀，你就不怕贪多嚼不烂？"

战一杰也不想再向肖春梅隐瞒，就把当初锦囊妙计的事，以及他与胡小英此次到省城的收获，一五一十全讲了。肖春梅倒没有多少吃惊，听完了只是问道："你去为张洪生挡子弹，就是为这？"

这话倒把战一杰问得一愣，摸着鼻子说道："也不全是为这吧。当时哪来得及想那么多，我和洪生是那种出生入死的关系，你们女人不会明白的。"

"这只是你一厢情愿的感觉和想法吧。既然你们是这种出生入死的关系，你为他把自己的命都舍了；可他为什么就不能为你放弃那么一块地呢？难道你的一条命就那么不值钱？"肖春梅满脸的愤愤不平。

"可也是。"战一杰挠着头皮想了想，然后说道，"可能各人都有各自的职责所在吧。人家也是一个大集团，底下也有十几万人呢，也是身不由己吧。"

"狡辩，纯粹是狡辩！"肖春梅给他气得直摇头，"你当初就不应该——"话说了一半，她又把话咽了回去，觉得到了这个时候实在不应该再去责怪和埋怨，而应该考虑着怎么来帮助他。

"一年的时间来做整个川南省的市场，有可能吗？"肖春梅这话说得一点底气都没有。

"当然有可能。这放开苦瓜啤酒就是第一步。"战一杰的底气却是相当足，"国庆节马上就要到了，你回去做一个节日促销方案，把苦瓜啤酒的价格放到最低，向全省市场推开，货铺得越远越好。"

"你这价格最低到底是低多少？是阶段性促销还是直接把价格放下去？"

"是市场最低价，只要是市场上的苦瓜啤酒，我们就是最便宜的。另外也不是阶段性促销，是直接把价格放到底。"

"这样一来，公司赔钱不说，那不把这苦瓜啤酒给做死了。"肖春梅一时还转不过弯来。

"现在管不了那么多了。再说今年赚了这么多，这点钱还是赔得起的。"战一杰的口气确实有点破釜沉舟了，"这苦瓜啤酒已乱到了这个份儿上，就是我们不做死它，它也活不了多久了，终究还是我们花费的心血造就的它，就让它最后为我们尽上一份力吧。"

2

安排完苦瓜啤酒的事，战一杰就摸起电话来找财务部的经理晏春，让她把财务报表和现金流量报表都拿来。他知道杨小建的婚期已迫在眉睫，整天忙得跟热锅上的蚂蚁似的，索性就不去打扰他。

不一会儿，晏春就抱了一大摞报表进来。战一杰让她把报表放到办公桌上，又指了指旁边的椅子让她坐下。战一杰给她接了一杯水，问道："今年我们公司的利润能有多少？"

"预计能有六千多万吧。"晏春说话总是那么不紧不慢。

"是纯利吗？"

"是纯利。"

"这个数字还有谁知道？"战一杰追问。

"杨司库应该知道。别人嘛，应该都不知道。"

"那集团总部那边知道吗？"

"现在还不知道。但年终是要出财务和审计报告的，到那时肯定会知道的。因为我们公司前些年一直亏损，每月每季度的报表他们也懒得催，我们呢也就等到年终一块报。"

"很好。今年的年终报告也不要报，到时候我会告诉你怎么做。"说着战一杰话锋一转，又问道："经委晏主任最近还好吧？"

"噢，他已经不在经委了，现在是芸川分管招商引资的副市长。"晏春说完又补充道，"国资局的李局长现在是经委主任。"

战一杰一听，心头不由一喜。分管招商引资的副市长？看来把博爱集团招来建厂的事，就得从这里入手了。想到这儿，他就笑着说："你跟晏市长打个招呼，看他什么时候有空，我们得给他祝贺祝贺。"

晏春应着，看战一杰急着要翻看桌上的报表，就告辞走了。战一杰大体把财务和现金报表翻看了一遍，心中的底气也就越发足了起来。心想，有这六千万，我就不信拿不下你个川南省。想到这儿，他就又给肖春梅打了个电话，要她把下一步向全省低价推开两款冬令啤酒的方案也一块拿出来。

肖春梅听了有些犹豫，沉了一会儿在电话里说道："一杰，你可千万要想好啊，覆水难收，价格一旦放下去就再也收不回来了。"

"我心中有数，你就按我说的做吧。"战一杰心中也是很不平静，他明白肖春梅说这番话的良苦用心。其实下一步销售是要实行承包的，人家是按销量拿提成，当然是卖得越多越好，至于赚钱赔钱那是公司考虑的事情。换作是别人，高兴还来不及呢，哪还会操这份闲心？

3

钱冬青来找战一杰的时候，心中还是有些犹豫。工会这一头的工作已经基本安排就绪，他也顺顺利利当选为新一届的工会主席。可一上任就来找总经理提涨工资的事，虽说是为了员工不是为了自己，但一时还是觉得有些冒昧和唐突。

战一杰听钱冬青吭哧了半天，才听明白他的意思，就面无表情地问道："这是你的意思还是员工们的意思？"

"员工们倒没有明确的要求过，可以说是我个人的意见。"老钱倒是实话实说。

"你是觉得你当选了新的工会主席，就应该为员工们争取点利益，为员工们做点好事，对吗？"战一杰说话也非常直接。

钱冬青脸一红，但却理直气壮地说："我们公司今年的利润应该不低，难道就不应该涨涨工资吗？这些利润可都是员工的血汗哪。"

战一杰心想，这要是搁到几天前，说不定自己眼都不会眨就同意了老钱的意见。可现在不同了，这些钱自己还有更大更要紧的用途。可这些又不能向老钱明讲，以他的格局，以他这个狗肚子里存不住二两油的脾气，真要是让他知道了自己的计划与打算，保不准就会横生枝节，甚至前功尽弃。想罢，就以不近人情的口吻说道："老钱哪，你说的这话我不敢苟同。公司的利润里有员工们的血汗，这不假。可依你的说法，全都是员工的血汗，那倒未必吧。"

钱冬青没有料到战一杰会是这么个态度，一时有些反应不过来，对他说的话又无从反驳，就只是在那里干瞪眼。只听战一杰又说道："从去年我来公司以后，先后给员工上调过两次工资，而且月月都有奖金，这不算不近人情吧？并且下一步马上就推行薪酬制度改革，每一项制度、每一个政策，都是倾向于员工利益的，都是为了让员工最大限度分享企业发展的红利，你觉得这愧对员工们付出的血汗吗？"

"我之所以提这个建议，又不是针对你的。"老钱的额头上有些冒汗，"再说你所做的这些，大家都是有目共睹的，也都是认可和领情的。"

看到老钱的样子，战一杰倒是有些不好意思起来，就缓和了语气笑道："老钱呀，你的心情我能理解，可你现在是公司领导了，要站得高一点，看得远一点，把格局放大一点，我们一起为员工的将来多想想，你觉得我说得有道理吗？"

钱冬青对战一杰这深一句浅一句的话，也听不出个子丑寅卯来，像是有所暗示吧，又实在想不出他的深意是什么。但他对战一杰的人品是信任的，就说道："好吧战总，那我就尽快把薪酬制度改革和承包的事做好，有什么事再随时向你汇报。"

"公司下一步可能要把所有的精力向市场销售倾斜，包括人力、物力、财力，你要有个思想准备。"战一杰的话依然是模棱两可。

钱冬青更糊涂了，但还是郑重地点了点头。

4

战一杰觉得和胡小英重新开始的感觉真好。老实说，原来他们俩之间的恋情，战一杰总觉得不那么真实，不那么纯粹，总有一种说不清道不明的感觉掺杂在里面。虽说两人都是真心爱着对方，但心里都不是那么坦然和踏实。每次小英看自己的时候，眼神中的那种胆怯、仰视与迎合，战一杰是读得懂的。而自己眼中的困惑、犹疑与愧疚，以小英的冰雪聪明，她当然也是心知肚明……

现在好了，战一杰有一种重获新生的激动与兴奋，自己终于可以心胸坦荡地、义无反顾地去追一把，去爱一回了。当战一杰把自己的感觉与想法告诉胡小英的时候，小英笑了，笑得那么心有灵犀，那么明澈自然。过了一会儿，小英幽幽地说道："春梅姐那儿，你果真能放得下吗？"

"能。"战一杰回答得很坚决。

"可，你不觉得对她很残酷吗？"小英虽然这么说，但语气里并没有责怪的意思，"你们男人哪，永远都不懂女人的心。"

这个时候，胡小英并不想也没有必要再去考验战一杰的决心，就连忙岔开了话题说道："我听春梅姐说，你准备把苦瓜啤酒还有那两款冬令啤酒都放弃喽？"

"不是我们放弃，而是它们确实到了寿终正寝的时候了，我只不过想借它的回光返照来打开全省的市场，这也不枉你我当初的一番苦心孤诣。"战一杰见小英一脸的茫然，又说道，"现在苦瓜啤酒的市场情况想必你也知道，已经到了泛滥成灾的地步，有的厂家连苦瓜汁都不加了。更要命的是，听说有的厂家已开始往里面添加香精和色素，你说它还能生存下去吗？"

小英听得有些骇然，但终归还是有些不甘心，问道："就没有其他别的办法了？"

"这就是没有办法的办法。我们把价格放下去，而且放到市场最低价，那是必然把别的苦瓜啤酒给顶了，我们的产品终归是货真价实的吧，这也算是清理市场了。"

"那我们不就赔钱了？"

"钱是赔了，可我们赚到了市场。别的厂家用苦瓜啤酒打开的市场，用我们的苦瓜啤酒接过来，你说这是赔还是赚？"

"那别的厂家也跟着把价格降下去怎么办？"

"我们降到这个价格都赔钱了，他们就不赔？再说价格越砸越低，从经销商到供货商再到终端商，都无利可图了，这产品自然而然就死掉了。"战一杰见小英终于算是明白得差不多了，就又补充道，"以当前这种情况，政府部门迟早是要管的，说不定工商和质量监督部门已经在介入调查了，我们也算是先下手为强吧。"

"那冬令啤酒呢，那两款冬令啤酒还没到这个地步吧？"

"是还没到这个地步，可迟早也会走到这一步的。"战一杰说得有些悲壮，"但我没有时间再等了。"

5

胡小英很明白战一杰此时此刻的心情。这苦瓜啤酒也好，冬令啤酒也罢，是自己的创意不错，可战一杰在这上面倾注的精力和付出的心血，那可比自己多得不是一点半点。他既然做出这个决定，自己还有什么放不下、舍不得的呢。

"这几个品牌都没有了，那下一步该怎么做呢？"这是胡小英最关心的。她对战一杰这一年的时间能不能打开全省的市场，能不能把这一出"将计就计"给唱好喽，始终忐忑不安地担着心。

只听战一杰不紧不慢地说道："这也是我今天要着重跟你讲的。现在这几个品牌放开了，只能算是蹚一蹚露水，离着打开市场还远着呢。现在我们手中剩下的就只有梦泉品牌了。梦泉啤酒以家乡情结和新鲜为主打，倒是深入人心，'家乡的啤酒最新鲜'，'梦泉啤酒遥遥领鲜'，这几句朗朗上口的广告语，在源山也几乎无人不晓，这让对手也无可复制。但是，它又受到了地域的局限。在源山还可以，因为'梦泉'就在源山，可真要是走出源山。放到整个川南省，又会怎样呢？"

"那还得再出新品牌？"胡小英基本听出了眉目。

"是的。作为一个现代化的企业，尤其是处于市场竞争最前沿的快销品企业，面对白热化的竞争，面对风云变幻的市场，要想发展，尤其是想快速发展，就要持续不断地创新，要永远走在对手的前面。"

"你的意思我明白，可要想做到你说的那样，要想持续不断地创新，谈何容易呀。"小英当然深知这简短的几句话语之中所包含的困难与艰辛。

"越是不容易才越有机会。我现在已经骑在了老虎的背上，下是下不来了，你就看着办吧。"战一杰知道小英的绝顶聪明和专业素养，这在整个啤酒行业里都是出类拔萃的。可她心似璞玉，又没有丝毫的争强好胜之心，原来的创新都是自己安排了，她就干了，这次还得把担子压到她的身上。

"看来只要上了你的贼船，就甭想下来了。"小英叹了口气，倒是蛮享受战一杰的这种态度，也就算是欣然受命。

小英想了想，又说道："以现在我们公司的设备能力，今年的产能已经达到了极限，如果接下来要打开全省市场，产量肯定要陡然加大，这恐怕才是最当务之急的问题。"

战一杰是干技术的出身，对这个问题当然不外行，只是问道："你认真算过了？发酵周期能不能再缩短？"

"现在已到了十五天，不能再短了。"

"那就没有别的办法了？"

小英听他的口气，倒像是心中早已有了对策，就激将说道："巧妇难为无米之炊，我能有什么办法？"

战一杰就笑道："你这大姑娘马上就变成巧妇了，真就一点办法也没有？"

小英脸一红，也笑道："是你把人家变成巧妇的，就得你想办法。"

"高浓稀释你听说过没有？"

小英一愣，恍然大悟道："我在杂志上见过这种设备，国外有，但国内还没听说哪个厂家有用的。"

"在国外，这早已是一种相当成熟的啤酒生产技术。现在国内啤酒行业发展这么迅猛，肯定有应用，找你那亲姐姐钟慧，肯定能解决。"

小英气得伸出手指在战一杰额头上戳了一下，嗔怪道："真够阴险的。你早有办法了，就是不说。"

6

杨小建的结婚典礼就在国庆节这一天，早晨 3 点接新娘的车队就出发了。新娘子小张的家在比较偏远的下川县农村，来回需要 3 个多小时，所以大家就早早起程了。

本来杨小建不让战一杰去，说杀鸡焉用牛刀，让一帮小喽啰去就行了，你只管在家主持大局，等着陪大席。可战一杰还是不放心，非要亲自带队去，回来照样耽误不了陪大席。

车队是六辆宝马，打头一辆花车是白色的，杨小建说这叫白头偕老。战一杰打量着穿一身藏蓝色西服的杨小建笑道："你这外来户还蛮懂的嘛，你这一帮小喽啰都是从哪儿弄来的，我怎么看着有点来路不对呀。"

"都是平时结交的一帮兄弟，大部分都是咱们厂的子弟。你就放心吧，我的话他们还是听的。"杨小建俨然是一副老大的口气。

战一杰心里也明白，平时自己总是忙，也顾不大上这位兄弟。可小建也有自己的生活空间，他向来又是个闲不住的主儿，为人义气，还有一身功夫，手里又掌握着厂里的财政大权，朋友圈肯定小不了。可没承想，短短一年的时间，他好像是成了酒厂这一片的老大。当然战一杰也没什么可担心的，小建的人品和功夫他还是放心的，说不定什么时候还能派上用场呢。

说话间，疾驰的车队突然停了下来，杨小建问司机是怎么回事。司机说前面的录像车发来的信号，具体情况也不知道。杨小建还没下车，后面车上的人都已下了车向前跑去。

等杨小建和战一杰来到前面，局势已经有些剑拔弩张了。原来前面是一座小桥，小桥也挺宽，本来足够可以会车的。可迎面来的也是迎亲的车队，本地的风俗有迎亲不能在桥上错车的说法，这就需要一方得退回去。可谁退呢，这就僵持住了。

杨小建本是个大大咧咧的脾气，再加上他又不是芸川的本地人，对这些所谓的风俗习惯也不怎么看重，就摆摆手说："我们让一步吧，别耽误了时辰。"

战一杰也不想在这个时候找麻烦，见小建开口了也就不再吱声。可这时一个小兄弟凑上来说道："建哥，退后不吉利。"杨小建一听这话就有些犹豫，再加上对面一点感谢的意思也没表示，仿佛自己给他们让路是理所应当的一般。杨小建的脸上就起了阴云，对那个小兄弟说："你上去告诉他们，让他们退回去。"

这时天色已有些见亮，大家已看清楚对面的车队是清一色的大奔，心里都觉得今天这事可能要麻烦。果不其然，那个小兄弟刚上去交涉了不一会儿，就让人家打趴在了地上。这边一看就都红了眼，一拥而上，准备大打出手。战一杰一看大惊，三步并作两步跑上前去，伸手拦住了跑在最前面的杨小建。杨小建一看战一杰阴沉的脸色，连忙举起手一挥，蜂拥而上的小弟兄们果然令行禁止，齐刷刷收住了架势。可谁承想，这边收手了，那边却以为这边是怕了，三个顶着光头的小子冲着战一杰后背就要下手。

7

就在这千钧一发之际，突然传来了一声暴呵："住手！"

这一声暴呵底气十足，很有气势，把在场的人都惊呆了。那三个背后下手的小子还没反应过来，就每人挨了一个大耳光。等战一杰转过身来一看，只见面前站着一位黑脸膛的精壮汉子，正面带微笑地看着自己。还没等战一杰反应过来，那汉子走上前来一把握住战一杰的手说："战老弟吧，我们还真是不打不相识啊。"

战一杰的脑海里灵光一闪就想起了对方是谁，大声笑道："是毕老兄。一年没见你可是越来越精神了。"

这个人正是一年前战一杰和杨小建初到芸川时在公司大门前碰到的那个黑社会，战一杰清楚地记得当时他给了自己一张名片，上面写着"毕云天"三个字和一个尾号是 4 个 9 的手机号码。

毕云天并没有拖泥带水，立马让他们的车队退后，给战一杰的车队让出路来。临分手的时候，毕云天拍着战一杰的肩膀说："老兄我没看错，你老弟可真不简单哪，怎么样，你们的啤酒有没有兴趣打到省城去啊？我现在就在省城专做夜场。"

"那太好了。就冲着你老兄，我也得到省城去闯一下。这样吧，忙完了这个婚礼我立马联系你。"战一杰对于这个意想不到的收获真是太喜出望外了，甚至这一刻他都在想，真是天可怜见哪，难道是自己的一番苦心感动了上苍？

路上这一番意外，耽误了不少时间，他们的车队飞一般赶到小张家门口的时候，人家娘家人也早等不及了，一家人都站在门口探看。他们这一到，探看的人连门都没来得及关上就让他们闯了进去。战一杰一看时间紧急，也顾不了许多，连忙把叫门钱撒了，跟人家娘家的老人们客气了几句，就指挥着往车上搬嫁妆。

现在这所谓的嫁妆也简单了，也没什么大件，只是些被褥和包袱什么的，一会儿就搬完了。杨小建去抱新娘，战一杰就张罗着一帮送客们上车。战一杰正风风火火地忙活着，突然有人一拍他的肩膀说道："我说老战哪，你这是准备把我当空气啊。"

战一杰一愣，回头一看却是陆涛，不由奇道："你怎么会在这儿？"

"我为什么不能在这儿？你忘了新娘子是谁的员工了？"

"噢，对了，我一急倒真把这个茬给忘了。怎么，今天你也是送客？"

"那是当然。到时候你可得好好陪我几杯哟。"陆涛很得意，但语气中透着亲近。

一想起自己与陶玉宛和陆涛之间的那些过往，战一杰心里还是疙疙瘩瘩的，就没好气地说："就你那点量，还用得着我陪？"

陆涛对战一杰的态度倒是不以为意，看他急得跟火上房似的，就不再啰唆，连忙跟着一帮送客上了车。

8

迎亲的车队赶回婚礼现场的时候已是六点半了，这边早就等急了，电话一遍一遍地催。因为查了皇历说新娘子坐时辰是在卯时，也就是早晨的5到7点，眼看就要耽误了坐时辰。

白色的头车一进小区的大门，震天雷就急火火地上了天，紧跟着鞭炮齐鸣。车停好，新郎抱着新娘就跑着上楼去新房坐时辰，还有一帮小伙跟着去闹，战一杰就在楼下张罗婚礼仪式的现场。这个小区刚刚建成，入住的人家还不多，所以并没有多少看热闹的人，现场就略显冷清了一些。再加上婚庆公司的现场布置杂乱无章，人员也不怎么到位，战一杰就有些急躁，觉得有点对不起小建，一着急就和婚庆公司的老板吵了起来。

这时陆涛走上前来，问明了情况，就把战一杰劝到了一旁，一边给他递烟一边掏出手机来打电话。一根烟还没抽完，只听轰隆隆一阵响，两辆中巴车一前一后开了过来。车门一开，呼呼隆隆下来了足有三四十人，而且一水的俊男靓女，把个婚庆公司老板惊得眼珠差点掉在地上。陆涛招了招手，大声说道："今天是我兄弟的大婚仪式，各位把场子给捧得足足的，要的就是热闹，明白吗？"

"明白！"来的人齐声回答。

果不其然，整个结婚典礼让这帮俊男靓女捧得那叫一个热火朝天，笑声掌声响成一片，高潮一个接一个，而且一浪高过一浪，就连录影的师傅都直伸大拇哥，说这婚礼可办绝了。看着远道而来的杨小建的父母高兴得直擦眼泪，战一杰这才如释重负地长出了一口气。

喜宴就备在梦泉大酒店，女席由晏春陪，男席这边当然是战一杰。结婚典礼一结束，他们就拉上男女送客来到了酒店。向来这送客席不好陪，人家是送女儿出嫁，自然架子要端起来，不然过了这个村就没这个店了。陪席的人不仅要有酒量，还要能说会道、礼数周全，这一点战一杰当然没问题。可对晏春他还是心里没底，敬了两杯酒后，就借故离席到女席那边偷偷瞄了一眼。却见晏春完全是一副气定神闲、游刃有余的样子，这才把心放进肚里，踏踏实实回到了男席。

其实新娘小张家的人都很朴实厚道，并没有灌酒或是难为的意思，一家人都在看陆涛的眼色行事。陆涛虽然是送客，但他却不是真正的娘家人，他既是新娘的领导，又是新郎的哥们儿，所以说起话来都是一手托两家，这让战一杰越发地对他另眼相看了。

整个喜宴气氛都很融洽，酒喝得很痛快，但并没有喝醉的。小建的父母来敬酒的时候，就连战一杰和陆涛一块感谢着。直到过了中午 12 点这大席才结束，战一杰安排车把送客们送走，陆涛却留了下来。

9

陆涛虽然没有喝醉，却也已是酒意十足，不由分说把战一杰拽到了一个小包间，吆喝人上了一壶茶，就摆出一副与战一杰要掏心掏肺的架势。

战一杰今天的任务已经圆满完成，再说他也正想找个机会谢谢陆涛对小建的提携和帮助，也就安安心心与陆涛面对面坐了下来。陆涛给战一杰斟了一杯茶，端起来递到他面前，说道："我知道你老弟因为水质检测报告的事一直在恨我，老兄在这儿给你赔不是了。"

战一杰把茶水接在手里，喝了一口说道："恨倒谈不上，只是气你有点不择手段。”

“咳，那不是为了扳倒付茂山嘛。再说玉宛之所以落到如此地步，还不是他给害的，你就不恨他？”

战一杰一听就明白，自己与陶玉宛的一切陆涛肯定都知道了，也听出了陆涛对陶玉宛还是有感情的，毕竟他们还有一个女儿，就也不再遮遮掩掩，单刀直入地问道：“既然话说到这儿了，我就问你老哥一句实话，你对玉宛是怎么打算的？”

一听这话，陆涛的泪水就流了下来，一把攥住战一杰的一只手说道：“老弟，说心里话，你觉得老哥是不是一个彻头彻尾的浑蛋？”

战一杰沉吟了一会儿，推心置腹地说道：“说实话，我觉得你们两个之所以能走到这一步，各占一半的责任吧。玉宛就是太官迷心窍了。”

“亲弟呀，你才是我的亲兄弟呀。”陆涛已涕泪横流，“我知道你是真心为了玉宛好。你放心，不管她判几年，我和小玉都等她。”

看着声泪俱下的陆涛，战一杰不由心头一热，问道：“你不会喝醉了说酒话吧？”

陆涛一听急了，把拳头举得老高，说道：“我可以发誓，以我女儿小玉的名义。”

一听这话，战一杰连忙摁下他高举的拳头，急道：“不用了，不用了，我相信你。”

把心中的苦水都倒了出来，陆涛也陡然轻松了，慢慢地也就把情绪稳定了下来。战一杰又问道：“小玉的身体现在怎么样了？找中医看过了没有？”

“小玉的身体倒没什么大碍了，可还是总爱发低烧，整天懒洋洋的浑身没劲儿。一直说要找个中医看看，可玉宛一下出了这事，我这公司又忙着往省城搬，也就没顾上。”陆涛说起来满脸都是愧疚。

“我在俄罗斯的时候，认识过一位东北的老板，我记得好像听他讲过他家孩子也有过与小玉相似的病情，可吃了一个老中医的中药就好了。我手机上还有他的电话，回头我找他问问。”战一杰对小玉的病也十分关心。

“那真是太感谢了，我替玉宛谢谢你。”陆涛使劲摇着战一杰的手。

10

新郎和新娘在外面的酒席上敬完酒，就进来专门给战一杰和陆涛敬酒。杨小建的脸已红得有些发紫，一看就是喝大了，小张一直用手扶着他。

杨小建哆里哆嗦给他二人倒上酒，也给自己倒上，一举杯就准备陪他们干了。战一杰连忙起身拽住他说道："酒我们就不喝了，再说我们给你陪送客席已经喝大了，哪有自家人灌自家人的道理。"

一旁的新娘连忙一把夺下杨小建手中的酒杯，劝道："就是，战总和陆总又不是外人，酒就别喝了。"

陆涛在一旁也挥着手说道："是啊，你们该忙啥就忙啥去吧，我们两个都是自家兄弟，你再这样就见外了，小建。"

杨小建已经基本上站不稳也说不清话了，只是两眼发直地看着他们。战一杰连忙冲小张摆摆手。小张会意，就连扶带架地拽着杨小建离开了。

经过这一番闹腾，陆涛的酒也醒得差不多了，大口喝着茶水，说道："郑厚广现在是芸川的书记了，我和他关系很铁，他也很赏识你，让我约你抽空在一块坐坐呢。"战一杰和郑厚广认识，但并不熟，更谈不上什么交情，但是在扳倒付茂山的战役中，他们芸川啤酒公司化验室的那份水质检测报告可是起了至关重要的作用，这一点郑厚广不会不明白。所以战一杰这个大人情，他还是领的。

战一杰当然清楚在自己下一步的运作当中郑厚广这个市委书记的分量和作用，正愁搭不上这根线呢，现在一听陆涛这么说，当然连声说好。

陆涛又说道："我和市里的杨副市长，还有谭副省长，都还讲得上话。你要有什么难办的事，只管张口就是。"

战一杰听陆涛讲了他要等陶玉宛的话以后，确实在心里已和他冰释前嫌。现在又见他是实心实意想帮自己，心里有些激动，就说道："以后少不了麻烦你老兄的，以前我有做的不对的地方，你也不要见怪。"

陆涛知道战一杰的性格脾气，听他这么一说，就知道这回他俩才真成兄弟了，就端起茶杯与战一杰碰到了一起，说："干！"

干了茶水，陆涛又问："据我所知，现在像你们这种规模的啤酒厂是越来越难做了。你今后有什么打算？"

"我打算要做全省市场，先把市场做起来再说。"战一杰现在还不想把自己的计划告诉他。

"噢。"陆涛沉吟了一下，本想再多问几句，可还是忍住了，只是说道，"我的公司现在也搬到省城了，要做全省市场，必先拿下省城。看来我们又要并肩作战了。"

战一杰不得不佩服陆涛的精明与敏锐，一语中的，道破了问题的关键。连忙问道："你觉得我们应该如何拿下省城这个制高点呢？"

"你这突然一问，我一时也说不出个所以然来。但我知道省城市场可不同于我们源山，历来是各大巨头的必争之地，不出奇招的话，甭说拿下，就是想打进去都是难之又难。据说现在美国的博爱啤酒正在猛攻省城，已经把青啤和雪花打得有点招架不住了。"陆涛毕竟是做市场策划与咨询的，对各方面的市场信息都随时掌握。

"这也许正是我们的机会。"战一杰若有所思地说道。

11

晚上宴请的都是本厂的员工，由钱冬青负责具体的事务安排。到了四点多钟，战一杰把陆涛送走就来找钱冬青。老钱正坐在酒店大厅的一张长条桌后面嗑瓜子喝茶水，见战一杰来了，连忙给他倒了杯茶水，又指了指桌上的几盘瓜子，示意让他抓着吃。

战一杰抓了一把瓜子坐下来，一边嗑着一边问道："今天晚上准备开几席？"

"反正二楼的大厅我们都包下来了，能开几桌算几桌吧。"老钱这话说得有些自相矛盾。

战一杰一听，这可不像老钱一向认真仔细钻牛角尖儿的作风，就笑道："怎么，你这到底是怕没人来呀，还是怕人多了席不够？"

钱冬青挺了挺腰杆儿说道："说实话，我心里是一点底也没有。现在这红白喜事的份子钱呀把人都快逼疯了，前年还是100、120，去年就成了200、300，到今年就成300、500了。你想想咱这工人一个月才开多少钱？哪架得住这个掏法呀。"

见战一杰仍是一脸的不解，就又说道："人说了，你没那钱就别凑这份儿了。可不行！咱这厂子的工人阶级老大哥呀，是马瘦毛长吧还不塌架，非得打肿脸去充那个大胖子。再加上杨司库又是公司领导，今天晚上的这席吧，你准备少了还真不行。可话又说回来了，咱小建是个空降兵，来厂里时间短，应该没交下多少人，也很少给人家凑过份子，这说要是没人来吧，也是情理之中。"

老钱这么一说，战一杰才意识到问题的严重性，心想今天晚上要是没人来，那小建这面子可是掉了一地呀。可要想让大家都来捧场吧，实在又不好意思让人家那么破费。这可怎么办呢？战一杰摸出手机来就给杨小建打电话，让他马上过来一趟。杨小建的酒已经醒得差不多了，一听战一杰的口气，还以为出了什么大事，连忙赶了过来。

战一杰把情况一讲，小建倒是痛快，对老钱说道："咱不收人家的份子钱不就行了。都是一个厂里的兄弟姐妹，让大家只管来喝喜酒，捧个人场就行。"

老钱一听，把手摇成了一把扇子说："不行不行，大家谁好意思不交份子钱空着手来喝你的喜酒呀，那不是打人家的脸嘛？"

"那你说咋办？"小建有点急眼。

"我看这样吧。"战一杰开了口，"今晚只要是来喝喜酒的，我们每人只收 50 元，多了一律不收，你们看怎么样？"

"这倒是个好办法！"老钱把大腿一拍说道，"我马上安排几个得力的人手，去各个车间和科室把这个消息透露出去，你们就赅好吧！"

整个夜晚，梦泉大酒店的二楼大厅里人声鼎沸，笑声此起彼伏，引得酒店的所有服务员都来看热闹！

12

转过天来，战一杰就找着东北那位老板的电话拨了过去。他实在是很担心陆小玉的病情，心里总觉得看不好小玉的病就对不起陶玉宛似的。那东北老板接了电话，问清了是战一杰，哈哈大笑着连声问好，又问他有什么事。

战一杰就把小玉的病情跟他讲了。那老板大声说道："你找我算是找对人了，我女儿现在已经完全好了，而且我又有好几个得那种病的朋友也去吃他的中药了，很有效果，我马上把电话和地址给你发过去，你去找他看病的时候一提我，他会格外尽心的。"

挂了电话，信息马上就发了过来。战一杰一看，怎么就这么巧，这个老中医还就在他们川南省！战一杰心头大喜，心想正好带小英的母亲一块去看一下。连忙给小英打了个电话，问她母亲的病情怎么样了。

小英接了电话，说："我们正在医院复查呢。"

战一杰没想到会这么巧，忙问道："复查结果怎么样？"

小英带点哭腔说："结果还没出来，大夫说有可能是转移了。"

战一杰一听，心头一沉，连忙又问："你们在哪家医院？我马上赶过去。"

"源山中心医院。"小英已哭了出来。

战一杰赶到医院，见小英正陪母亲忐忑不安地在外面坐着，叫了声"阿姨"，就问小英："什么情况？"

小英冲医生办公室里面指了指说："说是在里面会诊呢。"

战一杰拍了拍小英的肩膀就进了医生办公室。里面的会诊已基本结束，大夫问明了他的身份就说："病人的情况不容乐观，已经发生了转移，必须马上进行二次手术。可现在病人的身体非常虚弱，以她现在的身体状况，又不敢再做二次手术。"

战一杰呼吸一阵发紧，连忙问道："那怎么办？"

"等等看吧，起码等她身体状况好一些了，才能考虑手术的事。但手术做完后，还要再做大量的化疗，恐怕还是吃不消。"大夫一直紧锁眉头。

"那就是没办法了？"战一杰说完这话，又追问道，"我们去看中医行不行？"

"这个我不好说行与不行。一般说来，我们西医是不推崇中医的。但我个人并不排斥中医，以你们现在的情况，我个人建议，你们可以去看看中医，总比在家等强。"大夫说得很坦诚。

从大夫的办公室出来，战一杰就拽住小英母亲的手道："阿姨，我们去看看中医，你觉得好不好？"

小英母亲笑了笑，说道："不用了吧小战，我的病我自己清楚，还是别给你添麻烦了，你只要把小英照顾好就行。"

"您说什么呢，我哪要他照顾？"小英在一旁抹着眼泪说。

"看您说的，这有什么麻烦不麻烦，都是我们应该做的。再说那中医就在河东市，离我们也就三四百公里，我这就联系一下。"在这种情况下，战一杰直接就做了决定。

战一杰拨通了那边的电话。那边说，他们院长一周只坐诊两天，明天正好坐诊，最好明天一早赶过去。

13

战一杰挂了电话，看了一下手表，跟小英商量道："明天一早正好他们院长坐诊，我们现在就往河东赶，天黑前赶到，找个地方住下，明天一早正好看病。"

"好吧，一切听你安排。"小英已六神无主，满脸都是依赖。

战一杰又给陆涛打电话，把联系好河东老中医的事讲了，让他带上小玉一块赶过去。

陆涛一听，也是喜出望外，说道："难为你老弟这么上心，可我人在省城呢，一时半会赶不回去。"

"这可怎么办？我已经跟那边都定好了。"

陆涛想了想说："要不这样吧，让小玉她姥姥陪她去吧，我这就给她姥姥打电话，你去接上她们。可就麻烦你了，老弟。"

"这事儿你跟我客气什么？你就放心吧。"

战一杰挂了电话，把小玉的情况跟小英母女大体讲了讲就直接开车赶了过去。来到小区门口，陶玉宛的母亲和小玉早已等在那儿。

一老一小上了车，陶玉宛的母亲对战一杰说："小战啊，真是太麻烦你了。"

战一杰笑道："阿姨，您跟我还用得着这么客气了。"

小玉见了战一杰很亲切，甜甜地喊了声"战叔叔好！"又说道："战叔叔的车跑得可快了，就跟飞一样。"

坐在副驾驶位上的胡小英回过头来，问坐在两个老人中间的小玉："你叫什么名字呀？"

小玉道："我叫陆小玉。"

胡小英又问："小玉什么时候坐过战叔叔车呀？"

小玉歪起头想了想说道："好长时间了，战叔叔和妈妈带我去找一个老爷爷看过病。"

一旁的小英母亲慈爱地抚摸着小玉的头，问陶玉宛的母亲："这是您孙女？"

"是外孙女。"

"这孩子怎么了？"小英母亲又问。

陶玉宛的母亲道："咱也说不清楚是怎么了，就是整天病恹恹的。他爸爸只说让我陪着就行，一切都听小战的。"

"她爸爸、妈妈干什么工作呀？这么忙。"

小英一听母亲还在问个没完，就说道："妈，小玉的妈妈是我们芸川的陶副市长。"

小英娘一听，吓了一跳，一下竟不敢与副市长的母亲再拉家常了。她哪里知道，原来的陶副市长现在已经锒铛入狱了。

陶玉宛的母亲倒看不出什么异样，叹了口气，说道："她这领导当得好哇，这孩子都四岁多了，她就没正儿八经看过几天，还不都是我们老两口给拉把着，可到头来……"说着，泪水还是控制不住流了下来。

"孩子也是忙事业，我们有空就多帮他们一把，你和她姥爷看累了，就让她爷爷、奶奶再帮把手。"小英娘还在不明就里地安慰着。

陶玉宛的母亲哼了一声，说道："甭说指望她那爷爷奶奶了，小玉她那亲爹都不管。"说到这儿，她抬手拍了拍前面的战一杰，问道："小战，你也该有孩子了吧。"

战一杰笑着说道："阿姨，我还没结婚呢。"

陶玉宛的母亲一听，连忙往前靠了靠，急急地问道："你怎么还没找呢？年龄也不小了。"

"不急，碰上合适的就找。"战一杰说着，瞅了一眼旁边的胡小英。

"谁摊上小战这样的女婿，那可真是烧高香喽。"陶玉宛的母亲继续说道。

14

战一杰的车开得飞快，天还没黑透就赶到了河东。他们一路打听，找到了那家叫"中华神农"的中医院，在医院旁边的一个小旅馆住了下来。

随便吃了点饭，把两个老人和孩子安顿好，战一杰和胡小英就来服务台和老板搭讪。一打听才知道，这里住的十有八九都是来看病的，全国各地的都有，但主要是外地的，本地人很少。

小英就问："那大夫看病真有那么好吗？"

老板道："当然好了。不然，怎么会有这么多人来？"

老板看了看他俩，又说道："你们小两口是给有年纪的来看病吧，是不是得的那种病？"

战一杰明白他的意思，就点点头。老板道："来这里看的，一般都是在医院给判了死刑的，但很多人都在这里看好了。"

小英拉着战一杰来到旁边，小声说道："我怎么觉得这人说得够玄的，别是骗人的吧。"

"既然来了就看看吧，反正吃中药不会有太大的风险。"

小英点了点头。战一杰又回到服务台，小声问老板："你这里有没有号？"

老板点了点头，伸出三个手指头。战一杰看看左右没人，就掏出三百元钱递给他，他便从抽屉里掏出一张小条递给了战一杰。战一杰看了看，就又掏出三百递给他。老板会心一笑，又掏了一张纸条出来。

第二天一早，病看得很顺利。鹤发童颜的老中医给小玉把了脉，又看了看舌苔，就问战一杰："平常发不发低烧？"

战一杰看了看了陶玉宛的母亲。陶玉宛的母亲说："这孩子平常就爱发低烧，若是伤风感冒了就发高烧。"

老中医道："这孩子的病是惊吓所致，吃药调理是一方面，更主要是父母要经常陪伴。我先给开一个疗程的药，吃完这一个疗程，到医院去做一个全面检查，只要各项指标都正常了，病就好了。"

陶玉宛的母亲还是有点不放心，问道："大夫，这孩子没别的病吧？"

正在开药方的老中医看了她一眼，有点生气地说道："别的病是什么病？"

战一杰连忙把陶玉宛的母亲拽到了后面，赔着笑脸说："您看这孩子血液方面没问题吧？"

老中医不耐烦地说道："没问题。"说完把药方一递就不再理他，说道："下一个。"

15

胡小英连忙陪着母亲来到前面坐下。老中医给小英母亲把了脉,看了舌苔,又简单问了几句病情,就让小英陪着母亲出去了,把战一杰留了下来。

老中医问:"病人的病情她自己知道吗?"

"她应该是知道。"战一杰回答的有点犹豫。

"到底是知道还是不知道?"老中医冷冷地问。

"我们没有主动告诉她,她自己猜到的。"

老中医面无表情地说道:"首先说一点,病能治,而且能治好。有几个注意事项我说一下,你们记好。一是不能让病人知道是绝症,这一点千万记住;二是我给开的这是一个疗程的药,二十天一个疗程,要每天现熬现吃,不能间断;三是要让病人保持心情舒畅,按要求忌口。"

"我记下了。"战一杰慌忙答道。

老中医把药方递给他,说道:"那就去药房抓药吧,他们会给你们一份用药说明。"

战一杰接过药方,就把东北朋友介绍来的事讲了。老中医抬头看了看他,又在方子上画了个符号,就摆手让他走了。

战一杰出来要过小玉的药方,来到划价处把方子一块儿递了进去。等划完价方子递出来,小英抢先接了过去,只一搭眼就像被猫咬了一样,脱口叫道:"这么贵。"

"这还是有关系给你打折了呢,嫌贵还来看病!"里面不屑地说道。

小英母亲接过划完价的方子一看,她和小玉都是三千八百元,就连忙拉住战一杰的手说:"小战呀,咱还是别吃中药了,也太贵了。"

这时陶玉宛的母亲在一旁说道:"既然来看,咱就不嫌贵,再说二十服药三千八也不算贵,别叫人家狗眼看人低了。"

战一杰连忙安慰着笑道:"不贵,就当吃营养品了。"

战一杰要去付钱,小英和玉宛的母亲都不让,可战一杰硬是把她们摁下了,自己跑去付了钱。

战一杰回来,大家都在连椅上坐下等着拿药。陶玉宛的母亲拽了拽战一杰的袖子,战一杰就起身跟着她来到外面。

老太太找了一个没人的地方，使劲攥住了战一杰的一只手说道："小战啊，你说我们小玉不会有事吧？"

战一杰拍了拍她的手安慰道："人家大夫不是说了嘛，没事，就是受了点惊吓，您就放心吧。"

老太太叹了口气，说道："小战，你也不是外人，我也不怕你笑话，我们小玉这病就是她爸妈整天打架给吓的。小战哪，你姨我后悔了，我们当初不该拆散你和小宛哪。从你对小玉的这份心，我就看出来了，你是真心疼爱我们小宛。"说着说着，老太太的泪水就流了下来。

战一杰连忙安慰道："过去的事我们就不要提了，当初我们两个分手，我也是有责任的，不怪玉宛，更不怪你们。"

陶玉宛的母亲又使劲攥住他的手，说："孩子，你到现在还不找，是不是还想着我们家小宛啊？"

战一杰笑了笑，轻声说道："不是。"又觉得这样说太生硬，又补充道："陆涛那人本质也不坏，他说他要等玉宛呢。"

老太太吃惊地张大了嘴巴，说道："真的？算这小子还有良心。为了我们小玉，但愿吧。"

战一杰正不知说啥才好，小玉从里面跑了出来，说道："战叔叔，该我们拿药了。"

第五章　甲醛风波

1

不出所料，苦瓜啤酒低价放开以后，果然以席卷之势在整个川南市场全面开花，在这个啤酒企业即将进入淡季的金秋时节，芸川啤酒公司又呈现出一派供不应求的红火局面，把工人们刚刚想有所松动的弦又给绷紧了。

肖春梅在电话中汇报完市场情况以后准备挂了，战一杰连忙问道："你现在身体怎么样？"

电话那边的肖春梅沉吟了一会儿，幽幽地说道："一杰，这样的问题以后你不要问了，我不想让小英不高兴。"

"好吧。"战一杰愣了一会儿，叹了口气，说道，"那你可一定要保重。"

挂了电话，战一杰沉吟良久，心里说不出是个什么滋味。突然，放在办公桌上的手机响了起来，把他吓了一跳。他摸起来一看，是省城的号码，就连忙接了。

"小战哪，在忙什么呢？"是省啤酒协会李工的声音。

"李工，您好啊！您怎么想起给我打电话了，要来我们芸川？"战一杰有些激动。

"你们都那么忙，我才不去给你们添麻烦呢！有个事儿我问一下，你们酿造上现在还在用甲醛吗？"

"应该是不用了吧，这事我还真没问过，都是小英在管。"战一杰想了想，好像胡小英跟自己提过这个事儿，但现在到底是个什么情况，他还真是不清楚。

"不用了就好，下一步可能有人会在这个事儿上作文章，我就是给你提个醒。"

"作什么文章？难道真要全面禁止？"

"这倒还没有什么硬性的规定和措施，但终归是个趋势，也是个好事。我们川南是啤酒大省，当然要走在前面，起个模范带头作用。"李工说话还是那么实实在在。

"那是自然，我们肯定会全力支持。"战一杰嘴上虽然这么说，但心里却是一点底儿也没有。

"小战哪，在用甲醛这个事儿上，国外啤酒的态度非常坚决，尤其是像博爱啤酒这样的美国品牌。你不是想跟他们搭上线吗，这就是一个机会。"这才是李工打这个电话的良苦用心。

"谢谢，太谢谢您了。"战一杰当然也是一点就透，激动得不知说什么才好。

挂了电话，战一杰坐在那里越想越不对劲。李工毕竟是干专业和坐办公室的出身，对残酷的市场竞争并没有直接的接触和参与，警觉就更谈不上了，可连她都想到了这一步，难道别人就想不到？尤其是自己全面放开了苦瓜啤酒，这得动了多少人的奶酪啊……想到这儿，战一杰起身就往质量技术部跑，一进门就问正在填报表的胡小英："我们现在还用甲醛吗？"

"用啊！上次省里开会以后，我们就做了替代品实验，而且相当成功。替代品也进货了，但考虑到成本问题，还一直没有大规模用到生产中去。"胡小英被战一杰急吼吼的样子吓得一下站了起来。

2

在酿造过程中添加甲醛，在啤酒业内是一个公开的秘密，也可以说是一个潜规则。圈内的人都见怪不怪，圈外的人却是一无所知。

在啤酒的整个酿造过程中，必须要添加啤酒花，啤酒爽口的苦味和清醇的香味都来自于啤酒花。啤酒花中的有用物质，比如甲酸、鞣酸等，都被有效利用了，但还有部分没有用的多酚等物质，就需要在麦汁煮沸的过程中除去。用什么除去呢？那就是甲醛。

在啤酒的酿造工艺中，添加甲醛去除多酚，这是上世纪六十年代获了奖的科技攻关项目，一直延用了很多年，事实已验证了没什么危害性，一些啤酒界的专家也曾多次撰文，阐明了甲醛在啤酒中无残留的事实。但是，残留不残留这是一个技术问题，而用不用，却是一个态度问题。这一点，在国外闯荡多年的战一杰是非常清楚的，可对胡小英来说却没有引起足够的重视。

"怎么，很严重吗？"胡小英对战一杰的如临大敌一时还回不过神来。

"非常严重。这样吧，你现在马上下达通知，立即停止甲醛的使用，把替代品用上去。还有，就是厂内所有的甲醛，包括车间的、仓库的，统统清理掉，一丁点儿都不能剩下。"

看战一杰的脸黑得跟锅底一般，胡小英这才意识到了事情的严重性，起身就往外跑，说："好，我马上去办。"

胡小英虽然去办了，但战一杰怕她的力度不够，就又摸起电话来找生产部长徐国强。老徐接了电话，战一杰就把立即停用甲醛的事跟他说了。老徐说："胡小英跟我讲了，我已经安排下去了。怎么，质监局来查了？"

"等他们来查，一切就都晚了。"战一杰明白，他们并没有从根本上意识到这件事的严重性，就气冲冲地说道。

"那我们原来投的那些料怎么办？"老徐担心地问。

"你不用管原来的，原来的那些不会有问题，现在马上停下就行了。"战一杰知道，老徐虽然是干了多年的生产部长，但对甲醛的去除、残留这些概念，从原理上还不是很明白，但现在事出紧急，一句半句也跟他讲不清楚，就只好给他下命令。

"好，你就放心好了，我马上亲自去盯着。"老徐也不敢多问。

刚从质量技术部的办公室出来，战一杰的手机又响了。他一看是一个陌生的座机号码，稍作犹豫还是接了。里面传出一个威严的声音："你是战一杰吗？"

"我是。你是哪里？"战一杰被问得有点莫名其妙。

"我是源山市看守所，请你来我们这里一趟，有人想见你。"

"有人想见我？谁？"战一杰真是有点丈二和尚摸不着头脑。

"赵志国。"

3

赵志国不是去五台山出家了吗？怎么又会在看守所？他为什么要见自己呢？这些问题在战一杰的脑子里飞快地打着转。难道是江河麦芽厂的案子破了？难道真得牵扯到了他……

战一杰实在不愿往下想了，直接就去开车。开上车战一杰又一捉摸，自己一个人去有点不太合适，大家毕竟在一块共事了一场。那叫上谁呢？老胡已经不在了，肖春梅现在大着肚子，而杨小建又在度蜜月。叫钱冬青吧，可自己在一些事儿上又不想让他知道得太多。权衡再三，战一杰决定还是觉得胡小英比较合适，更主要的是还有她与王佳萍这层关系。

战一杰给胡小英打了电话。小英一听是这事，二话没说就跑来上了车。战一杰发动了车，一路飞奔来到了看守所。他们进门以后交验了证件又登了记。早已等在那里的一个西装革履的小伙子走了过来，说他是赵志国的律师。战一杰连忙和他握了握手，问是怎么回事。

年轻的律师并没有回答，只是摇了摇头。战一杰会意，看来在这里不方便讲，也就不再多问，只是拉起小英跟着他往里走。来到探视室等了一会儿，赵志国就被领来了。赵志国头光光的，比原来瘦了不少，颧骨突得老高，鹰钩鼻子也越发尖了，但神色平静，俨然一副超然得道的模样。

赵志国见了战一杰和胡小英就笑了笑，问："你们还好吧？"

此时的战一杰竟不知说什么才好，也只是问道："你还好吧？"

"善有善报恶有恶报，种甚因结甚果，我早晚有此一报。我找你来，主要是想问一问你那锦囊妙计的事怎么样了？"战一杰当初曾就锦囊妙计的事问过赵志国，但当时赵志国刚被赵东割去了命根儿，万念俱灰之下哪还有这门心思，但这个事儿却一直记挂在心上。

战一杰知道赵志国的水平与心机，一听他说这话，就知道他肯定是意有所指，连忙将自己雅加达之行的前前后后，以及准备如何与美国博爱集团周旋的事言简意赅地讲了出来。赵志国听了以后，双手合在一起，说道："你的想法很好嘛，那就放手去做吧。我佛慈悲，会保佑你的。"

战一杰并没有回应，只是静静地等着赵志国再开口。果然赵志国又接口说道："我得到一个消息，最近中润集团有在源山出手并购的意向，考察团一周后就到，我觉得这是一个机会。"

"真的！"战一杰兴奋地一下站了起来，这简直是一个天大的好消息，若是真能让中润收了，哪还用得着自己处心积虑地去找博爱了。就急忙问道，"你觉得我们的希望大不大？"

赵志国原来就在中润的总部工作，而且就是专门负责企业兼并的，所以

81

战一杰对他的话深信不疑，对他的意见更是尤其看重。

4

赵志国听战一杰这么一问，犹豫了一下，说道："希望很大，因为它急于想要源山这一片市场。但工厂要不要留下却很难说。"

"把市场买下，把工厂关掉，它想得倒美！"小英忍不住在一旁愤愤不平地插嘴道。

"是啊！那我们的工人怎么办？"战一杰盯着赵志国问。

"至于厂子关不关的事，我只是猜测，我只想早一点告诉你，让你早做准备。我毕竟在芸川待了一年多，算是我的第二故乡，可我的所做所为……"赵志国虽然表情平静，但声音还是有些颤抖起来。

听赵志国这么讲，战一杰心里也就基本有数了。赵志国所谓的猜测十有八九就是真的，就又问道："那考察团都来考察什么？"

"中润是国企，他们一般都是先与当地政府接触，达成初步意向后由当地政府出面协调。"

"那好，我会想办法应对的。"战一杰说罢又问赵志国，"那你以后怎么打算？"

赵志国摆了摆手，没有言语。律师就站起身说道："我们走吧，这里有规定，不能谈与案情有关的事情。"

战一杰和胡小英只好冲赵志国点了点头算是告辞，就跟着律师来到外面。出了看守所大门，战一杰才问那律师："怎么，案情还挺复杂吗？"

律师面无表情地说道："案件倒是不复杂，涉案金额也不算太高，关键是他的态度问题。"见战一杰没听明白，律师又补充道："主要是他吃下去的却一点也不想吐出来。"

律师刚说完手机就响了，他一边接电话一边向战一杰挥了挥手就走了。战一杰叹了口气，没再说什么，就和小英一起上了车。刚发动了车子，钱冬青的电话就打了进来，汇报说源山和芸川两级质量技术监督局的人来了，声称接到了有关人员的举报，要全面检查，问他们检查什么呢，他们又不说。

战一杰听了，略一思忖，觉得有可能这事是冲着甲醛来的，而且十有八九是中润在搞鬼，就对焦急万分的老钱说："他们想怎么查就怎么查，千万不能暴力抗法，要全力配合，我马上就赶回去。"

小英在一旁也听清了是怎么回事，就说道："我与质监局质检所的人比较熟，要不我打个电话问问到底是怎么回事？"

战一杰说："好，那你先问问看看。"说着就开上车往回赶。路上小英的电话打通了，质检所的尤所长说，肯定是局里的稽查大队去的，具体情况她也不清楚，但可以给打听打听。

不一会儿，尤所长的电话打了回来，说就是稽查大队去的，是市局与地方局的联合行动，应该是查食品添加剂的事，这事是局长亲自抓的，谁也递不上话，语气里倒是带着歉意。

5

胡小英把尤所长的话一讲，战一杰就更加确定是关于添加甲醛的事了，悬着的心也就放进了肚里，笑着说道："你与质检所的人关系搞得还蛮好嘛。"

"尤所长的儿子英语学得不好，我给他辅导了半年，成绩提高了不少，尤所长总觉得欠了我的情，所以有事找她，她是诚心实意地帮忙。"小英讲完，又满脸佩服地冲着战一杰说："肯定是查甲醛的事，你可真神了，亏得我们早有准备，要不然这一关还真难过。"

战一杰感慨地说道："做企业，时时刻刻都得如履薄冰，来不得一丝一毫的马虎与疏漏，有时候可能一招不慎就会招致灭顶之灾啊。"

"是啊，原来的三株口服液、三鹿奶粉、秦池白酒呀，做得多大啊，可不是说没就没了。"小英对这一点也是深有感触。

说话间，奔驰车就开进了厂大门。战一杰三步并作两步上了楼，正碰上从车间回来的钱冬青。他就问："质监局的人呢？"

"走了，刚刚送出大门。"老钱说。

"检查的情况怎么样？"

"查了好几圈，到处都照了相，应该是没发现什么问题，最后取了几个成品啤酒，又从发酵罐里取了几个半成品的样，就走了。"

"摸清他们是冲什么来的了吗？"

"他们嘴都严得很，真没问出来。"钱冬青说道。

战一杰想了想说："那就先这样吧，估计不会有什么大问题。"说完他又对小英说："你还是得找找尤所长，让她帮忙打听着点儿，一旦有什么风吹草动就马上告诉一声，我们好及早采取措施。"

转过天来，尤所长那边还没回信，战一杰却意外地接到了毕云天的电话。只听毕云天爽声笑着问道："战老弟，你那边没什么事吧？"

战一杰听他这话问得蹊跷，就笑着说："毕老兄既然这么问，那肯定是有事喽。"

毕云天打着哈哈说道："在你这真人面前还真说不了假话。怎么有空没？咱见个面吧，这个事可不是个小事。"

"那你来我公司吧，我在办公室等你。"

"哎呀老弟，你这大老板怎么跟个苦行僧似的，现在哪还有在办公室谈事的。这样吧，我找个会所，咱泡泡澡做做按摩，再找个小姐放松放松，捎带着谈谈事不就行了。"

"别了，你说的这些我还真不习惯，还是办公室吧。"

毕云天听战一杰说得坚决，就无奈地笑道："就依你，我还真没这么迁就过人，你是第一个。"

6

一小时以后，毕云天来到了战一杰的办公室。战一杰把他让到沙发上坐下，又给他冲了杯茶水，问道："省城的夜场啤酒做得怎么样？"

毕云天喝了口茶水，说道："不怎么样啊，老哥这不等你出手支持呢。"

"不应该啊！夜场都是做得小瓶啤酒，利润空间相当大的。"战一杰试探着说。

"利润是不小，可我们的运作费用也高啊，方方面面都得打点，手下还有那一大帮弟兄。"毕云天对战一杰毫不避讳。

战一杰当然知道现在的夜场市场，全都是像他这样带有黑社会性质的团伙控制着，而且后面可能还有更大的后台。就笑道："你要我怎么出手支持呀？"

"具体的我也不太懂，但有两点我知道，一是啤酒一定要新鲜，二是一定要由我独家专营。"毕云天说得大大咧咧。

战一杰一听就笑了，说道："还说你不懂，这两条全说到了关键点上。好吧！下一步就按你说的给你专门出一个品牌，而且绝对新鲜。"

"痛快！"毕云天一拍大腿，说道，"你对哥够意思。你哥也是个敞亮人，不会让你吃亏的，有钱大家一起赚嘛。"

战一杰没有表态，只是定定地看着他。毕云天被他看得一愣，连忙又一拍大腿，说道："你看你看，差点把正事给忘了。上午质监局是不是把你们公司给查了？"

"你怎么知道？"毕云天这一问还真令战一杰有点吃惊，没想到他还真有点手眼通天的意思。

"稽查大队的赵大队长就是我哥们儿，你知道他们查出什么来了？"

"能查出什么来？"战一杰胸有成竹地笑道。

"你看。"毕云天说着就掏出手机来让他看，上面有别人发给他的几张图片。

战一杰趴上仔细一看，一眼就看出这是他们酿造车间的糖化工序，在一个不起眼的旮旯里，有几个甲醛桶！

怎么会这样？战一杰气得头发都竖了起来。他也不管毕云天还在这儿，摸起桌上的电话就找徐国强。老徐接了电话，战一杰吼道："你马上给我过来。"

老徐慌里慌张地跑了来。战一杰把毕云天的手机推到他眼前说："你仔细看看，这是怎么回事？"

老徐一看也傻了，揉了揉眼又仔细看了看说："还真是糖化工序。可怎么会有这两个桶呢？我得去看看。"说着就抽身往外跑。

战一杰还没说话，老徐已不见了人影，他也就起身去追。毕云天看得出，这事他两个并不知情，就也跟了去想看个究竟。

7

他们三人一前一后来到糖化工序，跑到图片显示的地方一看都傻眼了，那两个桶果真就摆在那儿！

老徐简直快要气疯了，他冲着当班的工人老邱吼道："老孙呢，狗日的孙大光去哪儿了？"

老邱是胆小的人，见几个大领导突然跑了来，也不知道发生了什么事，心里本来就有些害怕，现在被老徐这么一吼，竟扑通一声坐在了地上。

这时酿造车间主任孙大光已闻声跑了来，根本不知道是怎么回事。见老徐发这么大脾气，就怯声问道："这是出什么事了？"孙大光原来是酿造车间的副主任，原来的车间主任曹永平因倒卖酵母被开除后，他才补缺上任的，他也是干了三十多年的老职工了。

"出什么事了？你还有脸问，这两个桶是怎么回事，你说。"老徐气急败坏地指着他的鼻子问。

孙主任一看那两个桶，也是一时有点发蒙，说道："怎么会突然多出了这两个桶呢？甲醛早就清理干净了。"说着他上去一提，竟是两个空桶。这下他就更奇怪了。

孙主任问坐在地上的老邱："这里怎么会平白无故多了两个桶呢？"

老邱坐在那里光哆嗦，竟一句话也说不出来。这时，跟老邱一个班的司师傅回来了，她一看眼前的情景就不让了，大声说道："怎么了，多了两个空桶就得要人命啊，你们没看他都这样了，还逼他。"

战一杰走上去，把老邱扶了起来，问道："没事吧，不行我们就去医院。"

这时老邱已经缓过了气来，连忙摆手道："不用不用。"

一旁的司师傅对战一杰倒像是见了亲人似的，也不理老徐和他们车间主任，对战一杰说："越是大领导水平就越高。战总，到底发生什么事了？"

孙主任刚要开口，却被战一杰制止了。他对司师傅说道："是这么回事。今天质监局来我们公司检查了，主要是查添加甲醛的事。我们公司早就不用甲醛了，今天这儿怎么会出现了两个桶？"

看来司师傅知道事情的原委，听了战一杰的话，她就直瞅一旁的老邱。老邱却闭上眼睛，浑身又抖了起来。

只听司师傅说道："这两个空桶是我放在那儿的，这是原来剩下的桶，早就不用了，我本想拿回家盛点水什么的，可昨天放到那儿就忘了。就是这么个情况。"

老徐和孙大光一听就急了，刚想发作，战一杰却说道："好了，今天就这样吧！这事等回头再说。"

8

战一杰和毕云天回到办公室，毕云天道："那女工很仗义啊。"

战一杰不得不佩服他的洞察力，就说道："你也看出来了，这事儿其实是那个老邱干的。"又说道："这事，你看该怎么办呢？"

毕云天问道："这个甲醛到底是怎么回事？怎么造啤酒还用这玩意啊，这不是要人命吗？"

战一杰道："你今天可是亲眼见了，我们早就不用了，这一点你不会怀疑吧。"

"那当然不会，我只是不大明白。"

"那我就给你讲讲。"战一杰就把啤酒添加甲醛的来龙去脉用最通俗的说法给他讲了讲。还好，毕云天一下就听懂了，一拍大腿说道："我们喝的啤酒里只要没有，那不就行了。"

"我估计这次这事儿没这么简单，我听说是有人举报。到了关键时候，你老兄可不能坐视不管啊。"

"那当然。老弟你的事就是我的事，再说我们不还是合作伙伴嘛，我是义不容辞啊。"说着，毕云天就掏出手机给那个大队长打电话。

那边接了电话，听得出他们两人的关系很铁。毕云天就把今天的情况跟他讲了，那边好像还有点怀疑。毕云天一听火了，开口就骂了起来。那边马上就开始赔不是，说想想办法。

毕云天挂了电话，说道："我这个伙计只是个稽查大队长，估计能量不够，要不要再往上找找。"

战一杰想了想说道："不急，先等等吧，我摸摸情况再说。"

毕云天就起身告辞，临走还嘱咐专门给他出啤酒的事要抓紧啊。战一杰笑道："你放心吧，我比你还急呢。"

毕云天刚走，胡小英就闻讯跑了过来。见战一杰一副愁眉不展的样子，就安慰道："我们当真就是不用了，光凭两个空桶，量他们也不会把我们怎么样。"

"话虽是这么说，可这事一旦传播开来，其中的道理你明白我明白，可消费者明白吗？再说他们不用搞明白，只要不喝你的啤酒就行了。当年的中华鳖精怎么样？金华火腿怎么样？管你有没有鳖，管你用不用敌敌畏，我们不吃你的不就得了。这就是市场。"

"这可怎么办？"小英一副六神无主的样子。

"你马上回去，把所有的进货记录、领用记录、操作记录、检测记录都再仔细查一遍，千万不能再出什么纰漏。他们不是取了样品吗，本来就不会有什么甲醛的残留，他们是检测不出什么来的，保不准他们会再回来查记录。"

9

胡小英领命走了，酿造车间的司师傅又来了。司师傅见了战一杰就掉开了眼泪，说道："战总，我真不知道这事会这么严重，要真是因为这事给我们厂造成了损失，我可就成了我们厂的罪人了。"

面对着员工，战一杰不想表现出过多的焦虑与担忧，就笑着问："这事是你干的吗？"

司师傅一听战一杰这么说，又一看他的眼神，就只好实话实说："都是这个老邱，老爱贪点小便宜，弄了两个破桶还跟个宝贝似的，没想会惹这么大的祸。"

看战一杰没表态，她又继续说，"老邱这人胆子太小，我太了解他了，为这事他真能寻了短见。我来找您的意思就是千万可别处理他了，一切由我担着就行。"

看着司师傅一副大义凛然的样子，战一杰是哭笑不得，就说道："处理当然要处理，处理他为什么私藏了两个空桶，还想拿回家。"

"就这？"

"就这。"战一杰肯定地说。

司师傅刚止住的泪水又流了下来，哽咽着说道："太谢谢您了战总，我们这小工人也没什么可报答您的，我们一定好好工作，请您放心好了。"

"这就很好，这段时间可够累的。怎么样，还吃得消吗？"战一杰问。

"吃得消，再忙我们也吃得消。您是不知道，这么多年了，我们从没像今年这么扬眉吐气过，这几个月的奖金一发到手里，我们在家里都烧了香呢。我们家那口子出去坐席，人家都把他让到了上席位上，让他喝得回家整整吐了一天呢。"司师傅破涕为笑地说道。

"那你们想没想过我们这企业以后会怎样？万一要是关门或是倒闭了，你们想没想过后路呢？"战一杰不动声色地问道。

战一杰的这番话把司师傅给说愣了，只是怔怔地望着战一杰，好像没听懂的样子。过了好一会儿，司师傅才平静地开口说道："您说这话的意思我明白。要说后路呢，我们早就想过，谁家也是上有老下有小的，你说我们厂这么多年来一直这么半死不活的，我们能不捉摸？再说周围的企业一个接一个趴下了，我们能视而不见？可自打去年您战总回来以后，我们就不想这些了，我们就认定您了，就一门心思跟您干了。就拿前一段时间您去外国总部的事来说吧，尽管厂里有说这说那的，可我们工人都信得过你，我们坚信您不会丢下我们不管的。"

战一杰没有料到，一个普通的工人师傅会把话说得这么坦率与干脆，又是那么柔中带刚，心里一时说不上是什么滋味。是感动？是压力？还是身不由己……

过了好一会儿，战一杰才真诚地说道："真是谢谢兄弟姊妹们对我的信任了。"

10

第二天，质监局的人果然杀了个回马枪，又来厂里把所有的操作记录都拿走了。

临走的时候，那个稽查大队的赵大队长把战一杰拉到了一边说："你们的事毕哥找我了，具体情况我也清楚了。但说实话，这事我说了不算，就是想压也压不下，你还得从上面想想办法。"

"我们当真是早就不用甲醛了，现场和操作记录你们也都看了，那还能怎么着？"战一杰说话的口气有点不冷静。

赵大队长看战一杰有点急眼，就说道："本来这事要搁到以往，没凭没据的，也就这么算了。可这次，我听说是你们的竞争对手精心策划的，电视台、报社也都插手了，看阵势，不给你搞出点事来是不会善罢甘休的。"

"噢……"战一杰这下就全明白了。果然不出所料，是中润在搞鬼。连忙使劲握住赵大队长的手说："真是太谢谢你了。等这事过去了，叫上老毕咱好好喝一顿。"

老赵连声说好，就慌忙告辞走了。质监局的人一走，战一杰回到办公室就给肖春梅打电话，让她立即在芸川搞一个大力度的促销活动，坚决把所有中润的啤酒都清场。

肖春梅在电话里有点犹豫地说："要想清场也不是不可以，但我们的力度要相当大。"

"不管用多大的力度，目的只有一个，就是必须清场。"

战一杰说得斩钉截铁。

"那好吧。"肖春梅本来还想说什么，可听战一杰的口气不容置疑，就没再开口。

接着战一杰又拨通了叶子龙的手机。叶子龙已很长时间没跟战一杰见面了，一接了电话还有些激动："战总，有什么指示。"

战一杰也不跟他废话，说道："我们电视和报纸都投了那么多的广告了，你跟他们的关系处得怎么样了？"

"那没的说。有什么事，咱说话就行。"

"真的？"

"你看，我跟您还敢吹牛吗？"

"那好。你看今天也行，明天也行，约约他们的老总，我请他们吃顿饭。"

"要请一把手吗？"

"当然，那还用问。"

"好吧。"这次叶子龙回答的底气没那么足了。

战一杰说："你小子是不是把'我试试'那半句话给咽回去了？我告诉你，这次我不管你想什么办法，必须办好。"

安排完了媒体这边，他又打电话给毕云天："你找几个人，摸摸中润啤酒在源山的办事处，找到他们头儿，给他们个警告。"

"那好办。"毕云天说。

"只是警告，记住了吗？"战一杰叮嘱道。

"你就放心吧，我有数。不就是为甲醛那事吗，这一头就交给我了。"毕云天大包大揽地说。

11

安排完这些事情，战一杰的心情总算平静了不少。又坐在那儿想了想，就打电话把晏春叫了来，问约晏副市长吃饭的事怎么样了。

晏春一脸愧疚地说："他说刚上任忙得很，一时半会还抽不出空来。"

战一杰见晏春这副表情，就摆了摆手，笑道："没事，等他什么时候有空再说吧，你不用太放在心上。"

这倒令晏春更不好意思了，犹豫了半天又说道："战总，我们企业是不是在哪儿得罪我这个哥了？我觉得他不是没空，是故意躲着。"

战一杰一愣，奇道："不会吧。他当上副市长我们高兴还来不及呢，怎么敢得罪他？他是怎么跟你说的？"

"他倒没跟我说什么，是经委的李姐透露给我的，她说晏副市长并没有他说的那么忙。"

战一杰挥挥手让晏春走了，沉思了一会儿，就又拨通了陆涛的电话："你又在哪儿忙呢？小玉的身体怎么样了？"

"小玉吃了那中药很管用，比原来精神多了，咱兄弟俩我就不说感谢的话了。怎么，找我有事啊？"陆涛果然聪明。

"下周中润啤酒要来一个考察团，主要是跟政府洽谈并购我们公司的事，这事你知道吗？"战一杰也不跟他绕弯。

"有这事？我还真不知道。"陆涛说完又惊喜地补充道，"这是好事啊，你可得把握住机会。"

陆涛并不知道其中的缘由与曲折，战一杰也不想跟他多讲，只是说道："你帮忙给打听打听，政府这边是怎么打算的，由谁具体负责。"

"很急吗？"陆涛问。

"是的。"

"好，半小时后我给你回电话。"陆涛很干脆地说。

不到半小时陆涛的电话就打了回来："打听清楚了，下周二中润带队来的是一个集团副总，源山市政府是杨副市长负责接待，你们芸川那边是晏副市长负责。"

战一杰想这也可能是晏副市长躲了的原因吧，就紧跟着问道："政府这边是什么意思？"

"对于招商引资这种事政府当然是举双手欢迎，肯定会极力促成你们的。"看来陆涛误会了战一杰的意思。

"若是我们不想让他并购呢？"战一杰沉着声说。

战一杰的这个态度让陆涛有点始料不及，他疑惑不解地问道："为什么呢，难道你们还有别的出路和打算？"

"一句半句也跟你说不清楚，抽空我再跟你解释。对了，你跟质监局的人熟不熟？"

"这叫什么话，在源山还有我不熟的？有什么事你尽管说。"

"你给攒个局，我想跟源山市质监局的一把手吃个饭。"

"没问题。要不要把工商、税务也一块叫上？"陆涛说得轻描淡写。

"那倒不必。到时候可能还有一帮媒体的朋友参加。"

"那就更没问题了，你等我信吧。"

12

饭局安排在了源山大酒店，战一杰领着胡小英早早就在包间里等着。不一会儿，陆涛就领着一个高大斯文的中年人来了，一进门就给他们相互作了介绍。那个中年人就是市质监局的冯局长。

看得出冯局长跟陆涛的关系很铁，所以战一杰的心里就有了点底。因为媒体老总们还没来，他们就先在沙发上坐下来。陆涛也不客套，直接说道："老冯啊，战总是我的知己兄弟，他的事就是我的事，你的明白？"

"我的明白。"冯局长也是个风趣的人，学着陆涛的腔调说。他说完又看了一眼战一杰，问道："战总是川南大学毕业的吧？"

"是啊。"战一杰正在捉摸怎么提甲醛的事呢，一时没反应过来。还是胡小英机灵，惊喜地在一旁问道："难道冯局也是川大的？"

"是啊是啊！我是87级微生物系的。"冯局长说道。

"我们战总是91级的，我是97级的，都是川大微生物系的。"胡小英的话就像连珠炮。

"这不是大水冲了龙王庙嘛，你们都是一家人啊，我倒成了外人。"陆涛装作酸溜溜的样子。

战一杰对这个戏剧性的变化也十分意外。更令他意外的是这个冯局长早就知道他是川大的，就笑着说道："看来师兄早就摸过我的底呀。"

"你这一会儿冬令啤酒一会儿苦瓜啤酒，都快把源山的天给烤红了，我这专管质量技术的能不盯上？"冯局长用手在战一杰的肩上拍着说。

"既然都是一家人，我也就不拐弯抹角了。师兄，您看甲醛那事儿怎么办？"战一杰单刀直入地说道。

冯局长笑道："老弟真是个爽快人。甲醛这件事呢，是真的有人举报，我们也是履行职责非查不可，要不然人家举报人会盯着不放的。其实我也是学这个专业出身的，对啤酒添加甲醛这事儿的来龙去脉也清楚，你就放心好了。"

冯局长这话说得有点含糊，一旁的胡小英沉不住气了，说道："那会是什么结果呢？"

"结果会让你们满意的。"冯局长对胡小英的直率并不介意，看来对校友的感情还是蛮看重的。

正说着，叶子龙领着媒体的一帮人也到了，有源山日报的周总编，有源山电视台的王台长。还有一位女士，是省报驻源山站的郁主任。

本来战一杰让陆涛做主陪，可大家都嫌他酒量不行。他就借坡下驴，坐到了副陪的位置，还是战一杰来主陪。小英就挨着那个郁主任坐下。

13

上了几个菜，叶子龙就张罗着开始倒酒。男士喝茅台，女士喝干红，大家都点头表示默许。

因为芸川啤酒在几家媒体都有广告投放，算是他们的客户，所以战一杰还是蛮有底气的。再加上又刚和冯局长认了校友，也不是外人，这酒就比较好劝了。经过大家稍作讨论，一致认为还是平着喝比较好。

酒至半酣，战一杰就问正在倒酒的叶子龙："叶经理，今年我们在各位老总那儿投放广告的力度大不大？"

叶子龙会意，犹犹豫豫地说："说大吧还真不算大，可我们也是尽上最大努力了。"

"尽上最大努力了？"陆涛已经喝得差不多了，不明就里地插嘴道："说瞎话吧！做快销品的靠得是什么？不就是广告。小叶你这市场部经理不会揣着明白装糊涂吧！"

一听陆涛这么说，几个媒体的老总也附和道："是啊！你们啤酒都火成这样了，是该再趁热打铁多宣传宣传。"说着他们就一同举起杯冲着战一杰说："战总，我们敬你。"

战一杰连忙端起杯笑着说道："承蒙各位老兄看得起我们，那我们就再努努力吧。"说着一仰脖干了杯中酒，又冲叶子龙说道："回去你把下一步的广告计划调一调。"

"怎么调？"叶子龙连忙干了杯中的酒问道。

"翻一番吧。"

"好！"几个端着酒的老总齐声叫道，连忙也把杯中的酒干了。

战一杰的这一把火把酒桌上的气氛推向了高潮，他就借着这个劲儿把甲醛的事讲开了。其实在座的各位都明白今天的主题是什么，既然战一杰这么大方又给足了面子，也就都乐得送个顺水人情，纷纷表态让战一杰放心好了。

之后，各位客人之间就互相表示开了意思，酒就喝得有点猛，场面也乱了起来。战一杰倒了杯酒来到省报的郁主任面前，把杯一举，说道："郁主任，我敬你一杯，以后可要给你添麻烦哟。"

郁主任很干脆，端起自己的酒杯跟战一杰碰了一下，又伸手端起一旁胡小英的杯子说道："我跟我这个妹子很投缘。来，我们一起干一个。"

酒喝干了，郁主任说道："怎么，你们下一步要做省城的市场？"

战一杰点了点头，又把酒满上，说道："是啊，但还没找好切入点，有点狗咬刺猬无从下口的感觉。"

郁主任和小英同时笑出了声。郁主任说道："这样吧，你把杯中的酒干了，我给你支个招儿。"

战一杰一听，二话没说，端起杯就干了。

14

看到战一杰如此痛快，郁主任也不再卖关子，说道："眼前不就是个现成的切入点吗？"

这话把战一杰给说愣了，想了半天也没回过味来，只好说道："姐姐，要不我再喝一杯吧，弟弟是真不明白。"

突然，一旁的胡小英有所醒悟地说道："你是说甲醛？"

郁主任笑而不答。恍然大悟的战一杰一拍大腿说道："对呀！！高，实在是高！"说着就去给郁主任端酒。

这边声音一高，就把所有的视线都吸引了过来。看到战一杰一副喜不自胜的样子，陆涛就说道："我说老弟呀，怎么就这么重色轻友啊！小英妹子可就在旁边呢，注意着点儿。"

战一杰也不理他，端着酒杯回到自己的座位上，招了招手让大家都坐好，正色说道："刚才郁主任的一句话点醒了我，我这里有个突发奇想，正好让大家参谋参谋。"

大家听他这么讲，就安静了下来，都摆出了洗耳恭听的架势。战一杰首先对冯局长说道："师兄，对于啤酒添加甲醛的事您最清楚，麻烦您给大家讲一讲。"

冯局长一听，也不知战一杰这葫芦里卖得是什么药，但见他一副一本正经的样子，就清了清嗓子，把啤酒添加甲醛的来龙去脉讲了个明明白白。

在座的除了战一杰和胡小英，大家对啤酒添加甲醛这个事儿只是知其然并不知其所以然，现在听质监局长这么一讲，才真正明白是怎么一回事儿。但这都是些见过风浪和世面的人，对这种事都有些司空见惯了，也没有多少的大惊小怪，只等战一杰讲他的突发奇想。

战一杰见大家的目光都集中到了自己身上，就喝了口茶水说道："啤酒在酿造过程中添加甲醛的事，争论也罢，声讨也罢，那只是在业内。可这个盖子，终归得有人揭开吧。"

"难道你想揭开这个盖子？"陆涛问。

"现在各个生产厂家的情况怎么样？"冯局长问。

"从当前的啤酒科技发展来看，甲醛是完全可以替代的，只不过成本要相对较高一些。像青啤、中润、燕京等这些啤酒巨头，人家早就不用了，只不过是没有宣传，也就是人家不愿意当这个揭盖子人而已。

"就拿这次我们被查这件事来说吧！对手想用这件事来做文章，可又不敢明目张胆地公开叫板，只是叫人到质监局去举报，到报社、电视台去投诉，就是怕这个盖子一旦揭开，会对整个行业造成影响乃至损失。"

大家听战一杰分析得合情入理，都频频点着头。冯局长毕竟是职能部门的当家人，深知这件事情的利害关系。就说道："一杰说得没错，对于这件事各方面都相当慎重。"

"可这对消费者来说公平吗？他们的知情权到哪儿去了？"战一杰的声音低沉而有力。

大家都默不作声，房间里一片寂静。

15

"一杰，你可要考虑好啊。"陆涛首先打破了沉默。他一向不管不顾的，可对这件事也是顾虑重重。

战一杰扫视了一圈，说道："我是觉得重剂才能去沉疴。既然明知道是个脓疮，早挤破就比晚挤破强。我想拿无甲醛酿造这件事当事件营销来做，不仅要广而告之，还要大肆宣传，大炒而特炒，让甲醛这种东西在啤酒行业彻底地销声匿迹，让消费者喝得明白，喝得放心，也还啤酒行业一片清白。"

"这在国内可是首创啊。"源山电视台的王台长慨叹道。

源山日报的周总编向来沉稳，思忖了一会儿说道："我说战总啊，我以为这事切不可操之过急，不然弄不好就会给整个啤酒行业带来灭顶之灾。添加甲醛是50年前的创新之举，那并没有错，也无可厚非。50年后放弃甲醛同样也是科技进步的创新之举，是历史的必然，这也没什么大惊小怪惊天动地的。这就是与时俱进，这就是科学发展观嘛。"

一听周总编这番话，战一杰也觉得刚才自己说的话是有些唐突和冒失了，就一脸真诚地说道："听君一席话胜读十年书啊！我刚才也是一时头脑发热，才想出了这么个馊主意，让周总编和大家见笑了。来，我自罚三杯。"说着，他果真自己倒了三杯酒，一一干了。

周总编见他如此真诚如此豪爽，把腿一拍，说道："好！战总确实是个爽快人，我也陪你三杯。"说完也是眼皮不眨，狂喝三杯。把酒杯放下，周总编又说道："我刚才的话还没说完，要没这三杯酒我也就打住不说了。可有了这三杯酒，我是非说不可了。"

大家一听，也是兴致大增。王台长说道："周总编是老鼠拉木锨大头在后面啊！为了看看你这木锨长什么样，我也陪你三杯。"

这样一来气氛更是热火朝天了。陆涛虽是已有醉态，可还是把牙一咬，说："我们几个也别让人家给看扁了，统统三杯吧。"

酒都喝干了，周总编做了个拖木锨的姿势，笑着说道："其实这件事呢，我们完全没有必要这么大刀阔斧狠下猛药，可以走文火慢炖润物无声的路线，同样可以起到异曲同工的效果。"

见大家都是一副迫不及待的表情，周总编也就不再卖弄文采，继续说道："你们做事件营销的目的，无非是想以此为噱头来炒作，来打市场。我们不妨换个角度，从科技进步和知识普及的角度来引导消费者，电视上找一些专家学者来做做访谈，报纸上由职能部门或是行业协会发一些软文，扎扎实实透透彻彻把这件事的来龙去脉讲清楚。当然，你们厂家和产品的广告也要紧跟上，让消费者明白这是你们在积极倡导绿色酿造健康消费。这样一来，盖子你也揭开了，市场你也拿下了，岂不是两全其美。"

周总编话音刚落，屋里便响起了雷鸣般的掌声。

第六章　借题发挥

1

当一篇以"绿色·健康·担当"为标题的科普文章在源山日报 2 版位置整版推出以后,立刻在源山市刮起了一阵甲醛旋风。本来这些年甲醛早已被人们视为洪水猛兽,酿造啤酒的时候竟要添加这玩意,尽管文章中把甲醛在啤酒酿造中应用的来龙去脉和前世今生都解释得很明白也很透彻,并阐明了现在都已不用的现实状况,可谁又知道这是真是假?况且还让大家蒙在鼓里这么多年,人们能不义愤填膺?尤其是平常喜爱喝啤酒的人们简直炸了锅!源山日报的电话立刻就被打爆了。

第二天,源山日报又在 2 版的位置,整版推出了市监局对市场上所有啤酒的抽样检测报告,甲醛含量全是:无。这下人们的情绪就不那么激动了,接着人们才注意到,这两天的报道都是由芸川啤酒公司特约刊登的,那份"担当"是人家梦泉啤酒扛起来了。回过味来的人们才明白这是芸川啤酒公司的广告,可大家还是不由得拍手叫好!

接下来,源山日报和源山电视台又联手推出了"啤酒专家访谈"和"透明生产线"活动,把省啤酒协会的秘书长李工请来做了两期访谈节目,又组织了三批消费者到芸川啤酒公司参观了啤酒的整个生产过程。前前后后半个月的时间,芸川啤酒公司和梦泉啤酒简直成了源山人的口头禅。

一切都在向着预定的目标发展。令战一杰始料不及的是,他在源山的一系列活动,在互联网上却是一石激起千层浪,各大网站、各大网络媒体纷纷对此进行了转载和传播。关于推行"绿色、健康"的评论也是铺天盖地,一时间芸川啤酒公司和梦泉啤酒竟成了网络热词,你就是想不火都不行了。

李工做完访谈节目后,由战一杰和胡小英陪着在芸川吃了一顿饭。吃完饭临走的时候，李工拍着战一杰的肩膀说：“小战哪，你可是咱们啤酒界的大功臣哪，这件事能以这么个形式平平稳稳地公诸于世，不仅对我们行业没起到任何负面影响，还引起如此积极的社会反响，不简单啊！我在这里谢谢你了，我也代表我们全省乃至全国的同行们谢谢你了！”

战一杰听李工说得如此情真意切，倒是有些不好意思起来，笑着说道：“您可是太高抬我了，其实我没有您说的那么高的境界，也没有那么高的能量，一切全是误打误撞，事儿赶事儿才走到了这一步，终究还是为了我们自己。”

“你下一步不是要打省城的市场吗，这就是一个最好的切入点啊！这一阵我在省城的同学、同事、朋友还有学生们，都在给我打电话问这个事儿，都在打听你们公司和你们的产品，机不可失啊！”李工提醒道。

“其实这正是我们当初的真正目的。”小英在一旁说道。

李工听了不由一愣，先是高兴后是赞许地笑了起来。

2

省报的郁主任打来电话，说他们总编要见一见战一杰。战一杰一听，腾地一下就从椅子上跳了起来，高兴地说道：“郁姐真是太感谢你了！那我什么时候赶过去？”

“也不是太急，就这两三天吧，你来到省城就给我打电话。”郁主任说完，犹豫了一会儿，又说，“战总，你要有个思想准备，万一我们总编要跟你提起投广告的事，你可千万不要一口回绝。”

“不会的。郁姐你就放心好了，再说我们正准备往你们省报投广告呢。”战一杰笑道。沉了一会儿，见郁主任没挂电话，又说，“我们往省报投的广告都走你郁姐的名下，也不能让你跑前跑后白忙活。”

郁主任一听大喜，笑着说道：“那姐姐就先谢谢你了！不瞒你说，其实要搁到平常，这广告不广告的也没什么，可赶巧这次我正在竞争广告部部长的职位，到时候你见了我们总编，可要给姐捧捧场啊。”

战一杰一听就大笑道：“姐你就放心好了，这次的广告部长就是咱的了。”

刚挂了郁主任的电话，财务部的晏春就敲门进来，说道：“战总，晏副市长那边回话了，想和您一起吃个饭。"

战一杰一愣，继而一笑，说道："他不是忙得很嘛，怎么，这是忙完了？"说完他又觉得这话不应该说给人家晏春听，就又笑道，"你可千万不要多心，这话不是冲你的。"

晏春脸一红，说道："您冲我说也没关系，是我没把事情办好。"

战一杰想了想，对晏春说道："这事你不用管了，待会儿我自己给晏副市长打电话就行，省得你里外都为难。"

"谢谢您了战总，您还真是很会体贴人呢。"晏春说完这话，头也不回就走了。

这话是什么意思？战一杰被这个一向文静有加的晏春闹了个满头雾水。一时也来不及多想，就拿起手机拨通了陆涛的电话："中润那个考察团到底来了没有？我怎么一点消息也没有啊！"

"人家早就改期了。你在这儿大炒特炒甲醛的事，人家还敢来吗？估计这事儿要黄，听说这次搞得政府方面很没有面子。"

"他中润不是也早就不用甲醛了吗，心虚什么？再说政府也是，还非得在这一棵歪脖树上吊死不可？"战一杰有点得意地说。

"你把人家的酒给清了场，把人家的办事处也给端了，我看该心虚的是你吧。"

"有这事？是不是下面的人自作主张干的，我得问问。"战一杰故作惊讶地说。

"少在这儿跟我揣着明白装糊涂，你要不发话，谁敢这么干？不过这件事呢也怨不着我们，谁让他先挑事儿呢。"陆涛顿了顿又说，"可一杰我不知道你是怎么想的，这次中润的收购对你们来说，应该是个千载难逢的机会啊，难道你真不想靠上这棵大树？"

"大树当然要靠，但不是这一棵。"战一杰意味深长地说。

3

摸清了政府的态度，战一杰才给晏副市长打电话。晏副市长接了电话，一听是战一杰，就爽声笑道："战老弟呀，咱这次可得喝个一醉方休啊！上次我是中午喝了酒，战斗力有点削弱，让你拣了个便宜。"

战一杰也笑道："我可不敢再跟你这芸川的旗帜拼了，我是甘拜下风。您现在有时间吗？我想到政府去找您一趟。"

晏副市长一愣，接着就连声说道："有空有空，你来吧，我泡了好茶等你。"

战一杰开上车来到芸川市政府，把车停好下了车，心中不由一阵慨叹。这里的一切还是原来的老模样，可物是人非的感觉却是那么强烈。当年位高权重的付茂山和陶玉宛已身陷囹圄，林峰和小刑也双双调走，这个大院里就像冰雪封冻的大海一样，表面上平平静静，下面却依旧是波涛汹涌……

战一杰刚要上楼，却见晏副市长从里面走了出来。他连忙快步迎上前去，伸出手笑着问道："晏市长，您这是——"

晏副市长的手跟他握在一起，笑道："我来迎接你这个风云人物啊！"

两人挽着手来到晏副市长的办公室，茶水果然早已泡好。秘书跟进来要给他们倒茶水，晏副市长摆了摆手让他出去了。晏副市长边倒着茶水边问道："我那个妹子晏春在你那里工作还好吧？"

"好，非常好！晏经理是个不可多得的人才。"战一杰喝着茶水说道。

"那她的个人问题你这当领导的也得关心关心呀。"

"个人问题？"这话把战一杰说得一愣，"什么个人问题？"

"你看，你这领导当得就太官僚了吧！晏春当初为什么要进你们厂？还不是让她那个前夫伤透了心，为了躲开他才回的芸川。当初老胡还在的时候，我就托他再给晏春踅摸一个合适的，可没承想老胡这么快就走了。"说到这儿，晏副市长也有点伤怀起来。

"噢，原来是这么回事，那我以后就留心一下。"战一杰刚说完又笑道，"可我自己还是个单身汉，干这事儿还真没什么经验。"

"咳，我这个妹子也不知是怎么想的，经委的李主任给她介绍好几个了，条件都很不错，可她就是不同意。"晏副市长的口气有点无可奈何。

"她有过一次失败的婚姻，再选择起来肯定会慎之又慎，这事也不可太操之过急，应该是缘分还没到吧。"战一杰安慰道。

"我听李主任的意思，她可能是有目标了，可怎么问她也不说。你们天天在一块儿，就没发现点什么？"

"这——"战一杰脑子里一下闪过晏春那气呼呼一转身的样子，心头不由一震。难道——，可念头刚一闪，战一杰马上就掐灭了，说道，"这还真没注意。"

4

扯了一会儿闲篇儿，晏副市长马上就进入了正题，问道："你这么急来找我，有什么重要的事吗？"

"就是中润来考察的事。"战一杰也不藏着掖着，直接开门见山地说。

晏副市长没想到战一杰会这么单刀直入，虽说有点吃惊，但对战一杰的直率还是很喜欢。就正色说道："既然你都这么说了，我也不瞒你。上一次晏春跟我讲你要跟我吃饭的时候，我刚接到上面的通知，说中润要来芸川考察，有并购你们的意向。政府对这件事还是很重视的，专门召开了各部门的碰头会，会上一致认为这是一件天大的好事。因为你们是外商的独资企业，背景那么深又有那么多的波折，一些事情会相对敏感一些，甚至会牵扯到国际影响，所以我就没应你的约，想必你也会体谅一二吧？"

见晏副市长说得一片至诚，战一杰就笑道："我当然理解。"可话风一转，又问道："你们也认为这是一件天大的好事？"

"难道不是吗？"晏副市长对战一杰有此一问大感不解。

"好在哪儿呢？"战一杰一脸冷静地反问道。

晏副市长毕竟管了多年经济和企业，理论水平和实践经验都相当丰富。见战一杰一副大不服气的模样，便喝了口茶水，语重心长地说道："对你们啤酒行业的天下大势我还是略知一二的。中国的啤酒行业现在正处于风起云涌的大兼并大整合时期，作为你们这种中、小型的啤酒企业，无论在规模、产品、设备还是生产技术上，都难与青啤、中润、燕京等几个行业巨头匹敌或是抗衡，最好的出路和归宿就是投奔其下，背靠大树好乘凉。这是你们当下最明智的选择。"

战一杰也喝了一口茶水，清了清嗓子说道："您讲的都对，也符合当前的形势。可您仔细想过没有，我们厂无论是生产设备还是技术力量，哪一样是值得人家收购的？还有破旧的厂房和过剩的人员，他们图的是什么呢？"

"图什么？"看来晏副市长确实没考虑过这个问题，想了想说道，"我看过他们传真过来的意向材料，意思是他们要完成完整的战略布局。"

"他们刚刚在我们源山市的周围并购了好几个厂，那几个厂的资源配备比我们厂不知好了多少倍，所谓的战略布局已经完成，这应该不是他们的真正意图。"

"那他们的意图是什么呢？"晏副市长已被战一杰吊起了胃口。

"他要的是我们的市场，只是市场而已。"战一杰说得十分肯定。

晏副市长一时还回不过味来，说道："你说得也有道理。难道他要我们的市场有什么不好吗？"

"市场拿下了，就把厂子关掉，这是他们的一贯做法。"

"关掉厂子？"晏市长还是没明白战一杰的担忧在哪里，"关掉了厂子有什么不好？你们那个厂也实在太老太破了，真要是关掉的话，以那个地块的位置，完全可以开发房地产嘛，这倒正好符合了新一届政府的整体布局和发展方向。"

5

"那工人们怎么办？"战一杰听了晏副市长的疑问，简直有点义愤填膺，禁不住大声质问。

"即便是关掉厂子，肯定会给工人们一笔补偿费用的，这早已是个普遍存在的现象，你怎么还在这个问题上纠结？"晏副市长对这种事已是见怪不怪了。

现在战一杰才明白，这些所谓的百姓父母官一天到晚到底在想什么。不由心头一痛，低沉着声音说道："可问题是，我们的工人不想要那点可怜的补偿金，他们只想要一个体面的工作，一份稳定的收入。"

看到战一杰脸色铁青，听他掷地有声地讲出这些话，晏副市长也很受震动。他也是从基层一步一步干上来的，也和企业打过多年的交道，作为战一杰这个年龄段的人，作为他这种外企老总的身份，能有这份心思，能有这份担当与责任感，实在大大出乎他的意料。凝思良久，晏副市长才开口说道："那你还有什么更好的办法吗？"

战一杰也意识到自己刚才有点失态，就不好意思地冲晏副市长笑了笑，说道："对不起啦晏市长，我刚才有点失礼了。"

晏副市长摆了摆手，笑道："没关系没关系！这样一来我倒真有点佩服你老弟了，当下干企业的能有你这份体恤与胸襟，真是太难得了，芸川啤酒厂能摊上你这样一位当家人，真是福分哪！"

听晏副市长这么说，战一杰倒有点不好意思起来，起身去往茶壶里添了点水，一人倒上一杯，说道："要说更好的办法呢不是没有。现在各个啤酒大鳄鲸吞也罢，兼并也罢，无非就是在抢市场。我们只要把市场牢牢地抓在手中，把手中的花儿得漂漂亮亮的，还愁引不来蜜蜂和蝴蝶？"

"好！你老弟既然这么有把握，老兄我就全力支持你。这样吧，我带你去见一见新来的邬市长，为了中润改期这事儿，邬市长还挨了上面的批呢。"晏副市长说完就摸起了桌上的电话。

电话那边的邬市长一听晏副市长的汇报，就很爽快地让他们一起过去。他们出了办公室一块往楼上走的时候，战一杰有意无意地问："刚才您说我们厂那块地要开发房地产，市里有这个打算吗？"

"不是有打算，是早有打算。就你们那块黄金地段要不做房地产真是可惜，太可惜了。"晏副市长无奈地摇着头。说完又补充道："但从现在的发展形势看，这只是时间早晚的事。"

说着话就来到了邬市长的办公室。邬市长是一个文质彬彬的中年人，见他们进来就起身相迎，吩咐秘书给他们倒茶水。战一杰和晏副市长刚坐下，邬市长就开口说道："战总的一场甲醛战役是大获全胜啊。"

6

邬市长此话一出，战一杰连忙把刚端起的茶杯放下，看着邬市长说道："市长您都知道了。"

邬市长哈哈一笑，说道："我是干什么的？我是一市之长啊，在芸川有什么事能逃过我的眼睛。"说完又抬抬手示意让他们喝茶。

晏副市长和战一杰喝了口茶，刚把杯放下，还不等战一杰开口解释，邬市长又说道："我是从省城下来的，省报的莫总编还有省科学院的朱总，我们都很熟。"

一听这话，战一杰恍然大悟，悬着的心也就一下放进了肚子里，心想这倒什么也不用解释了。于是笑道："那邬市长您对这件事有什么指示吗？"

"指示谈不上。我是做环保出身的，本来就对甲醛呀、甲苯呀这些东西很敏感，要是给你们提点建议什么的，倒是我的老本行。"

"是啊，市长是这方面的专家，在环境治理、绿色健康方面更是很有忧患意识和超前意识，这也是我们芸川的福分哪！"晏副市长不失时机地奉承道。

"晏副市长有点过誉了。不过你们芸川啤酒所提出的'绿色·健康·担当'的主题，倒是很符合我们芸川的发展和治理方向。"邬市长说得很认真。

"听晏副市长讲，因为中润考察团改期的事，您还挨了批评，我们真是难辞其咎啊！"战一杰满脸的愧疚。

"嗳，这也不能全怪你们。我本来对这些沽名钓誉的所谓国企就看不惯，本来都是市场经济，都是凭真本事吃饭，凭什么他们拿着国家的资本来以大压小，来巧取豪夺，这本身就很不公平嘛！你给他点教训也好。"邬市长喝了口水，又继续说道："这次你们借甲醛这件事来做事件营销，是一个相当成功的范例，关键是你们把握的时机和分寸都恰到好处，不仅没对啤酒行业造成负面影响，还一举做大了市场，不简单啊！省报的莫总给我打电话的时候，对你战总是赞不绝口呀。"

正说着，邬市长的秘书敲门走了进来，说道："市长，芸川化工城的企业代表和群众代表，还有各个相关部门的负责人都到齐了。"

邬市长说道："好吧，我一会儿就过去。"

秘书走了，邬市长又对晏副市长和战一杰说："关于中润考察团改期的事，我觉得也不见得是一件坏事，你们不要有什么思想负担。他这儿不行，我们可以主动出击找别人嘛，只要把产品做好，把市场做扎实，不愁找不着一个好婆家。"

邬市长这番话把晏副市长和战一杰都给逗乐了。战一杰在心里不得不佩服，毕竟是从省里下来的领导，眼光和格局确实不一般。

邬市长收拾了一下桌上的东西，起身准备去开会，晏副市长和战一杰也站起身准备告辞。突然，邬市长像是想起了什么，又回身坐了下来，然后招招手，让他们两个也坐下。

7

"芸川化工城的事，战总应该知道吧？"邬市长问。

"知道，我老家就是那儿的。"战一杰已经听到邬市长秘书汇报化工城的事，所以并不意外。

"听说上次地下水源的污染事件，幸亏你和你的老父亲发现得早，才得以及时控制和补救，有这回事吧？"邬市长笑眯眯地问。

"事儿倒是有，但关键是政府及时果断地采取了措施，我们爷俩只不过是通风报信而已。"战一杰知道这件事情牵扯的面很广也很复杂，可不想掺和进去。

"现在政府初步决定把芸川化工城进行整体搬迁，我想听听你这个环保先锋的想法。"邬市长摆出一副洗耳恭听的姿态。

战一杰早就从姐夫陈胜利那儿听了一耳朵关于化工城搬迁的事儿，所以对邬市长的问话并不意外，只是听到邬市长给自己封了个"环保先锋"的头衔，不由脸上一红，慌忙说道："邬市长您谬赞了，您说的这个'环保先锋'我是愧不敢当啊。"

邬市长哂然一笑道："你也不用太过自谦了，就是你算不上，那你家老爷子却是当之无愧的。说说你的想法吧，毕竟那儿是生你养你的地方，我不信你会无动于衷。"

听邬市长这么一讲，战一杰也不好再推托，想了想就说道："我觉得化工城的整体搬迁是个利国、利民、利在子孙后代的大好事，即便是舍弃了当前巨大的经济效益，甚至带来巨大的经济损失，那也应该在所不惜，那也是值得的。"

晏副市长没想到战一杰会说得如此不管不顾，暗中向他使一下眼色，示意他在市长面前说话悠着点。邬市长听了这话也把眉头皱得紧紧的，沉声问道："说说你的理由。"

"当初地下水源的污染事件，看似偶然其实是必然。在此之前，我父亲曾跑遍这一带做过调查，一是关于患癌症和怪病的，一是关于不孕不育的。从调查的结果来看，这一带的发病率明显高于其他地区，也远远高于全国的平均值。这就说明，化工城的污染不仅仅对地下水源造成威胁，可能会危及土壤、植物、空气乃至整个生态环境。"战一杰的语气里满是沉重。

"真到了这么严重的境地？"邬市长的眉头皱得更紧了。

"老爷子的调查手段可能不科学也不规范，只凭他走街串巷挨家挨户去问去打听。可这结果绝对真实，这绝不是危言耸听！"

"好吧！关于你说的这些，我会再安排专人去做调查。可现在最令我们头疼的是，政府决定要搬，化工城的老板们也基本做通了工作，可当地的群众不愿意。"

8

"这是为什么？"邬市长的话让战一杰有点不相信自己的耳朵。

"也是利益的驱使呗。"晏副市长在一旁解释道，"现在当地的家庭基本每一户都有在化工厂上班的，而且都有不菲的收入，关停了这一段时间他们已经受不了了，一听要整体搬迁，最先炸窝的是他们。再加上几个阳奉阴违的工厂老板在背后指使和挑唆，他们已到市政府上访好几次了。"

"对那些企业老板，不管他们怎么闹，使什么招儿，我们都有办法。可对这些一根筋的群众，难哪！"邬市长一直在机关单位工作，没有在基层政府工作的经验，面对天不怕地不怕的老百姓，显得一筹莫展。

战一杰一下就明白了邬市长的处境。在芸川市政府不是没有处理群众工作经验的领导，而是大家都欺负邬市长是个空降的书生兵，都憋着坏想看他的笑话。想了想就说道："老百姓之所以不同意，一是因为他们生怕丢了端到手里的饭碗，典型的小农意识作祟；二是有些人在暗中使坏，有些人在看笑话。"

邬市长当然听出战一杰的言下之意，心中不由一热。他瞟了一眼晏副市长，语气坚决地说道："群众可以只顾眼前不顾一切，可我们不能。为官一任造福一方，我既然敢来芸川，早就做好了蹚地雷的准备。"

战一杰接着邬市长的话说："从当前我们国家的发展形势来看，环保治理已无可回避地摆在了我们的政府面前，地下水源的污染，生态环境的破坏，还有空气雾霾的肆虐都已严重危及到人民群众的正常生活，可以说已到了退无可退逃无可逃的地步。都说我们国家是走了一条先污染再治理的发展之路，那么从现在开始，靠污染来发展的时代已经结束了，治理与恢复才是我们政府的头等大事和首要任务。"

战一杰的一番话让邬市长和晏副市长都有些吃惊，都不由深深地点了点头，在等着他的下文。战一杰喝了口水继续说道："那么下一步考察和考核我们政府领导的重点就会发生转移，尤其像我们这种经济已经相对发达的地区，将尤为明显。"

战一杰说到这儿故意停下，又端起水喝了起来。两位市长确实没想到，战一杰作为一个外资企业的打工仔，竟会有如此之高的政治水平和如此敏锐的政治嗅觉。两个人都眼巴巴地盯着战一杰。战一杰在国外摸爬滚打了这么多年，对环境保护的警醒和认识当然要比国内的人领先不少，再加上他对这些政府官员的观察和了解，所以一出手就精准无误地点中了他们的要穴。看到两位市长迫切的目光，战一杰刚准备继续说下去，正在此时，邬市长的秘书又敲门走了进来。他身后还跟了一个人，正是市委书记郑厚广。

9

郑书记一进门就开玩笑道："怎么，满满一会议室的人都等半天了，你这大市长还没有梳妆打扮好啊。"

邬市长连忙起身迎接，笑着说道："早知道你这班长也参会，我早就跑着去了，哪还顾得上打扮哪。"

此时晏副市长和战一杰也慌忙站了起来，向郑书记问好。郑厚广一看到战一杰，眼睛一亮，笑道："这不是当下的网络红人战总嘛。"

战一杰连忙笑道："郑书记您取笑了。"

郑书记招手示意他们都坐下，自己也在一旁的沙发上坐了下来，看着战一杰说道："这次甲醛这件事你们炒作得不错嘛，连省里市里的领导都惊动了，后生可畏啊。"

邬市长在一旁笑道："可畏的还在后面呢，你也一块听听人家这些海归人士对我们化工城的看法吧。"

郑书记一听也来了兴趣，端起晏副市长刚倒上的一杯水喝了一口，说道："小战哪，我们也算是老相识了，你别拘束也别见外，正好你也是芸川化工城当地的人，你就讲一讲吧。"

战一杰坐直了身子，清了清嗓子说道："那我就班门弄斧说说我的看法。我觉得此次化工城的搬迁对我们芸川来讲，十分重要也十分必要。从政绩上讲，远比提高一个或是几个百分点的 GDP 要有意义，也可以说是更有亮点，更能使我们芸川脱颖而出。"

此话一出，郑厚广不由一下坐直了身子，与邬市长和晏副市长碰了一下眼光，目光炯炯地盯着战一杰问道："那么对于群众的抵制和上访，你觉得我们又该如何对待呢?"

战一杰侃侃而谈道:"群众之所以反对无非是为了饭碗,我们政府只要帮助他们再找一个饭碗不就得了。我自小就在玉泉山下长大,对那里是再熟悉不过了,有山、有水、有文化、有故事,这在我们省乃至整个长江以北,都是得天独厚甚至绝无仅有的。如果在观光旅游呀、休闲度假呀等这些方面加以开发利用,不光能解决当地群众的饭碗问题,而且能开辟一条崭新的绿色经济发展之路,或许能带动我们整个芸川经济发展的转型升级。

"另外,对于化工城搬迁以后的地块,我们可以建成新型的文化创意开发园区,招商引进一批新型的绿色产业。别的行业我不是很懂,就拿酿酒行业来说吧,我们可以吸引像美国博爱啤酒这样的企业入驻,建成以绿色酿造为龙头,以啤酒博物馆、酒花大麦种植园、啤酒城、啤酒吧为配套的一整条经济产业链。这些模式在德国、美国这些发达国家都已有很成熟的发展经验,我们直接引进就可以。再比如还有葡萄酒产业,也可以建成集葡萄种植、酿造生产、酒堡、酒窖、酒庄为一体的产业链……"

10

就在战一杰滔滔不绝讲着的时候,邬市长的秘书又悄悄走了进来,见几位领导都在聚精会神地听,也不敢吱声,急得直在那里搓手。战一杰停了下来,秘书才小声说道:"会议室那边都等急了,有几个群众代表吵着要走。"

这时,郑书记一拍大腿站了起来,笑着说道:"小战哪,你没来政府工作真是我们的一大损失啊!你今天讲的这些都很好,很有实际意义,邬市长你觉得呢?"

邬市长也站起身笑道:"真是听君一席话胜读十年书啊,战总讲得这些很值得我们学习和借鉴哪。今天不行了,改天吧,改天我得好好请一请战总,再取取经,到时候郑书记你也作陪哟。"

"好啊,我也跟着你取取经。"说着,郑书记就和战一杰握手道别,"今天这会是不能再等了,再等他们就把房顶给掀了。小战哪,你说的那个美国的博爱啤酒,你们有接触?"

大家一边往外走,战一杰一边说:"还没有呢。"

"可以先接触接触嘛。"郑书记说着话,他们已来到了会议室的门口。等看着领导们都进了会议室，战一杰才由邬市长的秘书陪着下了楼。

邬市长的秘书很热情，握着战一杰的手说："我姓祝，和林峰还有小邢都是好朋友。他们经常跟我提起你，你以后要是有什么事，直接找我就行，不用客气。"

战一杰连忙握着小祝的手摇了摇说道："那我们就算是朋友了。林峰和小邢怎么样，还好吧？"

"还行吧，都在下面的局里干。我们干秘书的就这样，领导倒了，我们不受牵连已是万幸了。"小祝有点兔死狐悲地说。

战一杰上了车，冲祝秘书摆了摆手就开出了市政府大院。一路上心情出奇得好，嘴里也不由自主地哼起小曲。车子刚进公司大门手机就响了起来。战一杰一看是姐夫陈胜利，不由嘴角一翘笑了起来，心道：市政府那帮代表中果然有他的眼线，看来他这村支书确实不是白当的。

战一杰停好车，上楼进了办公室，才给陈胜利回拨了过去。电话一通，陈胜利就心急火燎地问道："一杰，你是在市政府吗？"

"知道了你还问。我已从市政府出来了，什么事呀，这么急？"

"这次化工城整体搬迁的事儿定下来了没有？你给我个准话儿，我好早作准备。"陈胜利认准了他这个小舅子知道内情。

"应该是定下来了，肯定搬。你抓紧时间做做那些上访群众的工作，抗是没有一点用的，赶紧想想下一步的办法吧。"战一杰想，刚才自己在书记、市长面前的那番言论，应该是给化工城的搬迁起了催化作用。

"好的，那我就有数了。"陈胜利又急急地挂了电话。

11

与省报莫总编的约见定下来后，战一杰就在琢磨应不应该带上肖春梅。本来这次是谈广告投放和市场开拓的事儿，肖春梅是主管市场销售的副总，理所应当有她到场。可战一杰的瞻前顾后也不是没有道理。一是她怀着身孕，二是她这一阵总是在躲着自己，这真的让战一杰举棋不定，很是为难。

战一杰犹豫再三还是拨通了肖春梅的手机，把去省城会见省报莫总编的事讲了，问她去不去。肖春梅在电话里犹豫了片刻，语气轻柔地说道："我去你办公室吧，我们见面谈。"

不一会儿肖春梅就来了，她在沙发上坐下只是定定地看着战一杰，好长时间也不吭声。她这么一来，倒把战一杰给弄蒙了，连忙问道："怎么了？出什么事了？是不是身体不舒服？"

肖春梅默默地摇了摇头，然后一字一句地说道："一杰，我要走了。"

"走？去哪儿？"战一杰愣在了那儿，张大了嘴巴问。

"新西兰的一家啤酒花公司要在上海开一个分公司，缺一个总经理，他们找我好几次了，我就答应下来了。"肖春梅说得很平静。

"是真的吗？你是骗我的吧？"一向沉稳的战一杰竟一时方寸大乱。

"是真的。我想我身体这样，回上海离我父母近一点，也好有个照应。"

这下战一杰彻底相信了，仔细一想，肖春梅说得也确实有道理，只是满满的愧疚无法表达，低下头嗫嚅地说道："是我对不起你们，太委屈你和孩子了。真的没有其他的办法了吗？"

"你不用这样，这和你没关系。只是我走了以后你就更难了，好在还有小英能实心实意地帮你。"肖春梅安慰道。

"这边的事你就不用操心了，只是我还是有点不放心你。"战一杰坐到沙发上，拉住了肖春梅的手。

肖春梅用另一只手在战一杰头上抚摸了一下，笑道："这有什么不放心的，我的本事你还不知道？再说了，我这是回家，你应该更放心才对。"

"这样吧，把你的卡号给我，我给你打点钱，以后有了孩子肯定用得着。"战一杰说得很真诚，生怕肖春梅误会。

肖春梅笑着问道："你准备给我打多少？"

"一百万吧，在上海消费肯定高。"

"还真不算多。要是一千万就更好了，算是生了个金娃娃。"看到战一杰一脸的尴尬，肖春梅"扑哧"一下笑了出来。又道，"我逗你玩儿呢，我又不缺钱要你的钱干什么？搞得跟做交易似的。"

"那你准备什么时候走？"战一杰问。

"我得把手头的工作都安排好，少说也得半个月吧。我走以后，小叶恐怕一时还顶不起来，实在不行你就再新聘一个管销售的。记住，千万别再招女的了。"肖春梅说到最后，自己也不禁笑了出来。

12

本来与莫总编的见面定在下午，可赶巧下午他又有一个重要会议要参加，就不得不改在了晚上。最后郁主任打来了电话，说既然是晚上那还是一块吃顿饭吧，到时候把小英也叫上。

这次会见战一杰本打算自己去的，可既然郁主任点了小英的将，他就给小英打电话，把郁主任的意思如实讲了。小英倒没怎么推托，只说道："还是我跟着好点，省得你喝多了没人管你。"

路上，战一杰考虑再三，还是把肖春梅要走的事讲了。小英听了一点也不惊讶，叹了口气说道："春梅姐早就跟我讲了，难为她的一片苦心哪！"

听胡小英这么讲，虽然战一杰心里不怎么明白她的言下之意，却也不敢多问，只说道："从她的实际情况考虑，这也许是最好的安排了。"

沉默了好长时间小英才又说道："你真的想好了让春梅姐走？"

战一杰郑重地点了点头，小英也没有再作声，只是又长长地叹了口气。

赶到酒店的时候，郁主任早已等在那里。郁主任和小英一见面就抱到了一块，像是多年的姐妹一般。一旁的战一杰就纳闷儿，平常自己只看到胡小英天真单纯的一面，怎么就没发现她也是如此善于交际哪，而且还是那么的大方自然，看来自己真是犯了"灯下黑"的毛病。

郁主任把他们让到楼上的房间，里面早有一男一女两个人等在那里。郁主任给他相互作了介绍。男的是新闻部的邓部长，女的是财务部的涂部长。

邓部长是个勇武粗壮的大高个，说话声音洪亮，一搭眼都会以为他是个干体育的。战一杰笑道："邓部长是个武林高手吧？"一句话把大家都给逗笑了。

一旁温婉绰约的涂部长说道："你们还别笑，我们邓部长确实是身怀绝技哪！"

不等涂部长往下讲，郁主任抢过话头说道："我们邓部长可是我们报社的虎胆英雄啊。去年一起轰动全国的传销大案，可是他乔装打扮深入虎穴。做的跟踪报道，又协助警方一举捣毁破获的。"

小英在一旁兴奋地说道："知道知道，原来那个一身是胆的记者就是您哪。"

邓部长笑着摆了摆手说道："哪有你们说的那么神呀，就是冒了点风险而已。"

正说着，莫总编就来了，一进门就大笑道："这次我们的邓大部长怎么谦虚上了，平时可不是这样的，你可是见了骆驼不吹牛啊。"

大家又是一阵哄笑，就各自落座。

13

酒菜上来后，莫总编倒了一杯干红对战一杰说："战总啊，不好意思！我的血糖有点高，不敢喝酒，我就喝这一杯，让邓部长和涂部长陪你们喝。"

郁主任在一旁解释道："我们总编的糖尿病有十几年了，真的不敢喝酒，这一杯干红也是破例了。"

战一杰连忙笑道："实在不行您这一杯也不要喝了，监督我们喝就行。"说着就要给莫总编撤杯子。

莫总编连忙捂住自己的酒杯说道："这一杯说什么也要喝的，不然就太失礼了。"

这时涂主任说："就让总编喝这一杯吧，不然他也坐不住。"

战一杰和邓部长倒上白酒，三位女士倒上干红，莫总编就举起杯说道："今天这个饭局安排得有些仓促，希望战总不要见怪。刚才你们芸川的邬市长刚给我打了电话，还把你这块当官的好料大大夸赞了一番，我一时也搞不明白他是什么用意，就没敢跟他讲我们一块吃饭的事。难道战总有从政的打算？"

大家把酒喝了，战一杰放下杯才说道："我哪是什么当官的料呀，估计邬市长也就随口那么一说。"

"是啊是啊！这些人的嘴里哪有什么实话，左耳朵听右耳朵出就好，千万别当真。"邓部长在一旁接口道。

涂部长一听就说道："我说我们的邓大英雄，你这口无遮拦的毛病是得改改了，都多少年党龄的老党员了，怎么还说这话？"

邓部长一听，哈哈笑道："好好好，听我们涂大美女的。在我们报社我就听你的，来，我陪你干一杯。"

"去你的，人家客人和总编还没发话呢，你倒自己灌起自己来了。"涂部长嗔怪道。

一说一笑间，气氛就融洽了不少，酒也就喝得痛快，不一会儿邓部长和战一杰就一人喝了一瓶茅台。邓部长一看战一杰如此爽快，一边倒酒一边说道："我说战总，我看了你们在源山的一系列炒作，堪称事件营销的典范之作呀。这次在我们省报是准备照本复制呀，还是准备再加大力度？"

"当然是要加大力度。在源山只是牛刀小试练练手而已，我们的目标是省城市场，这个郁姐早就知道。"

"好，有气魄。那你准备如何操作呢？"邓部长端起杯跟战一杰碰了一下，独自干了。

战一杰连忙端起杯也一饮而尽，把杯底向邓部长亮了一下说道："具体的想法倒还没有，您是行家，还望您老兄给指点一二哪！"

郁主任也端起酒杯喝了一大口，说道："邓大英雄，我兄弟的事就是我的事，你可不能袖手旁观哪！"

邓部长一下瞪大了眼睛，说道："你兄弟？你啥时候又认了这么个兄弟，别不是想打人家的主意吧？"

"呸。刚才涂姐说你的一点也不冤枉，你没看人家弟妹还在这儿吗？"郁主任佯装生气地笑着说道。

14

看到胡小英的脸一下红到了耳根儿后面，大家又是一阵大笑。等笑声落尽，莫总编收起笑容，郑重其事地说道："我说老邓啊，小战这事儿还真得你出手。我们省城不是源山，再说他们的产品也没有基础，可不是简单的几下小打小闹能奏效的。"

邓部长一听就笑道："既然你总编大人发话了，鄙人敢不效犬马之劳？"

郁主任在一旁说道："别光在这儿白话了，还是露一露你深厚的内家功力吧。"

邓部长这才清了清嗓子说道："要说芸川的啤酒在我们省城没有基础，这话说得有点绝对。这几天我在下面的酒水批发市场和中小型酒店转了转，芸川的苦瓜啤酒已是屡见不鲜，在低端市场已有了一席之地。可现在面临的问题是随着天气的变化，苦瓜啤酒即将下市，我们该怎么办？"

这时战一杰插嘴道:"这倒不用担心。苦瓜啤酒下市后由我们冬令啤酒接上,在低端市场我们还是有把握的,因为我们在价格上有绝对的优势。"

"这就好。"邓部长一拍大腿道,"低端市场我们只要站住了脚,市场面就铺开了,知名度自然而然也就有了。现在要的是口碑,是美誉度,只有这样才能拿下中、高端市场。"

邓部长喝了口茶,见大家都在聚精会神地听,就抹了把嘴又继续说道:"我觉得我们还是得抓住甲醛这件事来作文章,借题发挥,把我们的市场做起来。我考虑这事要分三步来走:一是紧紧抓住你们'绿色·健康·担当'的主题,还是以科普软文和专家访谈的形式把势造起来,再辅以你们专版广告,来个先声夺人。二是我们新闻部以热点采访的形式,深入到消费者当中去,深入到市场的角角落落,明访和暗访两条线齐头并进,引发社会的广泛关注,引起消费者对'绿色·健康'的强烈共鸣,从而达到让我们的产品深入人心的效果。第三呢,就是展开大规模的互动宣传。我们的产品走上街头也好,走进酒店也好,走进社区也好,甚至走进家门也好,让消费者零距离接触到我们的产品,实实在在走进我们的活动中来。报纸啦、电视啦、网络啦随时跟踪随时报道,来个全面开花!"

邓部长的话音刚落,一下就响起了雷鸣般的掌声。这倒弄得邓大英雄不好意思起来,连忙摆手。等掌声停歇下来才笑道:"你们鼓掌是不是因为很意外?是不是一直就不相信我有这么深厚的功力呀?"

莫总编笑道:"是呀!你今天真是令我刮目相看啦,我看我们报社这小庙都快容不下你这尊大神了。"

郁主任也连忙端起了酒杯,说道:"邓大英雄名副其实,我什么也不说了,敬你一大杯。"说着,把一大杯干红一饮而尽。

15

等大家都平静下来,战一杰才站起身,举着酒杯来到邓部长跟前,伸手把他的酒杯也端了起来。说道:"邓兄,我是做市场的出身,知道你这番话的分量,也知道你费了多少心血,更知道所能发挥的作用。来,兄弟敬你两大杯。"说着就把自己杯中的酒干了。

邓部长也是二话不说,接过战一杰手中的酒杯一饮而尽。看着战一杰又在倒酒，就说道："这一杯算是老兄敬你的，你说的话我就是爱听，你这个兄弟我也认定了。"说着他又冲郁主任举了举杯说，"你也一块吧，我也跟着你认兄弟了。"

大家又是一阵哄笑。莫总编见郁主任已有点站立不稳了，就说道："我看酒咱就适可而止吧，老邓和小战要是不尽兴你们再出去单独练摊儿。"

涂部长这时也已是满脸绯红，附和着说道："酒是不能再喝了，但话我还是要说。我是干财务工作的，从我的本行出发还是要提醒战总一句，邓部长这一整套方案好是好，可费用也不小，要动用大批的人力、物力和财力，你们首先要考虑能不能承受？"

涂部长的话说得很真诚也很到位，大家也觉得很有道理，就都看向了战一杰。战一杰冲涂部长拱了拱手说道："谢谢涂大姐的提醒，根据您的初步估算，大约得多少钱？"

涂部长顿了顿说道："初步匡算一下，得五百万左右。"

战一杰沉吟了一会儿，有点龇牙花地说道："费用是高了点，可真要是能一举拿下省城的市场也值了，就怕——"

还没等战一杰往下讲，邓部长就急道："怎么了兄弟，你还怕我拿你的钱打了水漂儿？我老邓不是在这里夸口，这回要是给你拿不下省城的市场，我提头来见。"

莫总编在一旁说道："老邓你不要急嘛！市场毕竟是市场，风诡云谲，变幻无常，谁也打不了保票，人家小战要你的头干什么？"

这下邓部长更是急得满面通红，把手往桌上重重地一拍，说道："那我今天就在这里立下军令状！"

这时涂部长站起身说道："好了好了，我看老邓是喝大了。又不叫你上阵杀敌，立得哪门子军令状？我看还是由总编出面跟人家战总签一个战略合作协议为好，这样人家投入得也放心，我们也有压力和动力。"涂部长说完就看向了战一杰。

战一杰一笑，说道："还是涂姐考虑得周到。这样最好，我回去跟我们领导班子也好有个交代。"

意向基本达成，大家就举杯祝贺。这时邓部长确实有了醉态，酒杯还没端就碰倒了，把酒洒了一身，嘴里还在咋呼："完喽，今晚上湿身喽！"

大家又是一阵大笑。郁主任吆喝服务员上饭。

16

战一杰和胡小英的住宿郁主任早已安排好，就在这家大酒店。等把他们送到房间，郁主任也有点坚持不住了，酒劲直往上翻，但她还是在强撑着。

等进了房间，胡小英就问："郁姐你怎么就安排了一个房间呀？"

"怎么，你们俩不住一起呀？你们不是——"郁主任冲胡小英伸了两个手指头。

战一杰连忙笑道："我再开一间吧，现在还没到火候。"说着就冲郁主任吐了一下舌头。

"咳，都什么年代了，你们还这样，真看不懂你们。"郁主任虽是嘴上这么说，可还是冲战一杰努了努嘴。

等战一杰又开了一间房回来，看见郁主任正在楼梯口等他，就说道："你快回去休息吧，别在这儿强撑着了。"

郁主任扶着楼梯靠在那儿，说道："兄弟，今天这事儿你不怪姐姐吧？"

"怪你，为什么？"战一杰问道。

"他们在酒桌上一唱一和的，连小英都觉察出来了，你能看不穿？"郁主任本就绯红的脸更红了。

战一杰拍了拍郁主任的肩膀说道："问题的关键是老邓那些点子和办法确实值钱，这个我心里有数。郁姐就冲你对兄弟这份情义，我也跟你交个底，甭说 500 万，就是 1000 万我也敢掏，你就放心等着当你的广告部长吧！"

郁主任一听战一杰这么讲，这才转忧为喜，笑道："看来你也不是什么省油的灯，害得我白白担了半天的心。"说完又凑近了说道："去吧，小美女那儿我给你做的工作也差不多了。"

送走了郁主任，战一杰回到原来的房间。一看胡小英也是粉面通红，还傻愣愣地坐在那儿，就柔声问道："怎么了，是不是也喝多了？"

小英这才回过神来，皱着眉头说道："我一直在琢磨邓部长的三步走。第一步用甲醛的事借题发挥，第二步采访报道，这都没什么问题。可这第三步要搞互动宣传，我们用哪一款产品呢？苦瓜、姜汁、枸杞这些产品我们都放到低端了，肯定不行吧？"

"是啊，当然不行。"战一杰笑着答道。

"那梦泉呢，在省城能行吗？"

"也不行。"战一杰说得很肯定。

"我说你当初非要安排给我创新任务，就是为了用到这里，对吗？"

战一杰点了点头。胡小英重重地叹了一口气，说道："看来你把什么都算计到前头了。今天他们在酒桌上唱戏，你也将计就计了吧。"

战一杰笑了笑，没敢吱声。过了好大一会儿，胡小英才直视着战一杰的眼睛，一字一句地问道："春梅姐走的事，你真想好了吗？"

"想好了。"战一杰也是一字一句地答道。

胡小英"嘤"一声扑到了战一杰的怀里，紧紧地抱住了他，泪水就像决了堤的洪水一样涌了出来。战一杰也紧紧抱住了这个软玉温香的泪人儿，顺手把刚开好的房卡扔到了一边……

第七章　安内于先

1

进攻省城的战略战术都定好以后，战一杰就打电话把陆涛叫来，把与省报合作的意向一五一十全跟他讲了。陆涛听了以后，深思良久才说道："方案倒是好方案，但实际操作起来却不那么容易，而且存在非常大的变数。报社毕竟是报社，做些报道呀、炒作呀、跟踪采访呀，这些都没问题。可真要是搞市场互动，他们做不来，也吃不了那样的苦。"

战一杰听了也点点头说道："你说的有道理。真要是让这些大记者们扛着啤酒去走街串巷和敲门进户，那真有点勉为其难了，即便是上面的领导为了广告收益硬行安排，下面的人肯定会怨声载道，非给你搞个花样百出不可。他们可不是我们的业务员。"

陆涛笑道："什么事你都门儿清着呢。怪不得郑书记让我做做你的工作，看你有没有意思到政府去谋个一官半职。"

"我还以为郑书记也就是随口那么一说呢，怎么，还真跟你提这事了？"

"不过，我替你给一口回绝了。我就是从体制里面出来的，能不知道这里面的深浅？别看领导们现在说得比唱得还好听，那是要你替他们去挡事儿。事儿挡过去了，办成了，政绩是他们的，他们还赚了个伯乐的好名声；可事儿要是办砸了呢？那罪责就是你的，到时候你想抽身可就难了。"陆涛的感慨倒是发自肺腑。

"挡什么事儿呀，难道是化工城搬迁的事儿？"战一杰明知故问道。

"郑书记知道陈胜利是你姐夫，让你给他传个话，让他在下面做做工作，领导不会亏待他的。"

"那没问题，本来化工城的搬迁就是他分内的工作。"战一杰知道陈胜利有能力去摆平这件事儿，所以就一口应了下来。又问道，"刚才话只说了一半儿，你倒是说说报社办不了的事，我们该怎么办呀？"

"咳，一杰呀，我就不明白你这么费心劳力、千辛万苦是为了啥？当初你真不该把人家中润给惹翻喽，你到底是图得什么呀？"陆涛还在为中润的事惋惜。

"我们到底还能不能在一块玩耍了？你再这么婆婆妈妈的爱翻小肠，我们还是免谈吧。"

"好了，好了！你现在的脾气是越来越大了，要不是看在你陪我们小玉看病的份儿上，我早拍屁股走人了。"陆涛无可奈何地笑着说道，"关于在省城搞活动的事呀，我觉得你还是在省城成立一个销售公司为好，自己招人自己搞活动，反正接下来还得跑客户跑市场，迟早的事儿。"

"这还差不多！我也是这么打算的，那招人和上岗培训的事我可就交给你了。"战一杰顺水推舟地说道。

"噢，你小子早就算计好了吧，这是做好了套儿等我自投罗网呢！好，真有你的，早知道这样我就不该回了人家郑书记，真该让你去政府上班了。"陆涛一边起身往外走一边说道。

2

送走了陆涛，战一杰就让钱冬青下通知，一小时以后开个领导班子碰头会。

会上战一杰就把要在省城设立销售公司的事讲了，让大家都发表发表意见。这事儿本来肖春梅最有发言权，可大家等了半天也不见她开口。杨小建就说道："市场销售方面的事儿我们也不太懂，既然肖总没什么意见，我没什么话说。"

钱冬青见杨小建表了态，也说道："既然战总决定要打省城的市场，设立这个销售公司也十分必要。只是人员招聘和培训的事，人力资源部这边实在顾不上，再说对销售业务员的培训我们这些人也搞不了。"

战一杰说道："这倒不要紧。这些事我们可以交给专业的咨询公司来办，老钱你还是全心全意管好厂里这一摊儿就行。只是下一步我的主要精力可能要靠到省城，家里的事就靠你们多操心了。"

开完会，战一杰回到办公室就在等钱冬青。果然钱冬青前后脚就跟了进来，手里还抱了一大摞材料。战一杰示意让他坐下，开口问道："怎么样，定岗定员和薪酬改革的方案拿出来了吗？这一阵把你忙得够呛吧？"

钱冬青从那一大摞材料里一份一份往外拿着，一边往战一杰眼前递一边如数家珍地说着："这是定岗定员的，这是薪酬改革的，这是奖励制度的，这是中层干部测评的。"

战一杰一份一份接在手里，问道："你觉得怎么样，能切实可行吗？"

"我觉得是可以了，但关键看你满不满意。"老钱说话的口气里明显带着情绪。

战一杰早料到他会这样，把那一大摞材料往办公桌上一放，说道："先放到我这儿吧，我看了以后再给你答复。"说罢就再也不理钱冬青，自顾去开电脑。

钱冬青大概不会想到战一杰竟是如此态度，一时竟没了主意。犹豫半天才说道："战总，我们非要去打省城的市场吗？"

"你的意思呢？"战一杰也不看他，只是问。

"市场销售这一块我确实也不懂，可省城偌大一个市场，岂是我们想拿就能拿下的？就算能拿下，可那得付出多大代价呀。"

"代价该付出的就要付出嘛！我们做企业就如同逆水行舟，不进则退的道理你不会不懂吧？"

"这个我当然懂。可做企业首先要扎实，要一步一个脚印地来，走得太快是要跌跟头的。"老钱忧心忡忡地说道。

战一杰想了想，就笑了笑说道："老钱，你的担心也不无道理，我会慎重考虑的。你放心，我不会拿一个企业的前途命运和 1500 名员工的饭碗去当赌注的。"

3

钱冬青一听战一杰这话有点坐不住了，连忙解释道："战总你不要误会，我没有别的意思，只是把我的担心说出来。另外现在外面也有些传言。"

"传言？什么传言？"战一杰这才明白老钱今天为什么会这样。

"说是中润啤酒本来是有意并购我们公司的，是你怕自己的总经理当不成了，才故意拿甲醛事件来炒作，把这件事给搅黄了。"

战一杰一听，哭笑不得地冲老钱说道："你信吗？"

"我当然不信。可在员工中却是传得有鼻子有眼的。"

"那员工们是什么态度？是不是大家都希望我们企业让中润给收了去？"战一杰正色问道。

"那倒没有。据我了解，大部分员工都不怎么关心这事儿，只是人云亦云当个新鲜事儿说说罢了，毕竟他们足不出户地天天靠在生产线上，对外面的世界都不怎么了解。"钱冬青说得有点含糊。

"你的意思是我们的员工都养在了温室里喽。"战一杰这话有点揶揄的意思，"那你怎么看？你可是了解外面的世界的。"

"我不相信是你故意搅黄这事儿的。但我认为中润并购这件事，对我们公司是有利的。"老钱说这话并不含糊，也没有遮遮掩掩。

"那刚才班子会上你怎么不讲呢？"战一杰问道。

"我想既然你决定要做的事，肯定有你的道理。你说我了解外面的世界，那得分跟谁比。跟我们的工人比起来，我当然还是有点自信的；但要是跟你和肖总比起来，那还不是小巫见大巫？这点自知之明我还是有的。我之所以会上没有提，是尊重和支持你的决策；而现在又费力不讨好地来找你，是尽我的应尽之责，提醒你一下。"老钱说着说着，就有点激动起来。

战一杰不住地点着头，等老钱讲完才笑着说道："既然你这么相信和支持我，那将心比心，我也同样相信你、支持你。"说着就把桌上那一大摞材料递回到了钱冬青的手中。

老钱一脸不解地看着战一杰，不明白他是什么意思。战一杰指着那些材料说道："这些我就不看了，只要你觉得切实可行，那就马上执行好了，我现在确实是没有精力管这些。再说在企业的内部管理方面，你是我的老师。"

钱冬青听了这话一愣，继而面色一红，说道："战总你也太高看我了，要不我把大体意思向你汇报一下吧。"

战一杰把手一摆说道："不用。制度有了关键还在执行，执行力的好与坏才是衡量一个企业管理水平的准绳。我们只有苦练内功，把自己打造成金刚不坏之躯，不论人家收不收购，或是不论是谁收购，我们才能进退自如，始终立于不败之地！"

4

钱冬青抱着一大摞材料刚起身要走，战一杰又招招手让他坐下。犹豫了片刻问道："老钱哪，肖总准备要走，你看我们公司是不是该给点补偿呀？"

"要走？去哪儿？是辞职吗？"老钱确实对这个问题没一点思想准备，一连问了好几句。

"是辞职。你也知道她的身体状况，她想回上海，回到她父母身边去，也好有个照应。"

"是啊，以肖总现在的情况，确实也不能这么操劳了。"老钱挠了挠头皮说道，"可她要一走，市场销售这一摊儿可怎么办？"

"我们先不考虑这些了，你还是说一说补偿的事儿。"

"补偿当然要给的，无论是《劳动法》《公司法》，还是我们公司的章程，这都有明文规定，是必须的。"

"像肖总这种情况，得补偿多少钱呢？"战一杰也不拐弯抹角直接问道。

"肖总虽然在我们芸川公司工作时间不长，可在张氏集团工作也有近十年了，再加上当初她在上海啤酒厂的工龄，应该有个十五六年了，若是按她现在的收入来算的话，应该得二十几万吧。"钱冬青一边算着一边说道。

"你这是按最低标准算的，还是按最高标准算的？"

"这是正常标准。因为肖总的收入在我们当地算是比较高的，所以按最高标准算，大概也是这个数。"老钱对人力资源方面的各项政策还是熟稔于心的。

"能不能再高点？一是考虑到肖总的付出与贡献，更因为在那次火灾事故中她还受了伤。"战一杰说得相当严肃。

"付出与贡献方面呢，不好讲，套不上什么具体的条条杠杠。工伤这一方面呢，要有伤残鉴定才行。当初肖总伤好出院的时候，我曾找她让她去做个伤残鉴定，可她说不用，就没做。"

"现在做呢，还来得及吗？"

"从上报到结果出来得两个多月的时间吧，关键是肖总还等得及吗？"

"时间这么长，能不能想想办法快一点？"战一杰眼巴巴地看着钱冬青。

"你既然这么说了，那我就找找关系试一试。这样吧，你现在就让肖总把病历和诊断证明这些材料拿来，我马上就去跑。"老钱这次是难得的雷厉风行。

战一杰摸出手机给肖春梅打电话，把补偿和需要工伤鉴定的事讲了。可没承想，还没等他讲完，肖春梅就打断了他的话说道："不用给我补偿，我也不去做工伤鉴定。"说完就把电话挂了。

看着战一杰傻愣愣地站在那里，摸不着头脑的钱冬青就问："怎么了，肖总不愿做鉴定？"

"她不光不愿做鉴定，连补偿也不要。"战一杰一脸落寞地说道。

钱冬青听了，愣了好半天才叹了口气，说道："肖总这又是何苦呢，再说那都是她该得的。"

5

等钱冬青走了，战一杰坐在那儿半天没有缓过神来，心里七上八下，说不出是个什么滋味。肖春梅的态度让他很心疼，也很无奈，而更多的则是怜爱与内疚。

让谁去劝一劝她呢？战一杰想，让胡小英去？想来想去又觉得不妥。想了好半天，他好不容易才想起一个人来——晏春。

战一杰打电话把晏春叫了来，简单问了问财务和出纳最近一段时间的工作，就把肖春梅要走而且还不要补偿的事讲了。晏春听了也很是不解，问道："肖总为什么不要补偿呀，这没有道理呀？这是她理所应当该得的，而且光明正大。"

"就是呀，我叫你来就是想让你去劝劝她。"

"让我去劝她？"晏春瞪大了眼睛看着战一杰，"您为什么不让胡小英去呢？"

这下把战一杰问了个张口结舌。他勉强笑了笑说道："小英毕竟太年轻了，干不来这个。"

"那好吧，我可以去试试，但我想知道肖总不要这些的真正原因。"晏春说话的口气竟是一反平常的温婉含蓄。

晏春的态度把战一杰吓了一跳，但马上就恢复了平静，自我解嘲地说道："真正的原因不是让你去问嘛，我要是知道了，还用得着你们？"

晏春一脸狐疑地看了一眼战一杰,问道:"您真不知道?"

"真不知道!"这时战一杰心里一下跳出前些天晏副市长说他这个妹子的话,就反守为攻,说道:"嗳,对了。晏副市长前几天找我了,让我操心操心你的个人问题。怎么,听他的意思你心目中有人选了?"

晏春脸一红,刚才咄咄逼人的气势一下飞得无影无踪,低了眉眼说道:"净听我哥在那儿瞎说,我这辈子不打算再嫁人了。"

"这怎么行呢?你还这么年轻,条件又好,人也长得这么漂亮。"战一杰接着她的话说道。

"你觉得我漂亮吗?"晏春紧跟着问战一杰。

这一下倒真把战一杰问得有点措手不及,不知道这个一向温顺的淑女今天这是怎么了,跟吃了枪药似的,就只好打着哈哈笑道:"你不觉得自己很漂亮吗?"

晏春一看战一杰那皮笑肉不笑的样子,就叹了口气道:"你还是先操心操心你自己吧。"说着就兀自起身往外走去。走到门口,晏春又回过身来冲战一杰说道:"肖总那儿我会去劝她的,你就放心吧。"

6

战一杰明白,开弓没有回头箭,进攻省城的号角一旦吹响,自己这一百多斤就得全靠上去,所以他得先把后方大本营的一切事务都处理妥帖了,才能全心全意去打这场攻坚战,"攘外必先安内"的道理他还是懂的。

现在厂里让战一杰一直放心不下的就是采购部。有上一任的采购部经理许茂跳水库自杀的前车之鉴,新的采购部经理杨震自打一上任,就是全厂上下关注的焦点。可这个杨震呢,又天生是个爱说爱笑不安分的人,对人们的关注也不怎么在意,只是一味地讨好领导班子这几个人,弄得全厂上下一片唏嘘,战一杰心里也直打鼓。对于这个杨震,战一杰观察了好长一段时间,可总觉着看他的时候眼前蒙着一层雾,尽管他大事小情都是早请示晚汇报,可战一杰心里却总也不那么踏实。

这次由省科院牵线从国外购进一整套高浓稀释设备,战一杰就多了个心眼,让大师兄朱总帮忙试他一试。订设备的时候,杨震来找战一杰,想请他出面去与外国的专家谈。战一杰正在马不停蹄地跑甲醛的事儿,也当真是抽不出身来，就告诉他尽管放心去谈，若是事出紧急大可当机立断，不必事事请示汇报。

杨震就要求让质量技术部的胡小英一块去。战一杰想了想，还是安排生产部经理徐国强跟他一块去了。老徐的生产部门部分管设备，他去也是顺理成章的事。战一杰想，这下也算是一石二鸟吧，连老徐也一块考一考。

第一轮谈判下来，朱总传回来的消息与杨震和老徐的汇报是一致的，双方在价格上互不相让，谈判陷入了僵持之中。

战一杰给朱总的回话是继续跟踪，给杨震和老徐的答复是让他们可以相机而动，自行定夺。

三天以后，杨震把定好的合同传真回来了，战一杰一看，心头不由一喜，设备的价格比原来预想的要压低二十多万，而且对设备的质量、安装调试以及售后服务都做了规范细致的约束与要求。战一杰当然明白，现在全球的啤酒设备利润率都已经相当低，能压下这么一大截价格，实属不易。于是，他就给杨震回了电话，把他两个表扬了一番，说回来要给他们庆功。放下电话，战一杰又拨给了朱总。朱总接了电话，把杨震大大夸赞了一番，说："你们这个杨经理确实是个谈判高手，他和那个生产部的徐经理一唱一和，把供货方的老外们弄得晕头转向的，心服口服地把合同签了，你们这个采购部经理很称职。"朱总沉吟了片刻又说，"但是，据我了解，中间的好处费他也拿了。"

"什么？"本来还喜不自胜的战一杰不由大吃一惊，沉了沉又问道，"有多少？"

"最多 2 万。我这只是按惯例估计的，真实的数目我也不知道。"

战一杰道了声谢就挂了朱总的电话，心里不由一股无名火起，心道：好你个胆大妄为的杨震，我倒要看看你回来后如何交代？

7

转过天来，杨震和徐国强凯旋，战一杰真的给他俩摆了庆功宴。席上杨震依然还是那么谈笑风生，依然还是对战一杰一如既往地不吝赞美。这时的战一杰却在心中暗下决心：好处费这件事一旦查实，对他这个口蜜腹剑的家伙，定不手软。

酒席散去，战一杰刚回到办公室，杨震随后就跟了进来。战一杰给他冲了杯茶水递给他，笑着说道："跟老外的交道不好打吧？"

　　杨震连忙躬身接过茶水在沙发上坐下，说道："也就那么回事。我和老徐两人一个唱白脸一个唱红脸，几个回合就把他们给绕进去了。说一千道一万，我们是买方，能让他们说了算？"

　　"他们就没提什么个别的要求？"战一杰漫不经心地问。

　　"提要求？他们能提什么？这要求都得我们来提。"杨震说着，站起身去门口把门从里面锁好，才又转身回来，从兜里掏出一张卡说道："战总，他们还单独给了一张卡，说是辛苦费，您看——"

　　战一杰确实没料到杨震会有这么个举动，就不动声色地说道："这卡里有多少钱啊？"

　　"他们说有 2 万，不过我没查。"

　　"那你现在拿出来是什么意思？"战一杰沉着脸问。

　　"他们说这是惯例，我们不拿的话，不就便宜他们了。"杨震说着就把卡推到战一杰面前说，"战总您为我们公司日夜操劳，要说辛苦的话，谁还能比您辛苦了。所以我觉得这辛苦费应该给您。"

　　"给我？不合适吧。"战一杰故作思虑，想了想又说，"你的这份情我领了，钱既然你收了，你就拿着吧。"

　　"我怎么能拿呢，那不成第二个许茂了？"杨震有点急红了脸。

　　"那怎么办呢？要不这样吧，你既然没瞒我，就我俩一人一半吧。"战一杰试探道。

　　"我不要。您就收下得了，我是真心诚意的。"杨震表白道。

　　"你真不要？"战一杰逼视着问。

　　"真不要！"杨震异常坚决。

　　战一杰终于长长出了一口气，站起身拉着杨震来到沙发上坐下，笑道："我是真怕你要了啊！这下好了，你算是过了这一关，等会儿你把这钱交财务上吧。"

　　杨震愣了好大一会儿才回过神来，抹了一把额头的冷汗说道："原来战总您早知道啊！"

　　战一杰不置可否地笑了笑说道："杨震哪，你我在工作上是上下级的关系，在工作之外就算是兄弟，你平常大可不必对我这样，你要时刻注意自己的形象，要在员工当中树立起你自己的威信。"

杨震听了战一杰这番推心置腹的话，感动之余却还是说道："难道我崇拜您也错了？"

8

采购部这边是没什么好担心的了，战一杰又把杨小建叫了来。小建自打结婚以后沉稳了不少，来到战一杰的办公室竟敲起了门。战一杰听见敲门声喊了声"请进"，见进来的是杨小建，就笑道："看来还是媳妇最管用，这是在家给你上规矩了。"

杨小建在沙发上坐下，笑道："我不敲门吧你不愿意，我这敲门了，你又净毛病。怎么，有啥事？"

战一杰就直接问道："税务局那边历史欠税的事处理得怎么样了？"

"什么怎么样了，一直拖着呗。现在税务局那帮大盖帽一来，害得我东躲西藏就跟个老鼠似的。"杨小建抱怨道。

"还不错嘛，看来你这一躲一藏倒挺管用的，那就先不用管他了。"

"别呀。你不着面，我又躲了，还不都是人家晏春在顶着嘛。听说把人家都难为得哭了好几次了。"杨小建有点难为情地说。

听了杨小建这话，战一杰确实有点吃惊，问道："怎么没听晏经理提过这事呢？"

杨小建一拍大腿道："你不是有过话，说新的不欠旧的不交嘛，人家晏经理一直当圣旨呢。我的意见呢，咱孬好交那么一点儿，挡一挡人眼也行啊，再说我们的账上又不是没钱。"

战一杰也不理他，摸起桌上的电话打给财务部，让晏春来一趟。不一会儿晏春就来了，一看杨小建也在这儿，就知道是业务上的事，也没开口就在沙发上坐了下来。杨小建连忙起身去给她接了杯水，晏春也没客气就接了过去。

战一杰等晏春喝了一口水才说道："刚才我听杨司库讲了税务局催缴历史欠税的事儿，真是难为你了，晏经理。"

"没什么难为不难为的，这是我的职责所在，领导不用说这样的话。"晏春一副公事公办的态度。

杨小建没料到晏春在战一杰面前会是这么个态度，有点吃惊地坐直了身子，说道："我的意见呢，是先交上那么一点应付应付，省得他们天天来为难你一个女同志。"

晏春听杨小建这么讲，想了想冲战一杰问道："战总的意见呢？"

"我想听听你的意见。"战一杰很认真地说道。

"我的意见呢，还是维持现状为好。既然是历史欠税，既然是历史遗留问题，政府方面没一个明白的交代和说法，我们交了，反而会说不清楚。他们税务局的人来催缴，那是人家的职责所在，不能因为我们不交人家就不催了吧。再说，我们账上的钱您不是还有更重要的用途吗？"

9

听了晏春的一番言语，战一杰不由暗中挑起了大拇哥，但嘴上却说道："杨司库的意思不是怕你受难为嘛，再说我们一帮大老爷们儿不是躲就是藏，让你一个女同志来顶缸，我们心里也很过意不去。"

"谁的工作不受难为？你战总受的难为还少吗？话又说回来，我们女同志怎么了，哪里比你们差了？"晏春完全是一副不甘示弱的态度。

战一杰和杨小建面面相觑，不知说什么才好。杨小建更是吃惊地张大了嘴巴，今天的晏春完全颠覆了在他心中温柔娴淑的一贯印象。

只听晏春又说道："我哭一鼻子他们就束手无策，就走了，你们行吗？"

杨小建这下实在忍不住了，眼睛瞪得跟铜铃似的说道："晏经理，晏姐，你还是我的晏姐吗？你还是我心中的女神吗？"

晏春也不理杨小建的调侃，继续说道："我们公司的历史欠税情况我仔细研究过，全是在中方驱逐外方非法经营这个时间段产生的。共分两块，一部分是国税，占60%；一部分是地税，占40%。国税的部分呢，减免的可能性很小，可地税这一部分是地方政府的财政收入，减免的可能性非常大，可操作性也非常强。"

晏春喝了口水，见战一杰在眼巴巴地看着自己，就连忙放下水杯顺着自己的思路说道："这个事情的解决要分两步走。第一步是要紧紧抓住这是非法经营时段欠税的这根软肋，从非法和时效这两点入手，与上一级国税部门和地方政府进行交涉，争取最大程度的减免和最大限度的延迟。第二步呢，就是要等候时机。我们企业未来的走向无非是兼并和被兼并，退一步讲或是转型与破产，真到了那个时候，才能把这个欠税问题和其他问题来一并打包处理掉。"

茅塞顿开的战一杰激动地在那里直搓手，一年来一直压在心头的一块巨石今天被晏春轻轻松松就给掀了下去，顿觉心头一阵清爽。杨小建则早已抢过晏春的水杯去接水。杨小建一边接水一边笑道："晏姐，我的亲姐，你肚子里的这些道道啥时候教教我呀。"

这时晏春的脸一红，接过杨小建递过来的水杯说道："以杨司库的聪明劲儿，只要干得时间长了，自然而然就学会了，哪还用得着我教？"

说完晏春就起身告辞，战一杰和杨小建连忙起身相送。晏春走到门口又回身对战一杰说道："肖总那儿的工作我已经做通了。"

10

目送着晏春出了门，杨小建前去把门关好，就问战一杰："晏春今天这是怎么了？"

"什么怎么了？"战一杰明知故问。

"还什么怎么了，一个那么温柔的人跟打了鸡血似的，你看不出来呀？还有她看你那眼神也不对，哥哥你该不会对人家又下手了吧？"

"少在这儿胡说八道！光个胡小英和肖春梅还不够我受的，我哪敢呀。"战一杰板起脸说道。

杨小建坏笑着点了点头，一下又想起晏春刚才的话，就问道："晏春说她给肖春梅做工作，做什么工作？"

战一杰这才想起肖春梅要走的消息还没来得及告诉杨小建，就抱歉地一笑，说道："我这一忙就忘了告诉你了肖总要走。"

"要走？去哪儿？"杨小建一时没明白过来。

"要从张氏辞职，回她的上海老家。"

杨小建听了，在那儿愣了好大一会儿，然后才颇有点失落地说道："咳！也好，她也是快当妈妈的人了，也实在不应该再这么四处漂着了。"沉了一会儿又说道："行了，这下胡小英算是把心放到肚子里了。"

战一杰就像没听见他的话，一本正经地说道："肖春梅这一走，我们肩上的担子就更重了。你要有个思想准备，接下来很长一段时间，我可能要驻扎到省城去。"

"住到省城？要不我也跟着你去吧。"杨小建依然难能可贵地保持着他的天真。

"那怎么行。你这蜜月还没度完呢，小张能舍得让你走？再说，我这一走你就更不能走了，下一步你还要把采购部和仓储部给抓起来，这一年你也锻炼得差不多了吧？"

战一杰这么一问，杨小建就挠着头皮说道："什么锻炼呀？顶个屁用！就拿财务这一头来说吧，我学了一年，可跟人家晏春一比，你今天可看见了，还什么也不是。"

战一杰一听就笑道："你不要跟人家这注册会计师比嘛。比比你一年前刚来的时候，不是强多了嘛。"

"那倒也是。你就放心吧，这家我肯定给你看好喽。"杨小建拍着胸脯说。

"还有一个事儿。肖春梅辞职，公司要给人家一笔补偿费用，钱冬青那儿已有了标准，到支付的时候你亲自去办，要保密而且要快，以防她再反悔不要了。"战一杰嘱咐道。

"不要了？你是说肖春梅不要？"杨小建大惑不解地张大嘴巴。

"是啊，让晏春去给她做工作，就为这。"

"我这老姐是怎么了，难道女人一怀孕就成傻子了？"杨小建百思不得其解地摇了摇头。

11

接下来就是市场销售的问题。肖春梅这一走，战一杰本打算从外面再聘一个副总，肖春梅也是这么建议的。可想来想去，权衡再三，战一杰还是放弃了这个想法，决定还是从马汉臣和叶子龙两个人中选一个出来。当他把自己的想法告诉肖春梅的时候，肖春梅前思后想了好大一会儿，才说："这样也好。再招一个新人来，能力行不行暂且不讲，能不能与你一条心一时半会也摸不透，还是这样稳妥一些。"

"那你觉得谁更合适呢？"

"我觉得叶子龙更合适。"肖春梅立场很明确，"文化水平和能力咱先不论，主要是他百分之百听你的话。"

"从长远来看小叶是比较合适，可我现在等不了那么长远了，总共还有半年的时间。要在这半年的时间里，敢打敢闯敢拼，拼出整个川南的市场来，小叶在这方面还是有所欠缺的。"显然战一杰是经过了深思熟虑。

"马汉臣在掌控渠道和客户方面确实不同凡响，也具备了敢打敢拼的能力和魄力。但他的为人你也应该清楚，当初他和赵志国一同算计你我的事，难道你忘了？"肖春梅依然坚持自己的看法。

说完肖春梅又补充道："再者就是马汉臣这人对'利'字看得太重，真要把销售承包给他，你能放心？"

"其实我恰恰看重的是这一点。当初马汉臣为什么挖空心思甚至不择手段要承包销售，当然'利'字当头是一方面，还可能是贪欲在作怪。可这同时也表明了他的信心、野心和能力，这就是驱使他能把市场销售迅速做起来的最大动力。"战一杰毫不掩饰地表明了自己的观点。

看肖春梅并没有明确地反对，战一杰又说道："至于承包放不放心的事，我觉得，我们只要把方案、制度、条款做严做细，没有漏洞可钻，没有私利可徇，那就由他去折腾好了。他折腾得越大，我们的市场发展也就越大，这样岂不更好？"

"另外还有一点，你考虑过没有？"战一杰想了一会儿又说，"这个销售副总若是给了叶子龙，那马汉臣会怎样？"

"马汉臣即使不撂挑子，也会暗中给小叶使绊子。"

"那若是这个副总给了老马，叶子龙会如何反应呢？"战一杰盯着肖春梅问。

"叶子龙顶多也就闹几天情绪，甚至闹情绪都不会让我们看出痕迹来。"肖春梅说得很肯定。

"那你觉得我们该如何取舍呢？"

"不是我们，是你。"肖春梅叹了口气说道，"看来，还是老实人吃亏啊！"

"还是那句话，会哭会闹的孩子有奶吃。为了达到我们的目的，现在也只能这样了。"战一杰的口气也是有点不得已而为之。

12

聊完人选的事儿，肖春梅轻声说道："一杰，补偿费的事让你费心了，你的心意姐明白，其实用不着这样的。"

"我知道，我个人的钱你是不会要的，可这补偿费你再不要，可真就是在打我的脸了。"战一杰眼圈不由一阵发红。

"你不要想多了，我就是怕你误会才同意要这补偿费，其实我真的不在乎。"

"你可以不在乎，可我不能不在乎。这样，我心中的愧疚或许可以减轻些。"战一杰说得既伤感又无奈。

"咳！我不是早就说过了嘛，这都是我自己心甘情愿的事，与你没关系。你要是再这样婆婆妈妈腻腻歪歪的，我可真生气了。"肖春梅眼中闪着泪光嗔怪道。

"忙过这一段时间，我会到上海去看你们的。"

"不用，千万不用。你这边事这么多，我可不想拖你的后腿。再说万一让小英知道了，对你对我对她都不好。"肖春梅慌忙摆着手说。

"那孩子出生的时候你一定要通知我。"

"好吧，到时候我会联系你的。"肖春梅答应得有点勉强。

战一杰望着肖春梅，总觉得她的言谈举止不知哪里有点不对劲，就猛然开口问道："真有新西兰的那家啤酒花公司吗？"

肖春梅被他吓了一跳，好一会儿才回过神来，气道："你这么一惊一乍的想吓死我呀？我骗你干什么，有这个必要吗？"

从肖春梅的反应上，战一杰也没看出什么破绽，心中也就不再纠结，笑着问道："具体哪一天走，定下来了没有？"

"我订的后天的机票，酒花公司那边催得挺急的。"

"后天，这么急？伤残补助的款项还办不下来吧。"战一杰皱着眉头问。

"反正鉴定都做完了，得等结果出来才行。我把银行卡号留给晏春了，到时候她会把钱打给我的，这些小事你就不用再操心了。"

"那这样吧，明天开个欢送会，我们大家毕竟在一块待了这么长的时间，你也为这个企业付出了这么多。"

"不用了，哪还用得着这么兴师动众的，我悄无声息地走就得了。"

"那哪儿行？我们芸川人不会这么无情无义的。"战一杰的口气不容置疑。

"那好吧。但我有个要求，我觉得这个欢送会还是在谈正事的前提下捎带着搞一下就行，而且是越简单越好，千万不要大张旗鼓地专门来搞，不然我拒绝参加。"肖春梅说得也很坚决。

战一杰想了想说道："也好，这个由我来安排，你就放心好了。"

13

第二天一上班，战一杰亲自给领导班子成员挨个下通知，半小时后到他的办公室来开会。

一听到总经理的办公室开会，大家都觉得奇怪。以往开会都是在公司的会议室，今天这是怎么了，难道有什么特殊的事情？

大家来了以后果然是大大地出乎意料，只见茶几上摆满了各色干果和新鲜水果，还有刚沏好的热茶。更让人眼前一亮的是，在茶几的正中还摆了一个绚烂无比的大花篮！

杨小建就笑道："哟，这是什么级别的会议呀，该不会是我们老板要来吧？"

钱冬青也笑道："嗯，这还真是接待外宾的级别，就差红地毯和礼炮了。"

"就让你们享受一回外宾的待遇吧。来，大家随便坐吧。"战一杰笑着招呼大家。

大家坐下了，战一杰就招呼大家随便吃，说着又起身抓了开心果往每个人的手里递。杨小建接过开心果笑道："我怎么觉得今天是鸿门宴呢。"

大家又是一阵大笑。等肖春梅接过战一杰递过来的干果时，眼圈不由一红，忍不住抽了几下鼻子。这下大家才回过味来，屋里顿时安静了下来。

过了一会儿，战一杰打破沉默说道："今天这次班子会有点特殊，想必大家心里也都明白了。肖总辞职的事呢，咱待会儿再说，先说正事。"

杨小建插嘴道："你的意思肖总走的事不是正事？"

战一杰一顿，咧嘴一笑道："我说错了，我的意思是先说说下一步的工作。"

"嗳，这就对了。有错就改就是好同志嘛，对吧肖总？"杨小建得意地调侃着气氛。

肖春梅笑了笑，没吱声。战一杰又说道："公司定岗定员、薪酬制度改革以及销售承包和干部考评的方案都已拿出来了，钱主席正在安排实施和落实。我的意见呢，根据这些考核方案和政策，把八、九月份这两个月的销售、生产、创新、节约的指标套上考核一下，你们觉得怎么样？"

"战总的意思是已经过去的这两个月，也按新的考核方案来执行？"老钱有待确认地问道。

"就是这个意思。能是个什么情况，老钱你心里有数吗？"战一杰问。

"我当然有数，就怕你战总掏不起钱哪。"老钱的声调有点高。

战一杰当然明白老钱声调高的原因，就是因为当初他当选工会主席的时候，要求给工人们涨工资让自己给挡下了。看来老钱这人什么都好，就是心眼小了点儿！想到这儿战一杰就笑着问老钱："你有数就好，每个人大约得多少钱哪？"

14

老钱一听战一杰是动真格的，也顾不上再在那里拿捏，认认真真地说道："这两个月销量大产量也大，而各种消耗指标也是最小的，估算下来奖励的金额大约在 1000 万左右。"

"两个月 1000 万吗？"杨小建对这个数据有所怀疑。

"是的。因为产量的大幅提高，设备利用率也大幅提高，消耗指标就有了大幅度的下降，这是这几年来的最好水平。"老钱耐心地解释道。

战一杰当然明白产量越大消耗就越低的道理。他在心里暗暗匡算一下费用，就开口说道："我的意见是把这 1000 万补发下去。"

大家听了都没有急于表态。杨小建说："会不会太多了。"

战一杰知道肖春梅肯定不会参与表态了，就看向了钱冬青。老钱迎着战一杰的目光说道："战总你原来不是不同意给工人们涨工资吗？"

"这与涨工资不是一个概念，这是工人该得的奖励，是他们用血汗拼出来，是一点一滴节约出来的。"战一杰严肃地说道。

老钱脸一红，有点无地自容地说道："我服了，我没意见。"

杨小建也说道："我也没意见。工人们这两个月真是拼出命来了。"

战一杰又看肖春梅，肖春梅一笑说道："还需要我表态吗？我当然没意见。"

战一杰就说道："那好，这件事就定下来了，会后由钱主席负责造表，杨司库负责发放。再一个事就是我们公司迅速占领全省市场，重点进攻省城市场的战略部署已基本确定，我下一步的工作重点要放到省城。肖总因为身体的原因也准备离开我们公司，这样一来，钱主席和杨司库肩上的担子也就越重了。"

说到这里战一杰喝了口茶水，见大家都在洗耳恭听，就继续说道："鉴于公司现在的实际情况，我有个提议，准备升任马汉臣为主管市场销售的副总经理，大家讨论讨论。"

大家面面相觑了一会儿，谁也没有发表反对意见。只是老钱有点挠头地说道："按照我们公司的章程，副总经理以上的领导干部要由集团总部来任命，我们在这儿定了会不会有什么麻烦？"

战一杰倒是真的忽略了这一条，眉头拧了个大疙瘩说道："那可怎么办？"

"活人还能让尿憋死。干吗非要任命副总，任命他个总经理助理不就行了。"杨小建满不在乎地说道。

"对呀！"战一杰一拍大腿说道，"你还别说，这回还真让你歪打正着了。"

"别总把人往偏了看。"杨小建有点得意地说，"我还有个提议，再提拔一个总经理助理。"

"谁？"战一杰没想到杨小建会提这样的意见。

"晏春。"杨小建说得相当干脆。

15

杨小建这个看似突发奇想的提议，竟毫无争议的全票通过，就连肖春梅也抢先表了态。战一杰一想，这虽是意料之外却也在情理之中，自己以后要走的每一步，确实也离不开这个看似温柔单纯却一点也不简单的晏助理！

见大家都不说话了，杨小建就道："你的正事说完了？"

战一杰一愣，马上笑道："说完了。你的事才是正事。"

"我的正事就是吃。"说着杨小建就起身给大家分发水果。

大家吃了一会儿，气氛还是显得相当沉闷，一种难以名状的离愁别绪笼罩在每一个人的心头。还是杨小建打破了沉默："我说老姐，这要走了，也没什么跟我们说的？我可是真的舍不得你走。"

肖春梅叹了口气，沉了一会儿说道："说实话，我也怪舍不得你们的。我来芸川虽然也就这一年多时间，可受到的锻炼与收获的成长，将使我终生受益，更使我终生难忘。谢谢各位这一年多来对我的照顾、关怀与包容，以后我们虽然不在一块共事了，但我们却是终生的朋友和亲人。"说完，肖春梅已泪流满面。

大家也是一阵黯然。战一杰心里更是尤为酸楚，连忙起身拿了抽纸递给肖春梅。

杨小建抹了一下眼角，动情地说道："肖姐，你无论走到哪里都是我姐。以后你想着，要遇到什么难事了，或是受了什么委屈，千万别忘了还有你这个亲兄弟。你兄弟脑子虽然不怎么灵光，但义气和胆量还是有的。"

肖春梅望着杨小建，只是不住地点头，嘴里却是一句话也说不出来。

这时钱冬青说道："肖总，你对芸川啤酒厂所做的一切我们都看在眼里记在心里，芸川啤酒厂的职工永远是你的兄弟姐妹，芸川啤酒厂就是你的第二个娘家，你可别忘了常回娘家来看看呀。"

这下肖春梅的泪水更是止也止不住了。

战一杰本来还有很多话要在这个场合说一说，可此时此刻却是一句话也说不出来。看着梨花带雨般的肖春梅，万般思绪一齐涌上心头，说不出是个什么滋味，不知不觉中泪水也流了出来。

看到战一杰的泪水，在场的人都吓了一跳，谁也没想到这个具有钢铁般意志的铮铮汉子，这个一向让人觉得无所畏惧无所不能的超人，竟然也会流泪！

他竟为自己流泪了，肖春梅的心在剧烈地颤抖！当她看到战一杰的泪水的那一刻，心简直要醉了、要飞了、要融化了，一种前所未有的温暖、感动和幸福在心里搅动、盘旋、升腾。此时此刻，肖春梅觉得自己所有的牺牲，所有的付出，所有的一切，都值了！

16

下午的中层干部会气氛是既兴奋又热烈。当战一杰把要兑现前两个月的考核奖励时，整个会场一片沸腾。各项考核制度早已下发，各个部门的负责人对各项指标也已了然于胸，他们当然知道自己部门这两个月的考核奖励是多少！这个天大的喜讯简直把他们都快乐疯了！

过了好大一会儿会场才安静了下来。战一杰又把公司下一步的战略部署，以及提拔任命两位总经理助理的事讲了。这回倒没有多么强烈的反应，战一杰就问："在座的各位有没有什么不同的意见？"

对于战一杰有此一问，大家都觉得奇怪。既然是公司的决定，还问他们干什么？大家面面相觑谁也没吭声。战一杰就点了叶子龙的名，问他有没有什么不同意见。

叶子龙站起身来说道："我坚决拥护公司的战略决策，也非常赞成两位总助的任命，我认为这两位同志完全有资格也有能力挑起肩上的担子，这也是众望所归。"

大家听了就鼓起了掌，表示了他们的赞同和支持。等掌声停歇，杨小建说道："我怎么越听越觉得，他们两个是你给任命的呢。"

哄然一阵大笑之后，战一杰这才把肖春梅离职的事情讲了。看来大家都已知晓了这件事情，所以并没有多少的惊讶和意外，只是大家全是一副遗憾与不舍的表情。

战一杰明白，肖春梅因为当初舍身救火的英雄之举，在芸川啤酒厂的员工心中的威信之高，无人可比。今天面对她的离去，人们都是真情流露，那份依依不舍看着就让人揪心。

战一杰本想让肖春梅讲几句话，可看她又是一副眼圈发红的样子，生怕再像上午一样惹得她伤心流泪，就说道："为了给肖总送行，我们晚上在公司招待所安排了欢送宴会，到时候大家再畅所欲言开怀畅饮。"会议室里响起了雷鸣般的掌声。

晚上的欢送宴会既隆重又热闹。当酒喝到一半的时候，场面开始有点乱。每个中层干部都要向肖春梅单独敬酒，战一杰不同意。可这次他这总经理的命令却不管用了，大家异口同声地否决了他，战一杰没办法就看向了钱冬青。

老钱就出面调停，提议道："大家的心情可以理解，但我们也得为肖总的身体考虑。这样吧，敬酒可以，肖总以水代酒意思意思就行了，但敬酒的必须干。"

大家竟是齐声说好，话音未落就争先恐后纷纷走上前去敬酒。当轮到胡小英敬酒的时候，她还没开口却已泣不成声，俩人就紧紧地抱在了一起……

宴会快要结束的时候，钱冬青接了个电话就忙不迭地跑了出去。不一会儿就又跑回来，后面还跟着两个酿造车间的女职工。

只见钱冬青领着那两名女工来到肖春梅面前，拿起她们捧在手里的一幅锦缎一样的东西，两手捧着递给肖春梅，说道："肖总，这是全厂员工的一份心意，是她们从昨天开始一刻不停赶着绣出来的，请您收下。"

肖春梅双手接过来，慢慢地展开。是一幅中型的十字绣，鲜红的底色上绣着四个金灿灿的大字"巾帼英雄"！

房间里立刻响起了雷鸣般的掌声，肖春梅的泪水又止也止不住地流了起来。她向大家深深地鞠了一个躬，说道："谢谢，谢谢大家！"

她的声音却被淹没在更加热烈的掌声里……

第八章　新鲜生活

1

肖春梅走了以后，胡小英始终悬着的心总算是落进了肚里。当她主动提出要跟战一杰回家去看看父母时，战一杰猛然想起一件大事，连忙问小英母亲拿的中药吃得怎么样了。

小英面带喜色地说道："再有两天就吃完这一个疗程了，我妈说感觉很好，身上有力气了，吃饭也觉着香了。"

"那就是有效果。这样吧，我们先到医院检查一下再说。"战一杰一听也是喜出望外。

"昨天已到医院检查过了，大夫说很有成效，建议我们继续吃中药。"

"那好，我这就联系那家中华神农医院。"战一杰马上拿出手机，拨通了医院的电话。一问，明天正好是坐诊时间。战一杰就挂了电话，对胡小英说："那咱定好了，明天一早就出发。"

"你要不要再问一下陆涛，看看小玉还要不要再去看看。"胡小英毕竟心细一些。

战一杰一听，连忙又拨通了陆涛的电话，把明天要去河东的事讲了。陆涛说小玉已经到医院检查过了，已经完全好了。

"我建议还是再找那个老中医复查一下。你要是忙，我和小英带她去就行。"战一杰坚持道。

"那也好。我正在北京出差呢，我跟小玉的姥姥联系一下。你明天一早还是去上次的老地方接她们，回去我再谢你。"陆涛的电话里很嘈杂。

"再这么客气我就跟你急了。"战一杰一下就挂了电话。

第二天的看病相当顺利，结果也是皆大欢喜，大家走出医院大门的脚步都轻快了不少。

小玉已经完全没事了，也不用再吃药了。出来以后，小玉抱着战一杰的脖子，在他脸上亲了好几口。

胡小英母亲的病情也是大有好转。老中医说，顶多也就再吃两个疗程，也可以停药了。只要平常注意锻炼，再慢慢养就行了。

往回走的路上，整个车里是一片欢欣。小玉从后面抱住战一杰驾驶座的后椅背问："战叔叔，你是从国外回来的吗？"

"是啊，你战叔叔在国外待了好多年呢。"小英笑着扭头说道。

"外国好吗？"小玉的声音充满了稚气。

"挺好的呀，可离家太远了。怎么，小玉想出国吗？"

"我想去看我的妈妈。姥姥说妈妈要出国待好几年，不能回来，我想去看她。"小玉的声音那么甜美，大家听了却是一阵心酸。陶玉宛的母亲在一旁抹开了眼泪。

"小玉还太小了，等你长大了，你妈妈要是还没回来，我就带你去找她，好吗？"战一杰温柔地说道。

"好的，好的！咱们说好了，不许反悔。"小玉高兴地拍着手。

2

战一杰领着胡小英回到家。娘拉住小英的手就问："小英，你咋瘦了这么多呢，是不是生病了？"

"没有。"小英扶着娘在椅子上坐下说道，"可能是工作有点忙，累的吧，我倒没怎么觉出来。"

"现在不都追求骨感美嘛，这样省得减肥了。"战一杰一边去给父亲倒茶水一边调侃道。

"你说现在这人还有没有审美，什么时候竟兴起了这种以瘦为美的社会风气，这不是社会的倒退嘛。我们年轻那会子天天吃不饱，个个都瘦得跟猴似的，那不全都是帅男靓女？"父亲喝了口茶水，摇着头说道。

"阿姨，你那时候是胖是瘦？"小英撒娇地问一杰娘。

"哎哟，我们那时候哪还顾得上讲什么美不美呀，能下地干活能挣工分就是好样的。你还别说，那时候我还真挺瘦的。"娘一边抚着小英滑顺的头发一边笑着说道。

"那时候你娘就是美女，要不我这公办教师能找她？"父亲的语气里满是自豪。

"其实那时候我就一门心思想找一个有文化的。"娘这次破天荒没有反驳父亲。

"想想那时候的时光啊，吃得没有现在好，穿得没有现在好，所有的一切都没有现在好。当然，我是指物质生活方面的，可那时候活得却是那么安心那么踏实。不像现在，整天总觉着没着没落的，心里累。"父亲说得很无奈很伤感。

战一杰怕再讨论下去，父亲不知道又要发多少感慨，就连忙岔开话题问道："我听说化工城要搬迁，进展到什么程度了？"

"进展得不怎么顺利，你姐夫天天在做工作呢。"

"还是我们村的人在闹？"

"是啊。你说就是为了眼前一个既不健康又没发展前途的工作，就置子孙后代和一方水土的长远利益而不顾，真是悲哀啊！"父亲的无奈已经变成了愤怒。

"政府就没有出台什么切实有效的解决办法？村民的意识是存在问题，可政府若不采取措施及时引导和疏散，那就是政府的问题。"战一杰认真地说道。

"你的思路倒是蛮西方的。"这次父亲的口气充满了赞许，"你还别说，听说政府已有了规划意向，要把这一片打造成一个叫作'江北水城'的文化创意旅游园区。可这只是道听途说来的消息，村民们没一个相信的。"

"我姐夫也不相信？"

"他相信，他是第一个相信的，他还要创建一个旅游公司呢。这不，就为这在挨家挨户地做工作。"父亲忧心忡忡地说。

"您是担心这消息不可靠还是担心我姐夫做不成？"

"这都不是我担心的。你可知道当初污染容易，生态恢复起来有多难吗？"原来这才是老人最担忧的，"这需要大量的财力物力不说，更重要的是需要时间。"

父亲的话像一记重锤砸在了战一杰的心上。

3

这个问题战一杰倒是真的忽视了。当初他向市里两位领导提建议的时候，真的没想到这一层，不由惊出了一身冷汗。急忙问道："您觉得这个事情很严重吗？"

"具体严重不严重或是严重到什么程度，我就不清楚了，这必须由专业部门进行勘查论证才能知道，我只是怕那些急于出政绩的政府官员们不顾客观实际，匆匆忙忙把项目上马了，到最后闹个不可收拾，最终倒霉的还不是咱老百姓。"

"我觉得也不至于过分担心了。新来的邬市长就是搞环保出身的，他肯定会考虑到这一层的。"战一杰是在宽慰父亲也是在宽慰自己。

战一杰说完，觉得事不宜迟，就来到院子里拨通了邬市长秘书小祝的电话。小祝接了电话，战一杰客气了几句就问关于"江北水城"文化创意园区的事。小祝很实在，说项目已正式立项，正在一级一级走审批程序。战一杰就问："关于对这一带化工污染进行生态恢复的事，有没有提及和论证？"

"哟，战总是行家啊！怪不得邬市长那么看重你。这事说起来挺玄的，要不是邬市长是专门干这个的，还真就忽视了。不过还好，污染并不严重，只要经过简单的修复就没问题了。"小祝在电话里也挺兴奋的。

战一杰这才长长出了一口气，暗自庆幸只是虚惊一场。要不然，自己要引进美国博爱投资建厂的计划，岂不成了泡影？

回到屋里，父亲眼巴巴地问："怎么样？"

"没问题的。其实当初的化工污染并不十分严重，只要经过简单的生态修复就没问题了。"战一杰笑着说。

"这事还不是亏了你爸。要不是你爸没白没黑地这么盯着，能那么早就发现了污染？你说这政府也不给你爸点奖励什么的，也太抠了。"娘在一旁抱怨道。

"我那是为了奖励吗？真要是给，我也不能要啊。"父亲把头仰得老高。

"你为啥不要？你不要我要，我要了给俺小英结婚用。"娘拍着小英的肩膀说。

说到这儿，父亲突然想起了什么，问道："小英啊，你老家不是柳溪的嘛，家里都还有什么人啊？你得领一杰去认认门啊。"

"老家有我爷爷，还有两个叔叔。"小英说道。

"今天天不早了，那就明天吧，明天你们俩就去爷爷家。既然你父亲不在了，我就得替你们考虑周全。"父亲认真地说道。

4

第二天战一杰本想再见姐夫陈胜利一面，一些事情想问一问，也想顺便嘱咐他几句。可打电话总是占线，父亲就说："不用打了，他这一阵忙得都晕头转向了，我见了他让他给你打电话。"

战一杰只好作罢，拉上小英就准备去柳溪。父亲说："就这么走了？"

战一杰明白父亲的意思，就笑道："我去镇上买点东西就行了。我是出国了，又没呆傻。"

娘这时也跟了出来，点着战一杰的头说道："我看你就是呆傻了。家里这么多的东西你不用，再花钱去买，不是傻了是啥？以后还怎么过日子？"

一旁的小英连忙摆手说道："不用拿的，您二老就不用操心了。"

这时父亲已回屋里提了两个大兜出来，冲战一杰说："屋里还有呢，还不去拿？这都是陈胜利拿来的，我们也用不着，光占空了。"

战一杰又提了两趟，一共是六个大兜。酒是茅台和五粮液，烟是中华和苏烟，还有好几种保健品。在往车上装的时候，小英直拽战一杰的衣角，连声说："不用这么好的，真的不用。"

娘就在一旁笑道："俺这闺女就是实在。别在这儿争了，这些东西在家里也是浪费了，再说我看见这些害人的东西就生气，你就当给娘出气了。"

上了车，等车子开过了村头的石拱桥，小英才红着脸说道："两位老人对我真是太好了，我一定会好好孝敬他们的。"

这是这几个月以来胡小英给战一杰最明确的答复了。战一杰高兴地把手在方向盘上一拍，笑着说道："你孝敬他们最好的办法，就是给他们生一个大胖孙子。"

小英一听，脸更红了，捶着他的肩头说道："净想你的美事吧。我给他们生个孙女就不算孝敬了？"

战一杰连忙夸张地抚着肩头笑道："也算也算。"

一路说笑着，车子就开到了柳溪。按照小英的指引，七拐八拐来到一处古色古香的门楼前面，小英就说“到了”。他们下了车，一边从车上往下提东西，小英一边嘱咐说，爷爷现在一个人过，他原来的时候干过大队书记，很威严很不好讲话。战一杰一边听着一边频频点头。

来到天井里，小英就小鸟一样欢快地喊：“爷爷，我回来了。”

“哎呀，我这宝贝孙女可算想起你爷爷来了。”随着一声洪亮的回应，屋里走出一个精神矍铄的老人。

战一杰走上前去，恭恭敬敬地喊了声“爷爷”。爷爷一听就笑着说道：“是小战吧，快到屋里。”

小英小的时候是跟着爷爷奶奶长大的，跟爷爷格外亲。她上去扶住老人的胳膊，一块进了屋。

5

进屋迎门是一张八仙桌，爷爷在左边的木椅上坐下，指了指右边的椅子示意让战一杰坐。战一杰说：“我坐沙发上就行。”说着就在沙发上坐了下来。

爷爷咳嗽了一声，小英连忙说：“爷爷叫你坐椅子你就坐吧，客气啥呢。”

战一杰一看爷爷的脸色，就乖乖坐到椅子上。爷爷看了看战一杰提来的东西说：“小战啊，我听说你是从国外回来的？”

“是的。我在印尼待了六年，是去年才回来的。”战一杰毕恭毕敬地回答。

“那你是很有钱喽。”爷爷的腔调怪怪的。

战一杰一时不知道怎么回答，就看向了胡小英。小英一边提着暖壶冲茶水一边笑着说道：“爷爷，他有什么钱呀，跟咱一样都是苦出身。”

“没钱带这些腐败的东西干啥？来我这里打肿脸充胖子呀！”爷爷的口气已明显缓和了不少。

“这不是对您的孝敬嘛！您不领情也就罢了，还挑人家的理。您再这样，我就不让他来看您了。”小英噘起嘴说道。

“真是女大不中留呀，还没嫁到人家去呢，就站到人家那边去了。”爷爷哈哈大笑着说道。

茶水冲好了，小英给他们倒上。爷爷端起杯冲战一杰举了举，说道："我听村东头的老司头说，你这个厂长可不简单啊，把个半死不活的啤酒厂搞得挺红火，工人们都夸赞你呢。"

这话把战一杰说得是一头雾水。小英在一旁说："老司头就是我们厂酿造车间司师傅的父亲，这些话肯定是司师傅回娘家时说的。"

战一杰这才恍然大悟，笑着说道："我只是干好了自己的本职工作，那是工人们抬举我呢。"

"好就是好嘛。群众的眼睛是雪亮的，这个理儿到什么时候都不会错。现在这个世道，能让群众夸赞那就是好官。你年纪轻轻能做到这个样，很不错了。"爷爷点着头夸赞道。

小英则在一旁调侃道："什么样的官也不如您当年的大队书记当得好。"

"甭在这里拿我这老头子取笑。官当得好不好我不敢说，但我们那时候却是一心为公，心里只装着老百姓。现在没有这样的官喽。"爷爷慨叹着，接着又意犹未尽地说道："现在都在否定文化大革命，可有一点却是否定不了的，就是腐败。你听说过那时候有贪官吗？你甭说还贪个十万八万的，我们这些当大队领导的，你就是贪上五毛钱，不斗死你也得给你扒层皮，还让你在村里永远也抬不起头来。改革开放是好，可这人咋就越富心越坏了呢？这人心一旦坏了起来，再想回到原来的那个样，可就不是一天半天的事了，可就难喽。"

战一杰听了，一下竟想起了父亲说过生态环境恢复的话。心道：看来人心和环境是一个理儿，污染起来容易，再想恢复可就难了！

6

小英见爷爷马上又要进入忆苦思甜的模式，连忙打断了他的话头，说道："爷爷，我们还要到二叔和三叔家去，您这苦水儿改天再倒吧。等抽个空啊，我再把您这孙女婿领来，专门听您倒个三天三宿。"

"好你个鬼丫头，不是你天天缠着爷爷讲故事的时候了。"爷爷笑道，"那快去吧，我知道你们的时间金贵着呢。"

二叔和三叔的家都离得不远，战一杰也就没开车，他们两个就一人提着一个大兜走着去。路上碰见了村里的乡亲，大都认识胡小英，隔了老远就跟小英打招呼："小英啊，这是那新女婿？"

小英笑着点头说是，战一杰也跟着连忙点头与人家打招呼。他们走过去，听见后面有人议论，听说老胡家这个女婿是个老总，有的是钱。小英听见了，就故意挽起了战一杰的手臂。

来到二叔家里，二叔话不多，只是闷着头在抽烟。二婶看了看他们提来的一大兜东西，高兴得眉开眼笑，热情地又是倒水又是让烟，还说要准备中午饭。这时二叔开了口，对小英说道："中午到你三叔家的鱼屋子里去吃，一会儿你们从你三叔家直接去就行，我和你二婶去接你爷爷。"

出了二叔家的大门，战一杰才问鱼屋子是什么。小英就笑道："鱼屋子就是专门吃鱼的屋子。"见战一杰还是一脸的茫然，这才耐心给他解释。

原来柳溪这一带地处玉泉山和金鸡山水库的下游，丰富的水系资源形成了一片天然的湿地湖泊，名曰"柳仙湖"。湖中芦苇丛生，莲藕成片，鱼虾成群。近年来，当地的人们依托这个得天独厚的生态资源，开发起了旅游餐饮业，在湖边建起了一排排的饭店，以一鱼多吃为主要特色，这些饭店就叫"鱼屋子"。

虽然柳溪和龙泉隔得并不远，但战一杰还真没来过这里，听着自然觉得新鲜，一心急于想看看这鱼屋子到底是什么样，这一鱼多吃到底多到个什么程度。

来到三叔家，三叔一家人早已等在门外。三叔迎上前来握住战一杰的手，笑着说："欢迎欢迎啊。小英早就该把你领来了，你要是再不来认门，我们可要怪罪了。"说完又是一阵哈哈大笑，拉着战一杰就往家里走。

其他人跟在后面也进了家门。三叔家里十分排敞，一眼就看出家境的殷实程度确实要比二叔家好了很多，看来打理的这个鱼屋子应该生意不错。进屋坐了一会儿，三叔一看手表就说道："咱直接去湖上吧，我也带你们去转一转。"

7

来到湖边，三叔让其他的家里人去准备酒菜，他领着战一杰和胡小英四处转转。偌大一个柳仙湖一望无际，烟波浩渺处芦苇在风中摇曳生姿，给人一种飘飘欲仙的感觉。战一杰不由脱口赞道："这真是一处人间难寻的仙境啊。"

三叔在一旁自豪地笑道："要不怎么叫柳仙湖呢，不错吧？"

"真是太不错了，我看我们还是辞了工作，来这儿跟着三叔干得了。"战一杰笑着对小英说。

小英把嘴一撇说道："山清水秀，谁住谁够。让你来这里玩几天还行，真让你在这里住下来，恐怕不到半个月就找不着人了。"

三叔也笑道："小英这孩子说话是冲了点，却也是实情。但三叔什么时候都是敞开门欢迎你们的。"

他们说说笑笑，围着湖边走了一段，前面便出现了一个挨着一个的小房子。有的依水傍岸而建，有的顺着崎岖蜿蜒的走廊建在了湖水里，四面临风，自有一番悠然的韵味。这便是当地人说的"鱼屋子"。

三叔家的鱼屋子规模不小，小屋有靠岸的也有湖里的。三叔领着他们往里走的时候，战一杰和胡小英都被他大门前的一副对联吸引住了。只见上联写的是"新材新料新厨艺"，下联写的是"鲜鱼鲜虾鲜滋味"。上面的横批是"新鲜生活"。

看到战一杰和小英都在驻足观看对联，三叔就回过身来说道："怎么，有哪里不对头吗？"

战一杰连忙笑道："没有没有。这副对联是您写的？"

"内容是我想出来的，字是找人写的。这字的水平不低吧？"三叔问。

"字的水平倒是一般，主要是内容好。"战一杰认真地说道。

三叔一听哈哈笑了出来："我说侄女婿，你不是拿你三叔开涮吧？"

这时一直在一旁若有所思的小英开了口："不是的三叔，你这词确实好，再说你女婿哪敢开你这老丈人的玩笑。"

这时战一杰也在一旁附和："是啊三叔，我哪敢开您的玩笑呀。说真的，你这副对联用到这儿，真是绝了，绝对是大学教授级别的水平。"

三叔这次真的开怀大笑起来，大发感慨地说道："我是什么水平咱先不论，你小战绝对是高人。叫什么来？对，叫伯乐！你知道我这副对联刚挂出来的时候是个什么情况？大家都来看西洋景一样看笑话，说人家老胡这鱼屋子厉害，有新鲜鱼新鲜虾不说，还有新鲜生活。老胡呀，你这新鲜生活是个啥菜呀？你说气人不气人！"

三叔还没说完，战一杰和小英已笑得直不起腰来。

8

顺着曲曲折折的游廊来到一处最大的湖心亭里，家里的人都已围着桌子坐好，爷爷坐在正中央的位置上。见他们进来，就招手让战一杰往里走。

战一杰连忙摆手说："来的都是长辈，我坐外面就行。"

"今天你是新女婿头一次上门，就得坐这里。"爷爷坚持地拍着身边的座位。

见战一杰还在犹豫，三叔就笑道："爷爷让你过去你就过去吧。今天你还是客，过了今天你想坐也不让你坐了。"

战一杰只好来到里面主客的位置坐下。等小英也坐下了，三叔就招呼开酒上菜。这酒战一杰本不想喝，推说自己还要开车。可爷爷不让，说一会儿让小英开车，你这新女婿上门不喝酒，是会让人笑话的。战一杰只好把酒给倒上了。

上了两个菜，爷爷就端起酒杯开了口："小英他爸临走的时候曾向我交代过，说小战是他信得过的人，说把小英交给他放心。我今天一看，也放心了。小英是我看着长大的，什么脾气秉性我最清楚，希望你们两个以后互敬互爱，共同进步。来，干了这一杯。"

爷爷话音还没落，三叔就笑出了声。爷爷看了他一眼问道："老三哪，你今天喝了猴子尿了？"

这下三叔笑得直接把刚喝进嘴里的酒喷了出来，捶打着胸口咳嗽了一大会儿才缓过这口气来，说道："俺的老爹哎，你那开场白是上世纪的了，你以为还是你当大队书记那会子啊！不过后面骂我这句倒是怪时髦的，有点像西天如来佛的口气。"

三叔说完这话，屋子里的一家人都忍不住笑了起来。爷爷也笑了，说道："我说这一句就不说了，把权力交给你。别看这一句话，我还是整整琢磨了一个上午呢。"

大家又是一阵大笑。三叔说道："今天这酒咱随意。人家小战是酒厂的老总，肯定是酒精考验的，咱就不在这儿考了。今天就是吃鱼、吃虾，吃出个新鲜生活。"

在场的一家人都让三叔这话给说蒙了。三婶瞅着他说："没喝你就醉了？"

"啥叫吃出个新鲜生活？"爷爷也是疑惑地盯着他。

三叔不紧不慢地喝了一口酒，说道："你们还想着我门口那副对联吗？村里的一帮土鳖还笑话我，今天人家小战说了，那是大学教授的水平！"

大家一听这才恍然大悟。三婶撇了撇嘴道："人家女婿那是说好听的哄你呢，你别真以为自己是大学教授了吧。"

三叔急红了脸问战一杰："小战，你不是哄我的，对吧？"

"当然不是，我对天发誓。"战一杰举着拳头说。

三叔得意地环视一圈，站起身说道："今天我要亲自下厨，来感谢女婿的慧眼……慧眼什么来着？"

"慧眼识珠。"小英在一旁笑道。

"咱就不识猪了，还是识人吧，你们也跟着沾沾光。"三叔又补上一句，"也让你们尝一尝大学教授是啥水平。"

屋里又是一阵大笑。

9

菜上来了，一道比一道新鲜，一道比一道精美，果然是风味独特，堪称一绝。

先上来的有荷叶包莲藕、金丝双黄鸭蛋、清炒小河虾、泥鳅钻豆腐和麻辣小龙虾。这几个菜，该清淡的就原汁原味，该出味的就麻辣鲜香，色、香、味俱佳，就连经多见广的战一杰也不由拍案叫绝。

三叔进来照了个面，见大家吃得不亦乐乎，笑道："都留着点肚子，下面才是咱的拿手菜呢。"说完又一阵风地走了。

不一会儿一鱼多吃的拿手菜就上来了。先是一个奶汤鱼头，再是清蒸鱼尾、干炸鱼鳞、醋熘鱼排和孜然烤鱼，最后是一个鱼骨羊肉汤。看着这一个接一个端上来的菜，战一杰简直有些眼花缭乱，一个鱼竟花样翻新，做出了这么多的名堂。这份心思，这份创意，说是一个大学教授的水平，倒是真不为过啊！

这时，一直在一旁默不作声的二叔开了口："老三哪，你这做鱼的水平是越来越绝了，我还真得跟你好好学学。"

"我的二哥哎，我早让你也开个鱼屋子，可你就是不听，还跟着他们一起笑话我的'新鲜生活'。怎么样，现在后悔了吧？"三叔说话的腔调有点扬眉吐气的感觉。

"二叔你就也开一个吧，到时候我们回来两家轮着吃。"看来小英明白他们两家的隔阂，这是在给二叔找台阶下。

二婶在一旁说道："小英你说得倒是容易，我们哪有钱开哪？你二叔的腰可没有你三叔的腰粗。你忘了，去年你回家来借钱的时候，借给你的那5000块钱还是从我娘家拿的呢。"

这时爷爷的脸色一下就沉了下来，刚拿起的筷子一下拍在了桌上。战一杰一看，连忙按了一下爷爷的手说道："开这么一个鱼屋子大约得多少钱哪？"

三叔说道："往少了说也得五六万吧。"

"二叔二婶，我来给你们投这个钱怎么样？"战一杰郑重其事地说道。

二叔刚要开口，二婶却抢先说道："那敢情好啊！就算你二叔先借你的。"看二叔的表情本来是要拒绝的，可听二婶这么说了，他就把到了嘴边的话又咽了回去。

三婶在一旁说道："找个大老板当女婿，不光是我们小英的福气，也是我们全家的福分哪！"

战一杰连忙说道："三婶你说笑了。我哪是什么大老板呀，不过我觉得以三叔的聪明才智，你们这鱼屋子已经盛不下他了。要不这样，我也给你们投点资，把规模再扩大一下。"

"哎呀，那真是太好了。你三叔正有这个打算呢，你说得一点没错，不光我们这里盛不下他了，整个柳仙湖都快盛不下他了！"

大家又是一阵大笑，不过这次的笑声却不似刚才那么爽朗和响亮了。

10

往回走的路上，小英一直默不作声，直到车子出了柳溪地界，她才悠悠地说道："你用不着这样做的。"

战一杰笑了笑说道："都是自家人，哪还讲什么用得着用不着啊。"

"一些事情你并不知道……"小英欲言又止。

战一杰伸手在小英肩头拍了拍，说道："不要再想这些了。这湖光水色加上这美味佳肴，确实不一般，等把该办的事情办完了，我倒真想也来这柳仙湖上过这种新鲜生活。"

突然小英一下抱住了战一杰按在她肩头的手，激动地说："我想到我们的新品牌叫什么了？"

"叫什么？"

"就叫'新鲜生活'。"小英的声音有点颤抖。

战一杰的眼前豁然一亮，慢慢品味了一会儿，然后点着头说道："我也觉得与这四个字有缘，可就是一时想不明白是为什么。难道就是这？"

"是的。咱俩一直是这么心有灵犀的。"小英把战一杰的手放在自己的心口上，"这四个字就是为我们准备的。"

"那我得考考你，为什么是这四个字。"战一杰笑道。

"为什么是你考我，我还想考你呢。"小英嗔怪道。

"是这样。从工作上说，我是总经理，你是质量技术部经理，我考你是理所当然吧；从生活上说，我是夫，你是妻，我考你更是顺理成章。你说对不对？"战一杰苦口婆心地说道。

"去你的吧，你这简直是强词夺理。我就不让你考，你能怎样？"小英甩开了战一杰的手，瞪大了眼睛说道。

"算我求你，算你这师妹教教我这师兄，行了吧？"战一杰又把手放到小英高耸的胸脯上。

"好好开你的车吧。"小英打开他的手。

"求求你了姑奶奶。"战一杰死皮赖脸要开了无赖。见小英仍然不为所动，只好告饶说道："你也知道，我都多少年不干专业了，原来那点基础知识也忘得差不多了，我只是觉得这四个字很适合，可真要让我讲出个子丑寅卯来，我真不行，还得靠你。"

小英盯着战一杰看了一会儿，强忍着笑说道："你说的都是真心话？"

"我可以对天发誓。"说着战一杰又要举拳头。

"你什么时候开始这么爱发誓了？"小英按住他的手说，"看你是一片诚心诚意，我就给你讲一讲。"

11

"这个'新鲜生活'有两层含义。一层含义是一个抽象的生活概念,是广义的泛指;另一层含义是一个具体的技术概念,赋予了啤酒更加独特的实际含义。"胡小英不紧不慢地娓娓道来。

"第一层含义好解释,也就是图个新鲜、玩个心跳、尝试新感觉的意思,大家都好明白。那第二层含义呢?"战一杰问。

"我们喝啤酒,追求和讲究的终跑不出'新鲜'二字。而将新鲜做到极致,无非就是新、鲜、生、活这四个字。新,是指品牌的创新,产品的创新,技术的创新;鲜,是指原料的保鲜,品质的保鲜,口味的保鲜;生,是指全程无菌的纯生化酿造,纯生的技术,纯生的口感;活,是指原始保存原浆啤酒的酵母活性,使口感更鲜活,更富有营养。"小英说着说着,自己已是兴奋得满面桃花。

"好!"战一杰一把拍在方向盘上,车子陡然一晃,吓得小英"哎哟"一声。

战一杰连忙打灯靠边,将车子慢慢停了下来。等在路边停好了车,小英才嗔怪道:"你这人怎么年龄越大还越是毛毛躁躁沉不住气了。"

战一杰并不答话,不由分说一下把小英揽了过来。小英挣扎着刚要开口说话,双唇却已被另一双火热的唇封上了,她想逃却又不舍得,想推却又浑身酥软,没了一丝力气,只剩下沉醉、缠绵、销魂……

过了好大一会儿,小英才推开战一杰,理了理头发娇羞地说道:"这大白天的,还在这大路边上,你也不怕被人看见。"

战一杰爽声笑道:"我自己的老婆,又不是偷别人的,怕什么?"

"你又不是没偷过。"小英看他那气吞山河的样,就随口揶揄道。

此语一出,本来还是一派趾高气扬的战一杰,一下就像斗败的公鸡一样收敛起了羽毛,无奈地摇了摇头。然后说道:"常言道'人欢无好事,狗欢就有灾',这话是一点也不差啊!"

小英刚才话一出口也有点后悔,知道战一杰这块疮疤轻易碰不得,还生怕他一下恼羞成怒了。见他并没有真正走心,就连忙借坡下驴,岔开了话题说道:"关于全程无菌的纯生化生产,这是行业发展的大方向,我们也基本具备了条件，完全能够实现。所以，这个产品只要一出，肯定是站在了行业创新的最前沿，这一点我敢保证。"

"太好了。有了这个撒手锏，我们攻取省城的底气就更足了。胡小英同志，你又为我们芸川啤酒公司立了一大功！"战一杰马上又恢复了跃跃欲试的状态。

12

既然新产品的创意出来了，战一杰就马上召开了专门的生产调度会议，把商标、瓶型、规格、选料、工艺控制、仓储条件等一一进行了详尽周密的安排，由质量技术部经理胡小英负责总协调，要以最快的速度拿出合格产品。

大家一听这个产品创意，也是啧啧称赞，摩拳擦掌，马上进入了各自的角色。把产品这一头安排妥帖，战一杰就给陆涛打电话，把这个产品创意跟他讲了。刚讲完，在电话里都能听到那头在拍案叫绝的声音。只听陆涛说道："我说一杰呀，你快别干什么啤酒了，干脆咱俩合伙专做产品创意得了。从冬令啤酒到苦瓜啤酒，从梦泉到新鲜生活，你这一出接一出的全是奇思妙想的金点子，全是大制作、大手笔，完全是冲出亚洲走向世界的节奏啊！"

"我本来就冲出亚洲走向世界了嘛，还用得着你在这里往我脸上贴金？"战一杰笑着说道。

"你不是要来省城吗？怎么还没来啊？据我所知现在省城的啤酒市场可热闹得快开锅了。美国博爱啤酒已重拳出击，与青啤和雪花已是短兵相接，展开了肉搏。你再不来，可就连点泔水也吃不上喽。"陆涛的口气有点皇上没急太监先急了的意思。

"你这个消息准确吗？博爱啤酒初来乍到的，拿什么跟人家青啤和雪花拼？"战一杰对陆涛的煞有介事有点将信将疑。

"凭什么？就一招，买店！直接用钱买下专营权。"陆涛对战一杰的怀疑十分不满。

"那好。我明天就赶到省城，你再把各方面的消息落实一下，我们见面再谈。"战一杰这下是真的坐不住了，没想到在家前前后后耽误了这半个月，竟让博爱抢了先手。

"你倒是一点也不见外啊，这消息哪是那么好打听的？你哥现在在省城还没混到大小通吃的份儿上。你还是和省报的莫总编通个气儿，他那儿的消息来源肯定广，不能让他这么轻易就将广告费挣到手吧？"陆涛说完又补充道，"这省城不同于我们源山，没点根基甭说立足，连一个脚尖你都插不进来。抱紧省报这根大粗腿，把他绑到你的战车上，既当后盾又当先锋，才是上策。"

挂了陆涛的电话，战一杰马上就拨通了莫总编的电话。莫总编接了电话很客气，问战一杰什么时候去省城。战一杰简单客气了几句，就把陆涛所说的情况讲了。莫总编很痛快地说道："我这段时间也一直在关注酒水市场，你所说的情况我也掌握一些。这样吧，这两天时间我把具体情况摸透，咱们见面详谈。"

战一杰又把"新鲜生活"这款新产品的事讲了，莫总编听了也是赞不绝口。说道："这简直是一块金字招牌，我建议你们只往省城定向投放，而且要走中、高端路线，不然可就糟践了这份绝佳的创意。"

战一杰一听，莫总编的建议到与自己的想法不谋而合。就笑道："莫总编真是一语中的啊，看来您对市场的把握也是相当精准哪！"

说罢，二人都爽声大笑起来。

13

事不宜迟，关于新鲜生活的产品政策是一刻也不能等了。战一杰把马汉臣和叶子龙叫了来，开门见山，就把自己对这个产品的定位与想法一股脑儿都讲了。

关于定向省城投放和定位中、高端以及高价高返的产品政策，马汉臣和叶子龙没什么异议。只是叶子龙又提议，在原来500ml瓶型和450ml瓶型的基础上，再加一个330ml的小瓶型，用于专供会所和夜场。对于这个提议，战一杰和马汉臣是举双手赞成，产品政策这一头也就基本没什么问题了。

讨论完产品政策，叶子龙突然说道："战总，您带我去省城吧。"

带叶子龙去省城的事战一杰不是没考虑过，但他最终还是打消了这个念头。本来肖春梅的离开已经让马汉臣和叶子龙干得非常吃力了，要是这个时候再把叶子龙抽走，只剩下马汉臣在家唱独角戏，还不撂了挑子？所以战一杰一口回绝了叶子龙。

没想到这时马汉臣却郑重其事地开了口："战总，让小叶跟您去省城，这是我们两个商量好了的决定，您就批准了吧。"

"什么，你们商量好的？"马汉臣的话着实让战一杰大吃一惊，"说说理由。"

"理由有三个。一是您自己到省城没个帮手不行，您就是一个铁人，能捻几根钉？二是小叶还年轻，他只有在市场策划部门工作的经验，还没有真正在销售市场上摸爬滚打过，这次正好是个学习和锻炼的机会，为以后能挑起更重的担子做好准备。三是家里这一摊儿您早已把路给铺好了，我虽然没什么新创意和新思路，但按您铺好的路子走下去，我还是能做好的，这您完全可以放心。"马汉臣说得很真诚也很合情合理。

"这也是你的意思吗？"战一杰问一旁的叶子龙。

叶子龙郑重地点了点头。

战一杰想了一会儿，说道："难得你们考虑得这么周全。那也好，我先带小叶过去，老马这边真要是忙不过来了，随时打电话，到时候我们再商量。"

"电话那还不得天天打呀？我的电话一定少打不了。您想想，自打您战总来了以后，我们都是事事处处听您的指挥。一下没了指挥，我们怕是连走路先抬哪条腿都不知道了。"马汉臣说完自己先在那儿大笑了起来。

战一杰却没有笑，认认真真地说道："那可就辛苦你了，老马。"

马汉臣收起笑容，也认认真真地说道："其实你们才最辛苦啊。"

14

战一杰和叶子龙来到省城，马不停蹄就赶到了省报大厦。郁主任得知他们来了，更是片刻也不耽误，便领着他们来到莫总编的办公室。莫总编见了战一杰也不客套，直接拿出一份市场调查报告递给了他。

市场调查报告非常简捷明了，而且重点突出，数据详尽，让战一杰不得不佩服这报社果真是藏龙卧虎之地。报社调查的情况跟陆涛说得差不多。美国的博爱啤酒确确实实已在省城市场抢滩登陆，而且一出手就是一副志在必得的架势，化繁为简，只是攻出"买店"这一招便所向披靡，把盘踞多年的青啤和雪花打得只有招架之功没有还手之力。从这一点就完全可以看出博爱啤酒的实力和决心。

战一杰看完报告以后，不由倒吸了一口凉气。但与此同时，心里竟还有一种正中下怀的窃喜和庆幸！自己又是布局川南又是进攻省城，所做的这一切为的是什么？不就是为了这个博爱吗？当初与朱总定下的"以打促和"的策略，自己一度还曾担心万一博爱集团不来怎么办？万一与他失之交臂怎么办？现在看来，这些担心统统都是多余的了。此时此刻，战一杰心中涌动的是一种跃跃欲试的冲动和兴奋，但表面上却是一副风平浪静的沉着与凝重。

战一杰把调查报告递给一旁的叶子龙，看了莫总编一眼说道："莫总编，您怎么看？"

"美国佬确实不简单啊，这次果真是来者不善！别看他既没有造势也没有投入广告，悄无声息的只用了买店这一招，却是最快最直接也是最狠的一招。"莫总编皱紧了眉头说道，"他的强势进入，给我们造成的困难确实不可低估啊。"

"面对强敌压境，那我们的投入计划要不要调整一下呢？"战一杰也是皱紧眉头。

莫总编一听这话，腾地一下就从座位上弹了起来，急道："万万不可。常言道，兵来将挡水来土掩，在咱们的一亩三分地上，还能让他美国佬为所欲为？"

见战一杰笑而不答，莫总编继续说道："他有他的张良计，我有我的过墙梯。他买店是从终端入手，是物质形态，是形而下的；而我们是从宣传造势入手，是意识形态，是形而上的。这两者一比，不是高下立判嘛。"

"莫总编已将这件事上升到了哲学的高度上，看来我们是无路可退了。"战一杰笑道。

"不光不能退，而且要勇往直前！战总你放心，这次我老莫也豁出去了，我会举全报社之力，帮你们打败美帝国主义！"

一旁的郁主任和叶子龙已是忍不住笑出了声。郁主任说道："我说战总呀，我们总编不光将你们的事上升到哲学的高度上，而且又牵扯到了国际立场的问题，我看这广告投入你得再加码啊。"

"那是必须的。"战一杰和叶子龙异口同声地说道。

15

根据莫总编的安排，一小时以后要召开一个芸川啤酒的项目专题会，战一杰和小叶就先到郁主任的办公室等着。

郁主任将他二人带到自己狭小的办公室，把他们让到沙发上坐下，一边给他们接水一边说道："这次老头子是真急了，下半年的广告任务完成了还不到一半，可就指望着你们这个大金主了。"

小叶叹道："原来你们的日子也不好过呀。"

"隔行如隔山哪！过日子是一家不知一家难。你别看我们这些号称'无冕之王'的记者整天在外面风光无限、呼风唤雨的，可谁又知道我们的压力和苦楚呢。"郁主任摇着头无奈地说道。

"一会儿的会议都是什么人参加？"战一杰喝了口水问道。

"报社所有部门的一把手全部到场，还有我们的法律顾问和经济顾问。"郁主任说完又补充道，"这可是破天荒的头一回呀！"

"省报摆出了这么大的阵势，看来这省城的啤酒市场非我们莫属了。"叶子龙兴奋地说道。

郁主任笑道："你们也不要太乐观了。我们省报的影响力固然是大，但也只是局限于宣传造势上，而对于产品和市场政策以及对终端的掌控，关键还是靠你们。"

"这个郁姐您不用担心。对于我们的产品和市场政策，我们还是有信心的。"叶子龙完全是一副成竹在胸的口气。

听叶子龙这么一说，战一杰连忙说道："郁姐，你赶紧去忙吧，我们就在这儿等着，一会儿开会的时候你来招呼我们就行了。"

郁主任说了声好，就急匆匆地出了门。等郁主任一离开，叶子龙就红着脸说道："战总，我错了，不该说这样的话。"

战一杰见叶子龙已主动认错，也就不好再批评他。就说道："在这种地方，一言一行千万要注意分寸。别看人家对咱们这么客气这么恭敬，那是冲着我们的广告投入去的。话又说回来，我们的钱既然投给了他们，就要让他们有压力有动力，有危机感和紧迫感，这样才能让我们双方的利益实现最大化。"

战一杰说完又嘱咐道:"一会儿开完会,肯定要签广告合同。签合同的时候你要提出要求,要分期签订,我们不能一次把钱投给他们。"

"那要分几期呢?"

"分三期。后一期要看前一期的投放效果而定。"

"他们会同意吗?"叶子龙不无担忧地问道。

"会同意的。"战一杰笑道。

16

专题会开得紧张而又热烈。

莫总编把报社与芸川啤酒公司合作的总体情况讲完以后,就让战一杰发言。

战一杰显得低调而又拘谨,对合作和广告投入的事只字未提,只是把新鲜生活的品牌创意、产品政策以及准备在省城成立销售公司的事讲了,然后就看向了莫总编。

莫总编面色严峻地看了一眼新闻部的邓部长,说道:"邓部长,说说你的想法吧。"

邓部长爽声一笑说道:"我的意见还和当初计划的一样,分三个步骤一步一步地来。关于美国博爱啤酒强势进入的事,我认为没什么大不了的,他的买店政策见效是很快,可投入也确实大。这种政策往往就是投着投着就没钱了,后继跟进乏力,最后弄个虎头蛇尾,草草收场完事儿。"

"他要是后继的跟进不乏力呢?博爱啤酒可是世界第一品牌。"莫总编追问。

"那也没什么可怕的。他有他的张良计,我有我的过墙梯,咱这坐地户还怕了他美帝不成。"邓部长这话才说完,郁主任和叶子龙就忍不住又笑出了声。

邓部长把大眼一瞪,说道:"你们笑什么,难道我说的不对?"

郁主任连忙说道:"邓部长说的对,我们是笑你和总编英雄所见略同。对吧总编?"

莫总编不置可否地笑了笑,又问发行部的黄部长是什么意见。黄部长的态度更为乐观,他认为买店是最笨的办法,远不足为虑,大可不必这么如临大敌。黄部长的话音未落，财务部的涂部长就开了口。她认为黄部长有点过于轻敌，我们在战略上藐视他是对的，但在战术上一定要重视起来，要在原来的基础上加大投入力度，全方位进行应对。接下来发言的是副刊部的李部长。李部长赞同涂部长的意见，还建议在副刊上搞搞征文或是摄影大赛一类的活动。她见大家对她全是一副无足轻重的表情，就急红了脸，说道："我觉得我们'新鲜生活'这四个字很有韵味很有深意嘛，而且与当前科技创新的大形势相当契合，大有文章可做嘛。"

突然，邓部长把大手往桌上一拍，打断了李部长的话说道："对了。你们猜一猜博爱啤酒投放我们省城市场的是个什么品牌？"

大家都面面相觑，不知道他这又是唱得哪一出。邓部长也顾不上卖关子了，喜笑颜开地说道："他们的品牌叫作'鲜活'，你说这不是天意吗？我们这四个字正好包含了他那两个字，不论是在科技含量还是在品牌创意上，还有像李部长刚才讲得含义和韵味上，都比他不知要高了多少筹。你们说，我们还怕他什么？"

"哗"地一下掌声四起，淹没了邓部长洪亮的声音。等会议室静下来，莫总编看着战一杰说道："战总，我认为我们还是按既定的布置进行，我们完全有信心、有决心，也有能力打赢这场攻坚战！"

"好的！"战一杰简捷而又坚定地说道。

第九章 狭路相逢

1

省报这边的宣传攻势如期展开，战一杰让叶子龙全程靠上。因为有在源山日报的投放和运作经验，再有邓部长、郁主任这帮专业人士的全力支持，所以这一头没什么好担心的。战一杰估计用不了半个月的时间，他们"绿色·健康·担当"的宣传主题和"新鲜生活"的产品创意，就会灌满省城的大街小巷。

当务之急就是销售公司的创建。因为宣传效果一旦显现，那么下一步紧跟着就是产品与消费者的见面与互动。这个环节没有人是万万不行的，看来这件事只有砸给陆涛了。

战一杰找到陆涛的公司把这事儿一讲，陆涛把胸脯一拍，说道："这事儿全交给我了，你准备把公司的办公地址选在哪儿呢？不行就临时先放在我这儿。"

"博爱啤酒的办事处在哪儿，我就选哪儿。"战一杰毫不犹豫地说。

"你这是打定了主意跟美国佬唱对台戏呀，这又何苦呢？"陆涛到现在也不明白战一杰的真实意图。

战一杰也不解释，笑道："怎么，怕了？"

"怕个鸟！有你小子坐镇我怕什么。"陆涛也笑道，"那你准备招多少业务员呢？"

"你觉得招多少合适？"

"根据你说的这个运作模式，再看你这个志在必得的架势，最少也得50个人吧。"

"100人，不能再少了。"战一杰肯定地说。

"好！有气魄，跟着你小子干就是痛快。"陆涛一拍大腿说，"那就直接包下一层商务楼得了，这样与业主也好谈。"

"这人难招吗？"

"对别人来说可能有点难度，可对咱们不是问题。有省报在那里托底，让他把招聘的启事用最大标题在最醒目的位置上一登，既是招聘启事又是品牌广告，不愁招不来人。"

"那新业务员培训的事可就交给你了。"

"没问题。我早计划好了，十天时间保证完成任务。"

"好，这事咱就这么定好了。另外，你再给我联系一下青啤和中润在省城的负责人，我想和他们在一块坐一坐。"

"这是要合纵连横啊。"陆涛笑着问。

"那倒谈不上。主要是想跟他们通个气儿，即便不能联合也不至于成为敌人吧。"

"有道理。我和他们都有着合作关系，这事儿随时可以办。"陆涛对这一点很自信。

"那就越快越好，我随时听你的信儿。"

2

省报的影响力确实非同凡响，在品牌广告、科普软文和专家访谈三管齐下的强大攻势下，"新鲜生活"和"无甲醛酿造"这两个炙手可热的关键词一下就红遍了街头巷尾。再加上芸川冬令啤酒的地毯式铺货，在这个凉风瑟瑟的深秋季节，战一杰硬是在省城掀起了一股啤酒热。

形势喜人更逼人，眼看着宣传攻势一派如火如荼，可销售公司的选址却迟迟定不下来，这让陆涛既恼火又无可奈何。本来他跟博爱公司对面的写字楼谈好了要租下一层楼的，可房主转过天来就变了脸，非要涨价。陆涛生怕在战一杰面前丢了份儿，一咬牙就给他涨了，心想大不了自己把差价掏上。可谁承想，一转天房主又要涨价，气得陆涛差点要抱着房主跳楼。可那房主却是滚刀肉一块，任他软的硬的怎么折腾就是不松口。

这下陆涛真没辙了，就像斗败了的公鸡一样来找战一杰。战一杰听他把事情的来龙去脉一讲，就笑道："这不明摆着是博爱在搞鬼嘛。"

陆涛一拍脑袋恍然大悟道："我真是让那房主给气昏头了，倒把这个茬儿给忘了。看来这美国佬是早有防备了，我们该怎么办呢？"

"我们把动静搞得这么大，他有所防备也是正常的，再说我就怕他不接招呢。"战一杰这番话把陆涛说得如坠雾里。

战一杰又接着说道："他不是要我们涨价吗？那我们就涨，他要多少我们给多少。"

"凭啥？我们的钱也不是大风刮来的。"陆涛是一万个不甘心。

"君子报仇十年不晚嘛，你又何必在这些小事上计较？好戏还在后头呢。"战一杰说得轻松自若。

"那好，就先让他们这一步棋。"陆涛说完就气哼哼地走了。

没出一小时，陆涛就又风风火火地回来了，一进门就把一大串钥匙往桌上一拍说道："还真是博爱那边搞的鬼。我把价格一涨上，老板就傻眼了，接着就把对方给出卖了，说我们想租多久就租多久，想怎么租就怎么租。"

"那接下来我们分一下工。我去报社和电台、电视台打招聘启事，另外再雇人把启事四处张贴一下。你呢，就负责去采购办公桌椅，越快越好。"战一杰不给陆涛一丝喘息的机会。

"你真把我当你们公司的员工了，我公司那儿还一大摊儿事呢。"陆涛嚷道。

"你看着办吧，我又没拿着枪逼你。"战一杰说完就夹起包往外走。

"这不是逼我是干啥？碰上你小子算我倒霉！"陆涛嘴上说着却也没有丝毫的耽搁，拔腿往外走去。

3

新业务员的招聘出奇地顺利，不到十天的时间就已招齐了百人，就连陆涛都有点瞠目，张大了嘴巴感叹道："乖乖，碰到你战一杰真是博爱的劫数啊！看来他这次是要倒大霉喽。"

对新业务员的培训先由陆涛进行了三天入职和成功学培训，战一杰则在暗中察言观色。当他基本可以确认这里面确实有中润、青啤、尤其是博爱的卧底以后，就亲自出马了。

当战一杰走进宽大的会议室的时候，里面已经密密麻麻坐满了人，叶子龙也早已把一部手提电脑和投影仪安放好了。

战一杰一边往手提电脑上插着 U 盘，一边问旁边的陆涛："今天一共来了多少人？"

陆涛道："参加培训的一共是 102 人。其中干过销售的有 60 人，没干过销售的有 42 人。"

战一杰把 U 盘插好，并没有着急打开，先进行了一下自我介绍，然后说道："今天因为人太多，业务员就不再逐一进行自我介绍了，以后我们再慢慢认识。开讲以前，我提议我们大家一起唱一首歌，怎么样？"

下面没人应声，大家都愣愣地看着战一杰。战一杰又提高了嗓门问："怎么样？"

这次大家反应了过来，齐声说："好！"

"我们合唱一首《团结就是力量》，这支歌是学校军训时的必唱歌曲，大家应该都会唱吧？"战一杰说。

"会！"

"好！我来起个头，大家一起唱，有多大劲就使多大劲。团结就是力量——，预备，唱！"

轰然而起的歌声一下就把整个商务楼给灌满了，激昂的旋律，响亮的歌声，有一股排山倒海的气势，把楼上的人吓了一跳。大家都跑到了走廊上，问怎么回事。

一打听，才知道是啤酒公司在给新业务员搞培训，有的啧啧咂嘴不以为然，有的则是拍手叫好，竟在外面也跟着唱了起来。

合唱完毕，会议室里的气氛已经活跃了起来。一个小伙子竟举手站了起来，高声说道："战总，我再独唱一首怎么样？"

"好啊！你叫什么名字？"

"我叫何超，今年二十二岁，未婚。"

下面传来了笑声。战一杰问："你想唱首什么歌？"

"《少年壮志不言愁》。"

何超说完，就亮开嗓子引吭高歌。说实话，他的嗓子并不是很好，但他唱得蛮有气势，唱完就赢得了一片掌声。

战一杰摆摆手让何超坐下，说道："刚才何超表现得相当不错。我并不是表扬他唱得多么好，而是表扬他这种自告奋勇的勇气和精神。我们做销售业务员，尤其是做啤酒这种快速消费品的业务员，以后将要面对的将是形形色色的消费者或是终端点客户，再或是经销客户，最主要的就是要敢于出头，不能怯场。说得再难听一点，就是要脸皮厚。大家要记住，做销售，脸皮不厚是做不成的。"

4

战一杰讲完话才打开 U 盘上的 PPT，投影的屏幕上立刻出现了"拜访九大步骤"六个大字。

战一杰道："我们今天培训的内容，就是如何拜访终端，这将是我们新招的这批业务员的主要工作。

"这次培训结束后，你们将奔赴省城大街小巷的角角落落，根据地理位置所划分的片区和街道，按照设定的拜访频率和拜访行程，对终端点实行不跳点的拜访。

"有的学员可能说了，拜访有什么难的，又不是什么高精尖的高科技、新技术，还用得了这么复杂？

"那好。我现在就问一下在座的各位，拜访终端的第一步应该是什么？"

下面七嘴八舌地回答。有说敲门的，有说打招呼的，有说递名片的。

战一杰等大家都说得差不多了，才打到了下一页。屏幕上显示，第一步：计划与准备。

战一杰说道："在拜访前一定要做好计划和准备，这一步相当关键。对于一天要拜访的点，一共有多少，其中酒店有几个，商超有几个，在什么时段拜访合适，一定要事先计划好，以免跑冤枉路，降低效率。

"准备工作更要做好。你比如报表、笔、笔记本、抹布、订单、小刀、卷尺、宣传画等，要一应带齐。还要检查好通信工具、交通工具，再就是整理好自己的仪表形象。"

这种细致入微的讲述，不光新业务员们是第一次听到，就连陆涛和叶子龙也是第一次听到。一个企业的老总，竟把一项工作研究得这么细，真是太不容易了。战一杰讲完，全场报以热烈的掌声。

接下来的课程战一杰讲得声情并茂，学员们听得全神贯注。

第二步打招呼，第三步店情查看，第四步销售陈述，第五步达成签约，第六步订单送货，第七步终端生动化，第八步向客户致谢，第九步完成报表、分析拜访结果……

每一步，战一杰都是掰开了揉碎了来讲，每一句话每一个动作，都做了深入浅出地分析和讲解，并且叫业务员起来互动，都做了现场演示。

两天下来，群情高涨，大家已都像打了鸡血一样摩拳擦掌跃跃欲试了。第三天是专业知识的培训。战一杰是技术方面的专家，讲得更是深入浅出，头头是道，把"新鲜生活"的几层含义演绎得淋漓尽致，稍带着也把博爱的"鲜活"啤酒绘声绘色地"点评"了一番。战一杰注意到那几个可疑的卧底学员们脸色是出奇地难看。

为期一周的培训圆满地达到了预期效果，这批新鲜血液都已热血沸腾，只等产品一到货，就立马奔赴战场。与此同时，中润、青啤和博爱三家竞争对手那里已是一片风声鹤唳！

5

本来约见中润和青啤负责人的事迟迟不见回音，可等他们的培训一结束，立马就峰回路转来了消息，气得陆涛忍不住直爆粗口。这次战一杰也不敢笑了，生怕真伤了他的自尊心，就急吼吼地催他抓紧安排。

饭局定在了省城最高档的金龙大酒店。人都到齐了以后，陆涛一一作了介绍。青啤的安总是一个留着平头的精壮汉子，两眼精光四射，自有一股咄咄逼人的气势；中润的高总则是一个文质彬彬的书生，鼻梁上架着一副金丝眼镜，镜片后面的两只眼睛总是弯弯地半眯着，像是在笑又像是在打盹。

大家落座以后，陆涛气哼哼地开了口："二位大仙都难请得很哪！"

高总笑道："岂敢岂敢！看来是陆总误会了。我昨天夜里才从北京赶回来，你老兄召见我哪敢耽搁呀。"

安总也在一旁哈哈笑道："老陆什么时候变得这么小心眼儿了。"

还没等陆涛再开口，战一杰就把话接了过去："看来陆总是真想你们了。不管怎么说，今天能与二位同行欢聚一堂，我战一杰是打心眼里高兴啊。"

两位老总被战一杰这不软不硬的话说得有点尴尬，相视一笑，齐声说道："我们也是，我们也是。"

战一杰就问他们喝什么酒，安总道："我们卖什么的就得吆喝什么，就喝啤酒吧。"

战一杰又问高总。高总把眼眯得更细，说道："我酒量不行，喝什么都一样。"

陆涛就招呼服务生上啤酒。等服务生把啤酒端上来，大家都是一愣，竟是博爱的"鲜活"啤酒。陆涛就把脸一沉，说道："没别的品牌吗？"

服务生小心翼翼地说道："我们这里只有这一种品牌的啤酒。这酒很好的，既新鲜又富含活性酵母。"

在座的都给他这话气乐了。安总看战一杰和陆涛的表情就知道这不是他们故意安排的，就笑道："那就喝这个吧！战总是这方面的专家，正好给我们补补专业课。"

陆涛却不依不饶地问服务生："为什么你们只有这一种啤酒，是他们买断了你们的专营权吗？"

"不知道。"服务生回答得很干脆。

"你不知道就去叫个知道的人来。"陆涛不耐烦地说。

"对不起先生，我们经理不在。"服务生依旧小心翼翼地说。

陆涛刚要发作，战一杰连忙冲服务生摆了摆手说："你下去催催菜吧，我们不招呼你就不用进来了。"

服务生如释重负地走了，战一杰就亲自开了啤酒给大家倒满。

6

博爱的"鲜活"啤酒果然名不虚传，不论是泡沫、香气还是风味与口感，处处都能体现出"鲜活"二字，尤其是那股浓浓的新鲜酵母味更是突出，更是别具一格。大家不约而同都挑起了大拇指。

安总放下酒杯，叹道："劲敌，果真是劲敌啊！"

高总则把脸扭向战一杰，问道："战总，不知道你们的'新鲜生活'比这个如何呀？"

战一杰一边站起来给大家倒酒一边说："说老实话，啤酒能做到这个份儿上，确实不容易。但是真要在'鲜活'二字上与我们比高下，他却是有点先天不足啊。"

这话大大吊起了各位的胃口，大家不约而同地看向了战一杰。

战一杰品了一口啤酒，不紧不慢地娓娓道来："若论博爱啤酒的优势，那就是啤酒风味的稳定性和一致性。在这一方面，他确实做到了极致。"看两个客人包括陆涛都是一脸的茫然，就拍着脑门笑道，"打个比方说吧，在美国纽约生产的博爱啤酒是个什么味儿，那在世界各地生产的博爱啤酒也还是什么味儿；今天我们喝的这瓶啤酒的味道，跟在美国在全世界任何一个地方喝到的博爱啤酒，都是一样的味道。"

"真的吗？"

"未必吧！"

"不可能吧！"

三个人已经把头摇成了拨浪鼓。陆涛举起酒杯一边左右端详着一边说："老战你说得也太玄乎了点吧！世界各地的水质、原料、气候，还有设备和人，可以说是千差万别，怎么就能做出一个味道来？那他不成神仙了吗？"

安总也摇着头说道："战总是不是有点太长敌人的威风灭自家的锐气了？"

高总则拧紧了眉头，问道："战总能说说根据和理由吗？"

"理由并不复杂，就像陆总刚才说的那样，导致啤酒口味产生差异的因素，无非就是水质、原料、工艺、设备和人，要想消除产品的差异化，就得先把这些导致差异的因素消除掉。"战一杰端起杯喝了一大口，继续说道，"博爱每到一处建厂，都会对当地的水质、土壤、气候包括风土人情，都做一整套细致入微的调查和分析，做出相应的处理方案。拿水质来说吧，他会用电渗析、活性炭和环氧树脂过滤的方法，把水中的所有离子全部去除，再按照统一的标准逐一添加，以确保水质的均一性。其他的原料也是如法炮制，最大限度保证了原料的品质均一性。工艺和设备方面呢，一致性不是问题。而对于人员，他都要经过相当严格的专业培训，有一点瑕疵也不准上岗，当然他们工人的薪酬也是相当可观的。"

听了战一杰这一番话，那三个人确实有点傻眼。可安总还是不服气地说道："让你这么一说，我们干脆卷铺盖走人得了。"

陆涛也愤愤地说："是啊，既然这样我们还在这儿磨什么牙呀！"

7

战一杰并不急于接话。高总则以一副洞若观火的姿态说道:"战总只说这是他的长处和优势。他的短处和劣势还没讲呢,你们急什么?"

战一杰也不再卖关子,继续说道:"其实他也没有什么明显的短处和劣势,我只是就事论事而已。这次他来到我们的地盘上,真要是和我们比质量、比口感、比稳定性,我们还真不好接招。可他却要和我们比新鲜,那可就是搬起石头砸自己的脚了。"

战一杰见三人全是一副聚精会神的焦急模样,马上又说道:"我们都是做啤酒的,当然知道保鲜最讲究的是什么,是时间和距离。而在这一点上,我们有着得天独厚的优势,除非他也在我们川南建厂。"

"对啊!"陆涛一拍大腿,说道,"我们的啤酒从下线到消费者的手里,用不了半天的时间,能不新鲜?可他的啤酒呢,没个十天八天的来不到我们这里。"

"那他打这个'新鲜'牌,不是正中我们的下怀吗?"安总说道。

"而且是正中战总这'新鲜生活'的下怀。"高总酸溜溜地补充道。

战一杰举起杯说道:"今天请二位来呢,没别的意思,就是想相互之间通通气交交心,互通个有无,好携起手来一致对外。二位老兄若是同意我的提议呢,我们就齐心协力,痛痛快快打一场省城保卫战;若是不同意呢,也无妨。反正我是铁了心非要跟他老美一决雌雄了。"

安总也把杯举起来,面露难色地说道:"战老弟呀,依我的性子是非和你并肩作战不可。可圣命难为啊!昨天我们集团刚刚定了调子,要对省城市场做冷处理,先避开博爱的锋芒缓而图之,等明年开春再说。"

"我们的情况跟安总说的也差不多。我昨天刚在总部参加了紧急会议,我们上面基本也是这么个意思,采取静观其变的策略,要避其锋芒,等过了这个冬天再说。"高总也把杯举了起来。

陆涛一听,把刚端起的酒杯重重地往桌上一蹾,沉下脸来说道:"你们二位这是什么意思?是让人家吓得夹着尾巴逃跑了?"

安总一听这话,不由脸色一变,却还是忍住了没开口。高总却满不在乎地笑道:"陆总说得这是哪里话,什么叫逃跑啊?这是战略转移,是蓄势待发，这是我们以退为进的一种策略。"

陆涛刚要反唇相讥，战一杰不等他开口就抢先把话接了过来："二位老兄说得也有道理嘛。以退为进也不失为一种良策，再说各家自有一本难念的经，各家都有自己的目标和打算嘛。"

8

一听战一杰这话，安总和高总的脸微微一红。安总咧嘴一笑，说道："难得战总有这份气度和胸襟，着实让我们两个做老兄的汗颜。可我们两个也是身不由己啊。"

高总也附和道："是啊，我们不像你战老弟可以随手行风布雨，我们上面的公公婆婆多着呢。"

"理解理解，我当然明白二位老兄的处境。那就请二位为我观敌料阵呐喊助威，可否？"说着，战一杰就高高举起了手中的酒杯。

"那当然没问题。来，我们一起祝战老弟旗开得胜，马到成功！"安总端起酒杯一饮而尽。

大家都把酒干了。陆涛一边给大家倒酒一边笑道："二位这坐山观虎斗的感觉一定特别爽啊。"

高总低头品着酒没接茬。安总却把刚倒满的一杯酒又干了，把杯子一蹾，高声说道："战总你放心，大的忙虽然帮不上，可探探消息扫扫周边的事儿，我还是能出把力的。"

战一杰也把酒干了，笑道："二位老兄的心意我领了。我相信此时你们的心情肯定跟我一样，只是职责所在，爱莫能助罢了。那小弟就当个急先锋在前面先闯一闯，闯出一条路自然是再好不过，倘若万一落马阵亡了，你们二位可要给我报仇啊。"

高总嘿嘿笑道："战老弟果真名不虚传哪！依我看，那老美不是你的对手，你才是我们啤酒市场中的一条真龙啊。"

"是啊！去年你的冬令啤酒，今年的苦瓜啤酒，再加上现在推出的'新鲜生活'，你是一招比一招高明，一招比一招凌厉，我们的高层会议经常被你搅得人仰马翻呀。"安总感叹道。

陆涛不无得意地说道："当年你们两家的老总都找过我，要挖人家战总过去，亏得他没同意。要是当年他去了，恐怕今天坐在这儿的就不是你们二位喽。"

这话虽然说得有点过分，令两位当事人心中好生不爽，可这确实是他们心知肚明的事实。所以他们也无话可说，只是默默地点着头。

双簧唱到这儿也该收场了，战一杰对陆涛今天的表现非常满意，并且此次宴请的目的也基本达到，心中的喜悦自是不必说。可他脸上却还是略带埋怨地说道："陆总同仇敌忾的心情我们可以理解，但话却不要说得这么绝对嘛。我们都是自家兄弟，今天能聚在一起也是上天注定的缘分。来，为了我们的缘分和情义干了这一杯。"说着就高高举起了酒杯。

大家把杯碰到了一起，齐声说道："为了缘分和情义，干杯！"

9

令战一杰和陆涛始料不及的是，还没等他们发起冲锋，博爱啤酒那边却抢先出手了，而且一出手就是针锋相对地杀着。

就在他们在省报上的宣传告一段落的当口，博爱"鲜活"啤酒的品牌广告在省城的各大电台、电视台全面开花了，而且全都是在黄金时段的大密度投放，一下就掀起了一股"鲜活"的旋风，把"无甲醛酿造"和"新鲜生活"的风头立马就盖了下去。

紧接着，博爱又跟电视台的各个频道合作推出了"看电视送啤酒"的有奖互动活动，由电视台的美女主持人亲自去敲居民的门，一开门只要发现你们家在看他们频道的电视节目，立马送上"鲜活"啤酒一箱，而且还让你在电视上露脸讲话送祝福。这个活动的影响力简直是爆炸式的，电视台的收视率也直线攀升，博爱的"鲜活"啤酒立马红透了省城的半边天。

博爱啤酒这一轮接一轮的步步紧逼，真把战一杰打了个措手不及。当他带着陆涛和小叶坐在省报会议室的时候，大家都是大眼瞪小眼，一片默不作声。还是莫总编首先打破了沉默，问正在看手机的邓部长："我们的邓大英雄，都什么时候了，你还有心思摆弄手机。说说吧，我们下一步该怎么办？"

"什么怎么办？现在电视台的影响力确实是我们平面媒体所无可比拟的，这早已是不争的事实。要想扳回这一局，不能光在广告上想办法了，要想想其他的办法。"邓部长倒没看出有多少的急躁。

"人家的活动都做到消费者家里去了，我们那些送酒呀品尝呀之类的活动早落到人家后头去了，还有什么其他办法？"一听邓部长不急，莫总编就越发急眼了。

"那就给他加点佐料嘛，反正是在咱们的一亩三分地上。"邓部长脸上透出了一丝诡谲。

"不行，坚决不行！"莫总编说得不容置疑。"人家是国际性大品牌，又牵扯到电台和电视台，歪的邪的你连想都不要想。"

"那就得从互动活动上想想办法，不出奇招不吐点血恐怕是不行了。"看来邓部长早有想法。

大家都看向了战一杰。战一杰明白报社的意思，他们是既担心自己停止或削减了在这里的广告投入，又实在想不出什么万全之策，有点病急乱投医了。他沉着声说道："吐点血没什么，只要有效果就行。"

"那我就提个建议，你们大家看行不行？博爱的广告也罢，入户送啤酒也罢，效果好是好，但战线太长，见效也慢，在轰动效应上还是差了点，我们可以在这方面做做文章。"邓部长见大家一脸的期待，就继续说道，"我的意思是我们在省城最繁华的人民广场搞一次凭报纸免费领啤酒活动。前期我们把势做足，报纸、电台、电视台、网络一起上阵，把活动给炒起来。到送啤酒当天，也把这些媒体全找去，做全方位的立体报道，让它全面开花，起到炸雷式的轰动效应！"

10

老邓讲完以后，大家又齐刷刷地看向了战一杰。这个活动创意确实好，应该可以把博爱正盛的风头给盖下去。可关键是真要是搞的话，投入的是啤酒，而最大的受益者却是报社，这是显而易见的。

见战一杰迟迟不表态，莫总编一拍桌子说道："这个创意确实不错。可我们报社不能坐收渔利，贪天之功，这样吧，此次活动的费用我们两家一人一半，战总你看如何？"

"莫总编太见外了吧，我们两家还用分得这么清楚。"战一杰哈哈一笑。

"亲兄弟也要明算账嘛，就这样定了。"莫总编表情严肃地看了一眼在座的人员。

涂部长说道："我们一份报纸准备送一瓶啤酒呢还是一箱？"

"一瓶太少了点，也不便携带。可要是一箱，投入确实大了点。"战一杰想了想又补充道，"既然要轰动，索性就一箱吧。投入大影响力也大。"

"我们每天的报纸在省城的发行量为 25 万份，一箱啤酒按 30 元计算的话，也要 750 万元呢。"涂部长是干财务的，早把账算好了。

"这个账不能这个算法。我们就以刊登'新鲜生活'巨幅广告那一天的报纸为凭来领啤酒。我们的发行量虽然是 25 万份，但得到消息的真有条件能来领啤酒的，估计连四分之一也到不了。"邓部长蛮有把握地说。

战一杰也默默地估算了一下，然后说："我们做六瓶装的小箱，按成本算的话也就 15 元左右。"

"那好。这样算来，整个活动的费用大概在 100 万左右，还可以接受。对吧战总？"莫总编眼巴巴地看着战一杰。

"可以。那我们就马上着手准备吧。"

二位当家人一点头，大家就跃跃欲试起来。尤其郁主任更是兴奋得难以自已，一个劲地给大家端茶倒水，跟个小姑娘似的。

莫总编跟战一杰做了一下简单的沟通以后，就开始了分兵派将。活动地点的联络，消防、治安、城管的审批与备案由邓部长负责；收取报纸的登记、签字，啤酒的申领、派发由发行部的黄部长负责；电台、电视台、网络媒体的沟通联络以及发稿宣传由郁主任负责；啤酒的供应、运输、码放由叶子龙负责……

大家都领令而去以后，会议室里只剩下了莫总编和战一杰。莫总编看着战一杰，神色凝重地说："小战哪，我们的对手可着实不简单哪，你可要有个心理准备。"

战一杰缓缓地点了点头，沉声说道："事儿赶事儿逼到这份儿上了，事到如今只有一句话'狭路相逢勇者胜'！"

11

凭报纸送啤酒的活动如期展开，果然是盛况空前。

尽管活动第一天一波三折，状况不断，但总体效果还是达到了预期的设想。上午活动才开始的时候，因为货源不是很充足，设的兑换点少了点，早早就来到人民广场排队的人们一看，生怕领不到啤酒了，就骚乱起来，差点出现哄抢。亏得邓部长早有准备，派出所的民警和广场保安立即出动，骚乱才得以平息。

快到中午的时候，有一个70多岁的老人因为排队时间太长，竟当场晕倒。黄部长二话没说，把老人背上自己的汽车就飞驰去了医院。莫总编和战一杰得到消息以后，第一时间赶到了医院，陪着老人做了各项检查，确认身体没事以后才双双陪同把老人送回了家中。

到了下午三点多钟，货源又出现了问题。因为此次搞活动用的6瓶箱装啤酒属特种包装，全得靠人工装纸箱，速度势必受影响。上午的货又下得太快，所以到了下午的时候就断货了。断货的消息就像借着风势的火苗一样在整个广场上快速蔓延，领到啤酒的人们一听，有的暗自庆幸有的幸灾乐祸；没领到啤酒的人们则心急如焚急了眼，广场上又是一片骚动。莫总编一看，只觉眼前一黑，就一头栽了下去。幸亏在一旁的涂部长眼疾手快，一把扶住了他，连忙从他口袋里摸出了速效救心丸给他塞进了嘴里，这才没出大事。

此时的战一杰也急红了眼，当机立断，一边安排叶子龙打电话给钱冬青和杨小建，让他们想尽一切办法，调动一切资源，组织装箱保证供货，只要能凑够一车就立马装车往省城送，必须保证明天货源充足。与此同时，他让老邓找来一辆广场巡逻用的电瓶车和一个高音喇叭，老邓开车拉上他围着广场转，他则站在车上用高音喇叭吆喝："活动明天将继续，今天没有领到啤酒的人员，可以明天来领。"

转了三圈儿，战一杰的嗓子喊哑了，骚动也渐渐平息了。有的人被感动了，冲着他们大声喊："你们不要着急了，就算领不上啤酒我们也不怪你们，你们这份心意我们领了，以后保准只喝你们的啤酒！"

在场的人一听这话，也都觉得不好意思起来。本来就是不花钱的东西，为什么非逼着人家要呢，又不是人家欠的。一时间，整个广场上一片春风化雨，人们都纷纷上前安慰起他们来。

在人们的安慰和问候声中，一天的辛劳、焦躁、疲惫和委屈，一下就被抛到了九霄云外。莫总编紧握住战一杰的手，激动地说："好事多磨，好事多磨呀。"

12

芸川啤酒公司的包装车间里，整整一宿都灯火通明，啤酒厂的员工所有能来的都来了，大家连话都顾不上讲，只顾装箱。直到天光放亮，把酒装上车，看着货车一辆接一辆上了路，钱冬青才拨通了战一杰的电话。

在省城的战一杰也是彻夜未眠，直到接到了钱冬青的电话，一直悬着的心这才放进了肚里，立马跟莫总编通了电话。

第二天的人民广场上，气氛与第一天已截然不同，满场一片欢声笑语。领到啤酒的人们都热情地跟工作人员打着招呼开着玩笑，有的还买来了矿泉水和饮料，有的甚至帮着发开了啤酒……

一直等到日薄西垂，直到没有一个人来了，大家才收兵回营。战一杰本想邀请报社的一帮人去酒店痛痛快快地畅饮一顿，可莫总编却说："改天吧，他们都得回去赶稿子，明天一定要让我们活动的一幕一幕见报上电视，我们做这行讲究的就是个时效，就是个趁热打铁。"

果然，第二天整个省城就开了锅，大街小巷犄角旮旯儿全在讨论这次赠酒活动，全在夸"新鲜生活"啤酒……

而这个时候，芸川啤酒省城销售公司的办公室里气氛却是异常紧张。各个片区跑线的负责人正在汇报按线拜访的情况，听着他们的汇报，战一杰的眉头拧得是越来越紧。

博爱啤酒在加强宣传攻势的同时，进店买店的步伐一点也没有耽搁和放松，而且还愈加变本加厉起来。从汇报的数据来看，省城的大中型酒店已让他们买下了三分之一，若是再不加以打击和遏制，后果不堪设想。可怎么来打击怎么去遏制呢？难道自己也去花钱买下专营权，与博爱去拼去抢去硬碰硬？

不行，这绝对不行！战一杰把汇报的人员打发走以后，暗暗地咬着牙。自己要打赢对手，要靠头脑靠智慧，要赢得巧、赢得妙、赢得风风光光，让对手心服口服才行。这样自己才能进入他们核心层的视线，才能把他们的核心领导逼出来跟自己谈。只有这样，自己的既定目标才有实现的可能。

想到这儿，战一杰再也坐不住了，整了整衣衫就下了楼。来到车水马龙的大街上，战一杰才发现省城这几年的变化真是太大了，与自己当年上大学时印象中的模样真是有了天翻地覆的变化，一时竟有点晕头转向起来。他向一个正在公交站牌下等车的大爷打听哪条街上的酒店多。大爷看了他一眼，说道："小伙子，这天还早着呢，怎么就准备喝上了？"

战一杰一听，不由笑了出来。笑道："不是的。我是卖啤酒的，准备到酒店多的地方去做个市场调查。"

"你是个小领导吧！看你的样子就不像是个销售员。不过你今天还真问对人了，不瞒你说，我儿子就是开酒店的，要说起啤酒来我还真知道点行情。"

一听老人这么说，战一杰连忙掏出一支烟递上去。大爷接过烟，也不等车了，拉着胳膊就把战一杰拽到了旁边。

13

大爷点上烟问道："小伙子，你是哪个厂的？"

"我是芸川啤酒公司的。"战一杰说完看他没什么反应，连忙又补充道，"是'新鲜生活'那个厂的。"

"噢，你一说这个'新鲜生活'我就知道了。你们那个酒真不错，你们厂长也大气，凭一张报纸就送一箱啤酒，那得多少啤酒呀。"

战一杰自己也点上烟，笑着问："那您儿子的店里卖得是哪个牌子的酒啊？"

"那个王八犊子卖得是一个美国牌子，好像也是叫什么'生活'的。"

"不是'生活'，是叫'鲜活'。"战一杰纠正道。

"对，就是那个'鲜活'啤酒。嗳，他这个'鲜活'与你们那个'新鲜生活'是什么关系，不会是一家吧？"

"不会不会。我们跟他一毛钱的关系都没有。"

"这就好。"大爷松了一口气，又说，"只要不是美国那个厂的就好。我说你们是怎么搞的，怎么就让那美帝国主义的酒给打得四处乱跑呢。毛主席他老人家不是早就说过吗，美帝国主义就是只纸老虎，你们还怕只纸老虎？"

"我们不是怕，只是不知道该怎么打老虎。"战一杰说道。

大爷一听来了兴趣，问道："你们真想打？"

"当然。"战一杰郑重其事地说。

"我正好要到我儿子的酒店去，要不你也跟我去看看？"

战一杰正点头的工夫，公交车就来了，大爷二话不说就拽着战一杰上了车。大约坐了四五站，在昨天他们送啤酒的人民广场附近下了车，又走了大约四五分钟，前面一条街的街口上赫然出现了三个大字"美食街"。

正往街里走着呢，战一杰的手机就响了，一看是省科院的师兄朱总打来的，就连忙接了。朱总声音洪亮地问："我们的大慈善家在哪儿呢？中午一块吃个饭吧。"

战一杰当然知道他这一声大慈善家的含义，就笑着说道："中午不行。晚上吧，晚上我们来个不醉不归怎么样？"

"好啊，那咱就一言为定。"朱总大笑着说。

"你觉得我们搞的这次活动怎么样？"战一杰不等他笑声落下就问。

"好，有气度，有魄力。应该是引起了某些方面某些人士的注意了。"朱总才是最了解战一杰此举意图的人。

"那我们就没白忙活。那边的动静你可要随时关注呀。"

"这你放心好了，我一直上着心呢。不过现在这力度和火候还不够，你还得加把火呀。"

"我明白。这不，我正在找柴火呢。"

等通完电话，战一杰已不知不觉中跟着那位爱国热情高涨的大爷进了一家酒店。

14

这是一个鲁菜馆，占了临街的三层楼，布局和装修都挺讲究，算是一个中等档次的酒店。

老板是一个肥头大耳的中年人，一看父亲领着一个年轻人进来就连忙迎了上来，一边用腰上的围裙擦着手一边说："俺的亲爹哎，你怎么又来了？不是跟你说了吗，我这里没美国鬼子。"

大爷一边让着战一杰落座一边说："我还不知道你这里没有美国鬼子？可美国的啤酒有没有？"

看着父亲也坐了下来，老板跑去沏了一壶茶水端上来，一边给他们倒茶一边问："这位是……"

战一杰连忙站起身自我介绍道："我是芸川啤酒公司的业务人员，问路问到了你父亲，他就带我来了这儿。"

"芸川啤酒公司？噢，对了，昨天你们的业务员不是刚来过吗，怎么又来了？"

"怎么，来过就不能来了？人家这位可是个领导，你这是什么态度。"大爷见儿子对自己的客人不怎么欢迎有点生气了。

一旁的战一杰连忙解释道："我是搞市场调查的，跟跑线的业务员不是一回事。我只是想了解一下市场情况，不推销产品。"

大爷在一旁命令式地说道："快着点儿，把你那美国干爹给你的好处跟人家说说。"

老板被父亲气乐了，无可奈何地说道："不是我非要卖人家美国的'鲜活'啤酒，是人家的政策确实优惠嘛。我们起早贪黑做这点小本买卖，不就是为了多挣几个辛苦钱吗？当然是谁的政策好就卖谁的。"

"你做专营，博爱给你什么政策？"战一杰开门见山地问道。

老板看了一眼在一旁虎视眈眈的父亲，犹豫了一下，还是说道："本来我跟人家签了协议是要保密的，看来今天是非说不行了。"

战一杰笑了笑没吱声。大爷也笑道："你也得敢不说。"

"其实也没什么，就是签了一个 10 赠 3 的合同。"

"10 赠 3！"战一杰着实吃了一惊。在这个季节能拿出这个政策力度来，确实是前所未有的。

"这个力度不小吧。这样算下来，他的'鲜活'比你们的苦瓜和冬令啤酒还要便宜。"老板的账算得很细，"可人家的终端价位是什么？一瓶能顶你们两瓶呢。"

"那总体算下来，你一个淡季能赚多少钱？"战一杰不慌不忙地问。

"淡季卖不了多少酒，其实也赚不了多少钱，我只想把外面大店面牌的钱给赚出来就行了。"老板倒是实话实说。

"你是赚了一个店面牌的钱，可人家明年一年可就锁定你了。当前这点投入与一年的专营权比起来，孰轻孰重他们肯定比你拎得清。"战一杰一语道破了问题的实质。

大爷在一旁也听出点眉目，点着儿子的头说："我说吧，他这就是放长线钓大鱼，一钓就钓了你这条胖头鱼。"

15

老板被老父亲数落得有点恼火，躲开父亲的手指说道："是。人家就是放长线钓大鱼，可这线人家毕竟是放了。可你们呢，你们不是连这线也不舍得放吗？"

他说完又气呼呼地补充道："就说你们厂吧，你们宁愿把啤酒白送给那些平白无故的路人，不是也没给我们这些卖酒的一点好处吗？"

这话倒把战一杰和老人给问住了。战一杰略一沉吟，问道："你说的这块店面牌得多少钱？"

"其实也用不了多少钱。"老板起身领着他们二人来到店门外的大街上，抬手指着门脸前面的巨型喷绘店面牌说。

战一杰上下左右打量打量尺寸，在心里简单一算，说道："得 3000 块钱吧。"

老板一伸大拇指夸道："果然是行家，我找广告公司算了，2980 元。"

他们又重新回到屋里坐下。战一杰问："就没有别的厂家跟你谈过专营或是给你做店面牌？"

"专营吗，基本所有的厂家都谈过，只不过人家美国佬的力度是最大的。至于给我做这个店面牌，没人提过，我也没听说过哪个厂家给我们酒店做过店面牌。"

"我要是给你做这个店面牌，你能不能专营我们的啤酒？"

"你们？你是说'新鲜生活'，你能说了算吗？"

"我既然敢说，肯定就有办法。不过我还有个要求，就是这个店面牌上的内容除了保留你们店的名字，其他的内容由我们说了算。"

"你准备打什么内容？"老板警惕起来。

战一杰一笑，说道："也没什么。我准备把我们的广告语和几个品种的照片都放上。"

"那我不成给你们做宣传了？"老板的担心和警惕还没有消除。

"这有什么不好吗？"战一杰笑着问。

老板想了半天，挠着头皮说道："是啊，这也没什么不好的，说不定还能借借你们的光呢。"

"这光咱可沾大了。人家厂里光送酒就送出这么多去，哪个人不夸呀。"老人兴奋地说道。

"可我是与人家博爱啤酒签了协议的，这可怎么办？"老板还是下不了决心。

"签了协议怎么了？又没公正，又没上法院备案，到时候我去跟他们谈。我就不信在咱家门儿上他老外还敢闹事儿。"老人态度很明确。

战一杰一本正经地说道："他与你签的这个协议本来就不合法，属于不正当竞争，工商局不来查你就不错了。"

爷俩这才拿定了主意，与战一杰商定了专营和做店面牌的具体事宜。

当战一杰一脸兴奋地走出这家鲁菜馆的时候，一个大胆的设想已在心里酝酿成熟。

第十章　龙争虎斗

1

当初冬的第一场雪舞动着袅娜曼妙的身姿款款而来的时候，省城的人们才发现，不知不觉中省城的大街小巷里，竟仿佛一夜之间旧貌换新颜，一块块崭新的店面牌在这白雪的映衬下分外显眼。而"新鲜生活"啤酒的大幅喷绘尤为抢眼，上面"开启新鲜生活，感受新鲜生活"的广告语更是让人耳目一新。

夜色阑珊，"东来顺"火锅居的雅间里炭火正红，战一杰和师兄朱总正在津津有味地吃着涮羊肉。朱总一边往滚开的紫铜火锅里放着羊肉一边说："这次你算把对手打疼了。据可靠消息，博爱啤酒亚洲区域的老总已来到我们省城，应该是冲你来的。"

"真的？"战一杰的激动和惊喜溢于言表。

"你处心积虑的一连串行动总算见到成效了，终于把老虎给引出洞了，不容易啊。来，为我们的旗开得胜干一杯。"

酒杯碰到了一起，两人一饮而尽。战一杰一边倒酒一边说道："这还不是真正的大老虎，看来还得再加把劲啊。"

"这个亚洲区域的老总叫艾蒂，是博爱董事长的亲侄女。你可别小看了这个艾蒂，她可是号称从没遇到过敌手的营销高手，千千万万不可掉以轻心哪。"

"噢，闹了半天还是引了一只母老虎出来。不过这也好，只要把这只母老虎给打服了，那后面的老老虎是肯定得出来了。"

"那你下一步如何打算呢？"朱总有些担心地问。

"经过凭报纸赠酒和做店面牌抢专营的两轮进攻，市场的主动权已完全掌握在我们的手中。现在的博爱啤酒已基本处于休克状态，我估计他们肯定不会善罢甘休，一定在筹划什么新的计策，准备发起新一轮的攻势。我正等他出手呢。"此时战一杰的头脑非常冷静。

朱总听了这话，这才长出一口气道："看来老弟你真的是胸藏锦绣运筹帷幄啊，我的担心倒是多余了。"

战一杰笑道："你老兄也别太夸我了。我在国外跟着我们老板闯荡了六年，这六年的经历，一般人想都不敢想。"

"那你的老板岂不是个非常可怕的人物？"朱总既好奇又担心起来，"你最终将面对的还是他呀。"

"这我当然明白，可我已别无选择。"战一杰说完，表情悲壮地端起眼前的酒杯，一饮而尽。

2

博爱终于出手了。

当叶子龙把他们进攻省城一个月以来的市场调查和总结报告摆在战一杰案头的时候，战一杰招招手让他坐下，说道："你说一下情况吧，我只听关于博爱的情况。"

叶子龙整理了一下思路，说道："现在省城的啤酒市场只剩下我们和博爱在博弈，其他品牌已经退避三舍，把战场给让了出来。我看他们这是想坐山观虎斗，等着我们两败俱伤，他们好坐收渔人之利呀。"

"恐怕不是渔人之利那么简单吧，我看他们是想当后面的黄雀呀。"战一杰笑着说。

叶子龙深有同感地点着头，继续说道："现在省城的低端市场基本是我们苦瓜和冬令啤酒的天下。中端市场呢，通过做店面牌活动，也已从博爱手中抢下了大约三分之二的份额。但高端市场还是博爱一家独大。"

"为什么呢？"战一杰面色一沉。

"大型酒店和歌厅、会所这些高档场所，一般不做这种广告性质的门面牌，所以我们的活动对这类市场不起作用；更主要的是博爱在这方面投入相当大，对一些星级大酒店，他甚至直接用钱来买专营。"

"直接用钱买？这么明目张胆？"战一杰瞪大了眼睛。

"听说他们新来的老总是个皇亲国戚，是拿着尚方宝剑来的，而且就是冲着我们来的。"叶子龙竟有点谈虎色变起来。

"你怕了？"

"我怕？只要跟着你战总，我天王老子都不怕。"叶子龙信誓旦旦地说。

"高端市场就是一张王牌，只要这张王牌还在他们的手里，我们无论在下面怎么蹦跶都没用。他是看透了这一点才这么有恃无恐。"战一杰又拧紧了眉头。

"是啊。在我们啤酒市场，一向都是得高端者得天下。看来博爱这个新来的钦差不是个省油的灯。"

"不管他省不省油，是灯就给我灭了他。"战一杰说得气吞山河。

"Yes sir。是山就平了他，是海就填了他。"叶子龙站起身夸张地打了个立正。

战一杰被他逗笑了，一扫心头的沉闷说道："有什么想法没有。"

小叶挠着头说道："对这种拼命三郎的打法我们还真不好接招，总不能硬碰硬地我们也去砸钱买店吧。"

"为什么不能？但要有目的有选择地去碰，而且务必要一招制敌，要一出手就把他打倒、打垮。"战一杰思忖过后又道，"这样吧，你先把他买的这些星级酒店、歌厅、会所的详细情况摸清了再说。"

3

高档酒市场的情况还没摸清，叶子龙又慌里慌张地跑来了，一进门就心急火燎地说："不好了，我们用店面牌签下的那些专营店都反水了。"

战一杰一听，蹭地一下就从座椅上跳了起来："你说什么？怎么会发生这种情况？"

"是这么回事。"小叶慢慢平静了下来，说道："博爱啤酒在我们做店面牌的专营店里，又免费投放了一种特殊的东西，把那些店又抢回去了一大半。"

"到底是什么特殊的东西有这么大的吸引力？"战一杰觉得有点匪夷所思。

"是一种像塑料纸又不是塑料纸的宣传膜，往酒店的橱窗玻璃上一贴，既宣传了产品又遮阳。更神奇的是贴了这张膜以后，你可以坐在里面把外面的一切看得清清楚楚。可从外面却看不到里面的东西，只看到膜上的宣传广告。"叶子龙一边用手比画着一边费劲地解释。

"就为这，这些酒店就不给我们做专营了？"

"是的。但他们也没把事儿做绝，声称我们给他们做的店面，博爱给他们贴的膜，他们保证只卖我们两家的啤酒，一人一半。"

"这倒是蛮公平的嘛。"战一杰被这些精明的酒店老板给气乐了。

"本来这个专营的协议就不受法律保护，他们这样搞我们也是干着急没办法。"叶子龙无可奈何地说道，顿了顿又好奇地问："老板，博爱弄得那玩意儿到底是啥东西？"

"这种东西应该叫什么'单面透'。我以前在国外见过，很普通的一种东西，只是在我们国内很少见罢了。"战一杰的语气里有着千万分的不甘心。

"那我们怎么办？"

"什么怎么办，这事已经这样了还能怎么办？先不用管这一边了，你抓紧把高档酒市场的情况摸清楚，我们也给他来个以其人之道还治其人之身，得马上给他点颜色看看才行。"对于博爱接二连三的出手应战，让战一杰有一种莫名的兴奋，全身的神经和细胞立马就兴奋起来。

看到战一杰的态度，叶子龙也定下了心神，说道："其实高档酒店的情况也摸得差不多了，只是歌厅和会所的情况比较复杂，到现在还没理出个头绪来。"

"那就先从酒店入手吧。事不宜迟，你选一个最大最具代表性的，明天我和你一块过去。我倒要试试这个皇亲国戚到底有几斤几两！"

4

省城的香格里拉大酒店是一家超五星级酒店，是省城餐饮行业的巨无霸。叶子龙把目标锁定在这里，战一杰非常满意。

当叶子龙领着战一杰来到酒店总经理办公室的时候，正好碰见一个西装革履的中年人也在这里。酒店的总经理姓束，是一个标致干练的中年少妇，见了战一杰非常热情，一边招呼他们落座一边去恒温箱里给他们取矿泉水。

简短的寒暄过后，束总给他们相互作了介绍。原来那个早来的中年人是博爱啤酒驻省城的区域经理赵总。束总说话简洁明了，开门见山说道："昨天我接到叶经理的电话以后，考虑再三还是把你们两家都叫了来。没别的意思，只是想把啤酒专营这件事开诚布公地摆到桌面上来谈。你们两家没意见吧？"

战一杰爽声笑道："当面锣对面鼓地谈最好，我一百个赞成。"

赵总却没有战一杰这么洒脱，略显尴尬地说道："我们亚洲区域的老总现在就驻在省城，这件事最终的决定权在她那里。说实话，我随机处置的权限十分有限。"

束总想了想，说道："这也怪我，没事先把今天这事儿跟你说清楚。这样吧，不行你现在就打电话，让你说的这个上司过来。"

赵总犹豫了片刻，说道："要不我们先谈谈吧，真到了我做不了主的时候，再请她来。"看得出，赵总对他这个上司十分忌惮和畏惧。

听了这话，战一杰却在心里暗暗拿定了主意：今天非把这个幕后人物给逼出来不可。

束总随手从办公桌上拿起一个文件夹，一边翻看着一边说："说实在话，其实我一直对专营这件事保留着意见。一是不想在工商那边惹麻烦，二是对于一些客人提出的点酒要求不好满足。但是呢，现在大家都在这么搞，尤其是你们啤酒搞得最凶，我要是不做吧，老板该说我到手的钱不会赚了。"

这一番话说得刚柔相济，滴水不漏，战一杰不由在心中暗自点头。看来这个女人确实不简单哪。只听束总又说道："根据我们与博爱啤酒的协议，一年的专营费用为10万元，先期支付5万元，协议期满再付5万元。对吗，赵总？"

赵总点了点头，说道："先期的5万元我们马上就给您打到账上。"

束总嫣然一笑，说道："这不急。战总，你是什么意见？"

"既然束总给了我们这个机会，我们也不能没有态度。若是专营权给我们，我们出15万。"战一杰不慌不忙地说道。

"那我们出20万。"赵总虽然是笑着说的，但大家仿佛听到了他咬牙的声音。

"那我们就出25万，而且先期一次性支付。"战一杰依然是说得一片云淡风轻。

战一杰此言一出，赵总全身一震，一下傻在了那里。束总表面上不动声色，可办公桌下面的腿却不由自主地抖了几下。

5

看着赵总拿起手机跑到了外面，束总就笑道："战总此举是醉翁之意不在酒吧？"

"那束总觉得在什么呢？"战一杰反问道。

束总莞尔一笑不再吱声，只等赵总的回音。过了好大一会儿，赵总才满头是汗地回来说道："一会儿我们亚洲区的老总要亲自过来，麻烦各位稍等一下。"

战一杰和叶子龙会心地一碰眼神，却听束总冷冷地说道："我这儿可不是你们争强斗狠的地方，再说我们也不差你们这仨瓜俩枣的，我看今天咱就到这儿吧。你们两家都请回，这专营的事儿我们不做了。"

赵总一听这话，头上的汗都快流成河了，急道："束总，一切还是等我们这位老总过来再说吧。"

束总冷笑一声，说道："她是你的老板，又不是我的老板，我有必要等她吗？送客！"

赵总面如死灰地站在那里不知如何是好。战一杰站起身说道："既然束总把话说到了这份儿上，我们就不打扰了。其实我们也不赞成搞什么专营店，这明摆着是一种简单粗暴的垄断行为，对行业的发展极为不利。束总这里是省城餐饮业的泰山北斗和风向标，希望今天的行动能够成为省城餐饮业反垄断反不正当竞争打响的第一枪！"

束总本来冷若冰霜的脸上稍微有了缓和，笑了笑说道："战总过誉了。我们不是省城餐饮业的什么泰山北斗和风向标，更不想打响什么第一枪，只是不想找麻烦罢了。不过战总刚才说的话倒是很有一番道理。"

正说着，赵总的手机响了。他慌忙用手捂着接听，等挂了电话才说道："我们的老总已经过来了，大家还是见见面吧。"

不等束总应声，战一杰已坐了回去。叶子龙本来已走到门口了，连忙又跑了回来，挨着战一杰坐下。束总本不想答应，可看赵总眼巴巴的样子，又见战一杰是这番表现，就两手一摊说道："那就见见吧。"

赵总一听，连声说"谢"，慌忙跑出去迎接。等赵总领着一个金发碧眼的妙龄少女走进来的时候，在场的人全都惊呆在那里。

战一杰早就知道这位幕后的神秘人物是位女强人，本以为起码也得是位四十岁左右的准大妈级人物。可今天一看却是如此年轻，如此貌美如花，竟一时有些反应不过来，只是呆呆地愣在那里。

其他人的惊诧就更不用说了，全都木雕泥塑一般傻在了那儿，直到赵总开口给他们作介绍，大家才如梦初醒般回过神来。

6

艾蒂跟大家一一握手，用流利的汉语说道："我来晚了一步，耽误大家的时间了，请见谅。"

束总热情地挽住艾蒂的手来到沙发上坐下，亲热地说道："艾蒂小姐不必如此客套，你能光临，令我们这里蓬荜增辉啊。"

艾蒂也亲热地拍了拍束总的手，表示了回应和亲昵，然后看着战一杰说道："想必这位就是芸川啤酒公司的战总吧？"

战一杰欠身点了点头，说道："艾蒂小姐您好！今天能与您见面是我的荣幸。"

本来整个场面都充满了一片其乐融融，却听艾蒂用英语说道："应该是你的不幸吧。"

她的语速很快，其他人都没听懂。战一杰却听得分明，马上也用英语说道："荣幸与不幸得交了手才能知道。"

大家更是莫名其妙了，本来盯着艾蒂的目光又看向了战一杰。战一杰又用英语说道："刚才我们已把这里专营的价格提到了25万，艾蒂小姐还是退出吧。"

艾蒂听了一笑，把头转向了束总，说道："我们出30万。"

赵总打电话给艾蒂汇报的时候，战一杰确实把价格提到了25万，但后来束总和战一杰达成共识，不提倡甚至要抵制专营的事儿她并不知情。战一杰就是利用这个时间差和语言之间的障碍随手就给她挖一个大坑，她果然就掉了进去。

束总并没听清楚战一杰跟艾蒂英语交谈的内容，听到艾蒂一照面还在专营的事儿上纠缠，心中大为不快，却又不好表现得太过明显，就含糊地说道："我看这事儿还是过后再议吧。"

这时一旁的赵总已率先反应过来，刚想开口，却被艾蒂伸手制止住。只听艾蒂说道："还是今天说清楚的好，我不想让战总觉得我们博爱啤酒没有胆量和实力。"

战一杰把肩一耸，并不接茬。束总却失去了耐心，对正在一把一把抹汗的赵总说道："赵总，我觉得今天确实没有再谈这个问题的必要了，我还有个会要参加，你们就先请回吧。"

这时艾蒂也觉出了情况不对，但她不明白为什么会这样，见束总的态度已十分明确，也只好站起身来告辞。大家跟束总一一握手告别以后就来在了外面。

艾蒂见战一杰在前面走得很快，就喊了一声："战总请留步。"

战一杰驻了足等艾蒂赶了上来，笑眯眯地说道："请问艾蒂小姐有什么吩咐？"

艾蒂粲然一笑，说道："战总很年轻啊！以您如雷贯耳的威名我还以为是个老头呢。"

战一杰同样报以微笑，说道："我也是深有同感哪，也没想到您会如此年轻如此动人！"

7

当叶子龙把高端市场的调查材料放到战一杰面前的时候，战一杰却说道："酒店这一块我们就先不考虑了，晚上我们到夜场去走走吧。"

看到小叶一脸的疑惑不解，战一杰就说道："那天香格里拉束总的态度你不是见了吗，你认为酒店的专营还能长久发展下去吗？"

"一个香格里拉真有这么大的带动力吗？"叶子龙将信将疑地问道。

"这不是谁来带动的问题，是一个大势所趋、人心所向的问题。"战一杰说得相当肯定。

听战一杰既然这么讲了，小叶便也不再去想。就问道："夜场这一块要复杂得多，基本都是在一些社会团伙的手里把持着。我们在省城没什么根基与后台，要不要先暗中摸摸情况再说？"

"你想怎么摸情况？我们今天去不就是干这个吗？"战一杰对小叶的担心

不以为然。

"我的意思是这些事儿您就不要亲自去了，会有危险。"叶子龙坚持说道。

"危险？"战一杰听到这个词不由微微一笑，然后盯着小叶问道："你知道哪儿最危险？"

叶子龙并不明白战一杰此问的用意，认真地说道："据我了解，省城最大的帮派由一个叫'龙哥'的人控制着，所有夜场的进货十有八九都从他手里过，而且他已经与博爱合作了。"

战一杰点着头，慢悠悠地继续问道："那你知道这个'龙哥'在哪儿吗？"

"他住哪儿咱不知道，但在'太阳神'肯定能找到他。"小叶的语气显得神神秘秘。

"那今晚我们就去'太阳神'！"

"我的亲哥呀！"这下小叶才明白战一杰的真实用意，后悔地直拍屁股。

"你要是怕就不必去了。"战一杰笑着说。

"我怕？"小叶脸一红，马上一拍胸脯说，"跟着您我怕啥！"

"我得再找个陪客跟我们一起去。"说着战一杰就掏出手机拨了一个号码。

电话接通了，里面传出一个爽朗的笑声，接着一个洪亮的声音说道："战老弟，你都把省城给搅翻天了才想起我来。"

战一杰也是爽声一笑道："我要不做出点成绩搞出点动静来，怎么有脸找你毕老兄呀。"

"你不找我我也会去找你的。说吧，在哪儿见个面？"那边的毕云天仿佛已经急不可耐了。

8

一块吃完晚餐，战一杰和毕云天也把夜场的事给聊透了。

其实叶子龙掌握的消息并不准确。省城的夜场按势力范围来划分一共三块。城西和城北由前面提到的那个"龙哥"控制着，城南由另一个团伙的"豹子头"控制，城东这一片才是毕云天的势力范围。

得知战一杰想去会一会龙哥，毕云天有点犹豫，想了想说道："我和龙哥向来是井水不犯河水，不到万不得已我不想和他撕破脸皮。"

战一杰笑道："我又不是和他去抢地盘，只是想让他把博爱啤酒甩开和我们合作，是一种互惠互利的事儿。再说我不会让哥哥你为难的。"

毕云天一听这话倒不好意思起来，问道："你真要和博爱那边死磕下去？"

战一杰一笑，并不正面作答，只是说道："以后你会明白的。"

听战一杰这么说，毕云天也就不再追问，抬手看了一下手表说道："走吧。这时候去，龙哥肯定在。"

当他们来到"太阳神"的时候，毕云天就问："要不要我先给他打个电话？"

战一杰想了想，说道："不必。还是引蛇出洞比较好。"

进了"太阳神"大厅，一楼"的士高"的音乐扑面而来，震得人心头直颤。毕云天就趴到战一杰的耳边说道："二楼是练歌，三楼是洗浴、按摩和特殊服务。"

战一杰一笑，说道："去二楼吧。"

他们三人来到二楼要了一个包间，战一杰让点歌公主给点着歌，让叶子龙去吧台上了解了解酒水的供货情况。叶子龙会意地点了点头就出了包间。

不一会儿，战一杰和毕云天正在合唱一首《沧海一声笑》的时候，外面就传来了一片吵闹声。战一杰和毕云天两人放下话筒不紧不慢地出来，却只见一伙人已把小叶围在了当中，骂骂咧咧地正要动手。战一杰就大吼一声："住手！"

那帮刺龙画虎的人被喊得一愣，不由自主地都转过头来。一个脸上带疤的小子开口骂道："是谁的裤裆破了把你们两个给露出来了。知道这是什么地方吗，敢在这里大呼小叫？"

战一杰没吱声，一个箭步蹿过去，抬手就是一记耳光。那小子猝不及防，被扇倒在地，这下不要紧，整个二楼可就炸了窝！

正在这帮打手准备要一哄而上的当口，三楼到二楼的楼梯口处传来了一声威严的断呵："都给我住手！"

9

龙哥是一个文质彬彬的中年人。他第一眼先看到了战一杰身后的毕云天，阴云密布的脸上马上就换上了笑容，伸出手来疾步上前说道："原来是天哥来了，怎么不早打声招呼？"

毕云天也笑着伸出手，一边和龙哥握手一边指着身边的战一杰介绍道："一个自家兄弟非要来唱唱歌，本不想打扰龙哥的，可手下人不懂规矩冒犯了。"

这时叶子龙恰到好处地跑了过来，委屈地嚷道："我只是打听打听啤酒的进货价格，又没说别的，怎么就惹着他们了。"

龙哥一边把他们往楼上让一边问："怎么，这位兄弟是做啤酒的？"

毕云天介绍道："这是芸川啤酒公司的战总，我老家的兄弟。"

"芸川啤酒公司，那'新鲜生活'是你们的吧，做的很不错嘛。"龙哥说着，把他们让进了一间茶艺室，马上就有一个穿旗袍的美女进来给他们摆弄茶水。

龙哥一边品着茶一边似笑非笑地看着战一杰，说道："你们的来意不用讲我也明白。昨天博爱啤酒的一位大人物刚找过我，让我离你们远一点儿。不过既然天哥出面了，面子我是一定要给的。"龙哥说完，又悠然自得地品开了茶水。

毕云天等了一会儿，刚要开口，却听龙哥又说道："一看这位老弟就是个手底下有功夫的主儿。怎么样，露一手吧。"

战一杰欠了欠身，笑道："龙哥说笑了，甭说没什么功夫，就是有，我也不敢在龙哥面前班门弄斧啊。"

"战老弟不必过谦，我是不会看走眼的。要不然，就是你瞧不起你龙哥。"

战一杰眼中灵光一闪，一边嘴上说着"岂敢岂敢"，一边伸手从茶盘里拿了一个茶杯出来。

大家不明白他的用意，都用疑惑的目光盯着他。战一杰把杯子攥在手里待了一会儿，就在他把杯子放回去的时候，大家的眼刷地一下就直了，只见杯子已经开裂成了四五瓣！

战一杰手上的功夫毕云天是领教过的，但见他真能随手把一个茶杯捏碎，还是大大出乎了意料，不由惊得张大了嘴巴。龙哥虽然表面上不动声色，心中也是大骇，眉毛一挑说道："这才是真人不露相啊，佩服！佩服！"

战一杰还是一派从容淡定，笑道："让龙哥见笑了。"

龙哥端起眼前的茶杯一饮而尽，说道："有什么要求战老弟尽管说，从今天起我们就是兄弟了。"

战一杰把拳一抱，说道："谢谢龙哥了。我的胃口不大，更不想让哥哥为难，博爱和我们二一添作五就行。"

龙哥两手一拍，说道："妥了，就冲你这个二一添作五，你这兄弟我认定了。"

10

眼看圣诞节就要到了，当叶子龙把这两个月以来的销售报表摊在战一杰案头的时候，乐得嘴都合不拢了。战一杰看他一副乐不可支的样子故意问道："圣诞节的活动怎么搞，都想好了？"

叶子龙本是等着战一杰看完报表后的一通表扬的，没承想不光表扬没捞着，却又布置了新任务。他索性把嘴一噘，说道："老板不带这个样的。我们是有血有肉的人，不是机器，难道连一句表扬的话你都吝啬吗？"

战一杰"扑哧"一下笑出了声，问道："你多大一个人了，还要表扬？人家都是要官儿、要钱，你倒好，要表扬。"

叶子龙较真地说道："我就是不要官也不要钱，就想要你一声表扬。"

战一杰也收起了调侃，认真地说道："我的一声表扬真有那么重要吗？"

"当然！"叶子龙回答得斩钉截铁。

战一杰站起身来到小叶跟前，拍着他的肩膀动情地说道："跟着我，真是苦了你了，给你一千句表扬都不够啊！"

叶子龙一听这话，眼圈不由一红，抽了一下鼻子说道："能跟着您干，是我一辈子的荣幸与福分。您知道我们两个月拿下了省城多少的市场份额吗？"

"应该是在 3 成左右吧。"战一杰一边随手翻着桌案的报表一边说。

"您还是保守了，应该是 45% 还要多一点！"

"有这么多吗?"战一杰的语气里竟没有多少的惊喜。

"您知道当年我在青啤的时候,我们拿下一个县城的市场要多长时间吗?"不等战一杰作答小叶就接着说道,"最少也得大半年的时间,而且投入在 500 万以上。"

战一杰看着沾沾自喜的叶子龙问道:"你知道我们为什么能做到这个样子吗?"

"当然是您运筹帷幄的结果了,这还用问?"

"不对。是因为博爱啤酒。若是没有他,我们能做到这个样吗?你仔细想想是不是这个理儿。"战一杰说得非常认真。

叶子龙挠着头皮想了想,若有所悟地说道:"您的意思是说,我们和博爱的关系就像'可口可乐'与'百事可乐'那样共生、共存、共同壮大,可我怎么觉得您总是在关键的时刻爱对他网开一面呢。"

"是吗?"战一杰似笑非笑地问道。

"不是吗?"叶子龙反问。

战一杰意味深长地笑了。

11

关于圣诞节的活动方案,最后还是决定复制去年在源山的版本:装扮 100 个圣诞老人上街宣传!有去年的经验又有陆涛的全力支持,活动毫无悬念地取得了巨大的成功,报纸、电台、电视台、网络媒体争相报道,在这个年终岁尾之际,芸川啤酒在省城又火了一把。

新年在即,已经很长时间没有回厂里更没有回家了,战一杰还真有点不放心和想家了,念头一动,竟有一种归心似箭的感觉。索性就立马把省城的工作做了一下安排,让叶子龙随时盯着博爱的动向,他就准备回去一趟。可就在他刚要动身的时候却传来了消息,博爱啤酒要在元旦这一天在省城的各大商场、卖场、酒店搞一个千人饮酒大赛,届时各大新闻媒体都会做跟踪报道。活动还没搞呢,他已经把声势造得轰轰烈烈尽人皆知,一下就把他们圣诞老人的风头给盖下去了。

啤酒的饮酒大赛各个地方各个厂家都不止一次搞过,但那都是在夏天。赤日炎炎酷暑难耐,敞开肚皮开怀畅饮啤酒,既解渴又防暑降温,还豪气干云，那叫一个痛快！可在数九寒天的冬季，搞什么饮酒大赛，还是什么千人大赛，真是莫名其妙，闻所未闻！

莫名其妙就是魅力，就产生吸引力；闻所未闻就是噱头，就容易出奇制胜！这一点战一杰是再清楚不过了，所以刚刚放松一点的神经马上就紧绷了起来，摸起手机就给叶子龙打电话，让他把具体情况摸准后马上汇报。

不一会儿叶子龙就气喘吁吁地跑来了，进门就说道："你不是说好的要回家吗，怎么又变卦了？"

"情况摸清了没有，这个样我还怎么回家？"战一杰大声说道。

"情况早就摸清了，我寻思你要回去就没跟你汇报。我觉得没什么大不了的，不能光兴咱们大张旗鼓不让人家上场出声吧。"

"少废话，说说具体情况。"战一杰对博爱这次出招却是相当重视。

"说来这次博爱也算是动了不少脑筋。首先他们的比赛用酒选的是黑啤酒，其次他们规定把所用啤酒的温度统一控制在18℃。另外他们还把比赛场所的室内温度也做了规定。"说完这些叶子龙又补充道，"更主要的是他们把这次大赛的奖项和奖金都设得非常多又非常高，很有吸引力。"

"到时候我们还真得到现场去观摩观摩，老外这惯于逆向思维的脑子确实跟我们不大一样。"战一杰认真地说道。

"人家博爱毕竟是世界第一大啤酒公司。再说那个艾蒂小姐，人家管着整个亚洲呢，那肯定是出手不凡了。"叶子龙的心态倒是摆得挺正。

"是吗？"战一杰夸张地笑道，"看来你对人家是佩服得五体投地了。"

"我说的是实话嘛。"叶子龙听出战一杰的揶揄，连忙辩解道。

12

博爱啤酒元旦饮酒大赛活动的现场气氛异常火爆，简直到了鼎沸爆棚的程度！

战一杰和叶子龙来到比赛现场的时候，正好碰上了在前呼后拥中意气风发的艾蒂。艾蒂看见战一杰的时候，兴奋得脸都红了，甩开簇拥着她的一帮记者和各界人士，快步跑到战一杰面前，激动地问："战总是要参加比赛吗？"

这一下倒把战一杰给问住了，咧嘴笑了笑说道："我们是来参观学习的，还请艾蒂小姐多多指教。"

"指教什么，战总太谦虚了。我听说战总是个深不可测的武林高手，在武术方面我不敢领教，但我们能比比酒量吗？"艾蒂有点调皮又有点挑衅意味地说道。

"这个吗——"战一杰沉吟了一下说，"改天吧，改天一定奉陪。"

"你们有句老话叫择日不如撞日，我看就今天吧，难得现场这么热闹。"艾蒂步步紧逼道。

闻讯而来的记者们一听这话，兴奋得简直要发疯，"呼啦"一下围住了战一杰，七嘴八舌地问："战总敢应战吗？这是中美之间的啤酒大战吗？"

此时此刻的战一杰已无路可退，略一思忖，便从容不迫地大声说道："今天我来呢，是为博爱啤酒的活动助威来了。既然艾蒂小姐盛情相邀，那我就恭敬不如从命了。"

战一杰此言一出，现场一片沸腾。战一杰把手一举止住喧哗，又说道："活动正式开始以前呢，我和艾蒂小姐先来一场比赛，不为输赢只为友谊，更是为了能够抛砖引玉。"

艾蒂一听战一杰应战了，高兴得一蹦老高，也不管记者和来宾了，马上让手下人去安排。一切铺排停当，艾蒂就跃跃欲试地问战一杰："我们是比量饮还是比速饮？"

战一杰两手一摊，笑道："客随主便，怎么都行。"

"那就比速饮吹瓶吧，这样省时间。"艾蒂一副胜券在握的气势。

战一杰对自己的啤酒速饮还是蛮自信的，一瓶 500 毫升的啤酒对瓶吹，他大概用 5 秒多一点的时间。这个项目的吉尼斯世界纪录是 4 秒，所以他知道今天的比赛没什么悬念。

一切就绪，艾蒂就迫不及待地让裁判喊开始。看着艾蒂那激情饱满活力四射的样子，战一杰也觉得激情被点燃了，浑身有使不完的劲儿。

裁判一声令下，一男一女两个特殊的选手就举瓶狂饮起来。现场一片沉寂，大家都屏住呼吸，一点声都不敢出，生怕影响了这一出空前绝后的啤酒大战。战一杰快喝完的时候，偷眼一看旁边的艾蒂，心中一动就慢了一拍。就在艾蒂放下酒瓶的同时战一杰也喝完了。裁判宣布，艾蒂小姐 8 秒，战一杰 8.2 秒。艾蒂获胜！

现场一片掌声雷动……

13

博爱啤酒的饮酒大赛活动取得了巨大的成功，品牌美誉度大幅攀升。艾蒂给战一杰打电话的时候，先是咯咯大笑了一阵，才得意扬扬地说道："战总，你下一步又要耍什么花样啊？"

战一杰笑道："哪有什么新花样啊？承蒙您的启发与铺垫，我们准备借着你们啤酒大赛的东风，搞一次啤酒品评擂台赛。届时我也会邀请你艾蒂小姐上台打擂的。"

"真的？"电话里听得出艾蒂是既惊讶又惊喜。

"我得先问问你会不会品评啤酒，免得到时候你上得了台却下不了台啊。"战一杰的口气竟也充满了挑衅。

"我不会？告诉你，我可是有欧洲 EBC 组织颁发的评酒资格证书的。我倒是担心你到时候不敢上台哟。"艾蒂也毫不示弱地将了战一杰一军。

"那好，到时候咱就擂台上见，不见不散。"

"一言为定！"

经过一番紧张而周密的组织与筹备，十天以后，第一届"新鲜生活"杯啤酒品评擂台赛如期开幕。这次比赛，不论从立意、品位还是技术含量上，都比上次博爱举办的饮酒大赛档次要高，当然也就引起了更大的社会反响。另外，这次活动的举办还得到了省啤酒协会、省科学院、省科协以及省人才中心的大力支持，毫无疑问地又把芸川啤酒和战一杰推到了风口浪尖上。

其实啤酒的品评说起来要比白酒和葡萄酒还难一些，因为啤酒中的氨基酸最为丰富，而且醇、酸、酯等风味物质的含量也极为复杂，并且每种物质的含量是微乎其微的，识别度就相对要低一点，这就对人的味蕾提出了更加严苛的要求。战一杰是学酿酒专业的，他学这个专业之初的理想就是当一个专业的评酒师。这次之所以要举办这次擂台赛，一是为了与博爱啤酒的斗法，而另一个原因也是为了自己那个久藏心底的夙愿。

有了省啤酒协会等专业部门的支持，这次活动的筹备是一路顺风顺水。开幕式上国家啤酒协会的刘秘书长还专程赶来剪了彩，并对这次活动的举办给予了极高的评价。而更让人咋舌的是，这次报名参赛的选手个个都大有来头，光国家级的评酒委员就有 6 个，各个省级的评委那就不用说了，就连欧洲 EBC 组织也派出了选手。战一杰和叶子龙看完了参赛选手的履历表以后，叶子龙直接就做了一个就势晕倒的动作，夸张地叫道："天哪，难道这一切都是神的安排吗！"

战一杰的欣喜若狂更是不必说，只是按着自己的胸口喃喃地说道："看来我们的一片苦心真的感天动地了？"

14

擂台赛的比赛一共设置了 10 轮。前 5 轮是用纯净水作为基础物质，按 5 个梯度分别往里面添加酸、甜、苦、涩、咸五种风味物质，选手在分清了这 5 种味道以后，还要按味觉梯度把顺序排出来。

这种品评看似简单，却最是考验人的味觉敏感度。因为往水里添加的风味物质的量，基本都接近了人的味觉阈值极限，考得全是真功夫。

前 5 轮下来，选手已淘汰了三分之二。战一杰也在第 5 轮被淘汰出局，而艾蒂小姐却还顽强地屹立在选手队伍之中。

接下来 5 轮的比赛是用啤酒作为基础物质，这就对选手提出了更高的要求，不光要味觉敏感，还要有一定的啤酒专业知识。当然剩下的三分之一全是啤酒界的专家级的人物，这里面已经全是省级以上评酒委员了。

这 5 轮往酒基里面添加的物质更是五花八门，有各种醇、酸、酯、醛，还有能影响啤酒风味的双乙酰、硫化氢、酵母菌等等。这 5 轮下来，不光考验的是选手的品酒水平，也同时考验着他们的毅力和耐力。

艾蒂在第 6 轮的时候也被淘汰了下来。当她以胜利者的姿态站在战一杰面前的时候，战一杰被她既天真又认真的表情给逗乐了，笑道："你这 EBC 级的大师也被淘汰了？"

艾蒂也笑道："毕竟还是赢了你。"

这时省啤酒协会的李工走上前来，笑吟吟地说道："看来你们二位这是不打不相识啊。"

艾蒂看来跟李工非常熟，跑过去一下挽住了李工的手臂，娇嗔地说道："您把他夸得那么优秀，现在看来不过如此嘛。"

李工又笑道："他再优秀，可与我们的艾蒂比起来还是差了点啊！"

"就是就是，而且差得不是一点半点。"战一杰在一旁郑重其事地说。

李工攥着艾蒂的手向战一杰解释着："艾蒂曾在我们中国读过大学，我的老伴曾经当过她的老师，所以她一直叫我师母，说起来不是外人。"

战一杰这才恍然大悟，难怪这个艾蒂汉语讲得这么好。就笑道："原来又是一个师妹呀。"

艾蒂被战一杰的这句话弄得一头雾水，问李工："他说的这'又是一个'是什么意思？难道他还有一个美国师妹？"

李工当然明白战一杰的意思，那个师妹肯定是指胡小英。就笑道："他说的那个师妹呀是一个中国师妹，以后你们会认识的。"说完李工又冲战一杰使了一下眼色，然后对艾蒂说道："艾蒂啊，以后要对你这个中国师兄多关照着点。你们集团大，实力强，你又身处高层，能帮他就帮他一把。"

李工说这番话的弦外之音战一杰是再心知肚明不过，可艾蒂却是越听越糊涂，碍于李工的面子又不好一个劲儿的追问，就说道："以师兄的能力哪还用得着我关照啊。不过，他真要是求到我，看在师母的面子上，我会考虑帮助他的。"

15

第一届"新鲜生活"杯啤酒品评擂台赛终于落下了帷幕，最终品酒冠军由青啤集团的专业评酒师一举夺得。为此，全国啤酒协会特意为他颁发了"评酒状元"的荣誉证书，省科委授予他"省劳动模范"称号。当然，作为主办方的芸川啤酒公司也发给了他一笔十分可观的奖金。

这份荣誉之高、奖励之大在整个酒类行业可以说是空前的，所以引起的轰动可想而知，芸川啤酒的美誉度和市场份额也就势又前进了一大步。

等活动的冲击波尘埃落定以后，战一杰就在反复琢磨艾蒂这个人，以她的特殊身份特殊地位，她到底能不能在自己下得这盘棋上发挥关键作用。带着这个疑问，他就给师兄老朱打电话。朱总听了，在电话那头沉吟了半晌才说："你问的这个问题我已经与李工有过沟通，李工也从侧面试探过她。但据我个人对艾蒂的了解，可能性不大。"

"何以见得？"战一杰心有不甘地问。

"反正一句两句也说不清楚，这只是我的一种感觉。但什么事也有个例外，也备不住她真能帮你的大忙呢。"朱总的话竟有点吞吞吐吐。

"你这备不住是什么意思？"战一杰刨根问底地追问。

"咳！实话跟你说吧，要是这个艾蒂喜欢你小子的话，这事儿就能成。"朱总终于一吐为快。

"可能吗？"战一杰一时还转不过这个弯来。

"现在这世界，什么都有可能。"朱总说完就不再作声。

挂了电话，战一杰的脑子乱成了一团麻。"可能吗？"他自己在反复地问着自己。最后他把头一摇，哑然一笑，自己给了自己一个肯定的回答："不可能，绝不可能！"

此时电话铃又响了。战一杰接电话的时候竟有点神情恍惚，冲电话说道："这事真的不可能。"

电话里传来叶子龙大惑不解的声音："你说什么呢老板，我还没说呢，您就知道不可能了？"

战一杰这才回过神来，如梦初醒一般问道："你说的是什么事？"

"是这么回事。本月在省城体育中心有一场中美女排对抗赛，大赛接待中心已把我们的'新鲜生活'列为专用啤酒品牌，但要我们赞助一部分费用。"

"没问题。这是个难得的机会，我们一定要抓住。"

"现在又出了一个意外。美国方面对我们独家提供赞助提出了异议，要求也把博爱啤酒加进去，与我们一块成为赞助商。因为我们出了赞助费，所以大赛接待中心要征求我们的意见。"叶子龙这才把事情的来龙去脉讲清楚。

战一杰想了想，脑子里灵光一闪，说道："我们答应没问题，但要博爱啤酒来找我们协商。"

"好的。"叶子龙应着，又说，"老板就是老板，水平就是高！"

一小时后，战一杰的手机响了，是艾蒂打来的……

第十一章　爱的代价

1

春节刚过就立春，立春刚过春天的气息就急匆匆地扑面而来了。

整个春节的假期，战一杰都是在紧张、匆忙中度过的。好在经过这番忙碌，随着天气的转暖，芸川啤酒在省城的市场占有率已占据了绝对优势，把博爱啤酒远远甩在后面。更值得庆幸的是，在他跟艾蒂提起自己有意让博爱并购他们的意图时，艾蒂并没有表示反对和反感，这让战一杰对自己的计划实实在在地看到了希望，油然升起一种欣喜若狂的感觉。

他立马打电话给朱总，让他安排个饭局约艾蒂一起坐一坐。老朱一听就笑了："你小子出手如电呀，这么快就拿下了？"

"什么拿下不拿下的，人家根本就没这个意思。再说人家要真有这个意思，我也不能真出手呀。"战一杰故作轻松地说道。

"恐怕真到了关键时候，就由不得你了。"朱总调侃了一句，又说，"到时候我把李工叫上。你呢，要单刀赴会吗？"

"我把胡小英带上。"

朱总一听，笑了一半就收住了，说道："我说老弟呀，我明白你的用意，可别怪你哥我没提醒你，你这个美国师妹对你的意图已是相当明显，我那个中国师妹可远不是她的对手，你可千万要有个思想准备。"

"真有这么严重吗？"战一杰的问话竟有了些许的迟疑。

"这事儿吧，怎么说呢。对于我们所图之事，这个艾蒂就是一个意外闯进场的黑马，而这匹黑马却起着至关重要的作用。她若是反对呢，我们就满盘皆输；她若是促成呢，我们则胜券在握。就这么简单。"

"你说的这个简单，其实最不简单。"战一杰愁眉不展地说。

"这事儿要搁别人身上还真简单。可谁让你小子跟人家打出了感情呢，怪也只能怪你自己。"

"你说我该怎么办？"战一杰反将一军。

"我哪知道你该怎么办？实在不行你就从了吧，只是苦了我那小师妹。"老朱又把球踢了回来。听到这边没了声息，老朱连忙又道："这话权当我没说。"

放了电话，战一杰长叹了一声，自言自语地说道："我不能再对不起小英了。"

2

饭局安排在了"香格里拉"大酒店。当战一杰和艾蒂碰面的时候，两人不约而同地笑了。站在战一杰身后的胡小英就问："你们笑什么？"

艾蒂看了小英一眼，又上上下下打量了一番，才问战一杰："这就是你的中国师妹？"

战一杰刚想给她们做一下介绍，却听见门外传来了朱总那爽朗的笑声。接着门一开，只见朱总和李工一前一后走了进来，他们就都慌忙迎了上去。

艾蒂一把拉住李工的手撒娇似的说道："您怎么才来呀，我和师兄可是在这里等了老长时间了。"

李工的心里也是明镜似的，当然明白艾蒂说这话的用意，连忙一把拉过小英的手笑着说："你们两个认识了吧？"

小英也亲热地拉住李工的另一只手，笑着说："认识了。艾蒂小姐的大名在我这儿早就如雷贯耳了。"

说说笑笑间大家就落了座，朱总坐了主陪的位子。大家就把艾蒂往主宾位上让，没想到艾蒂还蛮懂酒场上的规矩，说什么也不上去，硬是把李工拽过去坐下了，她也就挨着坐下。一看艾蒂一点架子也没有，战一杰和胡小英也不再讲究，就依次挨着坐了下来。

大家满上酒，朱总就举杯说道："来，我们为了中美之间的友谊，干一杯。"

大家哄然一笑，也都举起了杯。李工笑道："朱总这话虽是当笑话说，但博爱啤酒和芸川啤酒在省城上演了这番龙争虎斗，我时时刻刻都在关注着，也是由衷地佩服你们两家的智勇双全和坚韧执着，你们确确实实为我们中美两国啤酒事业的发展拓宽了思路，做出了榜样。"

李工的这番话发自肺腑，情真意切，大家听得都是频频点头，不约而同地把杯中的酒一饮而尽。第二杯酒满上，朱总又举杯说道："我们在座的都是啤酒界的精英和专业人士，大家都深知创新一个品牌和引领一种消费理念是如何难之又难和耗费心血。来，我提议，为了'新鲜生活'和'鲜活'啤酒，我们再干一杯。"

其他人干了，艾蒂却没干。等大家放下杯她才说道："这个酒我可不敢喝。说心里话，我们的'鲜活'确实比不了人家战总那'新鲜生活'，不论是深度还是广度，不论是内涵还是外延，都比不了。"

大家一听艾蒂能说出这话，就知道她是心底无私又心直口快的人，对她的钦佩不由又添了几分。朱总就打着圆场说："不就是多了两个字嘛，没你说得那么多道道，说不准是让他们瞎猫碰上死耗子给蒙上的呢。"

一旁的胡小英抿嘴一笑，没有吭声。李工却一本正经地说道："我却不相信这是蒙出来的。一杰，你说说这四个字到底是怎么来的。"

战一杰看了小英一眼，见她没有要讲的意思，就把小英的三叔如何在柳仙湖上开的"新鲜生活"饭店，胡小英又是如何借题发挥创出这个品牌的来龙去脉一五一十讲了，大家听得是津津有味。等战一杰讲完了，艾蒂就冲小英伸出大拇指，说道："改天我也要到你们柳仙湖上吃上一顿新鲜生活。"

3

酒喝了一会儿，朱总有意无意就把话题往今天的主题上引。他跟战一杰干了一杯说道："我说师弟呀，你跟艾蒂小姐这一来一往的过招不会是故意的吧？我可早就听说联合利华洗发水的销售模式，什么飘柔啊、潘婷啊、沙萱啊、海飞丝啊，这些品牌一个比一个喊得响，一个比一个拼得狠。拼得消费者是晕头转向，今天买这个明天买那个，比赛似的买。可说了归其源头，都是人家联合利华一家出的，打来打去都是打给消费者看的。"

战一杰苦苦一笑，说道："我倒是想跟人家成为一家啊！可人家博爱是世界第一啤酒品牌，哪能看得上我们啊。"

李工却在一旁郑重其事地说道："小战，你也别这么谦虚。你们张氏集团在世界上也是响当当的嘛，倘若你们两家真能够兵合一处将打一家，那可是个一举多得的好事啊。你说是吧艾蒂？"

艾蒂并没有立即回答，过了一会儿才说道："这件事我也想过，若是真能完成并购，我们不仅可以拿下包括省城在内的川南省的大片市场，还可以把战总这位奇才儒将收于帐下。千军易得一将难求，其实我们更看重后者。"

艾蒂说完这番话就定定地看着战一杰。战一杰被她灼热的目光看得脸上直发烧，一时不知道怎么回答，就连忙起身去倒酒。艾蒂等战一杰给自己倒上酒，然后端起杯一口干了。说道："你们知道我为什么要来中国读书？我的中文为什么讲得这么好吗？"

这话把大家问得一愣。是啊，大家也都一直纳着闷呢。只听艾蒂说道："这得从我的爷爷说起。"

大家一听顿时都吃惊地张大了嘴巴，没想到这里面竟还大有渊源和隐情，就都眼巴巴地望着她等着她的下文。

"你们知道陈纳德的飞虎队吗？"艾蒂问。

"当然知道。这在我们中国几乎无人不知，尤其是这段时间抗战题材的电视和电影泛滥成灾，也正好普及了这方面的知识。"胡小英抢先说道。

"那才是我们中国人真正的朋友。"朱总挑起大拇指说道。接着又瞪大了眼睛问："怎么，难道你的爷爷是陈纳德将军？"

艾蒂看他那大惊小怪的样子差点笑出了声，说道："那倒不是。我的爷爷是飞虎队的一个飞行员，当年就在中国打过日本鬼子。"艾蒂说日本鬼子的语气与我们中国人是一样的，这无形中与大家的距离拉得更近了。

4

艾蒂的爷爷是当年多次飞越"驼峰航线"的英雄之一，1944年在一次执行任务中负伤，被安置在一家农户家里养伤。在他养伤的过程中，为了掩护和保护他，死了不少当地的村民，为此他十分难过和愧疚，这种感觉困扰了这位英雄一辈子。直到1945年抗战胜利他才回国，回国以后就一直四处奔走，致力于中美两国之间的友好发展。当然，他的思想和行动深深影响了他的后代子孙。

艾蒂是受爷爷影响最深的一个，她十七岁就来到了中国留学，完成学业的同时，她的足迹遍布中国的大江南北，并且深深地爱上了这个有着悠久历史和灿烂文化的美丽国度。

艾蒂回国以后就进了叔叔的啤酒公司，从一个普通业务人员干起，凭着她的聪慧坚韧和执着干练，三年的时间就干到了亚洲区总裁的位置，在整个集团中她可以说是举足轻重，说一不二。

此次艾蒂来到川南省，才开始的时候并没有拿芸川啤酒和战一杰当回事儿，她自信以自己的能力和经验，一到这儿肯定能够手到擒来，药到病除。可经过几个回合的较量，她对战一杰这个对手是越来越刮目相看，越来越兴趣大增，渐渐地竟萌生出一种将遇良才、相见恨晚的感觉。直到她和战一杰在"香格里拉"会了面，她竟破天荒地被战一杰搞了个灰头土脸，这下就更激起了她的豪情与斗志。

再后来，她和战一杰就你来我往见招拆招起来，可每次交锋她都处于下风，这在她的职业生涯中是绝无仅有的，令她既窝火又不得不佩服。而这个战一杰呢，每次都在离大获全胜只有一步之遥的时候，又总会有意无意地退让一步，让她领先胜出，这虽为她保全了颜面，心里却总有一种胜之不武的羞愧，这样一来一去，竟让她的心里又平添了丝丝的暖意。

这个战一杰到底是个什么来路？他的水到底有多深？艾蒂寻找着答案。当她问到自己的师母李工的时候，李工笑而不答，只说这个战一杰很不简单。当她问到多年的老关系朱总的时候，朱总只说了一句：他是唯一一个一见面就让我佩服的人。对于朱总的眼界和阅历，艾蒂还是心中有数的，能得到他这样的评价，说明这个战一杰确确实实是一个非同凡响的人物。

此次朱总相约，艾蒂痛痛快快就答应了，而且对朱总也不见外，直截了当地就把她想把战一杰挖过来的打算说了。朱总一听就笑了，问道："你是真心诚意的吗？"

"当然！"艾蒂说得异常坚决。

"恐怕还有别的原因和企图吧？"朱总一语双关地又说道。

听到朱总这么一说，艾蒂有点不好意思地笑了，说道："你别说，我还真有点喜欢这个战一杰了。"

"人家可早有未婚妻了，可别怪我没告诉你。"朱总提前给她打着预防针。

"既然是未婚妻不正说明还没结婚嘛。"艾蒂对朱总的提醒很不以为然。

5

对于艾蒂的企图，胡小英一下就看得明明白白，心里也早就拿定了主意。当艾蒂讲完她的中国情结以后，她就端起了酒杯说道："爷爷的英雄事迹真让人敬佩，艾蒂小姐对中国的深情和热爱也让人感动。来，我敬您一杯。"

艾蒂一听，连忙举起了酒杯，笑着说道："胡小英女士，芸川啤酒公司的质量技术部经理，冬令啤酒、苦瓜啤酒、新鲜生活的发明人，您的大名我也是如雷贯耳啊。"

"还是战一杰的未婚妻。"胡小英一字一句地补充道。

"噢，这我也知道。未婚妻就是还没有结婚的妻子。"看来艾蒂今天也是早有准备。

一边的三个人这时已听出火药味。李工就连忙出来打圆场，笑着说道："你们两个别光举杯啊，干了再说。"

朱总也笑道："一个是中国的穆桂英，一个是美国的女超人，别光说不练啊，干了再说。"

艾蒂就说道："小英女士，我们喝几个？"

"你说喝几个就喝几个。"小英当然不甘示弱，针锋相对地说道。

"您能喝葡萄酒吗？我们天天跟啤酒打交道，我觉得喝啤酒没什么意思。"艾蒂挑着嘴角说道。

"我觉得葡萄酒也不够意思，要不我们直接喝白酒吧。"小英反守为攻。

一看两位巾帼英雄较上了劲儿，战一杰真是有点左右为难，想想两头是谁都不敢得罪，只好硬着头皮说道："我看还是算了吧！酒多伤身，何必呢。"两位女士对他连理都不理，直接把他的话当作了耳旁风。

一会儿53度的飞天茅台就上了桌。等酒满上，胡小英站起身举杯说道："艾蒂小姐，我先干为敬。"说完一仰脖二两白酒就下了肚。

艾蒂一看，把大拇指一伸赞道："好，果然是女中豪杰，佩服！"就罢，也站起身把杯中的白酒一饮而尽。

酒又满上，李工连忙站起了身说道："你们两个都是我的晚辈，但你们的能力和魄力却是让我大开眼界。今天能给我个面子吗，这酒怎么喝让我来做主。"

李工既然说了话，两个人自然不好驳她的面子。艾蒂笑道："既然师母发话了，我没意见，全凭师母发落。"

"那是自然，我更没意见。"小英也不愠不火地说道。

"关于企业并购的事呢是大事，更是你们两家互利双赢的好事，我们在座的各位都得齐心协力去办，而且这事只能办好不能办砸，这是我对你们的要求。关于个人的事呢，我不好掺言和评价，你们都跟我的孩子差不多年纪，我只能提醒你们，不要做让自己将来后悔的事就行了。今天的酒呢，我们就先喝到这儿，以后机会还多得很，我们就算是留点悬念和想头吧，好不好？"李工说完就举起了酒杯。

大家共同举起了酒杯，五个杯子碰在了一起。

6

经过这次接触以后，战一杰对并购之事心里基本算是有了底，那么下一步就是运作让博爱在芸川建厂的事了。按照博爱一贯的做法，完成并购之后这应该是顺理成章的事。可此事事关重大，不容许出半点的纰漏，在不能完全确认万无一失之前，战一杰的心始终放不到肚里去。

战一杰准备再找艾蒂专门谈一谈建厂的事情，可刚拿起手机却又犹豫了起来。自打上次饭局以后他就一直躲着胡小英，这倒不是自己心怀鬼胎怕了她，而是实在不想伤了小英的心。艾蒂的态度就是傻子也看明白了，但自己又能如何呢？难道让自己当面锣对面鼓地去拒绝人家？真要是那样，以艾蒂的高傲和自信，以艾蒂那不服不忿的性格，结局就是用脚趾头也能想出来，并购和建厂的事儿百分之百就黄了！可就这样不明不白糊里糊涂地拖下去，也真不是个办法呀。哎，这回是真把战一杰给难住了。

权衡再三，战一杰还是拨通了艾蒂的手机。艾蒂接了电话，兴奋地大声说道："我正要给你打电话呢，没想到念头刚一闪你的电话就来了，难道这就是你们所谓的'心有灵犀一点通'？"

战一杰也笑了笑，说道："也许是吧。怎么，你找我有事？"

"没事就不能找你了？"艾蒂说完又调皮地补充道："我想你了，不行啊？"

这下战一杰笑不出来了，只是说道："艾蒂小姐真会开玩笑。我们见个面吧？"

"好啊。你还带着你的未婚妻吗？"

"不不。"战一杰连忙岔开话题说道，"就我自己，是有工作上的事想跟你沟通一下。"

"那好吧。是去你那儿还是来我这儿？我这里可有正宗的牙买加蓝山。"

战一杰想了想说道："还是去咖啡厅吧，就去人民广场边上那家。"

"也好。那我们就不见不散。"说完又说了一句，"不过你越是这个样，我怎么就越是喜欢了呢！"说罢就挂了电话。

战一杰来到咖啡厅的时候，艾蒂早已等在那里，看他进来就笑眯眯地冲他招手。战一杰来到艾蒂的对面坐下，艾蒂就笑道："难得叱咤风云的战总也有躲躲闪闪的时候。"

见战一杰无言以对，艾蒂又笑道："难道这就是你们东方人的含蓄？真是可爱极了。"

服务生端上了两杯现磨现煮的蓝山咖啡，战一杰提鼻子一闻就闻出了牙买加的味道，不由赞许地点了点头。艾蒂见他一副陶然其中的样子，就问道："你有多久没喝这么正宗的咖啡了？"

"有一年了吧。这个咖啡厅不简单啊，能做出这种味道。"战一杰一边品着一边说。

一旁的服务生一躬身说道："咖啡是这位女士自己带来的，我们只提供了加工服务。"

"难怪啊。"战一杰放下杯子说道，"难得艾蒂小姐这么有心。"

艾蒂目不转睛地盯着战一杰说道："为了你，我做什么都是心甘情愿的。"

7

战一杰并不敢接艾蒂的话茬，只是低着头自顾品着咖啡。战一杰越是这样，艾蒂却越是觉着可爱，就逗着他说道："找我有什么事呀？快说吧，我对你是有求必应。"

战一杰这才放下杯子，清了清嗓子说道："关于并购的事儿，你觉得有把握吗?"

"当然有把握。这点事儿我还是做得了主的。"艾蒂轻描淡写地说。

"那并购以后呢?"战一杰追问。

"并购以后你就跟着过来。要是愿意呢,你就给我当个副手;你要是觉得委屈呢,我就把位子让给你,我给你当副手。"艾蒂依旧不以为然地说道。

战一杰知道艾蒂并没有明白自己的意图,就认真地说道:"我不是说我,是说我们的厂子和员工怎么办?"

"厂子?怎么,你们厂的设备还很好吗?"艾蒂被战一杰问得有点莫名其妙,顿了顿就说道,"按照我们公司以往的惯例,完成收购以后一般不会再用你们原来的旧厂,会另建一处新厂。"

"那新厂建在哪儿呢?"战一杰小心翼翼地问。

"应该在省城吧。但选址建厂的事不归我管,我也从未参与过意见。"艾蒂想了想又说,"我们之所以能够完成对你们的并购,我们集团看重的是你们的市场,我看重的是你这个人,其他的都不重要。"

"你或者是你们,考虑没考虑过去我们芸川建厂?"

"去芸川?"艾蒂对这个突然冒出来的问题搞得一愣,"我倒是从未考虑过,但不知道我们集团考虑过没有。"

"你觉得有可能吗?"战一杰锲而不舍地问。

"有没有可能,要到实地考察过,再经过多方论证才能下结论。"艾蒂觉出了战一杰的迫切,就又问:"你为什么一定要我们去芸川建厂呢,这与你个人关系很大吗?"

"大,非常大。"战一杰重重地点着头。

"我虽然不明白这是为什么,但我想问一句,若是我们不满足你在芸川建厂的要求,是不是连并购都谈不成了?"艾蒂的态度也认真了起来,觉出了事态的严重性。

"是的。"战一杰十分肯定地点着头。

"这是威胁吗?"

"不是,是必要的条件。"

"若真要是谈不成的话,你下一步准备怎么办?"

"那只有跟你们血拼到底了,当然那是我们两家都非常不愿看到的一种结果。"战一杰的语气斩钉截铁。

艾蒂瞪大了眼睛看了战一杰足足有半分钟，突然笑了。说道："看来你一直是在放长线钓大鱼啊。"

战一杰突然柔声问道："难道你就不能帮我一把吗？"

艾蒂的眼睛瞪得更大了，看着战一杰一会儿坚硬如铁一会儿又温柔如水，真是把她吓到了，竟不由自主地喃喃应道："我试试吧。"

8

当战一杰和艾蒂从咖啡厅离开的时候，恰巧钟慧和一个朋友进来，正好看见他们俩的背影。钟慧本想和战一杰打个招呼，可一看他旁边还有一个外国女郎，两个人竟还那么暧昧亲密，就多了个心眼没吱声，一等坐下就摸出手机向胡小英如实作了汇报。

小英接了钟慧的电话，并没有多么的大惊小怪，只是笑道："那是艾蒂，我们很熟的。"嘴上虽这么说，但小英心里却是跟吞了带毛的猪皮冻一样很不舒服。

"艾蒂？就是博爱集团那个传奇艾蒂？"钟慧的声音明显地有点儿高。

"传奇不传奇我不知道，她是博爱亚洲区域的老总。"胡小英故作轻松地回答。

"我的亲姐啊，你是真傻还是假傻？把老战送到艾蒂的手里，那还不是肉包子打狗——一去不回啊。"

小英被她的比喻逗乐了，笑道："既然只是个肉包子，真要是不回就不回吧。"

"你就在这儿嘴硬吧，真要是回不来了，我看你可怎么办。跟你说正经的，你可千万别掉以轻心，这男人就是馋嘴的猫，没有不吃腥的。"钟慧完全是一副过来人的口吻。

等挂了钟慧的电话，胡小英真的坐不住了，收拾收拾办公桌上的东西就准备马上回战一杰的老家一趟，实在不行就把老爷子和老太太给搬出来，看这个艾蒂还有什么招儿。

小英刚要出门，却见晏春一脸愤然地推门走了进来。小英不知道发生了什么事儿，会把这个从不轻易动容的晏春气成这样，就连忙拉着她的手把她让到沙发上坐下。问道："怎么了晏姐，发生什么事了？"

晏春坐下来，稳稳情绪才问道："小英，你跟姐说实话，战一杰是不是变心了？"

晏春和胡小英的关系很不一般，就跟亲姐妹一样，这一点只有她二人心里最清楚。当初晏春因为离婚的原因，一度对生活失去了信心，是小英的父亲费尽周折把她调来了啤酒厂，而且不论在工作上还是在生活上，事事处处对她百般照顾与呵护，才让她渡过了那段艰难的岁月。对此，晏春是满怀感激而且永远铭记在心。

晏春是个内热外冷的人，平时在厂里除了工作以外，很少和人沟通与交往，显得既孤傲又难以接近，尤其是她被任命为总经理助理以后，就更加让人敬而远之。但小英与她的关系一直很好，她对小英那种发自内心的关心和爱护，在平时的工作中从不轻易表露，外人也根本看不出端倪。但胡小英却能感觉得到，尤其在胡玉庆去世以后，小英就更加真真切切地感觉了出来，这就使她与这个姐姐也更加亲密无间起来。

9

晏春对战一杰说不清是一种什么感觉。是仰慕？是钦佩？是喜欢？是爱？是恨？她在心里曾经问了自己无数遍，却总也找不到答案，剪不断理还乱而且越来越乱，最后自己把自己也搞糊涂了。

晏春在感情上受过深深的伤害。那个曾经与她海誓山盟相敬如宾的老公，在结婚两年之后的一个傍晚，竟领着一个比她还老还丑的女人来到她面前，厚颜无耻地向她宣布他们好了，而且他们已经有了一个一周岁的孩子！

晏春蒙了，傻了，简直不敢相信自己的眼睛和耳朵。这是真的吗？难道这就是那个曾经苦苦追求自己的男人？这就是那个发誓要一辈子爱自己的男人？晏春真的要疯了。可现实终归是现实，已经硬邦邦冷冰冰地摆在了她的面前，不由她不相信，也不由她不接受。

一切都已无济于事，也无可挽回。她怕了，躲了，藏了，逃了，由此心也死了。她从此不再相信男人，不再相信这世界上还有什么感情。

来到芸川啤酒厂以后，她除了工作还是工作，让工作把自己的生活填得满满的，直到战一杰的出现，才打破了她如止水般平静的心。

战一杰的英武、睿智、正直与担当，起初只是令她刮目相看，觉得这个男人非同寻常。由此就发展成了好奇，后来就发展到了深深的吸引，让她对男人又有了全新的认识，一颗心也随之死灰复燃了。

后来，战一杰和胡小英好了，晏春心里有些失落，可更多的则是羡慕与祝福。再后来她知道了战一杰与陶玉宛的过去，就默默地为小英捏了一把汗，总是抽空安慰和开导小英，还暗暗地为她出谋划策。一场大火，老胡牺牲以后，她对小英更是呵护备至，甚至对陶玉宛的锒铛入狱竟莫名地幸灾乐祸起来。

直到战一杰从印尼回来，直到肖春梅的突然离职，战一杰让她去劝说肖春梅的时候，她才知道了战一杰与肖春梅的一切，才知道了肖春梅肚子里的孩子竟是战一杰的！

晏春简直要疯了！"好你个战一杰！"这几个字简直是从牙缝里蹦出来的。

可当肖春梅把她和战一杰之间发生的一切原原本本地告诉了她，当她看着肖春梅因为满身的烧伤而独自垂泪，当她看着肖春梅抚摸着肚子那份幸福与满足的时候，她却是对战一杰怎么也恨不起来了。

通过这件事，晏春觉得自己突然之间成熟了，对前夫的恨也没有那么强烈了。当她把自己的这种感觉告诉小英的时候，小英也说她成熟了。但小英却突然问了一句："姐，你也喜欢战一杰吗？"

10

"我是在喜欢他吗？"晏春也在问着自己。

没有答案。其实这就是最好的答案！

晏春抚着小英乌溜溜的头发说道："姐只盼着你们两个能快快乐乐地走到一起，安安稳稳地过一辈子。"

可现在呢，本来板上钉钉的事却又陡生波澜，半路上又杀了个艾蒂出来，而且还气势汹汹，来者不善！当晏春得知这个消息以后，拔腿就往小英那儿跑，差点与正要出门的小英撞了个满怀。

在晏春的再三逼问之下，小英就把艾蒂的一切都讲了，接着也把战一杰在印尼出生入死的经历，以及他将计就计的计划与打算也一股脑全讲了。晏春听得目瞪口呆，听得惊心动魄，张大了的嘴巴好久都没能合上。

过了半天，晏春才从惊愕中清醒过来，口吃着问道："这么说来，这个艾蒂岂不成了成败攸关的关键？"

"是呀。这个艾蒂的出现本来就是个意外，更意外的是她偏偏又喜欢上了战一杰。"小英的表情显得很无奈。

"那战一杰是什么态度？"这才是晏春最担心的。

"在感情上我倒不担心战一杰，可就怕……"小英欲言又止。

"就怕什么？"

"就怕他为了大局，为了我父亲的重托，为了我们芸川啤酒厂这1500人的饭碗，牺牲了自己。"

"牺牲自己？"晏春顿了顿才明白小英这话的意思，哭笑不得地拍着小英的大腿说道，"我的傻妹子呀，他这哪是牺牲他自己呀，这是牺牲你呀。"

小英听了这话也是一愣，继而哑然失笑道："是啊，可真要是到了这一步，我又能怎样呢？"

"能怎样？我们不能就这么坐以待毙。"晏春说完就拧紧了眉头在那里想对策，过了好一会儿她才开口问："刚才你火急火燎是准备去哪儿？"

"刚才接了我省城同学的电话，战一杰正跟那个艾蒂在一起喝咖啡呢。我一着急，正准备去战一杰父母和姐姐那儿呢。"小英如实汇报。

"不妥。"晏春思忖着说道，"我觉着这事儿先不要惊动你这未来的公婆和大姑子，万一并不是我们想象的那个样可就弄巧成拙了，对你们以后的相处会极为不利。"

"这也是没办法的办法，不然，我该怎么办？"小英局促不安地问。

"别急，有姐呢，我们慢慢想办法。"晏春使劲握住小英的手说，"并购和建新厂的事并没有那么简单，我估计这个艾蒂很快就会来厂里。事关并购事宜，肯定是由我跟她打交道。到时候我再见机行事，你就等姐的好消息吧。"

11

果然，三天以后艾蒂就跟着战一杰回到了芸川啤酒厂。

当战一杰给钱冬青打电话，告诉他博爱啤酒的代表要到厂里参观考察的时候，老钱只是应着没有表态。当战一杰安排让他组织所有管理人员进行夹道欢迎的时候，老钱忍无可忍地说道："战总，您这是要学当年的马中一，再搞一次假合资吗？"

这话把电话那头的战一杰给问愣了，哑着嗓子问道："老钱，你说这话是什么意思？"

老钱尽量放缓了语气说道："我的战总啊，你知道现在厂里都在怎么议论你吗？"

听了这话战一杰顿了一顿，平静地问道："怎么又有议论了，都议论什么？"

"都在疯传你攀上了美国的豪门千金，成了当代陈世美不算，还要把我们整个厂子也赔上。"老钱赌气似的一吐为快。

听了老钱的话，战一杰真是啼笑皆非，无可奈何地叹道："我说老钱啊，我们这个厂到底是个什么厂啊？哪来的那么多天马行空的想象力，又怎么净出些上不着天下不着地的幺蛾子？"

"难道不是吗？"老钱反问。

"当然不是。"战一杰的回答斩钉截铁。

"那抛弃胡小英的事也不是真的了。"老钱简直有点喜出望外了。

听了老钱的一番话，战一杰的脑子一动，并没有回答他的问话，略一思忖说道："老钱哪，难道我战一杰在你眼里，在我们员工的眼里，就那么不堪吗？"

"那倒不至于。"老钱回答完又觉不妥，就又改口道，"不是的不是的，绝大多数员工还是信得过你战总的。"

老钱改完口了还是觉得欠妥，却一时又找不到更合适的语言来表达自己的意思，就急得只在那里喘粗气。战一杰用似笑非笑的语气说道："刚才我安排的工作能落实吗？"

"能！"老钱觉得战一杰的语气有点怪，在表明了自己的态度后又问，"要不要把厂里的厂房和设备收拾一下，再打扫一下卫生。"

"不要！"战一杰回答得相当干脆，又不放心地嘱咐了一句，"千万不要。只要把迎接的声势做大就行。"

放下电话，老钱被最后这一句嘱咐给弄得丈二和尚摸不着头脑，坐在那里想了半天也没想出个子丑寅卯来，就把马汉臣和晏春两位总经理助理找了来，一五一十传达了战总的指示。两位助理倒没有多少吃惊和意外，竟连一丝一毫的疑问都没有，扭头就各自回去安排了。望着他二人义无反顾的背影，钱冬青脸上竟不自觉地发起烧来。

12

艾蒂来到芸川啤酒公司的时候，受到了空前隆重的欢迎。

当战一杰的奔驰车缓缓驶进芸川啤酒厂大门的时候，雷鸣般的掌声便骤然响起，把开车的叶子龙倒给吓了一跳。小叶跟了战一杰这么长时间，知道战一杰一向踏实务实，最烦这套繁文缛节。可哪承想今天竟一反常态，搞开了这些表面文章，一时竟有点晕头转向，不知道这车是该停还是不该停，就连忙扭头看副驾驶座上的战一杰。

战一杰笑着点了点头，叶子龙会意地停了车。战一杰下了车，还没等他去开后面的车门，艾蒂已推开车门下了车。霎时间又是一阵雷鸣般的掌声响了起来，把她吓了一跳。看来艾蒂也没想到一进工厂大门就来了这么一出，以她对战一杰的了解不该是这样的，可她实在也想不明白战一杰这葫芦里到底卖得是什么药。

在所有管理人员众星捧月般地簇拥下，艾蒂来到古色古香的办公楼前面。她站定了脚步，一脸愠色地问战一杰："我不想只看这些形式主义的东西，我能直接到车间去看看吗？"

"当然可以。"战一杰两手一摊说道，说罢就让晏春和钱冬青留下，让其他人散了回各自的工作岗位。战一杰把留下的两个人给艾蒂作了简单介绍以后，就抢在前面领着他们向车间走去。

车间和各个工序上都是一派热火朝天的忙碌景象，本来一向对战一杰都是毕恭毕敬和笑脸相迎的员工们，这次却是一反常态，对于他们几个的到来都顾不上理睬和招呼，尤其是看到战一杰和艾蒂的时候，大多数人的眼光都是怪怪的，有的直接就把脸扭向了一边。战一杰对这一切仿佛并没有觉察，而且对一些随意摆放和脏乱差的现象也仿佛视而不见。就在这种既尴尬又纠结的情绪当中，他们总算把整个厂区都转了一遍。

等一行四人重新回到办公楼前面的时候，看到艾蒂面沉似水的表情，老钱的脑门儿上就渗出了一层细汗，心中一阵叫苦不迭暗叫不妙。心道：战总非要在厂门口安排那场虚张声势的欢迎场面，员工会怎么想？再加上他和那个艾蒂的花边绯闻，员工们心里能没有意见？今天的参观没出什么乱子那就算是万幸了，这又怪得了谁？老钱抹了一把额头的汗瞅了战一杰一眼，却见他还是那么一副漫不经心的表情，心里实在捉摸不透他这到底是唱得哪一出。

艾蒂并没有要上楼的表示，只是向晏春询问了一些财务方面的数据，然后就压低了声音对战一杰说道："你们这个厂确实没有存在的必要了，但员工们都是好员工，都很专心自己的本职工作，不媚上也不媚外，很值得我尊敬。"

战一杰只是点着头并不吱声，暗地里却为自己的暗度陈仓之计见到成效而心花怒放！

13

对于艾蒂的到来，芸川市委、市政府给予了高度重视，郑书记和邬市长一起出面会见了她，这让艾蒂颇感意外。心想，看来这个战一杰的能量确实非同凡响。

市政府二楼的小会议室里的气氛既轻松又融洽，战一杰把自己在省城开拓市场的情况作了一下简要的汇报。他话音刚落，邬市长就爽声笑道："我早听省报的莫总编讲了，说你跟艾蒂小姐上演了一场龙虎斗，怎么这么快把龙争虎斗唱成龙凤呈祥了？"

郑书记也笑着在一边帮腔道："这龙凤呈祥可是出好戏啊！"

"那你们的意思，我就是那巾帼不让须眉的孙尚香，战一杰就是那大耳垂肩双臂过膝的刘皇叔了？"艾蒂笑着接口说道。

此言一出，四座皆惊！

《龙凤呈祥》这出戏就是出自《三国演义》中的刘备过江迎娶孙尚香的故事。甭说是一个美国人，就算是土生土长的中国人，现在能一口说出这出戏的来历和出处，那也已经是极为难得了，更何况人家还是远在大洋彼岸的小姑娘。

邬市长收起一脸的惊愕，问道："看来，艾蒂小姐的中文造诣很深哪。"

艾蒂就笑道："我的大学就是在中国上的，而且从我的爷爷开始，我们家就与中国有着很深的渊源和感情。"

这下郑书记和邬市长的眼睛瞪得更大了，一旁的战一杰就将艾蒂的爷爷是当年"飞虎队"队员的事讲了。讲完以后就趁热打铁地说道："艾蒂小姐可是抱着一片赤诚来我们芸川考察的，二位领导也要拿出足够的诚意哟。"

"那是当然。"郑书记收起笑容说道，"就冲当年的老英雄，就冲艾蒂小姐对中国人民的这份感情，我们没有理由不热情，更没有理由不全力以赴地提供优惠与支持。"

邬市长轻了轻嗓子说道："我们芸川地处川南省的中部，西接省城东临大海，向北是油田，南边则是一马平川的大平原，交通四通八达，具有得天独厚的地理和地域优势。近十年来经济飞速发展，年生产总值近 500 亿元，城市综合实力在源山市排第二位，在川南省大约排在十名左右。同时，我们的招商引资工作更是走在了全省的前列，光世界 500 强的企业就有 5 家在我们这里设立分厂或分公司。对于博爱啤酒集团的实力和影响力我们早有耳闻，我们正在建设的文化创意园区正虚席以待。希望艾蒂小姐这次来芸川能够不虚此行，达成投资和合作意向。"

艾蒂差点让邬市长这套程式化的辞令逗乐了，但还是强忍着没有笑出声，轻轻咳了一声狡黠地说道："二位领导的盛情令我感动，其实我这次能来芸川是被你们这位战总给骗来的，至于投资和合作的事情，我认为都不是问题，问题的关键还在战一杰身上。"

二位领导一听这话先是一愣，马上就回过味来，不由异口同声地"噢"了一声。郑书记表情严肃地对战一杰说道："战一杰，艾蒂小姐既然这么说了，这事你就掂量着办吧。这个文化创意园区可是你的主意，这第一炮要是打不响，可别怪我们跟你不讲情面。"

14

战一杰也没想到文化创意园区的事会进展这么快，当初他提出这个建议与设想的时候，是基于三方面的考虑，一是考虑到化工城搬迁以后当地居民的就业问题；二是考虑到引进一批绿色和朝阳产业，更有利于当地生态环境的修复，能够起到边发展边恢复的作用；第三才是考虑的博爱啤酒的引进与建厂，才是自己那盘小九九。

一个综合性的文化创意园区从设计规划到上报批复，再到立项筹备，是一个牵扯面相当广并且相当烦琐的事情，没个一两年根本拿不下来。可没承想，不到小半年的时间就让芸川市政府给拿下了，在当下的体制中，这可以说是一个奇迹。

其实这次战一杰不来，邬市长也会去找他的。战一杰在省城做得风生水起，把整个快速消费品市场搅了个天翻地覆，邬市长时时刻刻都在关注着他的动向。从战一杰一步接一步的战略布局上，邬市长感觉到战一杰对于文化创意园区的建议不是空穴来风，更不是纸上谈兵，对于引进博爱啤酒等一批企业落户园区的想法更是看得见摸得着，这就更加坚定了他加速园区建设的信心和决心。可喜的是，在当下这种环保先行，既要 GDP 又要蓝繁天数的大形势下，他的这种靠绿色产业来引领经济发展的理念正好是恰逢其时。上面不光特事特办一路绿灯批准了文化创意园区的设想规划，还把这个项目列为了全省的试点项目，在政策和资金上给予了大力支持。

现在的玉泉山和龙泉水乡已大变了模样，化工城的整体搬迁早已完成，当初那一帮闹着上访的人员也已被陈胜利成立的"江北水城"文化旅游公司收到帐下，而且已红红火火干了起来。江北水城的框架基本有了眉目，一批文化旅游产业也已初具规模，看来旅游这一头已经基本可以松口气了。可企业入驻园区这头还只是张空头支票，一直在那儿悬着。其实邬市长早已在心里瞄准了第一个目标，那就是美国的博爱啤酒。

本来市委和市政府是安排了一大帮人陪同艾蒂去文化创意园区考察的，而且还安排了不少的旅游项目。可这些都被艾蒂婉言拒绝了，她说她要自己去转一转，这样的考察才真实有意义。艾蒂这么一讲，邬市长也不好再坚持，就把战一杰单独叫到一旁，压低了声音嘱咐道："你小子个人方面的事我不便插嘴，但博爱啤酒第一个进驻园区这事，我不管你用什么办法使什么手段，你必须给我做实喽！"

战一杰苦笑了一声，本想辩驳几句，可想了想又把话咽了回去，只是说道："如果博爱啤酒引进来的事情办好了，那我们厂原来那块地是不是就能开发了？"

"当然。那块地本来就在地产开发的整体规划当中，博爱这边要是办好了，你再说服张氏把那块地开发了，我肯定给你争取最优惠的政策，让你夺个彩，立个头功。"

"一言为定！"两个人的手紧紧握在了一起。

15

艾蒂到文化创意园区去考察，本来由战一杰和晏春陪同。临启程的时候，晏春突然开口说道："要不把小英也一块叫上吧，她提了好几次要去看公公婆婆的，正好也顺路。"

战一杰眉头一皱，不知道晏春这葫芦里卖的是什么药，也不敢贸然应允，就拿询问的眼光去看艾蒂。艾蒂倒是不以为意，说道："那就叫上小英嘛，我也想去看看公公婆婆。"

战一杰一听这话，惊得嘴巴张得老大半天合不上。晏春以为艾蒂不明白公公婆婆是什么意思，就耐下性子对艾蒂解释道："胡小英是战一杰的未婚妻，战一杰的父母就是胡小英未来的公公婆婆。"

艾蒂依然是一副满不在乎的表情，说道："我知道，那不都是未来的嘛，现在还不算数。"

正说着，胡小英已急匆匆地跑了来，并没有注意他们的表情，只是对晏春说道："我跟着去合适吗？"

晏春冲她使个眼色说道："有什么不合适的。你再不去，你那公公婆婆就成别人的了，对不对呀，战总？"

战一杰也不敢应声，连忙钻进车里去发动车。等三位美女上了车，战一杰看她们都是一副雄赳赳气呼呼的表情，心道："我的天，这是要干什么呀？看来这一路是凶多吉少啊。"

驶出城区以后，战一杰就给陈胜利打电话，把他们此行的目的以及郑书记和邬市长的态度和要求简单讲了讲，就让他安排接待。陈胜利一听要来一位美国客人，而且还是一位财大气粗的"公主"，连声应着说好。问明了战一杰到达的具体时间，他就说道："那我在七孔石桥前面恭迎你们。"

战一杰一听他那急于表现的口气，连忙说道："你可千万不要兴师动众的。艾蒂小姐不想惊动太多的人，你给安排一个像模像样的导游就行了。"

"这么简单？不合适吧。"陈胜利坚持说道。

"合适。邬市长就是这么要求的。"战一杰不想过多的啰唆。

"那好吧。还要我亲自陪同吗？"陈胜利还是有点不放心。

"不用。"战一杰说完就挂了手机。

等车子来到村口的七孔石桥前面的时候，果然有一位挺拔标致的姑娘等在那里。战一杰停下车，落下车窗玻璃跟她打招呼。姑娘弯腰向车里探看了一下，嫣然一笑，说道："我再叫辆车来吧。"

坐在后座上的艾蒂说道："不用。你上来我们挤一挤吧，再叫车既麻烦又耽误时间。"

导游姑娘被这位金发女郎流利的中文惊呆了，张大了嘴巴一时反应不过来。战一杰就笑道："那你就上来吧，我们抓紧时间。"

16

在导游姑娘的带领下，他们游览了正在建设中的"江北水城"，爬了玉泉山，喝了"梦泉"水，把个艾蒂高兴得大呼小叫的，天真得像个孩子。

战一杰并没有多少兴奋。新建的"江北水城"是不错，湖光水色相映成趣，煞是迷人，可全不是记忆中当年龙泉水乡的模样，多了几分时尚与斑斓，少了几分意境与幽远，让他心里说不出是个什么滋味。

来到正在破土动工的文化创意园区的时候，战一杰指着这一片旧貌换新颜的土地，对艾蒂说道："这份美好的蓝图就等着你第一个落笔呢。"

艾蒂没有接他的话茬，却把脸转向了一旁的晏春和胡小英："你们说我会在这里落笔吗？"

胡小英把脸扭向一旁没吱声，晏春却似笑非笑地说道："你要想落笔谁也拦不住。你要不想落呢，我们也不强求。"

战一杰一听晏春的语气就觉得有点不对。这一路上晏助理这是怎么了？鼻子不是鼻子脸不是脸的。连忙打着哈哈说道："艾蒂小姐中午想吃点什么呀？这里可有正宗的芸川菜呢，要不要尝一尝？"

"你家的公公婆婆会做吗？"艾蒂问道。

"公公婆婆？"战一杰脑子一转个儿才明白这话的意思，就笑道："我家里倒是能做，只是没早作准备，只怕慢待了客人。我们还是去镇上的招待所吧，那里厨师的手艺最正宗。"

晏春在一旁又开了口："这公公婆婆可没有乱叫的，再说老人都上了年纪，怎么好去添麻烦？"

这话确实把艾蒂噎得够呛，气氛一下就紧张了起来。这时胡小英连忙出来打圆场说道："我倒有个好的去处，我们去吃'新鲜生活'吧。"

"新鲜生活？就是你曾经说过的那个'新鲜生活'？"艾蒂瞪大了眼睛问。

"是的。去那儿行吗？"胡小英说着就拿眼神去征求战一杰的意见。

战一杰不由不佩服小英的机智与大度，但在心里积聚了更多的愧疚。连忙附和着说："好的好的，那就'新鲜生活'了。"

大家上了车，胡小英就给三叔打电话，让他提前准备。车子出了龙泉一进柳溪，一看见烟波浩渺的柳仙湖，艾蒂立刻把刚才的不愉快丢在了脑后，又大呼小叫地兴奋起来。

来到三叔的"鱼屋子"跟前，艾蒂如愿以偿看到那副对联就笑了，由此再联想到"新鲜生活"啤酒的创意，心中不由对小英又生出了几分敬佩。

17

三叔闻讯大笑着从里面迎了出来，一一跟大家握过了手，就拉住了战一杰的手再也不放，激动地说道："我的侄女婿啊，你可让我想煞了。今天一早这一网下去呀，打上来的鱼特别大特别多，我还捉摸呢，这是要来贵客呀。没想到不光你这贵人来了，还把外宾也给领来了，看来我这'新鲜生活'真要冲出亚洲走向世界了。"

小英连忙把三叔介绍给大家，又把他鱼屋子的特色说了，艾蒂连声夸赞："OK，OK。"战一杰跟艾蒂接触这么长时间了，很少听她讲英语，今天她突然冒出这两句OK，看来高兴得有点忘乎所以了。

大家说说笑笑进了里面，一大桌的菜早已摆好。金丝双黄鸭蛋、清炒小河虾、泥鳅钻豆腐和麻辣小龙虾，这几个色、香、味俱佳的菜品一下就把艾蒂给震住了，嘴巴张大了半天都没合上。

三叔安排大家坐好，一边倒着茶水一边笑道："我最拿手的一鱼多吃还没上呢。你们先尝尝这几道小菜，我这就去开火。"说完就文质彬彬地退了出去。

不一会儿一鱼多吃的几个菜就上来了。奶汤鱼头、清蒸鱼尾、干炸鱼鳞、醋熘鱼排，还有鱼骨羊肉汤。登时满屋子里鱼香四溢，真是让人垂涎欲滴。艾蒂手中的筷子拿起来了就不再放下……

吃完饭，艾蒂意犹未尽，又想到湖里去划船。三叔有点犹豫地看着战一杰。战一杰就劝道："我看还是算了吧，这里没有必要的防护和救援措施，万一出了意外我可担不起这个责任。"

艾蒂还想争辩，却看见晏春正在一个劲儿地给她使眼色，也大概明白了她的意思，就不再坚持。一路上艾蒂虽然对晏春没什么好印象，却也明白她是在为胡小英强出头，心里倒也不怪她，倒还蛮欣赏她的仗义与直率。

他们一行人刚来到湖边，只见远处有两个人急匆匆地跑了过来，小英就说道："是二叔和二婶。"

三叔说道："小战哪，你投的那5万块钱算是把你二叔给救了。这还不到半年的时间，他开的那个鱼屋子就足足赚回了这笔钱。"

正说着，二叔和二婶就来到了近前。二叔拉住战一杰的手使劲摇着说："小战哪，你来了也不给我打声招呼，是看不起你二叔咋的？"二婶也亲亲热热地挽住了小英的手，不住地嘘寒问暖。

战一杰和小英一边陪着笑一边问他们鱼屋子的经营情况。正说着，只听后面传来三叔的喊声："你们两个快回来，危险！"战一杰和胡小英回头一看，只见艾蒂和晏春正划着一艘小木船向湖里划去！战一杰和胡小英不由大惊失色，也跟三叔一块喊，让她们回来。

小木船上的两个人已听见了大家的喊声。艾蒂有些慌了，对晏春说："要不，我们回去吧。"

这时的晏春却是一脸的义无反顾，还没等艾蒂反应过来，只见晏春用整个身体使劲往木船的一侧一倒，立刻，连人带船翻倒在了湖水中……

第十二章　祸起萧墙

1

就在木船翻倒的那一刻，战一杰和胡小英几乎同时毫不犹豫地跳入了水中。

初春的湖水依然冰凉刺骨，但二人已顾不上那么多，只是咬紧了牙关，奋不顾身向落水的地方游去。等他二人游到倒扣的木船旁边时，一直还在水里扑腾的两个人早已不见了踪影。战一杰和小英碰了一下眼神，便深吸一口气一个猛子扎了下去……

等战一杰捞上晏春浮出水面的时候，只见小英也已扛着艾蒂浮了出来。两人顾不上打招呼，一碰眼神就奋力向岸边游去。

等落汤鸡样的四个人上了岸，二叔、二婶还有三叔马上展开了急救。都是水上人家，对于溺水的抢救自是驾轻就熟。不一会儿，艾蒂和晏春就把灌进肚子里的水吐了出来，人也慢慢睁开了眼睛。

艾蒂清醒过来的第一反应就是找晏春算账。可当她看到晏春也浑身透湿躺在地上比她还狼狈的时候，本来冲到嗓子眼的话就又咽了回去。翻身一骨碌爬了起来，对还在那儿浑身打战的救命恩人胡小英说道："小英妹妹，你为什么要救我，难道你不恨我吗？"

小英抹了一把头发上和脸上的水说："当然恨。"

"恨还救？"

"当然，这是两码事儿。"小英理所当然地回答道。

这时三叔已找来了几件破旧的军大衣，一边给大家披上一边说："咱别在这儿�扯了，快到店里把衣服换了，再让你婶子熬碗姜汤喝上，别让寒气入了脏腑。"

战一杰也忙不迭地说道："是啊是啊，咱快走吧。"战一杰对今天发生的事越想越怕，简直后怕得要死。这个晏春到底是怎么了？平时不言不语、不显山不露水的，怎么蔫人出豹子突然就干出了这么惊天动地的大事来，这是要与艾蒂同归于尽？不至于呀！可到底是为了什么呢，难道是疯了？

大家回到三叔的鱼屋子，换了衣服喝了姜汤。艾蒂二话不说，拉着晏春就进了一个单间，"咣当"一声把门关了起来。小英要跟进去，却被战一杰拽住了。

屋里的艾蒂早没了刚才的怒不可遏，只是百思不解地问道："这是为什么呢，你为什么要这样？"

晏春镇定得出奇，嘴角一挑笑道："我知道他们会救我们的，小英肯定会救你的。"

"你就这么肯定？不怕有个万一？她要是真的见死不救呢？"

"我就是要让你看看我们小英到底是什么人，你到底该不该和她抢战一杰。"晏春说完，接下来她就跟艾蒂讲了战一杰怎么怀揣着锦囊妙计回到芸川，讲了胡小英的父亲——工会主席胡玉庆的牺牲，讲了胡小英对战一杰的苦恋与付出，讲了战一杰重返印尼的出生入死，讲了战一杰的忍辱负重与殚精竭虑……

晏春讲完了，艾蒂也听傻了。过了好半天她才长长地叹了一口气说道："我明白了，可也真难为你这一片苦心了。"

艾蒂离开芸川临上车的时候，单独把胡小英和晏春叫到了一旁，表情认真而严肃地说道："关于博爱啤酒和芸川啤酒并购以及再建新厂的事，我不敢打包票，但我保证肯定尽力去办，估计不会出什么大的意外。"说完又紧紧握住胡小英的手说道："我真心地祝你们幸福。"

2

当胡小英将艾蒂临走时候留下的话学给战一杰听的时候，战一杰一直悬在心里的石头终于落了地。心想，看来博爱啤酒这一头基本算是有了着落，那下一步就剩下张氏这一头了。

几天来，战一杰一直在琢磨如何向老板张洪生汇报并购啤酒厂的事，思来想去一直找不到合适的理由和切入点。本来老板的打算是要用这块地来开发房地产，现在开发的事基本已与政府达成了共识，想来把啤酒厂出售给美国的博爱集团，暂且不说能卖多少钱，单从名声和影响来讲总比关张和破产要强吧，这种锦上添花的事儿他没有不同意的理由啊。可不知怎么搞的，战一杰的心里总萦绕着一种不祥的预感，总觉得哪儿不对劲儿，总觉得像是有什么事要发生，甚至他还在想，要不要自己再跑一趟印度尼西亚。

第二天，战一杰的预感居然果真应验了。一大早，工会主席钱冬青就风风火火地跑了来，把一张传真往他的办公桌上一摊说道："这事儿你知道吗？"

战一杰被他搞了个莫名其妙，顺手拿起传真说道："什么大不了的事儿呀？能把你老钱急成这样。"

可等他看清了传真的内容也不禁大吃一惊。传真是从印尼总部发来的，内容很简单，意思是鉴于芸川啤酒公司现在这种混乱的局面，兹委派以张洪波先生为首的工作小组进驻芸川啤酒公司协助工作。后面有张洪生的亲笔签名。

这是怎么回事？战一杰的头"嗡"地一下就大了，眼看着自己离胜利的目标越来越近，眼看离自己殚精竭虑舍生忘死争取来的结果只有一步之遥了，怎么突然就成了这样？战一杰只觉眼前一黑，一头就栽了下去。

这可把老钱吓得不轻，连忙跑上去扶住了战一杰。急道："战总，战总，你可千万要挺住啊。"说着就把摇摇欲坠的战一杰扶到沙发上坐了下来，连忙去接了杯水端过来。

战一杰喝了口水，这才慢慢缓过气来，目光散乱地看着钱冬青喃喃地说道："到底问题出在哪儿呢？我们怎么混乱了？他张大老板怎么就认为我们混乱了？"

"我也正纳闷儿呢，这简直是无中生有，简直是欲加之罪何患无辞啊！"

"不对，肯定是哪儿出了问题。张洪生不会做这种无中生有的事，说不定会另有隐情。"战一杰已经慢慢冷静了下来。

"要不你给老板打个电话问一问，是不是中间有什么误会呀？"老钱拧着眉头分析道。

战一杰沉思了半响，摇了摇头说道："不妥。张洪生的电话可不是随意能打的，还是等这个大公子来了摸摸情况再说吧。"

3

对于大公子张洪波，战一杰还算是比较了解的。这位生就一副艺术家的秉性脾气，既激情浪漫又放浪形骸，在琴棋书画各方面都有着极高的造诣，同样玩女人也是高手中的高手。以他的这副花花公子的德行，在张氏，不论是谁都以为他不会对权力、对生意感兴趣，不会觊觎接班人的宝座。可恰恰就是这个表面上最不在意的人，却偏偏干出了买凶杀人的勾当。

当初要不是战一杰替洪生挡了那一枪，谁知道现在的张氏会是什么样？说不定他张洪波早就是董事长了。所以这位大公子对战一杰，应该是恨得牙都痒痒。而战一杰呢，一枪之仇也同样刻在心里，要不是为了与洪生讨价还价争取来了一年的时间，他同样不会轻易放过这个浑蛋。

在去往省城机场接机的路上，战一杰就把自己与张洪波之间的这段梁子告诉了杨小建。杨小建听完，一拳重重地砸在了方向盘上，咬牙切齿地说道："这个狗日的，原来打黑枪的就是他。等会儿见了他，非把他的蛋蛋捏碎不可。"

战一杰之所以一直没把张洪波就是罪魁祸首的事儿告诉杨小建，就是怕自己这位天不怕地不怕的愣头青兄弟一时压不住火再捅出什么娄子，坏了自己将计就计的全盘计划。现在这个张大公子竟然追到了眼前，而且又是在生死攸关的关键时刻，自己已是无路可退，哪还有什么好顾忌的呢。

等飞机场的出口处出现了张洪波那潇洒倜傥的身影的时候，战一杰看见杨小建的拳头已紧紧地攥了起来。他连忙在他的肩膀上重重地拍了一下，低声说道："小不忍则乱大谋，先看看情况再说。"

战一杰快步迎了上去。张洪波也已看见了他，连忙用生硬的汉语打着招呼："一杰，一杰，我们在这儿呢。"

等两个人热情地拥抱完了，张洪波又给战一杰介绍后面的两个人。一个是北京公司的厉总，一个是上海公司的方总。战一杰又和两位老总握了手。北京的厉总只是闻名并没有见过面，但和方总却是老熟人了。上次他和肖春梅到上海的时候，受到了人家的盛情款待，所以战一杰对他尤为热情。

上了车，张洪波就迫不及待地开了口："一杰啊，我们这次来你千万不要有什么顾虑和思想负担，只是走走程序和过场而已，你放一万个心就好了。"

战一杰还没接口，正开着车的杨小建却用鼻子狠狠地"哼"了声，车子也突然提速，把车上的人都闪了一下。战一杰装作生气地皱了一下眉头，马上又笑道："这是我们公司的司库杨小建，当过特种兵，我们一起跟着洪生董事长在巴勒斯坦做项目的时候，他曾经一个干掉过三个持枪歹徒。"

听了战一杰的介绍，张洪波的眼中掠过一丝不易觉察的惊惶。但马上就笑道："我听洪生提起过，真是百闻不如一见哪。"

一旁的厉总也附和道："是啊是啊，真是功夫了得啊！"方总却只是轻轻地笑了笑，没有吱声。

4

在公司会议室的欢迎会上，战一杰宣布了总部的决定以后，就请张洪波讲话。张洪波本来是准备大讲特讲一番的，可看到在座的各位都面色不善，而且有几个人已是横眉冷对怒目而视。更有甚者，杨小建的拳头已经悄悄攥了起来。他马上改变了主意，只是简简单单把芸川啤酒公司取得的成绩表扬了一番，又代表集团董事会对在座的人员表示了问候以后就宣布散会。

等管理人员都离开了，战一杰单独把钱冬青留了下来。给他们作了相互介绍以后，说道："工作组的办公和住宿是怎么安排的？"

"办公就安排在原来赵志国的办公室，住宿呢安排在后面的公司招待所。不知道张董和两位老总有没有意见。"老钱的态度不卑不亢。

张洪波还没有表态，厉总却抢先说道："办公的地方无所谓，只要方便工作就行。住宿我和老方两个可以住在厂里，让张董也住招待所有点不合适吧。"

"那就住外面的星级酒店？"老钱试探着问。

"我看还是单独租套房子吧，规格和条件当然要本地最好的，这样也能体现我们集团的档次和实力嘛。"厉总谄媚地看着张洪波说道。

张洪波看似极不情愿地点了点头说道："也不要太讲究嘛，差不多就行。"

战一杰这才明白，这个工作组看来是要常驻"沙家浜"了，弄不好这个厉总就是来鹊巢鸠占的。就装作有意无意地说道："我看办公的地方还是分开的好。张董和厉总就在赵志国的办公室，方总和我一个办公室。"

"行啊，那就马上安排吧。"看来张洪波要急于离开。

等三个人离开以后，老钱也觉出不妙来，忧心忡忡地说道："看来这次真是来者不善哪。"

战一杰想了想说道："这样吧。以后不论这个厉总去哪儿，你都给我盯紧点儿。让杨小建盯住张洪波，我先从方总那里摸摸情况再说。"

老钱一听战一杰这么安排，更显得焦躁不安起来。问道："不会出什么事吧？那张洪波毕竟是董事长的亲哥哥，他要是真要对我们芸川动了什么坏心思，那麻烦可就大了去了。"

"能有什么麻烦呀，不就是个哥哥吗？就算是张洪生亲自来了，想做什么对我们职工不利的事，我也不会答应。"战一杰握紧拳头坚定地说道。

"有你这句话我就放心了。"老钱有点激动。

"另外，对我们厂里最近的风吹草动你也要多留点心。估计这次工作组的进驻绝不会是空穴来风，肯定是有内鬼。"

"内鬼？"老钱觉得战一杰的猜度有点匪夷所思，"我们厂里的人有谁能跟印尼联系上？谁有那么大的本事？不可能吧。"

"过不了几天就会水落石出的。"战一杰蛮有把握地说道。

5

方总的办公桌就安在战一杰的对面，等一切都收拾停当，战一杰给方总沏了茶水递过去，说道："方总的胃病怎么样了？我认识一位相当不错的老中医，要不要找他给看看？"

"老中医，管用吗？"看来方总还在忍受着胃病的煎熬。

"当然管用。说是神医吧有点夸大其词，但我岳母的胃癌确实让他给治好了。"战一杰认真地说道。

"真的？"方总激动地满脸通红，仿佛抓住了救命稻草一般。

战一杰一看方总的表情就知道他病情的严重性，看了一下手表说道："今天走看来是来不及了，明天一早我们就去。您就放心吧，我不敢说能药到病除吧，但效果肯定不一般。"

方总也感受到了战一杰急切中饱含的真诚与关心，用颤抖的声音说道：

"那真是太感谢你了战总。"

"跟我您还客气什么？您是肖春梅的老领导了，于情于理我都是义不容辞啊。"战一杰说完又补充了一句，"肖春梅回上海以后怎么样啊？"

方总被战一杰问得有点发蒙，反问道："刚才人多我一直没瞅着机会问，我还正要问你呢。怎么我来了没见到春梅啊？怎么，你说她回上海了？"

"是啊，得有小半年了吧。难道她从张氏辞职的事您不知道？她回上海一直没联系过您？"战一杰觉得头皮一阵发紧，手心直冒汗。

"春梅辞职了？"方总大吃一惊。

此时战一杰已顾不了许多，掏出手机就拨肖春梅的号码，回声却是此号码已停机。战一杰的心"忽悠"一下就像掉进了冰窟……

方总也看出了蹊跷，等战一杰情绪稍稍平静了才关切地问道："到底是怎么回事？"

战一杰知道方总和肖春梅的关系，也没有隐瞒，就把肖春梅在芸川前前后后的经历讲给了方总。方总一听肖春梅被烧伤还怀了孕，竟一时反应不过来，呆在了那里。过了好一会儿，方总才痛心地问道："烧伤很严重吗？"

"倒是不很严重。但对于一个女同志来说却是尤为痛苦和难以接受的。"一提起这事儿战一杰的心也在流血。

"那怀孕又是怎么一回事？"方总早就知道肖春梅离婚的事，所以才有此一问。

战一杰故作镇定地说道："要个孩子是她一直以来的心愿，终于得偿所愿，我们都为她感到高兴。"

听到战一杰回答得如此含糊，再说上次见面的时候他也看出了战一杰和肖春梅关系非同寻常，也就不再追问。

"那她到底去了哪儿呢？"这个疑问就像紧箍咒一样紧紧箍在了战一杰的心头。

6

第二天他们便来到了河东的"中华神农"中医院。战一杰跟上次一样，如法炮制去买了个号，没等多久就看上了。鹤发童颜的老中医给方总号完脉又看了舌苔，还是那套词儿："首先说一点，病能治，而且能治好。我先开一个疗程的药，二十天一个疗程，要每天现熬现吃，不能间断；另外要保持心情舒畅，按要求忌口。这样，估计三个疗程就能痊愈。"

方总激动地声音有点颤抖："您说我的病能完全治好？"

老中医把药方递给战一杰就不再理他们，冲后面喊："下一个。"

回来的路上，方总依然不大相信地问战一杰："这北京上海的大医院都判了死刑的病，他真能给治好？"

战一杰一边开着车一边认真地说："说起来是有点让人难以置信，但活生生的例子就在那儿摆着。我的岳母，就是质量技术部经理胡小英的母亲，那真是治好了，这绝不会掺假。回去您可以找她去交流交流。"

"我不是不相信，只怕会是空欢喜一场。"方总嘴里虽是这么说，心里却已是打消了疑虑，咽了口唾沫又说道："我说一杰啊，对于这次工作组进驻芸川的目的，想必你也能猜出个八九不离十吧。"

战一杰晒然一笑，说道："张大公子的为人你我都心知肚明，但他的目标肯定不会是我，我还没那个分量。"

"是啊，我也是这么想的。但具体情况我也不是太清楚，只听说洪生老板是为了你，才把中国大陆的房地产开发进度一拖再拖的，为此已犯了众怒。张洪波这次来芸川就是要拿你开刀的，你是个突破口。"

"什么？"战一杰虽然早做了种种猜测，但没想到事情竟会是这样。他皱着眉头想了想开口说道："真是难为洪生老板了。"

方总也叹了口气说道："是啊，现在张氏其他的产业都不景气，只有中国的房地产项目最有发展前景，最具潜力，却一直这么拖着，洪生确实顶着不小的压力啊！"

"那他们想怎样呢？"

"还能怎样？就是想取而代之呗。"方总虽然不明白洪生为什么会为了战一杰而跟整个董事会作对，更不明白战一杰为了什么要去阻止房地产的开发，但他对洪生和战一杰的人品还是了解和信任的，所以战一杰不说他也不问。

"就凭他们，也配！"战一杰压抑不住心头的愤然，顿了顿又问道："那个厉总到底是个什么路数？"

"那就是张洪波的一条狗。但你千万不可小觑了他，这个人老谋深算，曾在多个部门和企业干过，工作经验非常丰富，能力和手段都非同一般。"

方总的口气里充满了担忧。

"传真里说芸川啤酒公司局面混乱，不知这是从何说起，是指哪一方面的事情？"

"这我也不是太清楚，据说你们厂的人给董事会寄去了检举信和揭发材料，内容都是针对你个人的。你是不是在厂里得罪什么人了？"

"得罪了什么人？"战一杰在嘴里反复念叨着，陷入了沉思。

7

没出一个礼拜各方面的信息就反馈到了战一杰这里。

厉总的行动很张扬，有点明目张胆的意思。他让钱冬青领着他一个部门一个部门地转，每到一个地方，引子是先了解了解工作，接下来就直奔主题，开始打听大家对战一杰的看法和意见，而且鼓励说一定不要有顾虑，要知无不言、言无不尽。

反正林子大了什么鸟儿都有，让他这么一发动，还真收集了一大箩筐的意见。有人说战一杰是个败家子儿，拿着大把大把的钱去打什么省城市场，家门口的市场还没做好呢，为什么非要跑到省城去撒钱？敢情不是花他自己钱，是老板的钱，是工人们的血汗钱。还有人说战一杰是个大色鬼，吃着碗里的看着锅里的不算，还去泡什么外国妞，还敢领着外国妞来厂里招摇过市，这个厂早晚得成了他攀附豪门的晋见礼。

当老钱把这些反映和意见讲给战一杰听的时候，战一杰只是在那里静静地听着。等老钱讲完了他才开口："厉总是什么态度？"

"那老家伙是如获至宝啊，满满记了一大本呢，估计这都是你的罪证。"老钱愤愤不平地说道。

"一人难称百人心。既然我当这个老总，既然想干事儿，就不怕这些，我问心无愧就好。"战一杰坦荡地说道。

"是啊。这么大一个厂上千人呢，有些杂音也很正常。再说嘴长在人家脸上，就让他们去说嘛，你也不用太往心里去。我相信公道自在人心，群众的眼睛是雪亮的。"老钱好言安慰道。

老钱说完，犹豫了一会儿又说道："还有一个事情，我不知道当讲不当讲。"

"有什么事你就说嘛，跟我还用得着这样。"战一杰不明白会有什么事让老钱这么为难。

"就是有人反映，去年厂里发生的那场火灾是因为你没批大换气扇计划造成的。这不是血口喷人吗？要不要我们工会出面辟辟谣？"老钱问道。

老钱话音刚落，却发现战一杰有点不对劲，浑身颤抖，脸色煞白，把他着实吓了一跳。急道："你这是怎么了，不要紧吧？"

过了好一会儿，战一杰才平静了下来，痛苦地说道："辟什么谣啊？这是事实。"

"事实？"老钱有点不相信自己的耳朵。

"是的。这件事已经折磨了我大半年了，是我害了胡主席，害了肖春梅。"战一杰沉浸在深深的忏悔之中。

"这怎么能怪你呢？那次火灾与你批不批换气扇的计划没有因果关系，就是换了气扇火灾也不一定就能避免，你不要硬往自己身上揽责任。"老钱看到战一杰这个样很是于心不忍，想了想又说道，"现在可是到了生死攸关的时候，我们可千万不要中了敌人的诡计，钻进了他们的圈套啊！"

8

杨小建反馈回来的信息更是大大出乎意料。

小建是干特种兵的出身，跟踪盯梢这点事儿对他来讲简直是小菜一碟，所以几天来张洪波的一举一动全没有逃过他的法眼。

张洪波安顿好以后，见的第一个人竟是马中一！马中一是原来芸川啤酒厂的厂长，当年芸川啤酒公司的合资就是由他一手促成的。后来合资公司的中方和外方闹矛盾，他也是始作俑者。再后来中方输了官司，他也就退出了历史舞台销声匿迹了。谁承想他竟然又跳了出来，难道他和张洪波还有什么不可告人的企图和秘密？

再后来张洪波又见了一个人，竟是原来的酿造车间主任曹永平！曹永平干酿造车间主任的时候，与当时的采购部长许茂一起弄虚作假不说，还私自从厂里往外倒卖酵母菌种。这事被战一杰查实以后，本打算报案的，是工会主席胡玉庆和生产部长徐国强拼命说情才免于牢狱之灾的，公司只是开除了他就不再追究。没想到他竟然与张洪波和马中一搅在了一起。

还有一个情况，杨小建汇报的时候有点忍俊不禁。张洪波这个花花公子来了大陆来了芸川依然是狗改不了吃屎，三天没熬住就找开了小姐。估计这小姐是马中一给联系的，要不然张洪波不会上手这么快。小姐的底细杨小建也摸清了，随时可以拿下。

几个方面的信息一汇总，整个事情的脉络也就逐渐清晰了起来。看来张洪波和马中一的目标和目的是相辅相成的，马中一的目标无非是赶走战一杰，达到他重新掌控芸川啤酒厂的目的；而张洪波是想以拿下战一杰为突破口，达到扳倒张洪生的目的，所以他们两个就一拍即合联起手来。那个曹永平则是为了报当年战一杰的一箭之仇而成了他们手中的一颗棋子，成了他们暗中插入厂里的一颗钉子，厂里对战一杰的攻击和负面情绪应该是他暗中串通和煽动的结果。

摸清了敌情以后，战一杰的心里也就有了底。他问钱冬青："你怎么看？"

老钱对于应付这种事一点经验也没有，憋了半天才说道："要不我们从马中一入手，先把他制住。"

一听老钱这话，杨小建差点笑出了声。说道："把他制住？怎么制住？他又没犯法，我们也无凭无据，再说我们也不是公安局和检察院呀。"

战一杰当然知道老钱这方面确实没经验，却也不想令他难堪，就冷下脸来问杨小建："你有办法就快说，少在这儿说风凉话。"

其实杨小建倒没有看轻和取笑老钱的意思，见战一杰急了眼，就连忙说道："俗话说得好，擒贼先擒王。只要把张洪波给一举拿下，那就一切万事大吉。"

"可张洪波是外宾，又是董事长的亲哥哥，哪是那么容易拿下的？"老钱不无担忧地说。

杨小建得意地坏笑道："我摸清那个小姐的底细是为了什么，你现在懂了吧？"

老钱这才恍然大悟，伸出大拇指夸赞道："高，实在是高。"

杨小建得意地笑道："你老钱就学着点吧。"

9

本来是即将进入旺季的大忙时节，可厂里让张洪波这么一搅和就有点人心惶惶起来。一大早，生产部经理徐国强就来找战一杰，一进门就发牢骚："这是要干什么呀，跟文化大革命似的。这生产安全可不是儿戏，这样下去非出事儿不可。"

战一杰坐在那里没有动也没有吱声。这时方总却开口了："徐经理说的事儿可不是小事，我看你还是到张董和厉总那儿反映反映吧。"

老徐听方总这么一说，见战一杰并没有反对也不表态，心里就明白了，扭头就去了张洪波的办公室。没过多久就听见张洪波的办公室里传出了争吵声。不一会儿，老徐就一摔门走了出来，在走廊里大声骂道："什么狗屁工作组，什么狗屁领导，老子不干了。"骂完就扬长而去。

不一会儿，厉总就来到战一杰的办公室，颐指气使地说道："这个徐国强简直就是个土匪嘛！厂里怎么能用这种人？战总，你马上下个文，免去他生产部经理的职务。"

"为什么？免去他部门经理的职务总得有个理由吧。"战一杰站起身冷冷地说道。

"理由？目无领导，扰乱工作秩序，不服从工作安排，这还不算理由？"厉总毫不示弱。

"好像还轮不到你来安排我吧。"战一杰一脸不屑地说道。

"好。我是安排不了你，我让能安排你的人来安排你。"厉总气急败坏地转身走了。

不一会儿，张洪波的电话就打了过来，让战一杰下通知，马上召开公司管理人员会议。方总一听就觉得事情不妙，后悔不该撺掇老徐去闹，连忙压低了声音对战一杰说："一杰呀，千万不要冲动，胳膊终归拧不过大腿，你还是先忍一忍吧。"

战一杰给老钱打电话让他下通知开会，放下电话对方总说道："方总，您也是干企业的，老徐说得不是没有道理。向来这生产安全无小事，来不得半点马虎大意，要不然真会出大事的。再说现在正值生产旺季，工人加班加点累得半死，哪容他这么捣乱啊！"

"你先消消气，不要意气用事把关系搞僵了，不然我怕会对你不利。"方总担心地说道。

"这不是意气不意气的事，这是原则问题。甭说他张洪波了，就是老板张洪生来了，想这么乱搞也不行。"战一杰说得斩钉截铁。

方总急得直搓手。两人正说着，老钱就敲门走了进来，问道："人都到齐了，有什么重大的事情吗，这么急着开会？"

战一杰没好气地说道："开了就知道了。"

方总则摇着头叹了口气，说道："怎么就这么不听劝呢，还是年轻啊。"

10

这次会议开得有点剑拔弩张。厉总大谈了一通董事会对芸川公司的关注与重视，又谈了一会儿工作组工作的重要性，并代表董事会的权威和权力宣布即日起免去徐国强生产设备部经理的职务。

他的话音刚落，战一杰就冷笑道："我不同意。我现在还是芸川啤酒公司的总经理，还轮不到你在这里指手画脚。"

厉总一听脸色大变，对战一杰的话又无可辩驳，就厉言厉色地说道："你是总经理不假，难道董事长和董事会的决定你敢不听？"

战一杰还没开口，方总连忙抢先说道："当然要听，当然要听的。"说着就不住地冲战一杰使着眼色，生怕他不管不顾，导致局面无法收拾。

战一杰装作没看见的样子，依然口气强硬地说道："将在外君命有所不受。再说了，你能代表董事长吗？"

这时一直沉默的张洪波开口了："他不能代表。我能代表吗？"

"有授权委托书就可以代表。"战一杰掷地有声地说。

张洪波万也没料到战一杰会如此强硬，倒被这话一下将在那儿。可马上就回过神来，一字一句地说道："我是张氏集团的第二大董东，是董事长张洪生的亲哥哥，我能管得了你吗？"

"能!"战一杰答道。

"那好。我宣布免去你芸川啤酒公司总经理的职务，暂由工作组接手公司的管理，正式文件由我向董事会汇报后立即下达。"张洪波的口气相当严肃。

会议室里鸦雀无声，大家都屏住了呼吸，一点动静也不敢出。过了好一会儿，战一杰平静地说道："我服从张组长的安排。"

"那好。下面就由厉先生讲一讲工作组这段时间的调查结果，希望大家要认真听认真记录，同时希望战一杰先生要虚心接受意见与批评，吸取教训，端正态度，积极配合工作组的工作。"张洪波乘胜追击说道。

厉总打开记录本，有板有眼地讲了起来。内容全是针对战一杰的，一共给他列举了8大罪状。有独断专行，有刚愎自用，有玩忽职守，有大吃大喝，有道德败坏……

还没等他讲完，坐在他旁边的杨小建已站了起来，抓起他摊在桌上的记录本撕了个粉碎，又一把揪住了他的后衣领子把他提了起来，说道："好你个狗东西！你这是来工作的吗？你这是来整黑材料的。"

顿时会议室一阵大乱。张洪波吓得一下跳到一旁，叫道："战一杰，你们想干什么？太无法无天了。"

战一杰猛地一拍桌子，吼道："都给我住手。"

杨小建一看战一杰脸色铁青，也就松开了厉总的衣领，把他摁到椅子上坐下。张洪波也回到原位坐下，定了定神说道："今天的会就开到这儿吧，等董事会的正式文件到了我们再开会。"

11

第二天厂里罢工了。

当客户拉酒的车堵住公司大门的时候，战一杰就拜托方总去张洪波那儿探探动静，看看他们有什么反应。方总不一会儿就回来了，叹了口气说道："一杰啊，你太高估他们了。他们正在喝茶聊天呢，看样子他们巴不得这样呢。"

战一杰脑子一转个儿，看来真是高估他们了。是啊，厂子罢不罢工、生产不生产、丢不丢市场，与他们又有什么切身的关系呢？他们又不是这个厂里的人，他们又不指着这个厂子吃饭和生活，你这一闹不是正中人家的下怀吗？

想到这儿，战一杰不再有丝毫的耽搁，马上把老钱找来，让他马上下通知恢复生产。老钱一听，把头摇得跟拨浪鼓一样，气愤地说道："我们的斗争才刚刚开始，怎么能就这么草草收场呢，难道我们就这么认输了？你这总经理就这样让人家给罢免了？再说，我去下通知，大家也不一定就能听我的。"

战一杰一笑，说道："难道你要我亲自去下通知？他们要不听你的，你就说是我说的，让他们马上恢复生产。厂子是我们的，饭碗也是我们的，我们不能自己砸了自己的饭碗！"

老钱一听也是这么个理儿，就无可奈何地摇着头去下通知了。

恢复生产没一天，厂里就停汽了。老钱来找战一杰，问怎么办。战一杰想了想，说道："你先去找找那边，看他们有什么反应和办法。"说着就用手指了指张洪波和厉总的办公室。

老钱会意地去了。当他把停汽的事作了汇报，并没有在工厂工作经验的张洪波当然一听头就大了，束手无策地去看厉总。厉总这方面的经验倒是有，问了问具体情况，就又问老钱以往碰到这种事是怎么处理的。

老钱就如实相告，说要去市政府协调。厉总又问："具体去找谁呢？"

"原来的时候，战总都是直接去找分管企业的副市长。找别人作用不大。"

"那好吧。你马上备车，陪我和张董去一趟市政府，我们正好要与市里的领导见个面呢。"厉总倒是雷厉风行。

来到市政府，钱冬青就领着二位领导直接去找晏副市长。晏副市长刚好在办公室，他与老钱也熟识，见他来了就问："战一杰那小子这一阵忙什么呢，连个电话也不打。"

老钱没接茬，连忙把张洪波和厉总介绍给晏副市长。晏副市长一听张洪波是张氏董事长的亲哥哥，倒是吓了一跳，慌忙起身相迎，赔着笑脸连说慢待了。

张洪波矜持地与晏副市长握了手，就让厉总介绍企业停汽的情况。晏副市长听了，心里直纳闷儿，心道：战一杰这个狗东西跑哪儿去了，来了这么个大头也不知会一声，让市里没一点准备。

厉总见晏副市长在那儿直愣神，就用咄咄逼人的口气说道："我说晏副市长，给我们企业停汽的事情你们市政府要高度重视，马上解决，不然会直接影响到我们张氏集团对芸川的投资信心和热情，这对你们是极为不利的。"

晏副市长一听这话，就知道这是个不懂装懂的外行货，可又不好当面发作。再说他也不知道芸川啤酒公司这到底唱得是哪一出，就不冷不热地说道："你们先在这儿稍等，我先去了解一下情况，马上给你们解决。"

12

晏副市长来到外面就拨通了战一杰的手机，劈头盖脸地就开了骂："好你个狗日的战一杰，你们董事长的哥哥来了你也不向市里汇报，你想怎样？我看你是不想在芸川混了。"

战一杰一听晏副市长竟说出这样不合身份的话，就笑道："怎么了我的大市长，受什么刺激了？听口气怎么像是黑社会啊。"

"别跟我扯蛋，到底是怎么回事，快说。"晏副市长确实很急，因为这个张洪波的身份的确很特殊。

战一杰也没有隐瞒，简明扼要地把厂里的情况向晏副市长作了汇报。晏副市长听了，沉吟半晌才问道："你们厂里的事咱先不说，单就停汽这个事儿，你说该怎么办？"

"当然得马上解决，但也要给他们个下马威，让他们知道我们芸川人也不是那么好惹的，不然以后一些问题不好处理。您觉得我说的有道理吗？"战一杰直言说道。

晏副市长当然明白战一杰的想法，就说道："好吧，我就把这个破绽留给你，你小子满意了吧。"

战一杰没想到晏副市长这么善解人意又这么够意思，连声说谢谢。

晏副市长回到办公室，见了张洪波和厉总，满脸歉意地说道："十分对不起呀张先生，我已经把情况搞清楚了，停汽的原因是发电厂的设备临时出现突发故障造成的，我已严令电厂抓紧时间排除故障，设备一旦修好马上恢复送汽。"

"这怎么行呢！你们这样一点征兆和预警都没有就突然停汽，是会给我们造成经济损失的，这损失由谁来承担？"厉总依旧是一副咄咄逼人的姿态。

"说了是突发事件嘛，这又不是人为造成的，让人家电厂来承担损失也不太好吧？"晏副市长一副十分为难的样子。

"那怎么办？这点问题都解决不好，我们外商还怎么在这里投资？我现在就想，要不要建议我们董事会从芸川撤资。"张洪波完全是一副威胁的口气。

晏副市长心里一阵好笑，心道：张氏集团的产业遍布全球，生意做得那么大，怎么还有这样的菜鸟董事，真是奇了怪了，难怪战一杰会突然被免职。

想到这儿，晏副市长摆出一副公事公办的态度，不冷不热地说道："既然张先生把话说到这个份儿上，我也不好再作过多的解释。但我保证我们会尽最大的努力用最快的速度恢复供汽，这一点请你们放心。"

"这怎么能让我们放心？我要直接面见你们的市长。"张洪波沉下脸说道。

"我们邬市长到源山市政府开会去了，很是不巧啊。"晏副市长的口气已越来越冷淡。

"那我们就到源山市去。"张洪波甩下这句话就拔腿往外走。厉总一看，也连忙跟着往外走，边走边说："就你们这个态度，谁还敢来投资？"

晏副市长依然礼貌地把他们送到楼下，直到看到他们的车出了政府大院，才哭笑不得地摇了摇头叹道："看来战一杰这小子的日子确实不好过呀。"

13

张洪波和厉总垂头丧气地回到厂里，下了车边往楼上走边问跟在后面的钱冬青："钱主席，你觉得现在我们应该怎么办？"

"晏副市长不是答应马上协调了吗，那我们就安心等着吧，我也没有什么好办法。"老钱装作十分着急的样子。

"我怎么觉得那个晏副市长是在要我们呢？"厉总疑神疑鬼地说道。

"他敢吗？"张洪波颇为自信地说道。

"是啊，我觉得他们也不敢。"老钱一边跑到前面去给他们开门一边说着。等他们进了屋，又故作神秘地低声说道，"战一杰与这些政府官员倒是挺熟的，要不就让他出面去协调协调？"

"不行。再说估计他也不会去。"厉总说道。

"就让他去。他要是不去，就治他个二罪归一。"张洪波居高临下地说道。

张洪波说完，见老钱没有行动，就有点不耐烦地说道："怎么，我也安排不动你了？"

老钱为难地说道："我哪敢哪，可我觉得还是您亲自去找他好一点。"

"我会去求他？你去找他，就说是我命令他去的。"张洪波说完这话就精疲力竭地斜躺在沙发上。

老钱走了没有十分钟，汽就送上了。等厂里机器的轰鸣声一起，厉总就叹了口气说道："看来我们是低估这个战一杰了。"

张洪波当然也觉出了事情的复杂与棘手，但一时又想不出什么应对的办法，只觉得脑仁一阵阵地疼。他自小养尊处优随性而为惯了，哪操过这份心受过这种煎熬，只觉得从未有过的身心疲惫，有气无力地跟厉总打了声招呼就打道回府了。

一回到自己的临时府邸，张洪波马上就给马中一进贡来的那个小姐打了电话，让她火速赶过来，说让她来救火。

大约十分钟的时间小姐就赶过来了。一进门，早就欲火焚身脱得一丝不挂的张洪波就扑了上去。当两个人赤条条地绞在一起激战正酣的时候，房门突然一开，几个全副武装的警察就闯了进来，有人亮证件有人拍照，不容分说就把两人控制了起来。等他们二人穿好衣服，领头的一个警察就喝道："起来，跟我们走一趟。"

"去哪里？"张洪波就像一只落水狗一样哀号道。

"当然是去局子里了，这还用问？对吧警察哥哥。"那小姐倒是没有多少惊慌。

这时，不可一世的张洪波已是浑身瘫软，站也站不起来了。

14

当战一杰和杨小建赶到芸川公安局的时候，经侦大队的孙队长早已等在那里。孙队长在查当年江河麦芽厂贪污案的时候就与战一杰成了老铁，一看战一杰来了连忙迎了上去，一边和他们握手一边笑道："怎么样，我们干得漂亮吧！就是你们那个董事也太屁了点。"

"接下来我们该怎么办呢？"战一杰问道。

"这种事可大可小。再说你们这个董事是个外宾，牵扯到国际影响，一些关系很不好处理，你还是赶紧把他弄走吧，省得给我们找麻烦。"孙队长倒是实话实说。

杨小建在一旁道："你们没给他点颜色看看？"

孙队长笑道："我们也就吓唬吓唬他就行了，你还真以为我们什么都敢干哪？"

杨小建把嘴一撇道："想当年我们干特种兵的时候……"

还没等他往下说，战一杰就截住了他的话头，笑道："别再提你那想当年了，现在都什么年代了。"说完又对孙队长说："你让我先见见他，一会儿再说走不走的事儿。"

孙队长点了点头，就领着战一杰来到一个单独的房间。把战一杰送进去后他就关上了门，回去陪杨小建聊天了。

战一杰进屋一看，张洪波可惨了，一向油光水滑的头发已经散乱不堪，原来神采飞扬激情四溢的眼神也已变得暗淡无光。他一看进来的人是战一杰，眼前陡然一亮，惊喜地叫道："战一杰，你小子总算来了，快把我从这个鬼地方弄出去。"

战一杰慢条斯理地坐了下来，皱紧眉头说道："不大好办哪张先生。我去找他们领导问了，他们说这事可能不大好处理，外面还有一大帮媒体记者在等着呢，你要是一出去让这帮记者给堵上了，我们张氏集团可就把脸露到全世界去了。"

"我不管。露不露脸与我有什么关系？我只要马上出去。"张洪波确确实实是一刻也待不下去了。

看战一杰还在迟疑，张洪波又说道："战一杰，我知道你在芸川的分量与影响，你只要把我弄出去，以后我绝不为难你，我保证。"

战一杰心中暗喜，脸上却不动声色，依然勉为其难地说道："张先生您说这话就见外了，再说您也没为难过我呀。"

"别在这儿啰唆了，快去办吧。告诉你的主子张洪生，我认输了。"张洪波眼看就要哭了。

战一杰连忙站起身，一边往外走一边说："好的张先生，您别急，我这马上就去试一试，您再忍耐一小会儿。"

"我一分钟一秒钟都忍不了了。"张洪波声嘶力竭地吼道。

15

张洪波回到厂里一见厉总，劈手就是一个大耳光，打得老厉一个趔趄，捂着腮帮子叫道："你疯了，凭什么打我？"

"我看是你疯了，这几天你死到哪儿去了？你马上把那个马中一给我找来，我非撕了他不可。"张洪波暴跳如雷。

他这一闹厉总也火了，指着他鼻子骂道："你算个什么东西？我就算是你的一条狗，都这么大年纪了，也不能这么对待我吧！噢，你自己想快活就快活，想打就打，想骂就骂，我还不伺候了呢。"说完扭身就走。

张洪波万也没想到老厉会跟他翻脸，心里一阵后悔，可又拉不下脸来去留他，就拿眼直瞅愣在一旁的方总。方总虽说被眼前的一幕闹剧惊得目瞪口呆，却明白张洪波的意思，连忙拔腿追了出去。

张洪波看着两个老头都走了，就指了指旁边的沙发对战一杰说道："坐吧，我们谈一谈。"

战一杰去接了杯热水递到他手上，才坐下来问道："谈什么呢？"

"这出戏是不是你早就跟张洪生策划好了的？"张洪波的问话开门见山。

"不是。"战一杰干干脆脆地答道。

见战一杰回答得如此坚决与肯定，他便长长出了一口气，叹道："那就好。"接着又问道："我一直很纳闷儿，你在芸川为什么迟迟不启动房地产的开发项目，为了什么张洪生顶着那么大的压力还支持你？"

战一杰起身也给自己接了杯水，坐下来喝了几口才开口说道："你真想知道吗？"

"当然。"张洪波使劲地点了点头。

战一杰就把他当年如何揣着三个锦囊回到芸川，如何又一步一步依计而行，后来一场大火工人们如何挺身而出，工会主席胡玉庆又如何牺牲，一五一十全讲了出来。见张洪波听得动容，就又把老胡临终的嘱托和他二次回到雅加达的目的也讲了……

张洪波听他讲完，沉吟良久又问道："就算你提出不想解散芸川啤酒公司的请求，依我三弟的性格，他就能答应你？"

"那就得感谢你了。"

"感谢我？这又从何说起？"张洪波既吃惊又狐疑地问。

"你雇人向他开枪，我又替他挡了子弹。以此为条件，他给了我一年的时间。"生死一线的事，却被战一杰说得如此轻描淡写。

张洪波不住地点着头，过了好一会儿才说道："原来如此。那么这一年的时间快到了，你的将计就计进展如何了呢？"

战一杰整理整理思路，就把自己回到芸川所做的一切娓娓道来……

第十三章　水到渠成

1

战一杰将自己的全盘计划都对张洪波坦诚相告以后，一直在等他的反应。战一杰捉摸了，这件事与其自己说不如让张洪波去说，这样在董事会上通过的把握就大多了，也不会让张洪生为难。

按理说，把芸川啤酒厂出售给美国的博爱集团，自己再把这块地开发了房地产，对张氏是百利而无一害的事情，他张洪波没有不同意的理由和道理。再说在局子的时候，他也红口白牙地保证不与战一杰和张洪生作对了。

张洪波没有来找战一杰，厉总却来了。厉总那天被打之后，本来一气之下要卷铺盖走人的，让方总好说歹说给劝住了。事后，张洪波又诚心诚意地给他道了歉许了愿，他才勉强留了下来，却早没了刚来那会儿的派头与气势，见了战一杰相当客气，一脸诚挚地说道："战总啊，我跟你赔罪来了。"

战一杰不知他葫芦里卖的什么药，就笑道："厉总您太客气了。你是前辈，怎么能说这种话呢，我可担待不起啊。"

"什么前辈不前辈的，跟你比起来，我真是瞎活了这么大年纪。张洪波把你的事都跟我讲了，老实说，对我震动很大。放下工作能力暂且不论，单就人品和格局来说，你可比我们这些凡夫俗子高了不是一点半点，你是大慈悲、大智慧。"厉总肃然说道。

战一杰看出了厉总由衷的真诚，并不是在刻意恭维和奉承自己，就收起笑容说道："您千万别这么说，那可真是要折煞我了，我哪有您说得那么高尚。说实话，这都是事儿赶事儿赶到了这份儿上。要搁到您身上，您也会这么做的。"

"不然不然。我也在企业一把手的位置上干了多年，还自认为是个合格的领导，自认为上对得起老板下对得起工人。可现在跟你一比，真是无地自容哪。"厉总不等战一杰答话，又说道："跟博爱并购的事儿，你是不是想让张洪波给你出头啊？"

战一杰不得不佩服厉总的练达与老到，也就不再遮掩和绕弯儿，直接说道："厉总真是目光如炬啊。真人面前不说假话，我正是这么想的。"

"有难度啊。"厉总欲言又止地说道。

"烦请厉总指点一二。"战一杰是何等聪明，一下子就明白厉总是带着任务来的。

厉总就说道："这个忙张洪波可以帮，但他是有条件的。"

"条件？"这倒有点出乎战一杰的意料，"说说看，我倒要看看是什么条件。"

2

厉总把张洪波提的条件说出来以后，战一杰陷入了深思。其实张洪波的条件并不复杂，是让战一杰办妥芸川啤酒公司并购的事情以后，跟他去南非和巴西，帮他打理金矿和铁矿。

看着战一杰默不作声，厉总就说道："自打张洪波从董事长洪生手里接过金矿和铁矿的生意以来，一直不顺。他自己本就不懂管理和经营，再加上随性而为的性格，硬生生就把这两个聚宝盆做成了个无底洞。最近一段时间更是雪上加霜，美国的一个大财团介入了金矿和铁矿的开采和交易，而且出手相当生猛，不光把张氏的渠道给霸占了，还与当地政府沆瀣一气，以查环保为名，把他们矿井也给封了，眼看着这两份产业就要毁了。"

"那为什么不让洪生去？他应该能够应付这些的。"战一杰皱着眉头说道。

"他能让董事长去吗？张洪生若是去了，做不好还好说，真要是做好了，他张洪波还能在张氏立足吗？"看来厉总对张氏内部错综复杂的关系还是蛮了解的。

"那我去了又能管什么用？"

"张洪波别的不行，眼光还是有的。你要是去，保准能起死回生。"厉总肯定地说。

"您也这么认为？"

"当然，我相信你有这个能力。"厉总的口气愈加坚定起来。

"您认为我会答应他吗？"战一杰面色平静地问。

"我觉得你会答应的，因为你为了你的目标已不惜一切了。"

听了厉总的话，战一杰没有作任何反应，只是在心中暗叹道：是啊，自己确实是已经不顾一切了。厉总见战一杰一副高深莫测的表情，就准备再多劝几句。还没等他开口，门一响方总却走了进来，他就把到了嘴边的话又咽了回去，跟方总打了个招呼就告辞走了。

方总坐下来，见战一杰面色不对，就问道："怎么了，难道厉总又来给你出难题了？"

"这倒没有。"战一杰咧嘴一笑，就把厉总来说的一切都告诉了方总，然后问道，"您觉得我应该怎么办呢？"

方总挠了挠头，说道："这事儿啊，还得你自己拿主意。可既然你问了我，我就说说自己的看法。让我说呀，这个巴西去不得，南非更去不得，跟着张洪波干，不会有什么好结果的。"

听了方总的话，战一杰点了点头，接着又摇了摇头。

3

当战一杰把张洪波提的条件告诉胡小英的时候，小英当场就哭了起来。战一杰一下就慌了神儿，连忙劝道："我又没答应他，再说并购这事也不是非得靠他去出头，你不用太放在心上。"

"我还不知道你？你为了你那个将计就计的计划，连命都可以不要，还有什么舍不得的？还有什么干不出来的？"小英的泪水止也止不住。

看着小英伤心欲绝的样子，战一杰的心都要碎了，可一时又想不出什么安慰的话，就只有傻愣愣地站在那儿。正在这个时候，战一杰的手机响了。他摸出来一看竟是艾蒂的电话，看了胡小英一眼就连忙接了。

"战一杰，你在芸川吗？"手机里传来艾蒂清脆的声音。

"我在芸川呢，你在哪儿？在美国吗？"

"我明天就赶到芸川。我们集团的法务部、基建部和财务部的人员一块过去，你准备一下。"艾蒂的口气有点炫耀和邀功的意思。

战一杰喜上眉梢，说道："你的意思是并购和建厂的事情有眉目了？"

"当然。要不我哪好意思再去芸川，哪好意思再见我的小英妹妹和晏春姐姐。"艾蒂的声音竟有些调皮起来。

"正好，你的小英妹妹就在这儿呢。"说着战一杰不容分说，就把手机递到了胡小英手上。

小英连忙擦干眼泪，换上一副笑容说道："艾蒂，我想你了。"

"我也想你了。我听你的声音怎么有点不对啊，是不是战一杰欺负你了？看我不找他算账。"

"没有。有你和晏春姐替我做主，他哪敢哪。"胡小英连忙解释道。

"就是，量他也没这个胆量。电话里我就不多说了，明天我们见面再聊。"艾蒂说完就挂了电话。

胡小英把手机塞回战一杰手上，顾不上再在那里哀哀怨怨，马上正色说道："别在这儿耗着了，我们赶快准备吧。"

战一杰也不再迟疑，就像打了兴奋剂一样立马又精神了起来，把厂里的工作精心安排一番以后，开上车就往市政府赶。来到市政府，晏副市长不在，他就直接去找邬市长。

邬市长正在接待一帮外省的考察人员，等把那帮人送走以后才来接待室见战一杰。战一杰也顾不上客套，开门见山地就把博爱集团要来实地考察的事讲了。

邬市长一听，大喜道："刚送走一帮来我们文化创意园的投资商，你这又送来一个世界500强，看来我们这个绿色发展的路子是走对了，还真得感谢你当初的这个创意。小战，你是首功一件哪！"邬市长不等战一杰表态，又说道，"还有就是你们老厂区地产开发的事儿，你也要抓紧哪，这件事你要是办好了，让我给你磕头都行。"

战一杰笑道："我要您给我磕头干吗！您只要记住我这份情就好，等真到了我麻烦您的时候，您别不认账就行了。"

"没问题。只要你小子敢开口，我就敢答应。"邬市长拍着战一杰的肩膀痛快地说道。

4

博爱啤酒的考察团来到芸川以后，在芸川啤酒公司落了落脚，就在战一杰的带领下去了市政府，然后由邬市长专门指派的接待人员领着去了玉泉山的创意园。这是战一杰刻意安排的考察行程。其实战一杰和考察团都明白，厂里确实没什么好考察的，厂房是旧厂房，设备是旧设备，对顶级配置要求的博爱啤酒根本就没有什么吸引力和利用价值。他们之所以来芸川并购和建厂，一方面是为了芸川啤酒在川南的市场份额，另一方面也是看重了芸川创意园优厚的招商引资政策。当然，艾蒂在其中起了至关重要的作用。

博爱啤酒考察团的到来，出乎意料地竟引起了张洪波极大的兴趣，当张洪波第一眼见到艾蒂的时候，两眼就"噌噌"地放起光来。艾蒂对张洪波这个人也有所耳闻，所以对他如此态度并不奇怪，只是礼节性地与他握了握手就去忙了。

艾蒂并没有跟随考察团去玉泉山，而是拉着胡小英来找晏春，经过那次柳仙湖的落水事件以后，这三个人成了最要好的朋友。

三个人嘻嘻哈哈叙了一会儿离别之情以后，艾蒂就问胡小英："你们这边没出什么事吧！上次通电话的时候，我怎么听你的口气有点不对呀。"

小英欲言又止。晏春却直言不讳，把张洪波来了以后厂里发生的事情一五一十都讲给了艾蒂。等晏春讲完了，小英索性也把张洪波要战一杰跟他去巴西和南非的事讲了。艾蒂听了以后倒没表现出多少的吃惊，问小英："你那个战一杰是怎么想的，真打算要去？"

"他怎么想的我不清楚，但十有八九他会答应张洪波的。"小英说着，眼圈里又涌满了泪水。

晏春也在一旁说道："这个战一杰为了并购和建厂已经不顾一切了，艾蒂你一定要帮着想想办法呀。"

艾蒂想了想，莞尔一笑，说道："这个事情就交给我吧。晏春，你现在就领我去找这个张董，我跟他谈一谈。"

"现在去见他，你真有办法？"晏春对艾蒂有点半信半疑。

"应该没问题。"艾蒂见他两个仍是一脸的担心，就耐心地解释道："在南非和巴西打压张氏的那个美国财团跟我很熟悉，他们的董事长是我的姨夫。"

艾蒂想了想，又补充道："我姨夫的父亲与我的爷爷都是当年飞虎队的飞行员，是一起飞越驼峰的战友。"

听艾蒂这么一讲，小英和晏春的心也就放进了肚里。晏春笑道："没想到这个张洪波还走了狗屎运，误打误撞地碰到了你这尊真神。好，我这就领你去见他。"

5

战一杰领着考察团回到公司的时候，没想到竟是一番拨云见日的景象。张洪波一见面就痛痛快快地表态，表示他要在董事会上提出芸川啤酒公司并购与房地产开发的事儿，并大包大揽地打了包票，还让他在芸川要扎下根儿好好干。

战一杰没明白是怎么回事，却只见晏春在一旁直给他使眼色，就知道其中必有缘由。连忙使劲握住张洪波的手说道："谢谢您了张董，我代表芸川啤酒公司 1500 名员工谢谢您。"

张洪波当然对这 1500 名员工的感谢并不感冒，却把战一杰拽到了一旁，低声问道："你跟这个艾蒂到底是什么关系？"

战一杰一听这话，心里也就大概明白了个七七八八，索性故作神秘地说道："您希望我们是什么关系？"

张洪波一听，也不掩饰眼里的羡慕与嫉妒，酸溜溜地说道："你小子官运和财运不怎么样吧，倒是蛮有桃花运的。"

战一杰光在那儿傻笑，并不解释。张洪波就更摸不着深浅了，满脸笑容地说道："等会儿美国考察团走的时候，我们安排一个盛大的欢送宴会，我代表我们张氏也表示一下诚意。"

战一杰道："欢送会市里已经有了安排，对于博爱的投资建厂，政府比我们急。"

"那不行，必须得我们安排，你去跟政府说一下。"张洪波坚持道。

战一杰一想这样也不错，正好缓和一下张洪波跟市里领导的关系。就说道："等宴会的时候，您最好提一下我们开发房地产的事儿，这样政府同样也得高看我们。"

"没问题。房地产开发的事儿是挡在了你这儿，我们集团早就急不可待了，还用得着你嘱咐？"张洪波责怪道。

战一杰正尴尬着不知说什么才好呢，却见艾蒂走了过来，没理战一杰，却对张洪波笑道："张先生，对你这个下属千万不要客气，该批评就批评。"

"哪里哪里。"张洪波赔着笑说道，"小战做的不错，表扬还来不及呢，哪还舍得批评？"

战一杰则不失时机地笑着说道："该批评就批评嘛。"说着又对艾蒂道："我们张先生要给你们开一个隆重的欢送宴会，还望以后艾蒂小姐对我们张氏集团多多支持啊。"

艾蒂笑道："那是当然。"说着就跟张洪波点了点头，把战一杰拽到了一旁，问道："你不是要跟着这位张先生去南非吗？准备的怎么样了？"

一听艾蒂这话，战一杰就大致明白了是怎么回事，连忙笑道："原来大救星在这儿啊！你是怎么摆平这个既任性又狂妄的张先生的？"

艾蒂也不再逗战一杰，就原原本本把自己跟张洪波的谈判讲了。战一杰听完，激动地直搓手，结巴着说道："这让我怎么感谢你呢！"

艾蒂笑道："你也用不着这样。从这次考察团考察的情况来看，完全符合我们集团收购和建厂的标准，投资环境也非常好，说起来我们还得感谢你呢。"

"这么看来，并购和建厂的事基本可以确定了？"战一杰喜不自胜地问道。

艾蒂认真地点了点头。战一杰连忙又跟上一句："你可千万别忘了我的条件。"

"不就是你的1500名员工嘛，我敢忘吗？"艾蒂笑着说道。

6

送走了博爱的考察团，张洪波也要急着动身回国。

欢送宴会上他已在郑书记和邬市长面前夸下了海口，把并购建厂和房地产开发的事一并揽了下来，口口声声都是代表董事长张洪生表态。书记、市长当然是好一派敬酒，让他出尽了风头。

为了把事情办好，更为了让艾蒂看出他的诚意，张洪波决定让战一杰把并购的材料都带好，跟他一块去雅加达参加董事会。战一杰当然明白张洪波的心思，自己也觉得这样会更稳妥一些，就一口答应了。

临要动身的时候，战一杰还是决定把晏春带上。他知道芸川公司的一切都在晏春的脑子里，带上多少资料也不如带上她保险。张洪波也乐得路上有个美女做伴儿，当然是举双手赞成。

到了雅加达，张洪波带着战一杰直接就去了张洪生的办公室。洪生一见他们两人一起来了，而且还是一副互尊互敬的样子，心里竟一下没了底儿。心想，难道这个战一杰真站到张洪波的战壕里去了？就阴起脸来问战一杰："一年的时间到了？"

战一杰明白洪生是误会自己了，就不慌不忙地答道："一年的时间没到，我是提前交令复命来了。"

"提前？"洪生依旧面无表情地说道，"怎么，房地产开发的事办好了？你那1500名兄弟姐妹安排好了？"

没等战一杰回答，洪波就把话头接了过去："这次小战可给我们张氏立了一大功啊。他不光把房地产的事办好了，而且还给啤酒厂找了一个大买家，你保准想不到这个买家是谁？"

"是谁？总不能是世界500强的博爱吧。"洪生有点不以为然地说道。

"还真让你给猜对了，就是美国的博爱集团。"张洪波邀功请赏似的大声说道。

"真的？"洪生盯着战一杰问。

"真的。"战一杰郑重其事地点着头。

"我总算是不辱使命，也算没让您白白给我顶了那长时间的雷。"战一杰又加重了语气说道。

洪生从战一杰的眼中看到的是坚定与真诚，就一脸释然地笑着说道："顶雷就顶雷吧，幸好还没有爆炸。"

洪生这人很少开玩笑，这话显然是说给一旁的大哥听的。张洪波倒不以为意，站起身说道："我这就去下通知召开董事会，小战你把情况跟董事长汇报一下。"说完就转身出了门。

7

才开始的时候，董事会还像往常一样有点例行公事地讨论着一些无关痛痒的事项。直到大公子张洪波突然开口提出中国大陆芸川啤酒公司这个颇为新鲜的名词，还郑重其事地把坐在后排的战一杰介绍给大家时，董事们这才仿佛从睡梦中惊醒，才注意到后面的座椅上还多坐了一个人，就都把诧异的目光投向了战一杰。

张洪波招了招手，示意让战一杰坐到前面来，看了一眼洪生，说道："是不是让战一杰汇报一下芸川的情况？"

洪生面无表情地点了点头表示认可。坐在一旁的张洪涛心里奇怪：这张洪波葫芦里到底卖的是什么药？他不是到大陆去整洪生的黑材料去了吗？不是要回来逼宫的吗？怎么看样子倒和洪生穿成一条裤腿了？张洪波这次大陆之行到底发生了什么？再一看坐到前面来的战一杰，洪涛的气就更不打一处来。这不是当年那个替洪生挡子弹的小子吗？不是说他就是洪生的软肋吗？怎么他也大模大样地坐到董事会的会议桌前来了？

战一杰礼貌地向董事们问了声好，就有条不紊地开始介绍芸川啤酒公司的情况，当然主要是谈博爱啤酒的并购意向和房地产开发的优惠政策。他话音刚落，张洪波就先入为主地说道："战总说的这些情况，我在芸川都实地考察过，也与博爱集团和当地政府有过接触。我认为，这两件事情都办得相当漂亮，为我们张氏集团今后的发展探索出了一条新路子，找到了新方向，我们应该全力支持。"

张洪波旗帜鲜明地表明了态度，别人就不敢轻易地表态和发言了，会议室里一片沉寂。过了好一会儿，张洪生见大家都不发言，就说道："那这两个项目就这么定下来吧。我认为中国大陆房地产业将是我们下一步的战略重点，战一杰作为当事人，可以全权负责展开下一步的工作。大家有没有不同意见？"

"就在芸川这么一个弹丸之地开展项目，有必要这么兴师动众吗？这一举措对我们张氏集团的整体发展到底有多少意义呢？"张洪涛实在忍不住了。

"是啊，博爱啤酒的并购靠谱吗？"

"我们把集团的战略重点放在中国大陆到底有没有意义？更关键是到底

保不保险？"

"当初与芸川的合资就是个骗局，这次不会又是吧？"

"中国的地方官员最是唯政绩是图，不会是设的圈套吧？"

……

张洪涛开了头，董事们的意见和质疑就雨后春笋般冒了出来，大有一发而不可收之势，会议室里登时热闹起来。

8

等热闹劲儿过去，董事们也都有点累了，张洪生才弯起食指轻轻敲了敲桌子，会议室里安静了下来。

张洪生威严地扫视了一圈以后，把目光定格在张洪涛的脸上，说道："二哥认为我们集团下一步的战略重点应该放在哪儿呢？是俄罗斯的石油还是中东的化工？"

俄罗斯正处在艰难的经济修复期，而中东则战乱不断，这两个地方的产业其实都只剩了空壳。这是张洪涛分管的产业，可他半年都不去一趟，哪还谈得上战略不战略？洪涛当然明白弟弟是瞅准了自己的死穴，索性干脆就低了眉眼不去接洪生那如炬的目光，扭头看着洪波说道："那大哥的金矿和铁矿也不是战略重点？"

洪生依然从容自若，也看着洪波说道："那大哥的意见呢？"

张洪波当然明白二弟洪涛的用意，是在怪自己临阵反水倒向了洪生一边。可自己好不容易抓住艾蒂这根救命稻草，哪敢再松手啊。也就顾不上自己这个混世魔王的亲弟弟了，索性朗声说道："南非和巴西那边我自己会想办法去打理，就不要再过多占用集团的资源和财力了。我完全赞同董事长把集团的战略重点放在中国大陆的房地产开发上，我认为这是我们张氏重振雄风的唯一机会和必然选择。"

张洪波把话说得如此露骨，令在座的众人百思不得其解。张洪波这是怎么了？难道去了一趟中国大陆脑子就被洗成这样了？如此看来这个战一杰还真是个不容小觑的人物，难怪当年张洪生为了他竟将自己开疆拓土的步伐放缓，看这阵势还是独善其身为妙啊。

大家都俯首帖耳了，洪涛却还不死心，想了想又说道："中国大陆的房地产开发已经如火如荼，我们只把目光放在芸川这么一个三四线的城市上，能起多大作用？"

"芸川只是起到导火索的作用，下一步就是北京、上海、广州、杭州，这些地方合资的那些啤酒厂就是老董事长早已布下的火种。"洪生说着，仿佛看到父亲那深邃目光在注视着自己，接着又豪气干云地说道，"我的任务就是要完成父亲星火燎原的夙愿，带领我们张氏再创辉煌。"

"那些啤酒企业怎么处理？停了？关了？还是卖了？"洪涛依然不死心，死缠烂打地问道。

"怎么处理都行，但不管怎样都不会阻止我们开发房地产的步伐。"洪生已有些不耐烦了。

张洪波这个时候并不想看着两个弟弟闹翻，就连忙插言道："我倒有一个两全其美的想法，你们看看可不可行。"

大家的眼光都看向了张洪波，都在奇怪今天的张洪波真像换了一个人一般。张洪波并不理大家怀疑与惊诧的目光，却看着战一杰问道："能不能让博爱集团把我们这六家啤酒厂打包收购了啊。"

此言一出，大家眼前都是一亮，所有的目光就一齐投向了战一杰。

9

其实让博爱集团打包收购六家啤酒厂的事战一杰不是没有想过，只是思来想去觉得把握不大，也是真真地生怕影响了已经取得的来之不易的战果，就决定等芸川先迈出了第一步，实现了平稳过渡以后看看情况再说。可现在张洪波竟在董事会上直接把这个问题端了出来，而且还毫不隐讳地来问自己，他也就无路可退了，只好硬着头皮说道："应该问题不大吧。"

张洪波一直以为战一杰与艾蒂是恋人关系，见他说得这样保守，就有点生气地说道："什么叫应该啊，我觉得你有这个能力办成此事。"

洪生并不知道战一杰和艾蒂的事儿，还以为大哥是在故意为难战一杰，就说道："这事儿能办则办，不能办我们再想办法。这种事情不是哪个人用个人能力想办就能办成的。"

张洪波知道洪生是误会自己了，但又不想在这种场合挑明战一杰与艾蒂的关系，从而暴露自己是想靠着艾蒂在南非和巴西翻身的计划，就只盯着战一杰追问："行不行，你给句准话。"

战一杰没说行也没说不行，只是重重地点了点头。这下张洪波放心了，大家可是越发糊涂了，尤其是张洪生和张洪涛，真弄不明白他们两个一唱一和这是唱得哪一出。

大家都不再发言，洪生就问了一句谁还有事儿。见大家确实没有反应，就宣布散会。他起身往外走的时候给等在那儿的战一杰使了个眼色，就径直回了自己的办公室。

洪生刚把工夫茶冲好，战一杰就来了，不请自坐地端起一杯茶一饮而尽。说道："是我先汇报呢，还是您先安排任务？"

洪生又给他斟了一杯茶，笑道："当然是你先汇报了，不然还不把我闷死了。"

战一杰正襟危坐，把大半年来的工作认认真真作了汇报，也把张洪波去到芸川的所作所为，以及自己对他采取的措施如实讲了。洪生一边听一边不住地点头，等战一杰讲完，就端起茶杯跟战一杰一碰，说道："我就以茶代酒，祝贺你既完成了任务又得偿所愿。"

战一杰则郑重地说道："对不起老板，您在这里为我顶着这么大的压力，我心里却还时时刻刻想着怎么对付您。"

"这不怪你。这一年来，我从你的身上也学到了很多东西，也明白了许多道理。"洪生说得很真诚。

"那下一步该怎么办？"战一杰请命道。

"你就放开手脚干吧，想怎么干就怎么干，我全力支持你！"洪生掷地有声地说道。

10

战一杰打电话把六家啤酒厂整体并购的设想跟艾蒂讲了以后，艾蒂也非常犹豫，但并没有一口回绝，想了想说道："你最好来一趟圣路易斯，当面与我们的董事长谈一谈，你们张洪生董事长若是能来更好。"

战一杰马上向张洪生作了汇报。洪生听了也是非常高兴，但他并不准备出面，而是授权让战一杰作为他的全权代表去谈判。战一杰听了并没有表露出多少的兴奋，而是眉头紧锁默不作声。见战一杰还有所顾虑，洪生就拍着他的肩膀说道："天将降大任于斯人的道理你不会不懂，将来中国大陆的这副担子还要你来挑啊，你要有个心理准备。"

听老板说出这样的话，搁到谁身上都会如闻天籁如沐春风的，可不知怎么战一杰却一点也高兴不起来。此时此刻他脑子里闪出的第一个念头竟是：如果博爱集团真的一起并购了张氏这六家啤酒厂，他们会一并接收这近万名员工吗？他们会不会也像芸川一样把厂子关掉？他们会不会再建新厂……

张洪生还以为战一杰是高兴傻了，就笑道："赶快准备准备去美国吧，我相信你会马到成功的。"

迷迷糊糊中战一杰回到下榻的酒店，隔壁的晏春听见动静就过来了。一见战一杰是这么一副魂不守舍的模样，慌忙问道："出什么事了吗？"

战一杰就把董事会上所作的决定原原本本跟晏春讲了，晏春听了并没有多少吃惊，倒是对他的反应有点奇怪。问道："这不是好事吗，你愁什么呀？"

战一杰就把自己的担心讲了。晏春一听心头不由一热，叹道："真是难得你有一颗菩萨心肠啊，小英真是太有福气了。"

战一杰一听她说这话，连忙岔开了话题："你觉得整体收购的可能性有多大？"

晏春想了想说道："可能性非常大。博爱啤酒在我们中国大陆正处在快速成长期，正在急于与青啤和中润争抢霸主地位，一口吃下这近百万吨的产量，无疑是最快捷最有效的手段和办法，所以说这事非常有希望。"

听了晏春的分析，战一杰不住地点头。只听晏春又说道："至于你的顾虑和担心呢，也不是没有可能。博爱集团的并购一直看重的是市场份额，一向对厂地、设备和工人不感兴趣。"

战一杰也叹了口气说道："那也就只有尽人事听天命了。"

晏春看他的样子，心里一阵按捺不住的悸动，怅然若失地说道："战一杰，你真是天下少有的好男人啊！"

11

战一杰和晏春来到圣路易斯的博爱啤酒总部，艾蒂早已等在那里。见了晏春，艾蒂兴奋地大呼小叫，拉住她的手就不松开了，扭头对战一杰说道：

"你知道这个世界上最爱你的女人是谁吗？"

因为艾蒂说的是英语，晏春一时还听不大明白，只是疑惑地眨着眼睛看着她。战一杰虽然听得明白，却一时也被问住了，心想自己还真没认真考虑过这个问题。是啊，是谁呢？

艾蒂认真说道："就是眼前这位，她为了你什么都可以不顾，你仔细想想是不是。原来的时候当着小英的面我不好说，也不敢说，但你心里应该明白的。"

是啊，我心里早应该明白的！战一杰心头一颤，脑海里闪过与晏春交往的一幕又一幕，想起了她的一反常态，想起了她的义无反顾，所有的疑问所有的困惑终于有了答案。

一旁的晏春虽然听不懂他们在说什么，但从战一杰风云变幻的表情里早已看出了端倪，也猜了个八九不离十，心里不由一阵慌乱。是啊，她是爱战一杰，但她并没有奢求什么，更没想得到什么，只要战一杰幸福，只要能看着他和小英有情人终成眷属，只要能让自己这样默默地喜欢着爱着，她就心满意足了，她宁愿一辈子都不把这层薄薄的窗户纸给捅破！

艾蒂是明白晏春的，可就是觉得这个姐姐太委屈太可怜。但艾蒂也明白，自己帮不了她什么，也就只能为她叫叫屈为她鸣鸣不平而已。现在看到战一杰对自己的提醒已经有所醒悟，也就不再在这件事儿上纠缠，况且返回头来一想，在战一杰这个让人想爱不能爱、想恨又恨不起来的男人身上，自己又何尝不是如此呢？想到这里，艾蒂就快刀斩乱麻，收回了思绪正色说道："关于你们张氏六家啤酒厂打包并购的事情我反复考虑过，也向董事会的个别成员透露和试探过，从他们的反应来看，估计希望不大。"

还没等战一杰开口，一旁的晏春已急不可耐地开了口："为什么呢，难道博爱不想当中国啤酒界的老大？"

"想是想，可办法不止一种，途径不止一条。我们当然是想付出最小的代价来获得最大的收益，取得最佳的效果，更主要的原因是即便我们一口吃下了你们这六家说好不好、说坏不坏的厂子，也不一定就能当上老大。"艾蒂回答得相当直接，顿了顿又说道："明天就是博爱集团召开董事会的日子，我之所以急着让你们赶过来，本想在明天的董事会上把这件事摆明了讲一讲，可现在看来，这样做是非常冒险的，弄不好反而会弄巧成拙。"

战一杰急道："那可不行。万一再把芸川的事儿搅黄喽，那可真是赔了夫人又折兵。艾蒂，你一定要想想办法。"

艾蒂见两人都急成这样，就笑道："办法当然会有的。"

12

当艾蒂告诉战一杰要领着他去见她叔叔的时候，战一杰心里确实一点儿底都没有。就问道："见了你们董事长，提不提六个厂并购的事情？"

艾蒂见战一杰竟破天荒地有点紧张起来，就笑道："他提你就跟着提，他不提你也不要提。"

战一杰似懂非懂地点了点头，不明白艾蒂这葫芦里到底卖的什么药，只好跟着她由她安排和摆布。

艾蒂开车拉着战一杰来到一个风光秀美的农庄里，艾蒂的叔叔，也就是博爱啤酒集团的董事长艾德森，早已在一块宽阔的草坪上冲好了咖啡等他们。艾德森身材魁伟，态度却很谦和，对战一杰倒像是一见如故的朋友。品了一杯咖啡以后，就拉起他的手，邀请他去参观农庄。

这个农庄很大，有上千亩地的样子。他们先是看了啤酒花种植园，又看了大麦种植园，还有红提和黑加仑葡萄园。艾德森边走边一一解说着，还穿插着问战一杰一些酒类的专业问题。战一杰明白，这种看似有意无意的问话，其实就是在考他。他小心翼翼地回答着。

艾德森对中国的白酒非常感兴趣，从原料到工艺，从口感到香型，都问得非常仔细。好在战一杰就是酿酒专业的科班出身，又有多年的实践经验，所以回答起来当然是游刃有余。

讨论完了白酒，艾德森又开始问葡萄酒。对葡萄酒战一杰没什么造诣和研究，一些问题他听都没听过，索性他就实话实说，如实相告。艾德森对他的坦诚竟是大加赞赏，把问题一个一个解释给他听，解释完了还要问他听没听懂。直到战一杰彻底懂了他才算完。

当然他们讨论最多的还是啤酒。对于啤酒，不管是专业知识还是营销策略，战一杰都是信手拈来，举重若轻，有些见识和观点连艾德森都佩服地直伸大拇指。当他们一起回到咖啡桌前的时候，已经像无话不谈的老朋友了。

喝了一会儿咖啡，艾德森又问道："小朋友，你觉得白酒好，还是葡萄酒好，还是啤酒好呢？"

这是个什么问题？这是在问1＋1是否等于2吗？这是在开一个风马牛不相及的玩笑吗？不会那么简单！战一杰的脑子在飞快地旋转着。这时艾蒂来给他们煮咖啡，听到叔叔这么问，就好奇地坐了下来，目不转睛地盯着战一杰，也在眼巴巴等他的答案。

战一杰沉思片刻才开口说道："这三种酒呢，就好比人生三个不同的阶段。啤酒就像是青年，激情澎湃，恣意张扬，是放纵的，是尽兴的，是忘乎所以的，追求的是一种绽放，一种酣畅淋漓的感觉；葡萄酒则像是中年，宛转优雅，精致高远，是细腻的，是别致的，是成熟沉稳的，追求的是一份从容，是一份云淡风轻；而白酒呢，就是一个人的老年，历久而弥香，历练而沧桑，是一种曾经沧海的释然，是一种沉着笃定的超然……"

战一杰说完了，艾德森和艾蒂傻在了那儿，过了好大一会儿，两人便使劲地鼓起掌来。

13

快到吃午饭的时间了，战一杰起身告辞。艾德森说道："就在这儿吃吧，我跟你还没谈尽兴呢，咱们还真是相见恨晚哪！"

艾蒂则调皮地笑道："这才过第一关就想走？一会儿还有更重量级的人物呢。"

战一杰一听，心中暗忖：更重量级的人物，难道是艾蒂的爷爷，那位飞虎队的老英雄？心中不由"咚咚"跳个不停。这是干什么呀，怎么跟选女婿似的？

果然不出所料，当艾蒂用轮椅推着一个耄耋老人来到餐厅的时候，战一杰顿时感觉到一股逼人的英气袭来，就知道，这肯定就是那位如雷贯耳、自己仰慕已久的战斗英雄了。

老人精神很好，见了战一杰就笑道："欢迎你啊，中国来的朋友。"竟是一口流利的中文。

战一杰连忙站起身，恭恭敬敬地向老人鞠了一个躬，说道："老人家，您身体很好啊。"

老人挥挥手让大家都坐下，午餐也就端了上来，是简单的牛奶面包和几样荤素搭配的小菜。见战一杰一副吃惊非小的表情，老人也没解释就招呼着大家开吃。

吃着饭，老人就问："你们都看金庸吧。"

三个人都被问得有点犯晕，不知这老爷子为何突然提出这么一个莫名其妙的问题，就都点了点头。战一杰心道，我这是在大洋彼岸的美国吗？怎么感觉比中国还中国啊。这老爷子不光中文说得好，看来文学造诣也很深啊。

"《天龙八部》应该看过吧？"老爷子继续问。

三个人依然如坠雾里，还是点了点头。

"那你们认为里面谁最厉害，谁是大英雄呢？"这个问题倒是有点童心未泯和英雄论剑的味道，看来这人老了当真就活成老小孩了。战一杰心道：这艾蒂家族问的问题真是一个比一个怪诞，一个比一个离谱，看似简单却都饱含了深意，这也许正是他们高人一筹的地方吧。

"段誉最厉害。他吸了鸠摩智的内力以后，六脉神剑天下无双。"艾德森作为一个美国人竟然对华人武侠世界里面的人物和情节了然于胸，这让战一杰惊诧地张大了嘴巴。记得读《天龙八部》还是在少年的时候，现在竟有一种依稀入梦的感觉。

"少林寺里藏经阁上的扫地僧最厉害。"看来艾蒂也是个金庸迷。

老英雄不置可否地摇了摇头，目光看向了战一杰。战一杰不紧不慢地喝了口牛奶，然后说道："萧峰最厉害。"

老人会心地笑了。艾蒂和艾德森却大为不解地齐声问道："为什么？"

"因为他心系苍生，为了宋辽两国免于战争甘愿赴死，此乃大英雄本色。"战一杰说完这番话，就知道此次美国之行终得圆满。

14

在艾德森和艾蒂的极力主导下，再通过老爷子旁敲侧击地做工作，博爱集团董事会通过了并购张氏在华六家啤酒企业的提案，初步确定以并购芸川啤酒公司为先期试点，其余五家后续跟进的基本意向。当战一杰打电话把这个消息汇报给张洪生的时候，洪生夸赞了几句之后便说道："这只是成功迈出了第一步，后续五家啤酒厂的并购要跟芸川同一个模式。我们的目的是留下土地，我们的目标是开发房地产，这个大方向你一定要把握好。"

战一杰沉吟了半晌才说道："其余五家的具体情况各有不同，要想做到与芸川同一个模式，难度非常大。"

"有难度才有压力，有压力才有动力。锦囊妙计我又给你了，你就接着再将计就计吧。"洪生半开玩笑半认真地说道。

与洪生通完话，战一杰的兴奋与喜悦一扫而光，新的任务简直压得他有点喘不过气来。把芸川啤酒厂运作到现在这个样子，花费了他多少心血，付出了多大的牺牲与代价，他心里最清楚。到底自己还有没有能力，有没有精力把那五个厂子也如法炮制做成这样，他自己都怀疑！

当战一杰把这一切告诉晏春的时候，晏春心疼地说道："这不是想要你的命嘛。"想了想又说道："事到如今你也不要考虑得太多，你不是观音菩萨也不是救世主，只要尽心尽力了，至于结果就听天由命吧。"

战一杰也无可奈何地苦笑道："当下也只有如此安慰自己了。你说这事儿还告诉艾蒂吗？"

晏春犹豫片刻说道："还是先不要告诉她为好，我们先把芸川的事儿办妥帖了，再走一步看一步吧，剩下的事儿还需从长计议。"

战一杰一想也是这么个道理，就把悬着的心放进肚里说道："眼下迫在眉睫的就是收购的价格问题了。你没有从艾蒂那儿探探口风，对芸川啤酒厂到底他们博爱能出多少钱？"

"你猜猜看。"晏春倒像是心中早已有数的样子。

"5个亿？"战一杰狠了狠心说道。其实洪生给他的底价是4个亿。

晏春怔了怔，继而轻轻摇了摇头。战一杰心头一惊，难道博爱给出的价格与洪生的底价一样？一脸错愕地说道："难道是4个亿？"

晏春已看明白了战一杰心中所想，也不想再逗他，就说道："六个亿。当然这只是初步的定价，具体价格还有待于双方的财务接洽沟通以后才能出来。"

"应该不会有太大的出入了吧？"战一杰强按住心头的喜悦。他不是在乎为老板多卖出多少钱，他是在考虑芸川员工们的安置补偿费用问题。

"是的，这个我有数。再说有我在，不会让他低于这个价格的。"晏春胸有成竹地说道。

15

晏春留下来进行第一轮的商务谈判，战一杰则和艾蒂一块赶回了芸川。

芸川市政府早已接到了战一杰的信儿，马上兵分两路展开了工作。一路由邬市长亲自挂帅，统筹国土局、规划局和住建局，配合战一杰办理房地产公司成立及开发的相关手续；另一路则由晏副市长带领，统筹商务局、经信局、环保局和创意园区管委会，陪同艾蒂进行新啤酒厂的选址、立项及相关手续的办理。

由政府领导亲自牵头，办起事儿来自然是顺风顺水，一路畅通。没出半个月，张氏房地产开发公司的申报手续、啤酒厂原址地块的用途变更以及设计规划已然准备齐全，并且上报，只等上级部门的批复。

艾蒂离开的时候，政府举行了隆重的欢送宴会。宴席上艾蒂和战一杰都成了座上宾，郑书记和邬市长亲自作陪。都是熟人了，也没什么拘束，席间邬市长就问艾蒂："艾蒂小姐，博爱集团的新厂建成以后，对用工方面是怎么考虑的？"

艾蒂一听就笑了，用手指了指战一杰，说道："这得问我们的战总。"

"问我？"战一杰搞不清楚艾蒂为什么说这话。

"你当初提的唯一的条件不就是要我们接手你们厂所有的员工吗？"艾蒂笑道。

听了艾蒂的话，郑书记和邬市长都觉得很震惊。没想到作为一个外资企业的经理人，第一想到的竟是自己的员工！这是何等的胸襟，何等的品格，真让他们这些所谓的父母官汗颜。

其实战一杰一直就不想把这个事儿公诸于众，既然艾蒂今天挑明了，他也就不再隐瞒，便轻描淡写地说道："这只是想给政府减轻一些压力，杜绝一些不安定因素罢了。"

话虽是这么说，但在座的心里都有数，自是懂得这件事的轻重与难度。只听艾蒂又说道："鉴于战一杰先生出色的人品和工作能力，我们博爱集团决定聘认他为大中华区 CEO 兼芸川分公司总经理。"

此言一出举座皆惊，战一杰更是吃惊地张大了嘴巴。因为前一天晚上，他才接到了张氏集团董事长张洪生的口头任命，任命他为张氏集团中国房地产开发有限公司的 CEO 兼芸川房地产分公司的总经理。

短暂的沉寂过后，郑书记和邬市长带头鼓起掌来。掌声过后郑厚广感慨地说道："来，让我们大家共同举杯，祝贺战一杰先生的荣升。这不光是他个人的荣耀，这更是我们整个芸川的骄傲与自豪！"

大家的酒杯碰到了一起。面对大家的祝贺与赞美，战一杰不住地点头表示感谢，心里却越发的沉重起来……

第十四章　春暖花开

1

对于两家集团的任命，战一杰既没有欣然接受也没有断然回绝，当他分别给两家老板打电话如实汇报的时候，得到的答复却是出奇的一致：此事不急，可以等芸川的事情办好了再说。

此时晏春从美国也传回信来：经过艰苦卓绝的谈判和讨价还价，博爱集团对芸川啤酒公司的收购价格为 6.5 亿元人民币。这个价格乍一看起来并不算太高，但细算起来除去了土地和设备，实际上博爱只是买下芸川啤酒的无形资产和市场份额，那这就应该算是个天价了。

那么接下来就是人员的问题了。才开始的时候，博爱集团对全盘接手人员并没有提出异议，可当他们的人力资源部门一看芸川啤酒厂的人员档案时，马上发出了警示函，建议董事会慎重考虑此次并购！

战一杰得悉这个消息大吃一惊。这一惊可是非同小可，背上被冷汗打湿了一大片，不敢有丝毫的耽搁，立即动身飞往美国的博爱总部，他要亲自面见艾德森交涉此事。对于芸川啤酒厂的人员结构战一杰是再清楚不过了，男员工平均年龄 50 岁，女员工平均年龄 47 岁，这简直就是个预备退休团嘛！可战一杰心力交瘁地忙了这一年，为的什么？不就是为了给他们保留一个饭碗嘛！他们的年龄是大了，可他们操作熟练，经验丰富，更难得的是有爱厂如家的忠诚度，这些都是现在的年轻人所不具备的。

到了圣路易斯，艾德森不在，接待他的是博爱集团的行政总裁奥里芬。这个奥里芬十分固执，任凭战一杰磨破了嘴皮子，他却丝毫不为所动，依然坚持不接收芸川啤酒厂的原班人马。战一杰没有办法，只有去找艾蒂。

艾蒂和晏春一块来到战一杰住处，见他忧心忡忡的样子也是非常焦急。

晏春就问艾蒂："艾蒂，你叔叔是真不在还是故意躲了？全员接收芸川啤酒厂的原班人马这可是战一杰当初跟你谈好的实施并购的先决条件，现在怎么又突然冒出了奥里芬？难道他能做得了你们家族的主？"

一提到家族，艾蒂眼前一亮，喜出望外地说道："有办法了，去找我爷爷。只有他才能说服这个可恶的奥里芬。"

战一杰一听也是眼前一亮，刻不容缓地就让艾蒂领他去见爷爷。艾蒂见他如此十万火急的样子就说道："爷爷说的没错，你还真是个萧峰一样的大英雄。"

战一杰说道："真正的萧峰是你爷爷。"

2

在艾蒂爷爷的全力斡旋之下，奥里芬终于做出了让步，博爱全体接收芸川啤酒厂的人可以，但条件是在并购以前张氏必须一次性买断工人的以往工龄，每个进入博爱的员工都是以新人的身份签订劳动合同。

这个奥里芬虽是讨厌至极，可战一杰不得不佩服他的精明与老到。换位思考一下，他的坚持与固执更是无可厚非。战一杰欣然答应了他的条件。

对于买断工龄的事儿，战一杰不是没有考虑，只是还没考虑好到底怎么做才能让工人们得到最大的实惠。现在博爱这边既然表明了态度，他心里也就有了底。静下心来细一琢磨，让张氏出资买断工人们的以往工龄，解除劳动合同，工人拿了这份补偿后再到博爱的新厂工作，岂不是两全其美！战一杰对于这份误打误撞得来的战果，倒真是有些沾沾自喜起来。

晏春也认为奥里芬的这个要求并不过分，而且对张氏这边的买断工龄也是满怀希望。既然他张洪生给出的底价是 4 个亿，我们却给他卖出了 6.5 亿的价格，那多出的这 2.5 个亿用于买断工人们的工龄应该合情合理吧。

对于晏春这种想当然的思维模式，战一杰只能报之一笑，说道："你以为老板会这样思考问题呀？还是太天真了点儿。"

晏春不服气地说道："老板应该怎么思维？要不是我们，要不是你，他芸川这个厂不就关张了事吗？甭说 4 个亿了，他一分钱也拿不到。"

战一杰并不想在这件事上与晏春纠缠，就说道："你先按照这 2.5 个亿算一下，平均到每个员工身上每年工龄能补偿多少钱；然后再查一查我们芸川这几年企业买断工龄的平均钱数是多少。"

晏春领了任务也就不再言语，气呼呼地扭身走了。战一杰看着晏春离开的身影叹道："我的姐呀，我多盼着老板能跟你是一个想法呀。"

这时战一杰的头脑是冷静的，而且是从未有过的冷静。他知道现在已到了攻坚克难的最后阶段，每一个哪怕是最小的错误和失误，都会导致功亏一篑，所以越是到了这个时候，越出不得一点岔子，自己也出不起差错。

思虑半天，战一杰还是没打洪生的电话，而是给张洪波拨了过去。张洪波接了电话很兴奋："小战哪，祝贺你呀，马上就要成为中国房地产公司的CEO了。"

战一杰不置可否地笑了笑，没接这个话茬。却问道："您在南非和巴西的产业怎么样了？"

"好，非常好。这次艾蒂可真是给帮大忙了，真得好好感谢感谢她呀。你一定把话给我带到，我请她吃最地道的巴西烤肉。"张洪波说得很认真。

"好的好的，您的盛情邀请我一定带到。现在我们与博爱的并购出现了一点问题，在并购之前他们要求张氏必须一次性买断工人的以往工龄，您觉得合适吗？"

"这有什么不合适的？那个买断工龄能花得了多少钱，我们不是卖了6个多亿嘛。"看来张洪波对买断工龄这个事儿没什么概念。

"艾蒂小姐是担心我们不接受这个条件，想让您帮着做做董事们的工作。"战一杰说这话的时候脸不由一阵发红。

"好的，没问题。让艾蒂小姐放心，这件事就交给我了。"

3

过了一天，张洪波没有回信，战一杰的心里竟然莫名其妙地一阵惊慌。可到底慌什么呢，他自己也说不清楚，反正总觉得像是有什么事情要发生。

心念至此，手机突然就响了起来，着实把他吓了一跳。拿起手机一看是钱冬青，心想难道厂里又出什么事了？连忙接了电话问道："老钱，出什么事了？"

老钱给他问得一愣，说道："倒是没什么大事，只是现在厂里又传得沸沸扬扬，说我们厂被博爱并购以后员工一律辞退，而且传得有鼻子有眼的。

是真的吗，战总？"

"传就传吧，不用理他。我正好有个事儿要问你，我们芸川现在若是买断工龄一次性补偿的话，一般得多少钱？"

"一般的企业一年工龄也就 1500 元左右，因为我们这儿的平均工资在那儿摆着呢。"钱冬青干工会，一直与经贸局和各个企业之间都有联系，所以在这方面他还是蛮有发言权的。

"最高能到多少？"战一杰追问。

"最高也就 3000 元，没听说有更高的了。"老钱回答完又问，"我们也要一次性买断工龄吗？"

战一杰没有回答他，继续沿着自己的思路问："你觉得我们的员工要多少钱能满意？"

"这个嘛，当然是越多越好了。但你要多了谁给呀？能到 3000 这个数也就该知足了。"老钱一向比较客观。

"好吧。"战一杰并不想让老钱知道太多，刚要挂电话，却听老钱说："等等，刚才你一问把我给问蒙了，还真有个重要的事儿要告诉你。"

"什么事儿，快说。"战一杰对他的吞吞吐吐有点不满。

"这几天小英没来公司上班，听说好像是家里有病人住院了，我打电话问她，她又不说，我想最好还是跟你说一声。"老钱知道若不是家里真出了什么大事，小英是不会不上班的。

战一杰一听心里就"咯噔"一声，心道：不好，看来是小英母亲的病又反复了，这种病若一反复肯定是凶多吉少。想到这儿他连忙跟老钱说了声再见就挂了电话。

他马上拨打小英的手机，响了好几遍铃也没人接，急得战一杰心急火燎的。他握着手机略一思忖就又拨打小英家里的电话，没想到铃响了没几声，小英的母亲竟接了电话。

老人一听是战一杰的声音，就惊喜地问道："小战哪，你从美国回来了？"

战一杰没想到岳母能接电话，一时竟有些语塞，过了一会儿才反应过来，说道："还没呢。妈，小英没在啊？"

"小英到你姐那儿去了。怎么你不知道？"老人被战一杰问得有点莫名其妙。

"到我姐那儿去干什么？"

"说是你姐的预产期到了，小英非要去陪她。这样也好，她们姑嫂之间的关系搞好了，省得你日后受难为啊，小战。"老人的语气里全是疼爱与关切。

挂了岳母的电话，战一杰心里涌起深深的自责与愧疚，自己忙来忙去，把姐姐的预产期都给忘了，于是连忙又拨打姐姐一芳的手机。铃声只响了一下一芳就接了，听筒里竟传出了姐姐的哭声："小杰啊，你心里还有这个家还有咱娘呀！"

4

"咱娘，咱娘怎么了？"战一杰强按住心头的惊慌与焦急问道。

"咱娘还在抢救呢，呜呜……"一芳没说完就已泣不成声。

战一杰一听，只觉得头"轰"的一声就炸了，急道："到底怎么了？你倒是说呀。"说完这话，战一杰只觉得浑身瘫软，一屁股就坐在了沙发上。

这时电话里传出姐夫陈胜利的声音："小杰呀，咱娘是突发性脑溢血，已经做手术了，现在正在 ICU 病房呢。"

"什么？这是什么时候的事儿？"战一杰真是快急疯了。

"前天，前天发现的。当天在源山中心医院没敢手术，昨天来省立医院做的手术。"陈胜利的声音里也充满了疲惫，但还是安慰道，"你放心吧，我找了省里最好的专家，手术非常成功，不会有什么事的。"

听到这个结果战一杰才稍稍松了一口气，又问道："陈胜利，为什么不通知我。"

电话突然没了声音，过了一会儿竟传出老父亲的声音："一杰呀，是我不让他们告诉你的。你忙得都是大事，你就忙你的吧，我们家里这么多人呢，有你姐夫和小英跑前跑后地忙活，你就放心吧。"

泪水已经不知不觉中爬满了战一杰的脸颊。挂了父亲的电话他就手忙脚乱地开始收拾行李，他一刻也等不得了，他要立马回国，回到母亲的病榻前去。

这时，他的手机又响了起来。一看是张洪波的电话就连忙接了。只听张洪波焦急无奈地说道："小战哪，你跟我说的那个买断工龄的事情不好办呀。

本来我跟几个董事沟通得都差不多了，可到了董事长那儿却被他一口回绝了。他说要买断工龄也可以，让博爱去办。"

"让博爱去办？这不合情理啊，人家能够答应全体接收我们的员工已相当不易了。"战一杰把脑子尽力从母亲的病情中拔了出来。

"我也是这么说的呀。洪生就是个相当固执的家伙，你给他办成这么大一桩买卖，他却一点面子也不给你。"张洪波这话说得有点居心叵测。

"要不你马上赶来雅加达，我跟你一起找他谈谈。"张洪波跟着又说。

"现在——"战一杰犹豫着。

"这种事情是宜早不宜晚啊，再说明天我就要飞往南非。"张洪波见战一杰竟还有所犹豫，就有点不高兴起来。

战一杰把牙一咬，心一横道："好吧，我这就立即赶往雅加达。"

5

战一杰临上飞机前又给小英打了个电话。这回小英接得挺快，一开口就说道："对不起了一杰，是爸不让我告诉你的。"

"我明白，只是辛苦你了。娘的病情怎么样了？"

"已转到普通病房了，大夫说只要好好恢复就不会留什么后遗症，真是谢天谢地。"小英说完又问："你那里顺利吗？"

战一杰强打精神地说道："还行。只是我一时半会还回不去，家里可就全靠你了。哎，对了，姐姐那儿怎么样了？"

"本来预产期就在这几天，可一直没什么反应，可能要延后几天吧。你就放心吧，有我呢。"小英体贴地安慰道。

战一杰感动得泪水又一次涌满了眼眶，他本想说声"谢谢"，可话到嘴边却又咽了回去。是啊，本就是一家人，谢什么呀？

飞机起飞了，穿过云层以后，就进入了一个明亮、光鲜、生动而梦幻的世界。透过机窗的玻璃，战一杰看到了比平常更加灿烂无比的阳光，看见了比平常更加洁白无瑕的云朵，笼罩在心头的一切忧烦、困扰与纷杂，都融化、消弭以至无影无踪……

下了飞机走出接机口的时候，战一杰的脸上又浮现出那种无所畏惧的笑容，而且更加执着与坚定！

早已等在外面的张洪波见了战一杰就说道："我又考虑了考虑，觉得洪生坚持的也不无道理。我们为什么要给这 1500 多人买断工龄呢？我们又不欠他们的。"

战一杰懒得跟他解释，就说道："这事我自己去找董事长谈就行了，不再给你找麻烦了。"

"这哪是找麻烦呀。既然是艾蒂小姐托付的事，我是义不容辞。"张洪波倒是实话实说。

他们来到张氏总部洪生的办公室。洪生一看是他们两个一起来的，面色一沉，说道："大哥，这件事你就不要掺和了，好吗？"

张洪波气不打一处来地说道："你以为我愿意管呀。既然董事长你这么说了，我就不掺和了。战一杰可是你的心腹爱将，可是替你挡过子弹的，你就看着办吧。"说完又冲战一杰无可奈何地把两手一摊说道："小战哪，你也看见了，这事儿可不是我不管，是人家董事长不让我管，好像我越掺和就越坏事似的。"说罢就甩手往外走。

战一杰一时也摸不准这位大公子的生气是真是假，刚想起身去拦，却见洪生正在给他使眼色，就连忙回身坐下了。等张洪波扬长而去，洪生才叹了口气说道："这才正合了他的心意啊。"

6

战一杰实在看不出老板这是唱的哪一出，就用疑惑的目光盯着张洪生。洪生摆出一副恨铁不成钢的表情问道："我听说博爱啤酒要任命你为大中华区的 CEO？"

战一杰点了点头，并没吭声。

"你是怎么打算的？"洪生低沉着声音问道。

"您想让我怎么打算？"战一杰理直气壮地反问道。

"听你的口气，你是想离开张氏了。"洪生不动声色地说。

"既然张氏这么不讲情理，我也只好走这一步了。"战一杰并不示弱。

"一杰，你确实是成熟起来了。有了这种胆识与气魄，把中国的房地产交到你手里，我也就放心了。"洪生笑着说。

战一杰真是被他搞糊涂了，摸着后脑勺问道："您的意思是同意买断工龄的事了？"

"但我是有条件的噢。"

"您还真以为我会去博爱啊。"战一杰故作轻松地笑道。

"我当然相信你。说说吧，买断工龄的事你准备怎么搞？"洪生把谈条件的事一带而过之后就转移了话题。

"这就要看您的态度了，看您对您的员工是慷慨还是吝啬。"战一杰半开玩笑地说道。

"一杰呀，你的心是好的，你的出发点也无可厚非，可你的思路、你的办法却有待商榷啊！"洪生见战一杰对他的话仍是颇为不服，就又接着说道，"你以为这种补偿金是越多越好啊？多了，你的员工们就会对你感恩戴德吗？"

"我不求他们对我感恩戴德，但要让他们得到应得的。"战一杰对老板的话并不认可。

"好，那我就跟你说说什么是他们应得的。按照中国《劳动法》《劳动合同法》和《公司法》的相关规定，解除劳动合同补偿金是按一年工龄支付一个月工资的标准。你们厂工人的月工资能达到多少？"

"也就 1500 元左右吧。"战一杰如实相告。

"那每个人的工龄按 30 年计算，每人也就 4.5 万元，这就是他们应得的。"

"这也太少了，他们肯定不满意。"这个数连战一杰都不满意。

"那多少他们能满意？10 万？20 万？"洪生紧追不舍地问。

战一杰无言以对。洪生又道："你给 10 万他们就想要 20 万，你给 20 万他们就想要 30 万。贪心不足蛇吞象就是这个道理。"

"不会的，他们不会的。"战一杰的声音不自觉地就高了。

"你就这么肯定？你对你的那些兄弟姐妹们就这么有信心？"

洪生语气里的怀疑深深刺痛了战一杰。他咬着牙说道："我敢保证他们不会狮子大开口的。"

"那好吧。补偿的标准和数额咱先不论，你先回去摸摸底或是搞搞调查，看结果怎样。不过我要提醒你的是，你最初抛出的标准不要太高，以免最后无法收场。"洪生说得语重心长。

7

离开张氏总部的战一杰确已是归心似箭。上飞机以前他给小英打电话，想下飞机后直接赶往省立医院。小英接了电话说，母亲已病情稳定出院回家了，让他直接赶回家就行。母亲清醒过来一开口就是在喊他的名字。

战一杰听了小英的话，泪水在眼眶里直打转。值得庆幸的是母亲已经转危为安，他一直揪着的心也稍稍放松了一些。心想自古道忠孝不能两全。可自己这个不孝子这算是在尽忠吗？到底是为谁尽忠呢？

下了飞机刚打开手机，好几个未接电话就跳进了眼睑，一看全是省科院朱总的号码，就连忙回拨了过去。朱总接了电话，问道："一杰你在哪儿呢，怎么还关机了？"

"刚才在飞机上。怎么，师兄有什么急事吗？我正在省城机场呢。"

"那你就赶紧过来吧。我正在李工这儿呢，我们正在商量你的事儿呢。"听朱总的口气倒不像是坏事，一听李工也在，战一杰正想找他们请教请教员工补偿的事儿，就连忙说道："那好，我马上赶过去。"

没用一个小时就来到了李工的办公室。朱总见了战一杰，就拍着他的肩膀高声说道："好你个战一杰，你是不鸣则已一鸣惊人哪！"

这话把战一杰说得一愣，就用疑惑的目光盯着朱总看了一会儿，见他不是开玩笑，才问道："到底出什么事了，让你朱老总这么如临大敌。"

"还什么事儿，少在这儿跟我装糊涂。我们中国啤酒界有史以来最大的一桩并购案就出自你手，我能不如临大敌吗？"

李工在一旁说道："小战呀，博爱一举并购张氏六个啤酒厂的事我们都知道了。"

"那您认为是好还是坏呢？"战一杰心神不定地问道。

"这件事无所谓好与坏，单就啤酒行业的发展来看当然是利大于弊的。"李工说话向来很有分寸。

"但这么大规模的并购，牵扯到行业垄断事宜，在国家商务部的审批上可能会有难度。"朱总说话就直率了许多，"这也是我们急着找你来的原因。"

"那怎么办？"对这些事战一杰一点心理准备也没有。

"这只是我们的担心和推测。我已让我家老头子去给你打听了，估计问题不大。"李工宽慰道。

战一杰知道这事儿自己急也没什么用，就只有等消息了。他想了想就又把他们员工买断工龄的补偿标准问题一五一十地讲了，问李工和朱总怎么看。

朱总直言不讳地说道："张洪生毕竟老谋深算呀，他的说法是有道理的。一杰呀，你有点太意气用事了。"

李工也说道："你先按你们董事长的意思搞搞调查再说，我的看法与朱总是一样的。小战呀，你要记住，有时候好心不一定就能办成好事的。"

8

战一杰赶回家的时候，娘已经能够下地走路了。见到娘苍白憔悴的面容和更加佝偻的腰身，战一杰的泪水禁不住夺眶而出。他弯腰扶住老人的胳膊喊了一声"娘"，便再也说不出一句话。

娘用手抚摸着战一杰的头，也已是老泪纵横，含混不清地说道："小杰呀，娘差点就见不到你了，你还没把小英娶进门，娘放心不下啊。"

这时父亲连忙走上来，和战一杰一起扶着娘到床上躺下，安慰道："这次幸亏发现得早，治疗得也及时，大夫说用不了大半年就能基本恢复，你就放心好了。"

战一杰情绪稍加稳定，这才发现家里只有两位老人，就奇怪地问："我姐和小英呢，怎么不见她们？"

"你姐今天一早就破了羊水，应该是快生了，她们都到医院去了，你也快去医院看看吧，家里有我呢。"父亲说完又嘱咐道，"这段时间可亏了小英跑前跑后里里外外地忙活，这样的好媳妇可是打着灯笼也难找啊！"

战一杰郑重地点了点头，想走却又有点不放心地说道："我去医院也帮不上什么忙，要不还是在家照顾我娘吧。"

父亲把脸一板，说道："我们谁都不用，谁都不麻烦，以后你娘就由我一人照顾就行，你们就各人忙你们个人的。等忙完了你姐的事儿，你给我赶紧把小英娶进家门来。要不然，你娘的病什么时候也好不了。"

战一杰还没动身去医院，小英的电话就打了过来。电话一接通，里面就传出小英欢呼雀跃的声音："一杰，姐生了，大人小孩一切安好。"

战一杰和父亲一听也是喜不自胜，父亲一边冲着母亲传达这一喜讯一边激动地说："快问问，是男孩还是女孩？"

这时电话那头的小英已经听到父亲的询问，就大声说道："是男孩，七斤八两的大胖小子！"

"好好好，听见了吗老婆子，是个七斤八两的大胖小子！"父亲高兴得泪水都流了出来。

床上的娘也在含糊不清地说着："好，好，好！"又伸手指着厨房说："快，快去煮鸡蛋熬小米粥送过去。"

父亲应着就往厨房跑。战一杰想搭把手却一点头绪也找不着，就只好伸着两只手在那里干等着。

娘招招手让战一杰过去。战一杰连忙走上去把娘扶着坐起来，让她斜靠在床头上。娘拉住儿子的手说："小杰呀，你和小英的婚事不能再耽误了，娘要是能再看见我的大胖孙子，死也就能闭上眼了。"

听了这话，战一杰的泪水又止不住地流了下来，握住娘的手使劲地点着头说道："娘，您就放心吧，我一定让您老抱上大胖孙子。您得快些好起来，我和小英还指望着您给带孩子呢。"

9

战一杰回到厂里以后，马上就召开了管理人员会议，会上战一杰郑重其事地宣布了公司将被博爱并购的事情。这个消息其实大家早就知道了，但那毕竟都是传言或是小道消息，今天经过战一杰这么正式地宣布，大家这才真正确认了 这个消息的真实性，不约而同地都用询问和质疑的目光盯着战一杰。

战一杰也不吭声，就这么僵持或是对峙着。过了好一会儿，总经理助理马汉臣开口了："战总，博爱并购以后会怎么办？我们可听说他要在创意园区另建新厂，员工也要重新召，是真的吗？"

"是真的。"战一杰不动声色地说道。

"那我们的员工怎么办？难道就这么下岗了？失业了？"采购部经理杨震的声音有点激动。

战一杰依旧不吭声。杨震又继续说道："让我们下岗就得给补偿，少了我们可不干。"

这时老钱忍不住了，冲着情绪冲动的杨震说道："谁说让你下岗了？谁说让你失业了？我们先听听战总怎么说。"

这时战一杰才不慌不忙地说道："杨经理，你刚才说到了失业和下岗，我倒要问问你，假如博爱集团真让你下岗了，你该怎么办？"

"我……我就去法院告他们。"杨震被战一杰问得有点心里发慌。

"什么理由？法律依据是什么？"战一杰追问。

"这还要什么法律依据？我们干得好好的，又不是不努力工作，凭什么让我们下岗？"杨震这话说得一点底气都没有。

"你以为这还是当年的大国营吗？"不知是谁小声嘀咕道。

"那如果要经济补偿的话，你们觉得该要多少呢？"战一杰就像自说自话一样地说道。

这话说完以后，会议室里一下陷入了沉寂，大家的心忽悠一下就悬了起来，都在想：看战一杰的意思，下岗的事儿是真的了？

这时老钱突然开口了："我们要工作，不要什么补偿。假如真想让我们的员工下岗，理由和依据暂且不论，我们工会首先不答应。"

老钱的话音刚落，会议室里就响起了掌声。等掌声停下，战一杰扫视了一眼会场，沉声说道："好吧，就由工会出面搞一下摸底调查，看看大家对企业的并购都有什么看法和想法。此事由钱主席全权负责。"

散会以后，等所有的人都离开了，老钱才认认真真地问战一杰："你给我交个底儿，这老外到底想怎样？"

战一杰咧嘴一笑道："等调查结果出来了，我自然会告诉你。"

看到战一杰是如此表情，老钱心里暗暗松了一口气，也咧嘴一笑，说道："那我就好好去搞调查了。"

10

晏春从美国回来以后，一见到胡小英就被吓了一大跳，捂着张大的嘴巴问道："小英你这是怎么了？怎么瘦了这么多，还这么憔悴，是不是得什么病了？"

小英粲然一笑，说道："没有。一杰他娘病了，他姐又生孩子，我可能是累的吧。"

看到小英一副累并幸福着快乐着的神情，晏春心里说不出是个什么滋味。伸手抚了一把小英柔顺的黑发说道："也就只有你这样的媳妇才能配得上战一杰。"

小英顺势依偎到晏春的肩上，柔声说道："姐，你的终身大事也该考虑考虑了。战一杰再好，这世上也只有一个。"

晏春心头一颤，马上轻松地笑道："好你个死丫头，怎么连姐也信不过呀，尽说这些傻话。看来这战一杰一天不娶你过门儿，你是一天也放心不下呀。"

小英脸一红，说道："还是姐你最了解我。不知怎么，这一阵我这心里总是七上八下的，一点底儿都没有。"

晏春苦笑了一下，说道："看来这媒婆的差事还得我来啊，你个鬼丫头跟我还耍起心眼来了。"

正说着，晏春的手机响了。她拿出来一看是战一杰，就笑道："说曹操曹操到，难道他也想请我来当这媒婆？"说着就接了电话。

"你来我的办公室一趟。"战一杰的话简单而直接。

"我正好也要找你呢。"晏春说着就冲小英眨眼睛，挂了电话然后又说道，"姐保准让战一杰一个月之内娶你进门。"

见了战一杰还没等他开口，晏春就先入为主地说道："艾蒂让我带两句话给你。"

战一杰一愣，心道：这个艾蒂又要闹什么幺蛾子，有什么话说不出口还要晏春给带过来，就问道："什么话？"

"第一是让我告诉你，之所以博爱对此次并购开出如此优厚的条件，董事长和集团就是想最大限度地表明诚意，来欢迎你的加盟。"晏春说完这话就两眼一眨不眨地看着战一杰。

战一杰面沉似水，心里却翻江倒海一般。洪生想留住自己，开出了条件。博爱想挖走自己，同样也开出了条件，这都是赤裸裸的威胁，偏偏自己又谁都不敢拒绝，谁都不敢得罪。自己到底何去何从？到底该如何取舍呢？

过了好大一会儿，战一杰才开口又问："还有一句呢？"

晏春双眉一挑，说道："那就是要你马上跟胡小英完婚。"

"噢？"战一杰实在没想到艾蒂会让晏春带来这个问题，心念一转，就直视晏春的眼睛问道，"这真是艾蒂的话吗？"

晏春被战一杰盯得脸上一阵发烧，连忙避开他的目光，低声说道："当然是真的，难道你不愿意？"

战一杰心里一下就明白了是怎么回事，一字一句地说道："我愿意。"然后又看着晏春说道："真是难为你了，姐姐。"

听了这话，晏春鼻子根儿一酸，禁不住潸然泪下。

11

工会的调查结果终于统计上来了，老钱看了以后真是把镜片跌碎了一地。以他的想法，厂里这些老实巴交的工人只要饭碗能保住就该知足了。至于补偿不补偿的，有呢当然好，没有呢也没什么大不了的。

可从调查结果来看，工人们考虑得远不是这么回事儿，比他考虑得要复杂得多也长远得多！工人们反馈上来的意见大致可分为两类：一类是对今后的工作不怎么感兴趣，甚至不想要工作岗位了，他们只想要补偿金。补偿标准呢当然是多多益善，最高一年工龄能到 1 万元最好，最少也不能低于 4000 元。这类人大都是快到退休年龄的员工，拿了补偿金，还可以再享受政府两年的失业保险金，这简直是个一举多得稳赚不赔的好买卖。另一类呢，是年纪小一些的。他们的要求是必须保证今后的工作岗位，而且要与新单位签订长期劳动合同。对于补偿金呢当然是有最好，没有也无所谓，但一定要补齐以往这些年低于社会最低工资标准的差额。

老钱这时才明白战一杰为什么一直对安置和补偿的事讳莫如深，一直不肯露底儿，看来自己在这方面真是过于幼稚过于单纯了。

当老钱捧着一大堆调查表来找战一杰的时候，战一杰一看他哭丧着脸的表情，心里就明白了个大概，便笑着问："我们的钱大主席，调查结果如何呀？"

"真是贪心不足蛇吞象啊，每个人的算盘打得都比我们精。"说完忙又纠正道："不是我们，是我自己。"

战一杰给他冲了杯茶水，又招招手让他坐下，说道："其实你刚才说得没错，我们真是有点太天真了。才开始的时候，我也跟你考虑的一样，可张洪生非要我回来摸摸底再说，我还在心里怪人家是小人之心呢。"

"要不人家是老板呢，就是比我们看得远也看得准。"老钱慨叹道。

"依现在的实际情况，你觉得我们该怎么办呢？"

老钱沉吟片刻，说道："牢骚归牢骚，生气归生气，我觉得我们还是应尽最大的努力为工人们去争取，毕竟我们才是打断骨头连着筋的一家人。"

"是啊，毕竟血浓于水，孰轻孰重、孰近孰远我们还是拎得清的。"战一杰说的虽是无奈，但却一点也不悲观。

老钱知道战一杰从来不打无准备之仗，好像也没什么事儿能难得住他，就凑上前来问道："你是不是早就考虑到会是这么个调查结果了？"

战一杰不慌不忙地喝了口茶水，又指指茶几上的茶杯示意让老钱也喝水。老钱端起茶杯"咕咚"喝了一大口，孩子般地猴急着催问道："你倒是快说呀，真要把个大活人给急死啊。"

"只是有一点我没想到。"

"哪一点？"

"就是我们的工人真敢一张口就要每年工龄一万元的天价补偿。"战一杰说着声音就有点高了。

"那可说呢，真是有点太离谱了，人家老外的钱也不是大风刮来的。"老钱随声附和着，顿了顿又道，"但这4000元的底价倒是可以考虑考虑的。"

12

战一杰觉得分寸和火候都差不多的时候，就跟老钱交了底儿，把博爱同意全员接收员工以及张氏同意支付补偿金的事儿讲了。

老钱一听精神大振，有点大喜过望地说道："战总啊，我早就说您不是个一般人物嘛。能把并购的事儿办到这个份儿上，您可是头一份儿啊。"

"总算是没有辜负胡主席的重托吧。"战一杰的声音沉甸甸的。

"是啊，胡主席若是泉下有知也该瞑目了。"钱冬青也沉沉地说道。

又过了一会儿，战一杰说道："关于补偿标准的事儿我觉得还是由你们工会出面比较合适。你先说说，你心里的期望值是多少？"

"既然工作岗位有了保障，再得补偿金那就应该算是锦上添花的事了，按说不该再有什么过分的奢求。但这种事儿终究是多了总比少了好，我觉得4000元有点过分，3000元就不低了。"老钱小心翼翼地试探着说道。

战一杰被老钱的扭捏作态给气乐了，笑道："那好，你就负责照着这个目标去做工人们的工作。我呢，也冲着这个数去向上争取，怎么样？"

老钱还是心里没有底儿，犹犹豫豫地说道："您觉得能行吗？"

"能不能行就看你的能力了。不过我建议你还是要讲究点策略，才开始不要把这个数额就抛出去，要么1800，要么2000，从低处开始谈，一点一点再往上加，让人们从心理上有一个循序渐进的适应过程，估计这样成功的把握会大一些。"

"好吧，那我就试试看。"老钱说完就拧着眉头走了。

老钱走后，战一杰又把晏春找来，让她按每年3000元和4000元分别估算一下到底需要多少钱。

晏春笑道："我们公司男员工的平均工龄为36年，女员工的平均工龄为28年，我们公司1500人，男女比例为2：1。若按每年3000元算的话就是1.5亿元，若按每年4000元算的话就是2亿元，大致就是这么个账。"

战一杰点了点头，笑道："不愧是注册会计师啊，就是会算账。"

"这点账倒还用不上会计师的知识。"晏春也笑了，又补充道，"不过真要解除合同的话，还会有其他的附带和衍生费用。比如工伤人员的一次性工伤补偿，丧失和半丧失劳动能力人员的一次性补偿，还有独生子女父母的一次性养老补偿等等，这些杂七杂八的费用也得一千多万。"

"那你感觉张洪生那儿会不会接受这个数？"战一杰问。

"我们给他多卖了2.5个亿呢，他凭什么不接受？"晏春反问得理直气壮。

13

工会全面展开关于补偿金的摸底调查以后，并购这件事就摆到了明面儿上，整个芸川啤酒公司就像开了锅一样热闹起来，什么千奇百怪的想法，什么五花八门的说法都冒了出来。这是工会层面的事儿，战一杰是气又气不得、管又管不得，索性就甩手不管，直接和胡小英一块回了玉泉山老家。

临走的时候，战一杰交代杨小建要随时关注厂里的情况随时向他汇报。杨小建一副不以为然的样子说道："你就是个操心的贱命，难得领着媳妇回趟家还想着这些烂事儿干啥？要我说，这个厂里的人就该让他们下岗，一分钱的补偿也不给，看他们还有啥本事？"

话虽是这么说，送战一杰和胡小英上车的时候，杨小建见他一副很是放心不下的样子，就说道："你就放心在家伺候伺候老娘吧，一有什么事儿我第一时间给你打电话。"说完又对胡小英说："我说小嫂子，这次去婆家直接把结婚的事办了得了，省得你整天提心吊胆的，也断了某些人三心二意的念想。"

小英脸一红没吱声，战一杰笑着骂了一句，脚下一踩油门车子就出了厂。等车子驶出芸川城区，战一杰看了一眼副驾驶座上的小英说道："要不，咱就按小建说的办吧。"

胡小英正在全神贯注地看着车窗外的一片春光。是啊，不知不觉中已是春回大地万物复苏的季节，花红柳绿草长莺飞，心头一派暖洋洋的。听了战一杰的话，她心中的春光就更加明媚了，抿嘴一笑，说道："我听你的。"

车子在公路上飞驰，战一杰的身心也沐浴在这无边的春光里。过了好一会儿，小英仿佛才从憧憬与遐想中清醒过来，说道："你还记得我第一次搭你的车回家时的情景吗？"

"当然记得。"说这话的时候，战一杰竟有一种曾经沧海的感觉，接着又慨叹道，"怎么觉得那仿佛是上辈子的事一样了。"

"是啊，我竟然也有这种恍如隔世的感觉，看来这一年多来我们确实经历得太多了。"小英不知道为什么在这一片明媚的春光中，自己竟会如此怅然。

"我觉得结婚的事儿，还是越简单越好。"小英把思路拽回到眼前。

"那怎么行？我必须让你做一个最风光、最耀眼的新娘。"战一杰认真地说道。

"那又何必呢。只要你一生一世一心一意地对人家，那比什么都强。"小英说着，不知怎么眼中竟涌满了泪水。

"这两样又不冲突，你就安安心心当你的新娘子得了，别的事儿都由我来办。不然，我对不起九泉之下的胡主席。"

提起父亲胡小英也是一阵黯然，不知如何是好地胡乱点着头。

14

回到家里一看，娘竟能自己下地走路了，小英高兴地手舞足蹈，跟个孩子似的。娘一把拉过小英的手，一边抚摸着一边吃力地说道："小英啊，你准备啥时候嫁进家门啊，娘可是实在等不及了。"

小英把头埋进娘的怀里，撒娇地说道："您说什么时候就什么时候，只要您快些好起来。"

一旁的父亲说道："这事儿越快越好。一杰呀，我刚找人查过日子了，农历的三月二十九就是个黄道吉日，要不，咱就定这天？"

"今天是三月十五，还有不到半月的时间了。"战一杰扳着指头一算咋呼道。

"半月咋了？你这么大呼小叫的，我跟你姐夫商量过了，他城里的房子都装修好了，家具也都是新置办的，让你先住着；你们要是不愿意住呢，咱就再买新的，反正钱又不缺。另外家里的房子也给你们收拾好，你们想啥时候回来住随时就可以回来。"

见战一杰还在那儿不吭声，父亲就不再理他，转头对小英说："小英，你放心，我们一定风风光光地把你娶进门。"

小英连忙摆着手说："不用不用。爸，我不想搞得过于复杂和浪费，我觉得还是越简单越好，两家人坐在一起吃个饭就得了。"

"那可不行。一杰和你在单位大小也都是个领导，再说咱实在是不差钱，我们战家不能亏待了你这么好的媳妇。"老人说得非常中肯。

正说着，陈胜利来了，一听是在讨论结婚的事，就笑道："这事儿你们谁都不用管，交给我就行了，我保准让你们男女双方都满意，都美出鼻涕泡来。"

小英这时倒真有点不好意思了，问陈胜利："姐和孩子在家吗？"

"在呢，小家伙睡反夜了，把你姐熬得够呛。"陈胜利一脸毫不掩饰的幸福表情。

"那我去帮姐看看孩子。"小英说完就风一样地跑了。

父亲这时已冲好了茶水，招呼陈胜利坐下问道："你来操办？你先说说要怎么操办，我听听到底行不行。"

陈胜利不慌不忙地喝了口茶水，见岳父和小舅子盯着自己的眼神有点快冒火了才说道："我们'江北水城'旅游公司刚上了一个'私人订制'的婚庆项目，在玉泉山下开辟了一块依山傍水的天然大草坪，就像电影电视里看的那种外国人办婚礼的模式，现在可是火得不得了，不走后门都预订不上。"

战一杰父子二人一听，都不由自主地点点头表示认可。陈胜利又说道："这种婚礼最适合一杰这种海归。"

"你说咱小杰是什么龟？"娘在一旁着急地插言道。

三个大老爷们儿一下被这话逗得哈哈大笑。陈胜利强忍住笑说道："娘，你的小杰成了那种能下蛋的大海龟了。"

15

杨小建这次倒是很乖巧，三天两头打电话汇报厂里的情况，而且有点兴致勃勃看热闹的意思。据他讲，老钱这家伙也是个鬼精灵，他把博爱集团将全体接收啤酒厂原班人马的消息放出风去以后，也不开会也不露面，就在办公室里等。

一天以后员工选出的代表们就来问补偿金的事了，可表情全不似之前那么理所应当的了。他这才宣布开会，而且一开会他首先抛出的不是补偿标准，而是工龄的计算方法。按常规来讲，既然这部分补偿金是由张氏集团来支付，那么工人的工龄就应该按进入张氏集团的工龄来计算。而大家进入张氏都是在 1996 年，这样一来，每个人的工龄也就十来年，就是标准再高也没多少钱。工人们一下就炸了锅，强烈要求工会出面跟外方交涉，工龄必须从参加工作开始计算，都是为国家做贡献凭什么不算工龄？

"你是为国家做贡献了，可人家张氏又不是咱中国的，凭什么为你的贡献买单呢？"老钱反问得理直气壮。

"那我们就去找政府，让政府给我们买单。"工人代表们群情激奋。

"政府哪来的钱？这条路走不通，还得找人家资本家。"老钱循循善诱。

"那就找战总，让他去找找老板讲讲。"

"好吧，不过大家不要抱太大的希望。"老钱有点勉为其难地说道。

又过了两天再开会的时候，老钱就宣布在战总的竭力争取下，工龄的事总算是如愿以偿了，当然像下乡了、当兵了、待业了也一并解决了。皆大欢喜之余，老钱就让大家讨论讨论补偿标准的事儿。这样一来，大家你看看我、我看看你，很快就达成一致意见，让老钱来拿主意。

老钱说道："这不大好吧。我虽然是工会主席，但这事儿直接牵扯到大家的切身利益，这主意不好拿。再说我拿了你们也不一定能听啊。"

大家就异口同声地说："我们听。"

"这样吧，我也不虚着套着的，就说个数，你们觉得合适呢，我就照着这个目标去努力；你们要不同意呢，这事儿我也不管了，你们爱找谁就找谁去。"老钱一副生怕引火烧身的姿态。

"您说。"

"每年工龄按 3000 元的标准补偿。"老钱一字一句地说道。

代表们碰了碰眼神，又窃窃私语讨论了一阵儿，也就同意了老钱的意见。

当老钱给战一杰打电话汇报时，战一杰就笑道："没想到老钱你还是个深藏不露的武林高手啊。"

"一言难尽哪，这还不是让他们给逼的。"老钱嘴上虽是这么说，但战一杰听得出他对办成此事还是很有成就感的。

16

战一杰给张洪生打电话的时候，没有丝毫的隐瞒，把调查摸底的方法和过程全都讲了。洪生听了以后就笑道："你们还是蛮有办法的嘛。"

战一杰就问："那我们的补偿标准按多少呢？"

"那就按 4000 吧。"洪生说得如水一样平淡。

战一杰想说声谢谢，可话到嘴边却又改了口："老板，我要结婚了。"

"噢？"这个消息倒让洪生大为惊喜，"什么时候？新娘是谁？"

"婚礼就在一周以后，新娘是我们公司质量技术部的经理胡小英。"

"那我得前去当面祝贺啊。"洪生说。

"什么？您说您要来芸川？"战一杰吃惊地张大了嘴巴。

"怎么，不欢迎啊。"

"欢迎，欢迎。"战一杰一时不知说什么才好。

"但首先声明，我只是去参加你的婚礼，没有一点其他的目的和安排，希望你到时候不要让我为难。"

挂了洪生的电话，战一杰连忙把这个消息告诉了父亲。父亲一听也是大吃一惊，考虑了一会儿说道："我觉得这事儿还是跟政府打声招呼为好，这张洪生的身份和影响毕竟太不一般了。"

这件事战一杰还在想来想去拿不定主意，没承想第二天又传来了更令他震惊的消息。一大早，晏春就打来了电话，说艾蒂和他的叔叔艾德森也要来参加他的婚礼！

博爱啤酒集团董事长也要来参加儿子的婚礼？战一杰的父亲听了这个消息差点把手中的茶杯给扔喽，指着战一杰命令道："别再犹豫了，快跟市委书记和市长汇报这件事。估计他们也还得上报，事关国际影响，别再闹出什么事儿来。"

战一杰也不敢怠慢，马上驱车来到市里，向郑书记和邬市长作了汇报。两位父母官一听，也是惊得倒吸一口凉气。好家伙，这个战一杰到底有多大的能量啊。他结婚，一下来了两个世界五百强的老板到贺，这简直是个世界级的婚礼啊。他两个也不敢做主，一商量就向源山市委市政府作了汇报。

一小时后，源山市政府给出了答复：最好的准备就是不做准备，完全按照客人的意思办，政府不参与，但安保工作一定要确保万无一失。

17

战一杰和胡小英婚礼这天，惠风和畅，阳光明媚，瓦蓝瓦蓝的天，碧绿碧绿的草，清凌凌的水，再加上欢天喜地的人们，整个玉泉山都沉浸在一片喜气当中。

陆涛作为婚礼的主持人，当然是最忙的。他不停地安排着两个副手干这干那，俨然一副最高统帅的架势。陈胜利和毕云天这两个副手，平时都是说一不二的主儿，哪干过这种跑跑颠颠的差使，想发作吧又不好意，只好强忍着。陆涛才不管这些，心道：今天来的都是什么人？你们这点斤两还想在这儿摆谱，门儿都没有。

郑书记和邬市长早早就来到婚礼现场，对陈胜利搞的这个中西结合的"私人订制"倒是颇为满意。郑厚广笑着对战一杰的父亲说："这碧水蓝天来之不易呀，您老可是功不可没啊！"

邬市长也笑道:"您的儿子就不用说了,您这个女婿陈胜利也不简单哪,头脑很灵活,您老真是教导有方啊!"

这时着一身笔挺西装的战一杰一脸容光焕发地走了上来,跟郑书记和邬市长握过手以后,笑道:"惭愧惭愧啊,劳烦两位父母官亲临,我真是担待不起啊。"

郑书记笑道:"你小子就会耍贫嘴。我们敢不来嘛!不过我们可不是以什么官员的身份来的,我们只是作为朋友来贺喜的。"

邬市长则拉着战一杰的手来到一旁,拍着他的肩膀说道:"小战哪,你们张氏房地产公司的手续批下来了。另外,博爱啤酒新厂落户创意园区的事儿也办妥了,你这可是三喜临门哪。"

正说着,毕云天跑过来通报,说是省城的客人来了。战一杰抬头一看,只见李工、朱总、钟慧,还有省报的莫总编、邓部长和郁主任,呼呼隆隆一大帮人,正说说笑笑地向这边走来,就连忙上前迎接。刚一一握手打完招呼,老钱领着徐国强、马汉臣、叶子龙还有厂里的一大帮人又到了。老钱一边抱拳恭喜一边说道:"本来厂里的人都要来,可实在是人太多了,他们就选了这十个代表来贺喜,就算代表我们芸川啤酒公司全体员工的心意了。"

战一杰连忙抱拳拱手称谢。刚把这帮人安排好,邬市长就凑上前来说道:"国外的两位贵客马上就到,我们组织迎接一下吧。"

战一杰这才明白,敢情邬市长他们是带着任务来的,一直在给他望风巡逻呢。此时他也顾不上说谢,就马上找来陆涛,让他安排迎接的事儿。

十分钟以后,鞭炮齐鸣声中,张洪生、张洪波兄弟,还有艾德森和艾蒂,一起走进了婚礼现场。

18

10 点 58 分,战一杰和胡小英的结婚典礼正式开始。

今天陆涛是出尽了风头。但他的主持水平也确实是高,简直就跟做脱口秀节目似的,妙语连珠不说,包袱是一个接一个地抖个没完,把台上台下的嘉宾们搞得一会儿泪水涟涟,一会儿又笑得前仰后合,气氛那叫一个火爆!

当主持人让新娘公开恋爱经过的时候,身着婚纱貌美如花的胡小英任他怎么说就是光笑不开口。正当陆涛急得抓耳挠腮的时候,台下的艾蒂竟不由分说，跳上台来要替新娘来说。这一下大家都惊呆了，心想这事儿还有替的啊。大家还没回过神来，伴娘晏春和伴郎杨小建就跳上台连拉带架地把她弄了下来，这一来一去的跟走马灯似的，把嘉宾们笑得腰都直不起来了。

到了证婚的环节，大家一致推举让郑书记来。郑厚广也没客气，走上台去热情洋溢地说了几句期望和祝福的话，就在一片热烈的掌声中为二位新人颁发了结婚证书。接下来是嘉宾代表致辞。陆涛径自跑下台，一左一右把张洪生和艾德森拽了上来，台下又是一片欢呼声。

张洪生这人向来严肃，不苟言笑，简简单单说了几句祝福的话就伸手示意让艾德森来。艾德森的汉语说得不怎么流畅，说了几句以后见台下没什么响应，索性就自己给自己报幕，用纯正的意大利语唱了一首《我的太阳》。声音深厚而高亢，有种直冲霄汉的气势，把整个婚礼推向了高潮……

接下来就是交换结婚戒指、喝交杯酒，最后又来了个鞭炮齐鸣送入洞房，这场别开生面、土洋结合的婚礼才算礼成。

新娘被一帮女宾簇拥着回老家拜见婆婆去了，战一杰这才抽出空掏出手机来看。手机是在震动模式上，早就"嗡嗡嗡"地响了好几次了。他打开一看，是一个陌生的号码，心想：这到底是谁呢？

突然，他脑子里一下闪出了一个念头：难道是她！

战一杰迫不及待地按下了接听键。里面先是一片寂静，接着便传出了一声婴儿的啼哭。

战一杰颤抖着声音问道："春梅，是你吗？"

没有回答，而那婴儿的哭声却是一声比一声悦耳，一声比一声亲切，一声比一声嘹亮……